QUANDO N

Irvin D. Yalom

QUANDO NIETZSCHE CHOROU

Tradução
IVO KORYTOWSKI

Título original
When Nietzsche Wept

Copyright © 1992, Irvin D. Yalom
Copyright da tradução © 2005, Ediouro Publicações Ltda.
Todos os direitos reservados a Irvin D. Yalom representado por
William Morris Agency, LCC.

Capa
Miriam Lerner

Foto do autor
Reid Yalom

Revisão
Mariana Rimoli

Produção editorial
Maíra Alves

PocketOuro é um selo da Agir Editora Ltda.
Todos os direitos reservados.
Rua Nova Jerusalém, 345 – Bonsucesso
Rio de Janeiro – RJ – CEP: 21042-235
Tel.: (21)3882-8200 – Fax: (21)3882-8212/8313

*Ao círculo de amigos que me ajudaram
no correr dos anos:*

*Mort, Jay, Herb, David, Helen, John, Mary, Saul,
Cathy, Larry, Carol, Rollo, Harvey, Ruthellen, Stina,
Herant, Bea, Marianne, Bob, Pat.*

*À minha irmã, JEAN
e à minha melhor amiga, MARILYN.*

Alguns não conseguem afrouxar suas próprias cadeias e, não obstante, conseguem libertar seus amigos.

Você tem que estar preparado para se queimar em sua própria chama: como se renovar sem primeiro se tornar cinzas?

ASSIM FALOU ZARATUSTRA

Capítulo 1

O carrilhão de San Salvatore invadiu o devaneio de Josef Breuer. Puxou o pesado relógio de ouro do bolso do colete. Nove horas. Novamente, leu o pequeno cartão de borda prateada recebido no dia anterior.

> 21 de outubro de 1882
>
> Doutor Breuer,
> Preciso vê-lo para um assunto da maior urgência. O futuro da filosofia alemã está em jogo. Encontre-me amanhã cedo às nove horas no Café Sorrento.
>
> Lou Salomé

Um bilhete impertinente! Havia anos ninguém o abordava com tanta falta de cerimônia. Ele não conhecia nenhuma Lou Salomé. Nenhum remetente no envelope. Nenhuma forma de informar a essa pessoa que às nove horas era inconveniente, que a senhora Breuer não gostaria de tomar o café-da-manhã sozinha, que o doutor Breuer estava de férias e que não estava interessado em "assuntos urgentes" — aliás, o doutor Breuer viera a Veneza precisamente para se *livrar* de assuntos urgentes.

Apesar disso, lá estava ele no Café Sorrento às nove horas em ponto, esquadrinhando os rostos ao seu redor e se perguntando qual deles poderia ser o da impertinente Lou Salomé.

— Outro café, senhor?

Breuer anuiu com a cabeça para o garçom, um rapaz de 13 ou 14 anos e de cabelos pretos, lisos e úmidos, penteados para trás. Quanto tempo durara seu devaneio? Consultou novamente o relógio. Outros dez minutos de vida desperdiçados. E desperdiçados em quê? Como de hábito, devaneara sobre Bertha, a bela Bertha, sua paciente nos últimos dois anos. Estava recordando sua voz provocante: "Doutor Breuer, por que tem tanto medo de mim?" Lembrou suas palavras quando lhe dissera que deixaria de ser seu médico: "Aguardarei. Você sempre será o único homem em minha vida."

Ele se censurou: "Pelo amor de Deus, pare! Pare de pensar! Abra os olhos! Veja! Deixe o mundo entrar!"

Breuer ergueu sua xícara, inalando o aroma do saboroso café junto com profundas inspirações do frio ar veneziano do mês de outubro. Virou a cabeça e olhou ao redor. As outras mesas do Café Sorrento estavam repletas de homens e mulheres que tomavam o café-da-manhã — na maioria, turistas, e quase todos de meia-idade. Muitos seguravam o jornal com uma das mãos e a xícara de café com a outra. Para além das mesas, viam-se nuvens de pombos azul-acinzentados que esvoaçavam e mergulhavam. As águas paradas do Grand Canal, brilhando com os reflexos dos grandes palácios alinhados nas suas margens, eram perturbadas somente pela esteira ondulante de uma gôndola costeira. As outras embarcações ainda dormiam, amarradas em estacas tortas espalhadas aqui e ali ao longo do canal, como lanças espetadas ao acaso pela mão de algum gigante.

"É isso mesmo: olhe ao redor, seu tolo!", Breuer disse para si mesmo. "As pessoas vêm do mundo inteiro para admirar Veneza; pessoas que se recusam a morrer sem serem abençoadas por esta beleza."

"Quanto da vida eu perdi", pensou, "simplesmente por deixar de olhar? Ou por olhar e não ver?" No dia anterior, fizera uma caminhada solitária pela ilha de Murano e, depois de uma hora, não vira nada, não registrara nada. Nenhuma imagem se transferira de sua retina para o córtex. Toda a sua atenção se consumira em pensamentos sobre Bertha: o sorriso encantador, os olhos adoráveis, a sensação de seu corpo quente e confiante e sua respiração acelerada quando ele a examinava ou massageava. Tais cenas tinham poder — uma vida própria; sempre que baixava a guarda, elas lhe invadiam a mente e tomavam conta de sua imaginação. "Será esta a minha sina para sempre?", perguntou-se. "Estarei destinado a ser um simples palco no qual as memórias de Bertha representam eternamente seu drama?"

Alguém se levantou na mesa ao lado. O ruído agudo da cadeira metálica contra o assoalho o despertou e, mais uma vez, ele procurou Lou Salomé.

Ali estava ela! A mulher descendo a Riva del Carbon e entrando no café. Somente ela poderia ter escrito aquele bilhete — aquela bela mulher, alta e esguia, envolta num casaco de pele, marchando altivamente em direção a ele, agora, através do emaranhado de mesas lotadas. Ao se aproximar, Breuer notou que ela era jovem, talvez até mais jovem do que Bertha, possivelmente uma colegial. Mas aquela presença impositiva — extraordinária! Poderia levá-la longe!

Lou Salomé prosseguiu até ele sem demonstrar qualquer hesitação. Como poderia estar tão certa de sua pessoa? A mão esquerda de Breuer rapidamente golpeou os pêlos ruivos de sua barba para limpá-la das migalhas de pão. Sua mão direita puxou a parte lateral da jaqueta preta que vestia para que não ficasse erguida em torno do pescoço. Ao chegar a poucos metros de distância, a jovem deteve-se por um instante e fitou-o ousadamente nos olhos.

De súbito, a mente de Breuer parou de tagarelar. *Agora* olhar não exigia concentração. *Agora* retina e córtex cooperavam perfeitamente, permitindo que a imagem de Lou Salomé penetrasse livre em sua mente. Era uma mulher de extraordinária beleza: testa altiva, queixo forte e bem esculpido, olhos azuis brilhantes, lábios cheios e sensuais, e seus cabelos louro-prateados, negligentemente penteados, se reuniam em um coque alto, expondo-lhe as orelhas e o pescoço longo e gracioso. Ele notou com especial prazer as mechas de cabelo que escapavam do coque e caíam arrojadamente em todas as direções.

Mais três passos e ela chegou a sua mesa.

— Doutor Breuer, sou Lou Salomé. Posso? — perguntou, apontando a cadeira vazia. Sentou-se tão prontamente que Breuer não teve tempo de cumprimentá-la como devia: levantar-se, curvar-se, beijar-lhe as mãos e puxar a cadeira para ela.

— Garçom, garçom! — Breuer estalou os dedos animadamente. — Um café para a dama. *Café latte*? — Olhou em direção à senhorita Salomé. Ela assentiu com a cabeça e, apesar do frio matinal, tirou o casaco de pele.

— Sim, um *café latte*.

Breuer e sua companheira de café ficaram sentados em silêncio por um momento. Depois, Lou Salomé fitou-o diretamente nos olhos e começou:

— Tenho um amigo em desespero. Temo que venha a se matar num futuro muito próximo. Seria uma grande perda para mim e uma grande tragédia pessoal, pois eu carregaria certa responsabilidade. Apesar disso, eu poderia suportar e superar esse fato. Mas — ela se inclinou em sua direção, falando mais suavemente — essa perda poderia se estender bem além de mim: a morte desse homem teria conseqüências imensas para o senhor, para a cultura européia, para todos nós. Acredite em mim.

Breuer tencionou dizer "A senhorita está com certeza exagerando", mas não conseguiu proferir as palavras. O que em qualquer outra mulher jovem se afiguraria hipérbole adolescente parecia diferente aqui, algo a ser levado a sério. A sinceridade dela, seu fluxo de convicção eram irresistíveis.

— Quem é esse homem, seu amigo? Eu o conheço?

— Ainda não! Mas, dentro de algum tempo, todos o conheceremos. Chama-se Friedrich Nietzsche. Talvez esta carta de Richard Wagner para o professor Nietzsche sirva para apresentá-lo. — Ela retirou uma carta da bolsa, desdobrou-a e a ofereceu a Breuer. — Devo primeiro dizer que Nietzsche não sabe que estou aqui nem que possuo esta carta.

A última frase da senhorita Salomé provocou uma pausa em Breuer. "Devo ler esta carta?", pensou. "Esse professor Nietzsche não sabe que ela a está mostrando para mim — ou mesmo que está com ela! Como a obteve? Pegou-a emprestada? Surrupiou-a?"

Breuer se orgulhava de muitos de seus atributos. Ele era leal e generoso. A engenhosidade de seus diagnósticos virara lenda: em Viena, era o médico pessoal de grandes cientistas, artistas e filósofos como Brahms, Brücke e Brentano. Aos 40 anos, era conhecido em toda a Europa e cidadãos distintos de todo o Ocidente viajavam grandes distâncias para se consultarem com ele. Contudo, acima de qualquer coisa, orgulhava-se da *integridade* — jamais em sua vida cometera um ato desonroso. A não ser, talvez, que fosse considerado responsável por seus pensamentos carnais sobre Bertha, pensamentos que, por direito, deveriam ser dirigidos à sua esposa, Mathilde.

Assim, hesitou em apanhar a carta da mão estendida de Lou Salomé. Mas por um breve lapso. Outro olhar para dentro daqueles cristalinos olhos azuis e a abriu. Estava datada de 10 de janeiro de 1882 e começava assim: "Meu amigo Friedrich"; vários parágrafos tinham sido circulados.

Vós acabastes de dar ao mundo uma obra ímpar. Vosso livro é caracterizado por uma convicção tão consumada que pressagia a mais profunda originalidade. De que outra forma poderíamos, minha esposa e eu, ter realizado o desejo mais ardente de nossa vida, ou seja, que algum dia algo vindo de fora possuísse plenamente nosso coração e nossa alma! Cada um de nós leu vosso livro duas vezes — primeiro sozinho, de dia, e depois em voz alta, de noite. Disputamos com razão o único exemplar e lamentamos que o prometido segundo exemplar ainda não tenha chegado.

Vós estais doente! Vós também estais desanimado? Em caso positivo, gostaria tanto de fazer algo para afastar vosso desalento! Como devo começar? Nada mais posso fazer que não esbanjar meus elogios irrestritos a vós.

Aceitai-os ao menos com um espírito amigável, ainda que vos deixe insatisfeito.

Saudações sinceras de vosso,
Richard Wagner

Richard Wagner! Apesar de toda sua urbanidade vienense, toda sua familiaridade e facilidade com os grandes homens da época, Breuer ficou aturdido. Uma carta como aquela escrita pelo próprio punho do mestre! Mas rapidamente recuperou sua serenidade.

— Muito interessante, minha cara *Fräulein*, mas agora, por favor, diga-me precisamente o que posso fazer pela senhorita.

Inclinando-se outra vez para a frente, Lou Salomé repousou de leve sua mão enluvada sobre a mão de Breuer:

— Nietzsche está doente, muito doente. Ele precisa da sua ajuda.

— Mas qual é a natureza da doença dele? Quais são os seus sintomas? — Breuer, perturbado pelo toque da mão da jovem, ficou satisfeito por navegar em águas familiares.

— Dores de cabeça. Em primeiro lugar, dores de cabeça lancinantes. E surtos constantes de náusea. E uma ameaça de cegueira. Sua visão vem gradualmente se deteriorando. E problemas estomacais: às vezes, não consegue comer durante dias. E insônia: nenhum remédio consegue fazê-lo dormir, de modo que toma doses perigosas de morfina. E tontura: às vezes, fica mareado em terra firme vários dias seguidos.

Longas listas de sintomas não eram novidade nem estímulo para Breuer, que normalmente examinava de 25 a 30 pacientes por dia e viera a Veneza precisamente para descansar desse trabalho. Contudo, tamanha era a veemência de Lou Salomé que ele se sentiu compelido a prestar plena atenção.

— A resposta à sua pergunta, minha cara dama, é sim, *é claro* que examinarei seu amigo. Quanto a isso, não há dúvida. Afinal, sou um médico. Mas, por favor, permita-*me* formular uma pergunta: por que a senhorita e seu amigo não vêm a mim por um caminho mais direto? Por que não simplesmente escrevem para meu consultório em Viena e solicitam uma consulta? — Com isso, Breuer olhou ao redor à procura do garçom para trazer a conta e pensou quão satisfeita Mathilde ficaria com seu retorno tão rápido ao hotel.

Mas não era fácil se livrar daquela mulher ousada:

— Doutor Breuer, mais uns minutinhos, por favor. Não estou exagerando a gravidade do estado de Nietzsche, a profundidade de seu desespero.

— Não duvido disso. Mas volto a perguntar, *Fräulein* Salomé, por que o senhor Nietzsche não se consulta comigo em meu consultório em Viena? Ou não visita um médico na Itália? Onde ele mora? Gostaria que eu indicasse um médico na própria cidade dele? E por que *eu*? Aliás, como a senhorita soube que eu estava em Veneza? Ou que sou um aficionado da ópera e que admiro Wagner?

Lou Salomé não se abalou e sorriu quando Breuer começou a crivá-la de perguntas, seu sorriso tornando-se malicioso à medida que a fuzilaria prosseguia.

— *Fräulein*, está sorrindo como se tivesse um segredo. Acho que é uma jovem dama que adora mistérios!

— Tantas perguntas, doutor Breuer. É notável; conversamos por apenas poucos minutos e, apesar disso, há tantas perguntas intrigantes. Certamente, isso é um bom presságio de conversas futuras. Deixe que lhe conte mais sobre nosso paciente.

Nosso paciente! Enquanto Breuer se espantava novamente com sua audácia, Lou Salomé continuou:

— Nietzsche exauriu os recursos médicos da Alemanha, da Suíça e da Itália. Nenhum médico conseguiu compreender sua doença ou aliviar seus sintomas. Nos últimos 24 meses, segundo me contou, consultou-se com 24 dos melhores médicos da Europa. Ele abriu mão de seu lar, abandonou seus amigos, renunciou à sua cátedra na universidade. Ele se tornou um andarilho em busca de um clima tolerável, à procura de um ou dois dias de alívio de sua dor.

A jovem mulher parou, erguendo a xícara para bebericar enquanto mantinha o olhar fixo em Breuer.

— *Fräulein*, em minha prática como clínico, vejo com freqüência pacientes em estados incomuns ou intrigantes. Porém, permita que fale honestamente: não posso fazer milagres. Numa situação como essa, de cegueira, cefaléias, vertigem, gastrite, fraqueza, insônia, em que vários excelentes médicos foram consultados e deixaram a desejar, é pouco provável que eu consiga fazer mais do que me tornar seu 25º excelente médico em tantos meses.

Breuer se reclinou na cadeira, pegou um charuto e o acendeu. Soprou uma fumaça fina e azulada, esperou até se dissipar e continuou:

— Novamente, porém, ofereço-me para examinar o professor Nietzsche em meu consultório. Entretanto, é bem provável que a causa e a cura de uma doença tão refratária como a dele ultrapassem o alcance da ciência médica de 1882. Seu amigo pode ter nascido uma geração cedo demais.

— Nascido cedo demais! — Ela riu. — Uma observação presciente, doutor Breuer. Quantas vezes ouvi Nietzsche proferir exatamente essas palavras! Agora, tenho *certeza* de que o senhor é o médico certo para ele.

Apesar de sua vontade de partir e da visão recorrente de Mathilde já vestida e andando ansiosa pelo quarto do hotel, Breuer imediatamente expressou interesse:

— Como assim?

— Ele muitas vezes se denomina um "filósofo póstumo": um filósofo para quem o mundo ainda não está preparado.

De fato, o novo livro que está planejando começa com este tema: um profeta, Zaratustra, repleto de sabedoria, decide iluminar as pessoas. Mas ninguém compreende suas palavras. O mundo não está preparado para o profeta, que, percebendo ter vindo cedo demais, retorna à sua solidão.

— *Fräulein*, suas palavras me intrigam: sou apaixonado por filosofia. Porém, meu tempo hoje é limitado e estou esperando uma resposta direta à minha pergunta: por que seu amigo não me consulta em Viena?

— Doutor Breuer — Lou Salomé fitou-o diretamente nos olhos —, desculpe minha imprecisão. Talvez esteja sendo muito indireta. Sempre gostei de ficar na presença de grandes mentes: talvez porque precise de modelos para meu próprio desenvolvimento, talvez porque só goste de colecioná-las. Mas sei que é um privilégio conversar com um homem da profundidade e com o horizonte do senhor.

Breuer sentiu que enrubescia. Não suportava mais o olhar dela e desviou a visão para longe, enquanto ela continuava:

— O que quero dizer é que talvez seja culpada de ser indireta simplesmente para prolongar nosso tempo juntos.

— Mais café, senhorita? — Breuer fez sinal para o garçom. — E mais desses pãezinhos engraçados. Já refletiu sobre a diferença entre a panificação alemã e a italiana? Permita-me descrever minha teoria sobre a concordância entre o pão e a personalidade nacional.

Assim, Breuer não voltou às pressas para Mathilde. Enquanto tomava um café-da-manhã descansado com Lou Salomé, refletiu sobre a ironia de sua situação. Que estranho ter vindo a Veneza para desfazer o dano causado por uma mulher bonita e, agora, estar sentado *tête-à-tête* com outra ainda mais bonita! Ele também observou que, pela primeira vez em meses, sua mente estava livre da obsessão por Bertha.

"Talvez", ponderou, "exista afinal uma esperança para mim. Quem sabe possa me valer desta mulher para expulsar Bertha do palco de minha mente. Terei descoberto um equivalente psicológico da terapia da substituição farmacológica? Uma droga benigna como a valeriana pode substituir uma mais perigosa, como a morfina. Da mesma forma, talvez Lou Salomé possa substituir Bertha — um grande progresso! Afinal, esta mulher é mais sofisticada, mais realizada. Bertha é — como dizer? — pré-sexual, uma mulher irrealizada, uma criança se debatendo desajeitadamente no corpo de uma mulher".

Contudo, Breuer sabia que era precisamente a inocência pré-sexual de Bertha que o atraía. Ambas as mulheres o excitavam: pensar nelas provocou uma vibração quente nas partes pudendas. Por outro lado, as duas mulheres o amedrontavam: ambas perigosas, mas de formas diferentes. Essa Lou Salomé o assustava devido a seu poder — pelo que ela poderia fazer a ele. Bertha o assustava devido à sua submissão — pelo que ele poderia fazer *a ela*. Tremeu ao pensar nos riscos que correra com Bertha — quão próximo chegara de violar a regra mais fundamental da ética médica, de arruinar a si próprio, a família, sua vida inteira.

Entretanto, estava tão profundamente envolvido na conversa e tão inteiramente encantado com sua jovem companheira de café, que, enfim, ela — e não ele — retornou à doença do amigo, especificamente ao comentário de Breuer sobre milagres médicos.

— Tenho 21 anos, doutor Breuer, e abandonei toda crença em milagres. Percebo que o fracasso de 24 excelentes médicos só pode significar que atingimos os limites do conhecimento da medicina contemporânea. Porém, não me interprete mal! Não tenho ilusão de que o senhor vá curar a doença de Nietzsche. Não foi *por isso* que procurei sua ajuda.

Breuer pôs a xícara de café de volta à mesa e limpou o bigode e a barba com o guardanapo:

— Perdoe-me, *Fräulein*, agora fiquei realmente confuso. A senhorita não começou dizendo que desejava minha ajuda porque seu amigo está muito doente?

— Não, doutor Breuer, eu disse que tinha um amigo que está *desesperado*, que corre grande perigo de se suicidar. É o *desespero* do professor Nietzsche, e não seu organismo, que peço para curar.

— Mas senhorita, se seu amigo está desesperado com a saúde e não disponho de uma terapia para ele, o que fazer? Não posso ajudar uma mente doente.

Breuer interpretou a anuência de Lou Salomé com a cabeça como um reconhecimento das palavras do médico de Macbeth* e prosseguiu:

— *Fräulein* Salomé, não existe remédio para o desespero, médico para a alma. Não há muito que possa fazer, a não ser recomendar um dos excelentes balneários terapêuticos na Áustria ou na Itália. Ou talvez uma conversa com um sacerdote ou algum outro conselheiro religioso, um membro da família... quem sabe um bom amigo?

— Doutor Breuer, sei que é capaz de fazer mais do que isso. Tenho um espião. Meu irmão Jenia é um estudante de

---

* Na tragédia *Macbeth*, de William Shakespeare, Lady Macbeth, oprimida pelos crimes que ajudou o marido a cometer, sofre de terríveis visões. O médico chamado para tratá-la confessa sua impotência: "Essa doença está além de meus conhecimentos." (5º ato, cena I) (N. do T.)

medicina que freqüentou sua clínica em Viena no início deste ano.

Jenia Salomé! Breuer tentou recordar o nome. Havia muitos estudantes.

— Através dele, soube de seu amor por Wagner, que tiraria férias esta semana no hotel Amalfi, em Veneza, e também como reconhecê-lo. Porém, mais importante de tudo, através dele soube que o senhor é realmente um médico para o desespero. No último verão, ele assistiu a uma conferência informal em que o senhor descreveu seu tratamento de uma jovem mulher chamada Anna O., uma mulher que estava desesperada e que tratou com uma nova técnica chamada "terapia por meio da conversa", uma cura baseada na razão, no deciframento de associações mentais emaranhadas. Jenia contou que o senhor é o único médico da Europa capaz de oferecer um tratamento realmente psicológico.

Anna O.! Breuer sobressaltou-se com o nome e derramou o café ao levar a xícara até os lábios. Secou a mão com o guardanapo, esperando que *Fräulein* Salomé não tivesse observado o acidente. Anna O., Anna O.! Incrível! Para onde quer que se virasse, deparava com Anna O. — seu codinome para Bertha Pappenheim. Extremamente discreto, Breuer jamais citava os nomes reais dos pacientes ao discutir seus casos com os alunos. Em seu lugar, criava um pseudônimo retrocedendo as iniciais em uma letra do alfabeto: assim, B. P. de Bertha Pappenheim tornou-se A. O., ou Anna O.

— Jenia ficou extremamente impressionado com o senhor, doutor Breuer. Ao descrever sua conferência e sua cura de Anna O., declarou-se privilegiado por estar à luz de um gênio. Vamos e venhamos, Jenia não é um rapaz impressionável. Jamais o ouvi falar assim antes. Resolvi, então, que deveria um dia encontrá-lo, conhecê-lo, talvez estudar com o senhor. Mas meu "um dia" se tornou mais imediato com a piora do estado de Nietzsche nos últimos dois meses.

Breuer olhou ao redor. Muitos dos outros fregueses haviam terminado e saído, mas ei-lo ali sentado, totalmente distante de Bertha, falando com uma mulher impressionante que ela trouxera para sua vida. Um calafrio o percorreu. Jamais encontraria um refúgio de Bertha?

— *Fräulein* — Breuer pigarreou para limpar a garganta e se forçou a prosseguir —, o caso descrito por seu irmão foi, simplesmente, um caso individual em que apliquei uma técnica altamente experimental. Não há razão para acreditar que essa técnica específica vá ajudar seu amigo. De fato, existem várias razões para acreditar que não ajudará.

— Como assim, doutor Breuer?

— Temo que o tempo não permita uma resposta prolongada. Por ora, observarei simplesmente que Anna O. e seu amigo sofrem de doenças muito diferentes. Ela foi acometida de histeria e sofreu de certos sintomas de invalidez, conforme seu irmão deve ter-lhe contado. Minha abordagem consistiu em remover sistematicamente cada sintoma, ajudando minha paciente a relembrar, com ajuda do mesmerismo, o trauma psíquico no qual se originou. Uma vez descoberta a fonte específica, o sintoma desaparecia.

— Suponha, doutor Breuer, que consideremos o desespero como um sintoma. O senhor não poderia tratá-lo da mesma forma?

— O desespero não é um sintoma médico, senhorita; é vago, impreciso. Cada um dos sintomas de Anna O. envolvia uma parte delimitada do corpo; cada um era causado pela descarga da excitação intracerebral através de alguma passagem neural. Pelo que a senhorita me descreveu, o desespero de seu amigo é inteiramente ideacional. Não existe um tratamento para tal estado.

Pela primeira vez, Lou Salomé hesitou:

— Mas, doutor Breuer — novamente pôs sua mão sobre a dele —, antes de tratar de Anna O., não havia tratamento psicológico para a histeria. Pelo que eu entendo, os médicos recorriam apenas a banhos ou ao terrível tratamento com choques elétricos. Estou convencida de que o senhor, talvez apenas o senhor, poderá descobrir um tratamento novo para Nietzsche.

Subitamente, Breuer observou as horas. Ele tinha que retornar para junto de Mathilde.

— *Fräulein*, farei todo o possível para ajudar seu amigo. Por favor, fique com meu cartão. Verei seu amigo em Viena.

Ela olhou para o cartão apenas brevemente, antes de guardá-lo na bolsa.

— Doutor Breuer, as coisas não são tão simples assim. Nietzsche não é, por assim dizer, um paciente cooperador. Na verdade, ele nem sabe que estou conversando com o senhor. Trata-se de uma pessoa extremamente reservada e de um homem orgulhoso. Ele jamais conseguirá reconhecer a necessidade de ajuda.

— Mas a senhorita disse que ele fala abertamente de suicídio.

— Em toda conversa, em toda carta. Mas ele não pede ajuda. Caso viesse a saber de nossa conversa, jamais me perdoaria, e estou certa de que se recusaria a consultar o senhor. Ainda que, de alguma forma, eu o persuadisse, ele limitaria a consulta aos problemas corporais. Nem em mil anos ele viria a lhe pedir para aliviar seu desespero. Ele sustenta opiniões rígidas sobre fraqueza e poder.

Breuer começou a se sentir frustrado e impaciente:

— Então, *Fräulein*, o drama se torna mais complexo. A senhorita quer que eu me encontre com certo professor Nietzsche, que considera um dos grandes filósofos de nossa época, a fim de persuadi-lo de que a vida, ou ao menos a vida *dele*, vale a pena ser vivida. Além do mais, devo consegui-lo sem que nosso filósofo saiba disso.

Lou Salomé assentiu com a cabeça, expirou profundamente e se sentou novamente na cadeira.

— Como é possível? — ele continuou. — Realizar simplesmente a primeira meta, curar o desespero, ultrapassa o alcance da ciência médica. Mas esta segunda condição, de que o paciente seja tratado sub-repticiamente, transfere nosso empreendimento para o reino do fantástico. Existem outros obstáculos ainda não revelados? Quem sabe o professor Nietzsche fale apenas sânscrito ou se recuse a deixar seu eremitério no Tibete? — Breuer se sentiu atordoado, mas, observando o ar de espanto de Lou Salomé, rapidamente se controlou. — Seriamente, *Fräulein* Salomé, como poderei fazê-lo?

— *Agora* está vendo, doutor Breuer! *Agora* está vendo por que procurei *o senhor* em vez de um homem de menor envergadura!

Os sinos de San Salvatore soaram as horas. Dez horas. Mathilde devia estar ansiosa. Ah! Ficar se preocupando com ela... Breuer acenou novamente para o garçom. Enquanto esperavam a conta, Lou Salomé fez um convite incomum:

— Doutor Breuer, aceitaria meu convite para o desjejum amanhã? Conforme já mencionei, tenho certa responsabilidade pessoal pelo desespero do professor Nietzsche. Há muito mais que gostaria de lhe contar.

— Amanhã, infelizmente, será impossível. Não é todo dia que uma mulher adorável me convida para o desjejum, *Fräulein*, mas não posso aceitar. A natureza de minha viagem para cá com minha mulher desaconselha que a deixe novamente.

— Permita então sugerir outro plano. Prometi ao meu irmão visitá-lo este mês. Aliás, até há pouco tempo, eu planejara viajar a Viena com o professor Nietzsche. Permita que, quando eu estiver lá, forneça-lhe mais informações. Enquanto isso, tentarei persuadir o professor Nietzsche a consultar o senhor sobre a deterioração de sua saúde física.

Caminharam juntos para fora do café. Poucos fregueses restavam, enquanto os garçons tiravam as mesas. Breuer ia partir quando Lou Salomé lhe tomou o braço e pôs-se a andar junto dele.

— Doutor Breuer, essa hora foi curta demais. Estou ávida por mais um pouco de seu tempo. Posso caminhar com o senhor de volta ao hotel?

O convite impressionou Breuer pela ousadia e masculinidade; entretanto, dos lábios dela, soava como normal, não afetado — a forma natural como as pessoas deveriam conversar e viver. Se uma mulher aprecia a companhia de um homem, por que não lhe dar o braço e pedir para andar com ele? Contudo, que outra mulher sua conhecida teria proferido essas palavras? Estava diante de uma espécie diferente de mulher. Aquela mulher era livre!

— *Jamais* lastimei tanto declinar um convite — disse Breuer, puxando o braço dela para mais perto dele —, mas é hora de voltar, e voltar sozinho. Minha adorável mas preocupada esposa estará esperando na janela e é meu dever mostrar-me sensível aos sentimentos dela.

— É claro, mas — ela puxou o braço para ficar face a face com ele, autocontida, vigorosa como um homem — para mim a palavra "dever" é pesada e opressiva. Reduzi meus deveres a apenas um: perpetuar minha liberdade. O casamento e seu séquito de possessão e ciúme escravizam o espírito. Eles jamais me dominarão. Espero, doutor Breuer, que chegue o tempo em que nem o homem nem a mulher sejam tiranizados pelas fraquezas mútuas. — Virando de costas com toda a segurança de sua chegada: — *Auf Wiedersehen*. Até nosso próximo encontro, em Viena.

Capítulo 2

Quatro semanas depois, Breuer estava sentado à sua escrivaninha no consultório em Bäckerstrasse 7. Eram quatro da tarde e ele aguardava impacientemente a chegada de *Fräulein* Lou Salomé.

Era incomum uma pausa durante sua jornada de trabalho; porém, na ânsia de vê-la, ele despachara rapidamente seus três pacientes anteriores. Todos sofriam de doenças de fácil diagnóstico que exigiram pouco esforço da sua parte.

Os dois primeiros — homens na casa dos 60 anos — sofriam de doenças praticamente idênticas: uma respiração tremendamente forçada e uma tosse brônquica seca e áspera. Durante anos, Breuer vinha tratando de seu enfisema crônico, a que, no clima frio e úmido, se sobrepunha uma bronquite aguda, resultando em um grave comprometimento pulmonar. Para ambos os pacientes, prescreveu morfina contra a tosse (pó de Dover, cinco grãos três vezes ao dia), pequenas doses de um expectorante (ipecacuanha), inalações de vapor e emplastos de mostarda no tórax. Embora alguns médicos escarnecessem dos emplastos de mostarda, Breuer acreditava neles e os prescrevia com freqüência — especialmente naquele ano, quando metade de Viena parecia ter sucumbido às doenças respiratórias. A cidade não via o sol fazia três semanas, apenas uma gélida e implacável garoa.

O terceiro paciente, um serviçal da residência do príncipe herdeiro Rodolfo, era um jovem homem febril e bexiguento, com a garganta inflamada, tão retraído que

Breuer teve que ser taxativo ao ordenar que se despisse para o exame. O diagnóstico foi amigdalite folicular. Embora adepto da rápida extração das amígdalas com tesouras e fórceps, Breuer decidiu que aquelas amígdalas não estavam suficientemente maduras para serem removidas. Em vez disso, prescreveu uma compressa fria no pescoço, gargarejos com clorato de potássio e inalações de borrifos de água carbonada. Por se tratar da terceira inflamação de garganta do paciente naquele inverno, Breuer também aconselhou enrijecer a pele e sua resistência com banhos frios diários.

Agora, enquanto esperava, apanhou a carta recebida três dias antes de *Fräulein* Salomé. Com a mesma ousadia do recado anterior, ela anunciava que iria ao seu consultório às quatro horas daquele dia para uma consulta. As narinas de Breuer se dilataram: "*Ela* diz para *mim* a que horas chegará. Ela dá as cartas. Ela me concede a honra de..."

Mas ele rapidamente se emendou: "Não se leve tão a sério, Josef. Que diferença faz? Embora *Fräulein* Salomé não tenha como sabê-lo, quarta-feira à tarde é uma ocasião excelente para vê-la. Na longa meada das coisas, que diferença faz?"

"*Ela* diz para *mim*...", Breuer refletiu sobre seu tom de voz: era precisamente essa autovalorização esnobe que ele detestava nos seus colegas médicos como Billroth e Schnitzler, o pai, e em muitos de seus ilustres pacientes como Brahms e Wittgenstein. A qualidade que mais apreciava nos conhecidos mais próximos, dos quais a maioria também era seu paciente, era a despretensão. Era o que o aproximava de Anton Bruckner. Talvez Anton jamais atingisse o patamar de Brahms, mas ao menos não adorava o solo sob seus pés.

Acima de tudo, Breuer gostava dos jovens e irreverentes filhos de alguns de seus conhecidos — os jovens Hugo Wolf, Gustav Mahler, Teddie Herzl e o mais improvável estudante de medicina, Arthur Schnitzler. Identificava-se com eles e, na ausência de outras pessoas de sua idade para ouvir, divertia-os com ataques cáusticos à classe reinante. Por exemplo, na semana anterior, no baile da Policlínica, divertira um grupo de jovens homens aglomerados ao seu redor ao pronunciar:

— Sim, sim, é verdade que os vienenses são um povo religioso: seu deus se chama "Decoro".

Breuer, o eterno cientista, recordou a facilidade com que, em apenas poucos minutos, mudara de um estado mental para outro: da arrogância à despretensão. Que fenômeno interessante! Conseguiria repeti-lo?

De vez em quando, conduzia uma experiência imaginária. Primeiro, tentava assumir a *persona* vienense com toda a pompa que viera a odiar. Ao se enfunar e murmurar silenciosamente "Como ela *ousa*?", envesgando os olhos e franzindo a testa, reexperimentou o ressentimento e a indignação que envolvem os que se levam a sério demais. Depois, expirando e relaxando, abandonou tudo aquilo e retornou à própria pele — a um estado mental capaz de rir de si próprio, das próprias posturas ridículas.

Observou que cada um desses estados mentais tinha seu próprio colorido emocional: o esnobe tinha arestas agudas — maldade e irritabilidade —, bem como altivez e solidão. O outro estado, ao contrário, se afigurava regular, suave e submisso.

Essas eram emoções definidas, identificáveis — pensou Breuer —, mas também emoções *modestas*. E quanto às emoções mais *poderosas* e aos estados mentais que *as* alimentavam? Haveria uma forma de controlar essas emoções mais fortes? Isso não levaria a uma terapia psicológica eficaz?

Considerou sua própria experiência. Seus estados mentais mais instáveis envolviam mulheres. Havia ocasiões — hoje, abrigado na fortaleza de seu consultório, era uma delas — em que se sentia forte e seguro. Nessas ocasiões, via as mulheres como realmente eram: criaturas batalhadoras e ansiosas, lidando com os incessantes e prementes problemas do dia-a-dia; e via a realidade de suas mamas: aglomerados de células mamárias flutuando em poças de lipóides. Conhecia seus corrimentos, seus problemas dismenorréicos, sua ciática e suas diferentes protrusões irregulares — bexigas e úteros com prolapso e hemorróidas e varicosidades azuis salientes.

Mas havia outras ocasiões — momentos de encantamento, de captura por mulheres maiores do que a vida, seus seios intumescendo em globos mágicos e poderosos —, quando era dominado por uma ânsia irresistível de se fundir com esses corpos, de sugar-lhes os mamilos, de sentir seu calor e umidade. Esse estado de espírito podia ser incontrolável, podia transtornar uma vida inteira — e, em seu trabalho com Bertha, quase lhe custara tudo que tanto prezava.

Era uma questão de perspectiva, de mudar a disposição de espírito. Se conseguisse ensinar os pacientes a fazê-lo conforme desejassem, poderia de fato se tornar o que *Fräulein* Salomé procurava: um médico para o desespero.

Sua divagação foi interrompida pelo som da porta se abrindo e fechando na ante-sala. Breuer esperou um momento ou dois para não parecer ansioso demais e, depois, passou à sala de espera para saudar Lou Salomé. Ela estava molhada, a garoa vienense tendo se transformado num aguaceiro — mas, antes que pudesse ajudá-la a despir a capa molhada, ela já o tinha feito, entregando-a à enfermeira e recepcionista, *Frau* Becker.

Após conduzir *Fräulein* Salomé para dentro do consultório e fazer sinal para que se acomodasse em uma pesada cadeira estofada com couro preto, Breuer sentou-se na cadeira ao lado. Não pôde conter a observação:

— Vejo que a senhorita prefere fazer as coisas por si. Isso não priva os homens do prazer de servi-la?

— Ambos sabemos que alguns dos serviços que os homens prestam não são necessariamente benéficos para a saúde das mulheres!

— Seu futuro marido precisará de um treinamento intensivo. Os hábitos de toda uma vida não são facilmente extinguidos.

— Casamento? Não, não para mim! Eu lhe contei. Oh! Talvez um casamento de meio expediente; isso poderia servir-me, mas nada que me prendesse demais.

Observando sua ousada e bela visitante, Breuer se deixou cativar pela idéia de um casamento de meio expediente. Era difícil lembrar que a idade dela era apenas metade da sua. Trajava um vestido simples, longo e preto com botões subindo até o pescoço, e uma pele com uma pequena cabeça e pés de raposa envolvia-lhe os ombros. "Estranho", pensou Breuer, "na fria Veneza ela descarta o casaco, mas não o larga por um minuto em meu consultório superaquecido". Chegou o momento de tratarem do assunto que a levara ali.

— *Fräulein* — disse —, vamos tratar da doença de seu amigo.

— *Desespero*, não doença. Tenho diversas recomendações. Devo compartilhá-las com o senhor?

"Sua presunção não terá limite?", pensou indignado. "Ela fala como se fosse minha colega, a chefe de uma clínica, uma médica com trinta anos de experiência, e não uma colegial inexperiente."

"Acalme-se, Josef!", repreendeu a si mesmo. "Ela é muito jovem e não adora o deus vienense, o Decoro. Além disso, ela conhece esse professor Nietzsche melhor do que eu. Ela é extremamente inteligente e pode ter algo importante a dizer. Deus sabe que não tenho a menor idéia de como curar o desespero: nem sequer consigo curar o meu próprio." Respondeu calmamente:

— Certamente, senhorita. Por favor, prossiga.

— Meu irmão Jenia, com quem me encontrei esta manhã, mencionou que o senhor usou o mesmerismo para ajudar Anna O. a rememorar a fonte psicológica original de cada um de seus sintomas. Lembro que o senhor me disse em Veneza que essa descoberta da origem de cada sintoma de algum modo o dissolvia. O *como* desse "de algum modo" me intriga. Algum dia, quando dispusermos de mais tempo, espero que me esclareça sobre o mecanismo preciso pelo qual tomar conhecimento da fonte elimina o sintoma.

Breuer balançou a cabeça e acenou com as mãos, as palmas voltadas para Lou Salomé:

— Trata-se de uma observação empírica. Ainda que dispuséssemos de todo o tempo do mundo para conversar, receio que não conseguiria lhe fornecer toda a precisão que procura. Mas suas recomendações, senhorita?

— Minha primeira recomendação é: *não tente esse método do mesmerismo com Nietzsche*. Com ele, não funcionaria! Sua mente, seu intelecto, é um milagre: uma das maravilhas do mundo, como verá por si mesmo. Mas ele é, apropriando-me de uma de suas expressões favoritas, apenas humano, demasiado humano, e possui seus próprios pontos cegos.

Lou Salomé agora removeu sua pele, levantou-se lentamente e cruzou o consultório para pô-la sobre o sofá de Breuer. Observou por um momento os diplomas emoldurados na parede, ajeitou um que estava ligeiramente torto e, então, sentou-se novamente e cruzou as pernas antes de prosseguir.

— Nietzsche é extremamente sensível a questões de poder. Ele recusaria se engajar em qualquer processo que perceba como uma submissão de seu poder a outrem. Em sua filosofia, é atraído pelos gregos pré-socráticos, especialmente pelo conceito deles de *agonis*, a crença de que desenvolvemos os dons naturais somente por meio da luta, e desconfia profundamente da motivação de quem quer que renuncie à luta e alegue ser altruísta. Seu mentor nesses assuntos foi Schopenhauer. Ninguém deseja, acredita ele, ajudar os outros; pelo contrário, as pessoas desejam apenas dominar e aumentar seu próprio poder. Nas poucas vezes em que submeteu seu poder a outrem, acabou se sentindo devastado e enraivecido. Aconteceu com Richard Wagner. Acredito que esteja acontecendo agora comigo.

— Como assim com a senhorita? É verdade que, de alguma forma, é pessoalmente responsável pelo grande desespero do professor Nietzsche?

— Ele acredita que eu seja. Por isso, minha *segunda* recomendação é: não *se alie a mim*. O senhor parece espantado; para que compreenda, terei que contar tudo sobre meu relacionamento com Nietzsche. Nada omitirei e responderei a todas as suas perguntas com sinceridade. Isso não será fácil. Ponho-me em suas mãos, mas minhas palavras devem permanecer um segredo entre nós.

— É claro, pode contar com isso, *Fräulein* — respondeu, admirado com alguém tão direto, com quão prazeroso era conversar com alguém tão aberto.

— Bem, então... Conheci Nietzsche aproximadamente oito meses atrás, em abril.

Frau Becker bateu à porta e entrou com o café. Se ficou surpresa ao ver Breuer sentado ao lado de Lou Salomé, e não em seu lugar costumeiro atrás da escrivaninha, ela não o demonstrou. Sem nenhuma palavra, depositou uma bandeja contendo xícaras, colheres e um bule de café de prata brilhante e saiu rapidamente. Breuer serviu o café enquanto a jovem prosseguia.

— Deixei a Rússia no ano passado devido à minha saúde: um problema respiratório que agora melhorou bastante. Primeiro, vivi em Zurique e estudei teologia com Biederman, além de trabalhar com o poeta Gottfried Kinkel... Não sei se mencionei que sonho em me tornar poetisa. Quando minha mãe e eu nos mudamos para Roma, no início deste ano, Kinkel forneceu uma carta de apresentação a Malwida von Meysenburg. O senhor a conhece: ela escreveu *Memórias de uma idealista*.

Breuer assentiu com a cabeça. Estava familiarizado com a obra de Malwida von Meysenburg, especialmente suas cruzadas em prol dos direitos das mulheres, da reforma política radical e de várias transformações no processo educacional. Agradavam-lhe menos os recentes tratados antimaterialistas dela, que julgava baseados em alegações pseudocientíficas. Lou Salomé continuou:

— Assim, compareci ao salão literário de Malwida, onde conheci um encantador e brilhante filósofo, Paul Rée, de quem me tornei grande amiga. O senhor Rée assistira às aulas de Nietzsche na Basiléia, muitos anos antes e, a partir de então, ambos cultivaram uma estreita amizade. Eu observava que o senhor Rée admirava Nietzsche acima de todos os outros homens. Logo, ele chegou à conclusão de que, se nós dois éramos amigos, então Nietzsche e eu também deveríamos nos tornar amigos. Paul... ou melhor, o senhor Rée... Doutor — ela enrubesceu por um instante breve, mas suficiente para que Breuer o notasse e para que ela percebesse isso —, permita que o chame de Paul, pois é assim que me dirijo a ele e não vamos perder tempo com convenções sociais. Sou muito íntima de Paul, embora jamais venha a me imolar no casamento com ele ou com qualquer outro! Mas — prosseguiu impacientemente —, já gastei bastante tempo explicando um breve e involuntário rubor em minha face. Somos os únicos animais que enrubescem, não é verdade?

À falta de palavras, Breuer conseguiu apenas assentir com a cabeça. Por algum tempo, cercado por sua parafernália médica, sentira-se mais poderoso do que na conversa anterior. Mas agora, exposto ao poder do encanto da jovem, sentiu suas forças abandonarem-no. O comentário dela sobre seu rubor fora notável: jamais em sua vida ouvira uma mulher, ou qualquer outra pessoa, falar sobre a relação social de forma tão direta. E ela tinha apenas 21 anos!

— Paul estava convencido de que Nietzsche e eu rapidamente nos tornaríamos amigos — Lou Salomé continuou —, de que combinávamos como a mão e a luva. Ele queria que eu me tornasse aluna e protegida de Nietzsche. Queria que Nietzsche fosse meu mestre, meu sacerdote secular.

Foram interrompidos por uma leve batida à porta. Breuer se levantou para abri-la e *Frau* Becker sussurrou que chegara um novo paciente. Breuer sentou-se novamente, tranqüilizou Lou Salomé de que dispunham de bastante tempo, pois pacientes inesperados estavam acostumados a longas esperas, e pediu que prosseguisse.

— Bem — continuou ela —, Paul marcou um encontro na basílica de São Pedro, o local menos recomendável para o encontro de nossa profana Trindade... designação que mais tarde adotamos, embora Nietzsche muitas vezes se referisse a ela como um "relacionamento pitagórico".

Breuer se flagrou fitando os seios da visitante, em vez da face. "Por quanto tempo", se perguntou, "terei estado fazendo isso? Será que ela percebeu? Será que outras mulheres me observaram fazendo isso?" Em sua imaginação, apanhou uma vassoura e varreu para longe todos os pensamentos sexuais. Concentrou-se mais nos olhos e nas palavras dela.

— Imediatamente, fui atraída por Nietzsche. Não é um homem fisicamente imponente: altura média, com uma voz gentil e olhos que não piscam e que olham para dentro e não para fora, como se estivesse protegendo algum tesouro interior. Eu ainda não sabia que ele perdera três quartos da visão. Não obstante, havia nele algo de extraordinariamente irresistível. As primeiras palavras que me disse foram: "De que estrelas caímos aqui um para o outro?" Então, nós três começamos a conversar. E que conversa! Por algum tempo, pareceu que as esperanças de Paul de que nos tornássemos amigos ou de que Nietzsche se tornasse meu mentor se concretizariam. Intelectualmente, formávamos o par perfeito. Nossas mentes se entrelaçaram: ele disse que tínhamos almas gêmeas de irmão e irmã. Ah! Ele leu em voz alta as jóias de seu último livro, musicou meus poemas, revelou-me o que iria oferecer ao mundo durante os próximos dez anos; acreditava que sua saúde não lhe concederia mais de uma década.

"Logo, Paul, Nietzsche e eu decidimos que viveríamos os três juntos. Começamos a planejar passar este inverno em Viena ou, possivelmente, em Paris."

"Um *relacionamento a três!*", Breuer pigarreou e se mexeu inquieto em sua cadeira. Viu-a sorrindo por seu embaraço. "Não haverá *nada* que ela não observe? Que diagnosticadora essa mulher poderia ser! Terá alguma vez considerado uma carreira médica? Seria possível, como minha aluna? *Minha* protegida? Minha colega, trabalhando ao meu lado no consultório, no laboratório?" Essa fantasia tinha poder, poder real — mas as palavras dela arrancaram Breuer da fantasia.

— Sim, sei que o mundo não sorri ante dois homens e uma mulher vivendo castamente juntos. — Ela acentuou "castamente" de forma magnífica, com ênfase bastante para deixar as coisas claras, mas com brandura suficiente para evitar uma repreensão. — Mas somos livres-pensadores idealistas que rejeitamos restrições socialmente impostas. Acreditamos em nossa capacidade de criar nossa própria estrutura moral.

Como Breuer não respondeu, sua visitante pareceu, pela primeira vez, insegura sobre como prosseguir.

— Devo continuar? Dispomos de tempo? Estou ofendendo o senhor?

— Continue, por favor, *gnädiges Fräulein*. Em primeiro lugar, reservei o horário para a senhorita. — Estendeu o braço sobre a escrivaninha para alcançar a agenda na outra extremidade e indicou as iniciais L.S. anotadas em letras grandes na quarta-feira, 22 de novembro de 1882. — Veja bem, não tenho mais nada programado esta tarde. Em segundo lugar, a senhorita não está me ofendendo. Pelo contrário, admiro sua franqueza, sua objetividade. Que bom se todos os amigos falassem assim honestamente! A vida seria mais rica e mais genuína.

Aceitando o elogio sem comentário, Lou Salomé encheu sua xícara novamente de café e continuou o relato.

— Primeiro, gostaria de deixar claro que meu relacionamento com Nietzsche, embora intenso, foi breve. Encontramo-nos somente quatro vezes e quase sempre acompanhados por minha mãe, pela mãe de Paul ou pela irmã de Nietzsche. De fato, Nietzsche e eu raramente ficamos a sós nos passeios ou nas conversas.

"A lua-de-mel intelectual de nossa profana Trindade foi igualmente breve. Fissuras apareceram. Depois, sentimentos românticos e libidinosos. Talvez tenham estado presentes desde o princípio. Talvez eu seja responsável por não tê-los reconhecido."

Ela estremeceu como para se livrar dessa responsabilidade e prosseguiu contando uma seqüência crucial de eventos.

— No final de nosso primeiro encontro, Nietzsche se mostrou preocupado com meu plano de um casto relacionamento a três, pensando que o mundo não estava preparado para isso, e me pediu que mantivesse nosso plano em segredo. Estava especialmente preocupado com sua família: sob nenhuma circunstância, sua mãe ou sua irmã deveriam saber de nós. Que convencionalismo! Fiquei surpresa e desapontada e me perguntei se havia sido enganada por seu linguajar corajoso e por suas proclamações de livre-pensador. Pouco depois, Nietzsche chegou a uma posição ainda mais radical: de que tal sistema de vida seria socialmente perigoso para mim, talvez até maléfico. Assim, para me proteger, decidiu se casar comigo e pediu a Paul que me transmitisse a proposta. Em que situação colocou Paul! Mas Paul, por lealdade ao amigo, zelosamente, embora um pouco reticente, me falou sobre a oferta de Nietzsche.

— Ela a surpreendeu? — perguntou Breuer.

— Bastante, especialmente por suceder nosso primeiro encontro. Além disso, também me perturbou. Nietzsche é um grande homem e é dotado de uma gentileza, de um poder, de uma presença extraordinários; não negarei, doutor Breuer, que me vi fortemente atraída por ele, mas não romanticamente. Talvez Nietzsche tenha sentido minha atração por ele e não tenha acreditado em minha afirmação de que o casamento estava tão longe de minha mente como o romance.

Uma súbita rajada de vento fazendo bater as janelas distraiu Breuer por um momento. De repente, sentiu uma rigidez no pescoço e nos ombros. Estivera tão atento escutando que, por vários minutos, não movera um só músculo. Por vezes, pacientes conversaram com ele sobre assuntos pessoais, mas jamais daquela forma. Jamais face a face, jamais de forma tão imperturbável. Bertha revelara muitas coisas, mas sempre em um estado mental "ausente". Lou Salomé estava "presente" e, mesmo ao descrever eventos remotos, criava momentos tais de intimidade que Breuer se sentia como se fossem amantes conversando. Não teve dificuldade em compreender por que Nietzsche propusera o casamento após um único encontro.

— E então, *Fräulein*?

— Então resolvi ser mais franca em nosso encontro seguinte. Mas isso acabou sendo desnecessário. Nietzsche logo percebeu que a perspectiva de casamento o assustava no mesmo grau em que me repugnava. Em nosso encontro seguinte, duas semanas depois, em Orta, suas primeiras palavras para mim foram de que eu deveria esquecer sua proposta. Em vez disso, ele me exortou a me unir a ele na busca do relacionamento ideal: apaixonado, casto, intelectual e não-marital. Os três nos reconciliamos. Nietzsche estava tão animado com nosso relacionamento a três que insistiu, uma tarde em Lucerna, que posássemos para isto: a única fotografia de nossa profana Trindade.

Na fotografia que entregou a Breuer, dois homens estavam de pé diante de uma carroça; ela estava ajoelhada dentro do veículo, brandindo um pequeno chicote.

— O homem à frente, com o bigode e olhando para o céu, é Nietzsche — disse calorosamente. — O outro é Paul.

Breuer examinou as fotografias com atenção. Perturbou-o ver aqueles dois homens — gigantes patéticos e aprisionados — domados por aquela bela e jovem mulher com seu chicotinho.

— O que acha de meu estábulo, doutor Breuer?

Pela primeira vez, um de seus comentários irônicos não teve ressonância e Breuer se lembrou subitamente de que ela não passava de uma garota de 21 anos. Sentiu-se desconfortável: não gostava de ver máculas em sua polidez. Seu coração se solidarizou com os dois homens em servidão — seus irmãos. Sem dúvida, poderia ter sido um deles.

Sua visitante deve ter sentido a impropriedade, pensou Breuer, observando como se apressou em continuar a narrativa.

— Encontramo-nos duas outras vezes: em Tautenberg, cerca de três meses atrás, com a irmã de Nietzsche, e depois em Leipzig, com a mãe de Paul. Mas Nietzsche me escrevia constantemente. Eis uma carta em resposta à minha narração de quão comovida fiquei com seu livro *Aurora*.

Breuer leu rapidamente a curta carta que ela lhe entregou.

Minha querida Lou,
Também eu tenho auroras ao meu redor e não são pintadas! Algo que já não cria possível, encontrar um amigo para minha *derradeira felicidade e sofrimento*, agora se me afigura possível — a possibilidade *dourada* no horizonte de toda a minha vida futura. Fico tocado sempre que chego a pensar na alma ousada e rica de minha querida Lou.

F. N.

Breuer se manteve em silêncio. Agora, sentiu um elo de empatia ainda maior para com Nietzsche. Encontrar auroras e possibilidades douradas, amar uma alma rica e ousada: todos precisam disso — pensou — ao menos uma vez na vida.

— Durante esse mesmo período — continuou Lou — Paul começou a escrever cartas igualmente ardentes. Apesar de meus melhores esforços de mediação, a tensão no seio de nossa Trindade aumentou alarmantemente. A amizade entre Paul e Nietzsche estava se desintegrando a olhos vistos. Finalmente, começaram a desmerecer um ao outro em suas cartas para mim.

— Certamente — interrompeu Breuer — isso não constituiu surpresa para a senhorita. Dois homens ardentes em uma relação íntima com a mesma mulher!

— Talvez eu tenha sido ingênua. Acreditei que nós três pudéssemos partilhar uma vida intelectual, que pudéssemos realizar um trabalho filosófico sério conjuntamente.

Aparentemente perturbada pela observação de Breuer, ela se levantou, espreguiçou-se ligeiramente e andou até a janela, parando no caminho para examinar algumas peças sobre a escrivaninha: um almofariz com pilão de bronze do Renascimento, uma pequena imagem funerária egípcia, um intrincado modelo de madeira dos canais semicirculares do interior do ouvido.

— Talvez eu seja obstinada — falou, olhando pela janela —, mas continuo não convencida de que nosso relacionamento a três fosse impossível! Poderia ter funcionado, não fosse a interferência da detestável irmã de Nietzsche. Nietzsche me convidou para passar o verão com ele e Elisabeth em Tautenberg, uma aldeia na Turíngia. Ela e eu nos encontramos em Bayreuth, onde estivemos com Wagner e assistimos a uma representação de *Parsifal*. Depois, viajamos juntas para Tautenberg.

— Por que a chama de detestável, *Fräulein*?

— Elisabeth é uma tola desagregadora, mesquinha, desonesta e anti-semita. Quando cometi a asneira de contar que Paul é judeu, não mediu esforços para levar isso ao conhecimento de todo o círculo de Wagner, de modo a assegurar que Paul jamais fosse bem-vindo em Bayreuth.

Breuer pôs sua xícara de café de volta sobre a escrivaninha. Enquanto de início Salomé o embalara no agradável e seguro reino do amor, da arte e da filosofia, agora suas palavras o traziam de volta à realidade, ao detestável mundo do anti-semitismo. Naquela mesma manhã, lera no *Neue Freie Presse* uma matéria sobre fraternidades percorrendo a universidade, invadindo as salas de aula, bradando "*Juden hinaus!*" (Fora, judeus!) e forçando todos os judeus para fora das salas — empurrando quem resistisse.

— *Fräulein*, também sou judeu e gostaria de saber se o professor Nietzsche compartilha os pontos de vista anti-semitas da irmã.

— Sei que o senhor é judeu. Jenia me contou. É importante que saiba que Nietzsche se preocupa somente com a verdade. Ele detesta a mentira do preconceito, de todos os preconceitos. Ele *odeia* o anti-semitismo da irmã. Está consternado e desgostoso porque Bernard Förster, um dos mais contundentes e virulentos anti-semitas da Alemanha, a visita com freqüência. Sua irmã Elisabeth...

Agora suas palavras afluíram mais rapidamente, o tom de voz uma oitava mais alto. Breuer percebeu que ela sabia que estava se afastando do roteiro traçado, mas ela não conseguia se conter.

— A Elisabeth, doutor Breuer, é uma víbora. Ela me chamou de prostituta. Mentiu para Nietzsche, contando-lhe que eu mostrei aquela foto para todo mundo e me gabei de como ele ama o gosto de meu chicote. Ela vive mentindo! É uma mulher perigosa. Algum dia, escreva o que eu digo, ela cometerá um grande dano a Nietzsche.

Ainda de pé, segurou firmemente as costas da cadeira ao proferir essas palavras. Depois, sentando-se, continuou, mais calma.

— Como o senhor pode imaginar, minhas três semanas em Tautenberg com Nietzsche e Elisabeth foram difíceis. Meus momentos a sós com ele foram sublimes. Maravilhosas caminhadas e profundas conversas sobre tudo... às vezes, sua saúde lhe permitia conversar dez horas ao dia! Pergunto-me se alguma vez antes houve tamanha *abertura filosófica* entre duas pessoas. Conversávamos sobre a relatividade do bem e do mal, sobre a necessidade de se libertar da moralidade pública de modo a viver moralmente, sobre a religião de um livre-pensador. As palavras de Nietzsche pareciam verdadeiras: *tínhamos* cérebros irmãos, conseguíamos dizer tanto um para o outro com meias-palavras, meias-sentenças, meros gestos. Contudo, esse paraíso foi estragado, porque o tempo todo estávamos sob o olhar de sua irmã serpentina. Eu a via escutando, sempre entendendo mal, tramando.

— Diga-me, por que Elisabeth iria caluniá-la?
— Porque está lutando por sua vida. Trata-se de uma mulher mentalmente limitada e de espírito embotado. Ela não pode se permitir perder o irmão para outra mulher. Nietzsche é, e sempre será, a única fonte de significado para sua vida.

Ela olhou de relance para seu relógio e, depois, para a porta fechada.

— Estou preocupada com a hora, então contarei o resto rapidamente. Exatamente no mês passado, apesar das objeções de Elisabeth, Paul, Nietzsche e eu passamos três semanas em Leipzig com a mãe de Paul, onde novamente tivemos sérias discussões filosóficas, particularmente sobre o desenvolvimento da crença religiosa. Partimos apenas duas semanas atrás, com Nietzsche ainda acreditando que nós três passaríamos a primavera juntos em Paris. Só que, agora o sei, isso jamais ocorrerá. Sua irmã conseguiu envenenar-lhe a cabeça contra mim e, ultimamente, ele começou a remeter cartas cheias de desespero e de ódio para Paul e para mim.

— E agora, hoje, *Fräulein* Salomé, em que pé estão as coisas?

— Está tudo deteriorado. Paul e Nietzsche se tornaram inimigos. Paul fica zangado sempre que lê as cartas de Nietzsche para mim, sempre que toma conhecimento de qualquer sentimento de ternura meu por Nietzsche.

— Paul lê sua correspondência?
— Sim, por que não? Nossa amizade se aprofundou. Suspeito que sempre estarei junto dele. Não temos segre-

dos um para o outro: chegamos a ler o diário um do outro. Paul tem me implorado para romper com Nietzsche. Finalmente, concordei e escrevi a Nietzsche que, embora sempre preze nossa amizade, nosso relacionamento a três não é mais possível. Contei-lhe que havia dor demais, influência destrutiva demais: de sua irmã, de sua mãe, das brigas entre ele e Paul.

— E a resposta dele?

— Selvagem! Assustadora! Ele escreve cartas ensandecidas, às vezes insultando ou ameaçando, outras vezes profundamente desesperadoras. Olhe aqui estas passagens que recebi nesta última semana!

Ela apanhou duas cartas cuja própria aparência denotava agitação: a letra desigual, as várias palavras abreviadas ou sublinhadas diversas vezes. Breuer olhou de relance os parágrafos que ela circulara; porém, incapaz de decifrar mais do que umas poucas palavras, devolveu as cartas à jovem.

— Esqueci — disse ela — quão difícil é ler sua letra. Deixe-me decifrar esta carta endereçada a Paul e a mim: "Não deixe que minhas erupções de megalomania ou que minha vaidade ferida incomodem você demasiadamente; e, se algum dia suceder que eu me prive de minha própria vida em um ataque de paixão, isso não deveria ser motivo de grande preocupação. Que fantasias tenho de você!... Cheguei a esta razoável visão de tudo depois de ingerir, por desespero, uma enorme dose de ópio..." — Ela interrompeu a leitura. — Isso é o suficiente para lhe dar uma idéia do seu desespero. Há várias semanas, tenho estado na propriedade da família de Paul na Baviera, logo toda minha correspondência vai para lá. Paul tem destruído suas cartas mais cáusticas de modo a me poupar da dor, mas esta, endereçada apenas a mim, lhe escapou: "Se eu a banir de mim agora, será uma condenação assustadora de todo o seu ser... Você causou dano, você causou *malefício*, e não apenas a mim, mas a todas as pessoas que me amaram: essa espada pende sobre você."

Ela ergueu o olhar até Breuer.

— *Agora*, doutor, o senhor vê por que recomendo com tanta ênfase que não se alie a mim de forma alguma?

Breuer tragou profundamente seu charuto. Embora intrigado por Lou Salomé e absorto pelo melodrama que ela desfiava, ele estava preocupado. Deveria ter concordado em tratar desse caso? Que emaranhado! Que relacionamentos primitivos e poderosos: a profana Trindade, a amizade encerrada de Nietzsche com Paul, a poderosa ligação de Nietzsche com a irmã, o ódio entre ela e Lou Salomé. "Preciso tomar cuidado", disse a si mesmo, "para não me deixar envolver por *esses* turbulentos". Mais explosivo de tudo, é claro, é o amor desesperado de Nietzsche, agora transmutado em ódio, por Lou Salomé. Mas era tarde demais para virar as costas. Ele havia se comprometido e, em Veneza, declarara jubilosamente a ela: "Jamais me recusei a tratar dos doentes." Deu as costas a Lou Salomé.

— Essas cartas me ajudam a compreender seu alarme, *Fräulein* Salomé. Compartilho sua preocupação sobre seu amigo: a estabilidade dele parece precária, e o suicídio, uma possibilidade real. Porém, dado que a senhorita tem agora pouca influência sobre o professor Nietzsche, como persuadi-lo a me visitar?

— Sim, *isso* é um problema que venho considerando exaustivamente. Até meu nome é agora um veneno para ele e terei que agir nos bastidores. Isso significa, é claro, que ele *jamais, jamais* poderá saber que eu articulei o encontro.

Jamais conte para ele! Mas agora que sei que está disposto a se encontrar com ele...

Ela largou a xícara e fitou Breuer tão atentamente que ele teve que responder depressa:

— É claro, *Fräulein*. Conforme lhe disse em Veneza: jamais me recusei a tratar dos doentes.

Após ouvir essas palavras, irrompeu em Lou Salomé um enorme sorriso. Ela estivera sob mais tensão do que ele imaginara.

— Com essa garantia, doutor Breuer, começarei nossa campanha para trazer Nietzsche ao seu consultório sem que ele saiba de minha participação. O comportamento dele agora está tão perturbado que estou certa de que todos os amigos dele estão alarmados e acolherão qualquer plano sensato para ajudá-lo. Em meu retorno a Berlim, amanhã, pararei na Basiléia a fim de propor nosso plano a Franz Overbeck, amigo de Nietzsche de longa data. Sua reputação, doutor, como diagnosticador nos ajudará. Acredito que o professor Overbeck consiga persuadir Nietzsche a se consultar com o senhor sobre o estado médico dele. Caso eu tenha sucesso, o senhor será avisado por carta.

Numa sucessão acelerada, pôs as cartas de Nietzsche de volta na bolsa, levantou-se, agitou sua longa saia franzida, apanhou a estola de pele de raposa no divã e estendeu a mão para Breuer.

— E agora, caro doutor Breuer...

Quando ela pôs a outra mão sobre a dele, a pulsação de Breuer se acelerou. "Não seja um velho bobão", pensou, entregando-se ao calor da mão dela. Quis lhe contar o prazer que lhe dava o seu toque. Talvez ela soubesse, pois manteve a mão dele dentro da sua durante o tempo em que falou.

— Espero que nos mantenhamos sempre em contato sobre esse assunto. Não apenas devido aos meus profundos sentimentos em relação a Nietzsche e ao meu temor de que seja, involuntariamente, responsável por parte de seu dissabor. Existe outra coisa. Espero também que nós dois nos tornemos amigos. Tenho vários defeitos, conforme viu: sou impulsiva, eu o choco, sou anticonvencional. Mas também tenho pontos fortes. Tenho um excelente olho para a nobreza de espírito num homem. Quando encontro tal homem, prefiro não perdê-lo. Que tal nos correspondermos?

Ela largou sua mão, andou até a porta e parou bruscamente. Abriu a bolsa para apanhar dois pequenos volumes.

— Oh! Doutor Breuer, quase me esqueci. Acho que o senhor deveria ter os dois últimos livros de Nietzsche. Eles lhe darão uma visão de sua mente. Mas ele não pode saber que o senhor os leu. Isso despertaria sua suspeita, pois pouquíssimos destes livros foram vendidos. — Novamente, tocou o braço de Breuer. — E mais uma coisa: embora tenha tão poucos leitores agora, Nietzsche está convicto de que a fama chegará. Ele me contou certa vez que o depois de amanhã lhe pertencerá. Assim, não diga a ninguém que o está ajudando. Não cite o nome dele para ninguém. Se o fizer e ele descobrir, considerará uma grande traição. Sua paciente Anna O., esse não é seu nome real, certo? O senhor usa um pseudônimo?

Breuer assentiu com a cabeça.

— Então, aconselho-o a fazer o mesmo com Nietzsche. *Auf Wiedersehen*, doutor Breuer — despediu-se, estendendo-lhe a mão.

— *Auf Wiedersehen, Fräulein* — respondeu Breuer, inclinando-se e pressionando a mão oferecida contra seus lábios.

Ao fechar a porta depois que ela saiu, deitou o olhar sobre os dois volumes finos em brochura, observando seus títulos estranhos: *Die Fröhliche Wissenschaft* (*A gaia ciência*) e *Menschliches, Allzumenschliches* (*Humano, demasiado humano*), antes de guardá-los na gaveta. Dirigiu-se à janela para um último relance de Lou Salomé. Ela ergueu o guarda-chuva, desceu rapidamente as escadas da frente e, sem olhar para trás, entrou num fiacre que a esperava.

Capítulo 3

Voltando da janela, Breuer agitou a cabeça para tirar Lou Salomé da mente. Depois, puxou o cordão pendente sobre sua escrivaninha para avisar *Frau* Becker de que mandasse entrar o paciente na sala de espera. O senhor Perlroth, um judeu ortodoxo arqueado e de barbas longas, entrou hesitante pela porta.

Cinqüenta anos atrás — Breuer logo soube —, o senhor Perlroth sofrera uma tonsilectomia traumática; sua lembrança dessa operação era tão dolorosa que, até aquele dia, se recusara a consultar um médico. Mesmo agora, protelara ao máximo sua visita, mas um "estado clínico desesperador" — conforme suas palavras — não lhe deixara outra saída. Breuer imediatamente deixou de lado sua pose de médico, saiu de trás da escrivaninha e sentou-se na cadeira ao lado, como fizera com Lou Salomé, para uma conversa informal com o novo paciente. Falaram sobre o tempo, a nova onda de imigrantes judeus da Galícia, o anti-semitismo virulento da Associação da Reforma Austríaca e suas origens comuns. O senhor Perlroth, como quase todos na comunidade judaica, conhecera e reverenciara Leopold, o pai de Breuer, e em poucos minutos transferiu sua confiança no pai para o filho.

— Então, senhor Perlroth, em que lhe posso ser útil? — perguntou Breuer.

— Não consigo urinar, doutor. O dia inteiro, e de noite também, sinto vontade. Corro para o banheiro, mas nada. Insisto e, finalmente, saem algumas gotas. Vinte minutos depois, a mesma história. Tenho que ir novamente, mas...

Com mais algumas perguntas, Breuer teve certeza da causa dos problemas do senhor Perlroth. A glândula prostática do paciente devia estar obstruindo a uretra. Restava uma única questão importante: o senhor Perlroth tinha um alargamento benigno da próstata ou um câncer? No exame de próstata, Breuer não sentiu nenhum nódulo canceroso endurecido, encontrando em seu lugar um alargamento esponjoso e benigno.

Depois de ouvir que não havia indício de câncer, o senhor Perlroth irrompeu em um sorriso jubiloso, apanhou a mão de Breuer e a beijou. Mas seu humor piorou novamente quando Breuer descreveu, do modo mais tranqüilizador possível, a natureza desagradável do tratamento exigido: a passagem urinária teria que ser dilatada pela inserção no pênis de uma série graduada de longas hastes de metal ou "sondas". Como o próprio Breuer não ministrava esse tratamento, recomendou o senhor Perlroth ao seu cunhado Max, um urologista.

Quando o senhor Perlroth partiu, passava um pouco das seis, horário das visitas domiciliares de Breuer do final da tarde. Ele reabasteceu sua grande valise de médico de couro preto, vestiu seu sobretudo forrado de peles e sua cartola e saiu à rua, onde seu cocheiro Fischmann o esperava numa carruagem puxada por dois cavalos. (Durante o tempo em que Breuer examinava o senhor Perlroth, *Frau* Becker tinha chamado um mensageiro parado na esquina próxima do consultório — um jovem de olhos e nariz avermelhados que usava uma grande insígnia de oficial, um chapéu pontudo e um uniforme de exército cor cáqui com dragonas grandes demais para ele — e lhe pagara dez *Kreuzer* para ir correndo chamar Fischmann. Mais abastado do que a maioria dos médicos vienenses, Breuer alugava um fiacre para o ano inteiro, em vez de chamar um quando precisasse.)

Como de hábito, entregou a Fischmann a lista dos pacientes por visitar. Breuer fazia visitas domiciliares duas vezes ao dia: de manhã cedo, após seu pequeno desjejum de café e *Kaisersemmel** ondulado e com três entalhes e, novamente, após suas consultas vespertinas no consultório, como naquele dia. À semelhança da maioria dos médicos internistas de Viena, Breuer só enviava um paciente ao hospital como último recurso. Além de mais bem cuidadas em casa, as pessoas ficavam mais protegidas das doenças contagiosas que com freqüência assolavam os hospitais públicos.

Por isso, o fiacre de dois cavalos de Breuer era freqüentemente usado: de fato, era um gabinete móvel bem guarnecido das mais recentes publicações médicas e obras de referência. Algumas semanas atrás, Breuer convidara um jovem amigo médico, Sigmund Freud, para acompanhá-lo durante um dia inteiro. Um erro, talvez! O jovem homem vinha tentando optar por uma especialidade médica, e aquele dia deve tê-lo afugentado da medicina de doenças internas. Pois, segundo os cálculos de Freud, Breuer despendera seis horas em seu fiacre!

Agora, após visitar sete pacientes, três deles gravemente enfermos, Breuer encerrara seu dia de trabalho. Fischmann tomou a direção do Café Griensteidl, onde Breuer geralmente tomava café com um grupo de médicos e cientistas que, havia 15 anos, se reuniam todas as noites

---

* Espécie de pãozinho redondo e com entalhes do trivial austríaco. (N. do T.)

na mesma *Stammtisch*, uma grande mesa reservada no melhor canto do recinto. Naquela noite, porém, Breuer mudou de idéia.

— Leve-me para casa, Fischmann. Estou molhado e cansado demais para o café.

Repousando a cabeça no assento de couro preto, fechou os olhos. Esse dia extenuante começara mal: não conseguira adormecer novamente após um pesadelo às quatro da madrugada. Sua programação matutina fora pesada: dez visitas domiciliares e, depois, nove pacientes no consultório. De tarde, mais pacientes no consultório e, depois, a estimulante mas enervante entrevista com Lou Salomé.

Mesmo agora, sua mente não lhe pertencia. Fantasias insidiosas de Bertha a invadiam: de braços dados com ela, caminhando sob o sol quente, longe da gelada e cinzenta neve semilíquida de Viena. Logo, porém, imagens discordantes lhe assomaram: seu casamento despedaçado, seus filhos deixados para trás, ao ir embora para sempre a fim de começar uma nova vida com Bertha na América. Os pensamentos o atormentavam. Ele os odiava: arrancavam-no de sua paz; eram estranhos, nem possíveis, nem desejáveis. Apesar disso, os acolhia de bom grado: a única alternativa — banir Bertha de sua mente — se afigurava inconcebível.

O fiacre trepidou ruidosamente ao atravessar uma ponte de madeira sobre o rio Wien. Breuer observou os pedestres voltando apressadamente para casa após o trabalho, a maioria homens, todos carregando um guarda-chuva preto e trajados praticamente como ele: sobretudos escuros e revestidos de peles, luvas brancas e cartola preta. Alguém familiar lhe chamou a atenção. O homem baixo e sem chapéu, de barba aparada, ultrapassando os outros, ganhando a corrida! Aquele passo firme — ele o reconheceria em qualquer lugar! Muitas vezes, nos bosques de Viena, tentara acompanhar aquelas pernas agitadas que jamais paravam, exceto à procura de *Herrenpilze* — os grandes e picantes cogumelos que brotavam entre as raízes dos pinheiros escuros.

Pedindo a Fischmann que encostasse o carro no meio-fio, Breuer abriu a janela e chamou:

— Sig, para onde está indo?

Seu jovem amigo, trajando um casaco azul comum, mas decente, fechou o guarda-chuva ao se voltar para o fiacre; então, reconhecendo Breuer, sorriu e respondeu:

— Estou indo para Bäckerstrass 7. Uma mulher encantadora me convidou para jantar esta noite.

— *Ach*! Tenho notícias desalentadoras! — disse Breuer em tom jocoso. — O marido dela está a caminho de casa neste exato minuto! Entre, Sig, venha comigo. Terminei meu trabalho e estou cansado demais para ir ao Griensteidl. Teremos tempo para conversar antes do jantar.

Freud agitou o guarda-chuva para secá-lo, pisou no meio-fio e entrou no fiacre. Estava escuro e a vela acesa na carruagem gerava mais sombras do que luz. Após um momento de silêncio, virou-se para olhar de perto o rosto do amigo.

— Você parece cansado, Josef. Um longo dia?

— Um dia difícil. Começou e terminou com uma visita a Adolf Fiefer. Você o conhece?

— Não, mas li alguns de seus trabalhos no *Neue Freie Presse*. Um bom escritor.

— Brincamos juntos na infância. Íamos para a escola juntos. Tem sido meu paciente desde meu primeiro dia de clínica. Bem, cerca de três meses atrás, diagnostiquei-lhe câncer no fígado. Alastrou-se como fogo e, agora, ele sofre de icterícia obstrutiva avançada. Conhece o próximo estágio, Sig?

— Bem, se o ducto comum for obstruído, a bile continuará a invadir a corrente sangüínea até que morra intoxicado. Antes disso, entrará em coma hepático, certo?

— Exatamente; de uma hora para a outra. Contudo, não posso revelar a ele a verdade. Mantenho meu sorriso esperançoso e falso, embora deseje me despedir honestamente dele. Jamais me habituarei com a morte de meus pacientes.

— Tomara que nenhum de nós se habitue — suspirou Freud. — A esperança é essencial e quem, a não ser nós, consegue mantê-la? Para mim, é a parte mais difícil da atividade médica. Às vezes, tenho sérias dúvidas se estou à altura da tarefa. A morte é muito poderosa. Nossos tratamentos tão insignificantes, especialmente na neurologia. Graças a Deus, estou quase terminando *esse* período. A obsessão deles com a localização é obscena. Você deveria ter ouvido Westphal e Meyer discutindo hoje sobre a localização precisa no cérebro de um câncer *bem na frente do paciente*.

"Mas", e pausou, "quem sou eu para dizê-lo? Apenas seis meses atrás, quando trabalhava no laboratório de neuropatologia, fiquei felicíssimo com a chegada do cérebro de um bebê, pois teria o trunfo de determinar o local preciso da patologia! Talvez eu esteja me tornando demasiado cético, porém cada vez mais me convenço de que nossas disputas sobre a localização da lesão escondem a verdade *real*: que nossos pacientes morrem e nós, os médicos, somos impotentes".

— Além disso, Sig, é uma pena que os aprendizes de médicos, como Westphal, jamais aprendam como oferecer conforto aos que estão morrendo.

Os dois homens ficaram em silêncio enquanto o fiacre oscilava em meio ao forte vento. Agora, a chuva aumentava novamente e gotejava do teto da carruagem. Breuer quis dar ao seu jovem amigo alguns conselhos, mas hesitou, escolhendo as palavras, conhecedor da sensibilidade de Freud.

— Sig, preste atenção. Sei quão desapontador lhe é ingressar na clínica médica. Você deve sentir isso como uma derrota, como uma acomodação com um destino menor. Ontem, no café, não pude evitar escutá-lo criticando Brücke por se recusar a promovê-lo e por aconselhá-lo a abrir mão de suas ambições de uma carreira universitária. Mas não o culpe! Sei que ele o tem no mais alto conceito. Dos próprios lábios dele, ouvi que você é o melhor aluno que já teve.

— Então, por que não me promove?

— Promovê-lo a quê? Ao cargo de Exner ou de Fleischl, se é que venham a se aposentar? Por cem *Gulden* ao ano? Brücke tem razão quanto ao dinheiro! A pesquisa é uma ocupação para homens ricos. Você não pode sobreviver com esse salário. Como vai sustentar os pais? Teria que ficar solteiro pelos próximos dez anos. Talvez Brücke não tenha sido muito delicado, mas teve razão ao dizer que sua única chance de continuar na pesquisa é conseguir um casamento com um bom dote. Ao propor casamento a Martha, seis meses atrás, sabendo que não lhe traria nenhum dote, foi *você*, e não Brücke, quem decidiu seu próprio futuro.

Freud fechou os olhos por um momento antes de responder.

— Suas palavras me ferem, Josef. Sempre senti sua desaprovação a Martha.

Breuer sabia quão difícil era para Freud falar francamente com ele: um homem 16 anos mais velho e não apenas seu amigo, mas seu professor, seu pai, seu irmão mais velho. Esticou o braço e tocou a mão de Freud:

— Não é verdade, Sig! Absolutamente! Discordamos apenas quanto à época. Senti que você teria anos demais de duro treinamento pela frente para se sobrecarregar com uma noiva. Mas concordamos quanto a Martha; vi-a apenas uma vez, numa festa, antes da partida de sua família para Hamburgo, e gostei dela imediatamente. Ela me lembra Mathilde naquela idade.

— Isso não me surpreende — a voz de Freud se suavizou. — Sua esposa foi meu modelo. Desde que conheci Mathilde, venho procurando uma esposa como ela. A verdade, Josef, diga-me a verdade: se Mathilde fosse pobre, mesmo assim você teria se casado com ela?

— A verdade, Sig, e não me odeie por esta resposta, foi há 14 anos, os tempos mudaram, é que eu teria feito fosse lá o que meu pai exigisse de mim.

Freud permaneceu calado ao pegar um de seus charutos baratos e oferecê-lo a Breuer, que, como sempre, o recusou. Enquanto Freud acendia o charuto, Breuer continuou:

— Sig, sei como se sente. *Você* sou *eu*. Você sou eu dez, onze anos atrás. Quando Oppolzer, meu chefe na medicina, faleceu subitamente de tifo, minha carreira universitária terminou de maneira tão abrupta, tão cruel como a sua. Também eu me considerava um rapaz altamente promissor. Esperava sucedê-lo. Eu *deveria* tê-lo sucedido. Todos sabiam disso. Mas um gentio foi escolhido em meu lugar. E eu, assim como você, fui forçado a me contentar com menos.

— Então, Josef, você sabe quão derrotado me sinto. É injusto! Veja a cátedra de medicina: Northnagel, aquele bruto! Veja a cátedra de psiquiatria: Meynert! Serei menos capaz? Eu poderia fazer grandes descobertas!

— E as fará, Sig. Onze anos atrás, transferi meu laboratório e meus pombos para a minha casa e continuei minha pesquisa. Isso pode ser feito. Você encontrará um caminho. Mas jamais será o caminho da universidade. Ambos sabemos que não se trata apenas de dinheiro. A cada dia, os anti-semitas ficam mais ousados. Você leu a matéria no *Neue Freie Presse* desta manhã sobre as fraternidades gentias invadindo as salas de aula e expulsando os judeus? Elas estão ameaçando agora acabar com todas as aulas ministradas por professores judeus. Viu o *Presse* de ontem? A notícia sobre o processo na Galícia de um judeu acusado de assassinato ritual de uma criança cristã? Eles ousam alegar que ele precisou de sangue cristão para a massa da *matzá*!* É inacreditável! Estamos em 1882 e a coisa continua! São uns homens das cavernas, selvagens com apenas um finíssimo verniz de cristianismo. *Por isso* você não tem futuro acadêmico! Brücke se dissocia pessoalmente de tal preconceito, é claro, mas quem sabe o que realmente sente? Em particular, ele me contou que o anti-semitismo acabaria destruindo a sua carreira universitária.

— Mas eu nasci para ser pesquisador, Josef. Não tenho a sua aptidão para a clínica médica. Toda Viena conhece sua intuição diagnosticadora. Não tenho esse dom. Pelo resto de minha vida, serei um médico qualquer: Pégaso preso ao arado!

— Sig, não tenho nenhuma habilidade que não possa lhe ensinar.

---

* Pão sem fermento comido pelos judeus na Páscoa. (N. do T.)

Freud se reclinou para fora do clarão da vela, grato pela escuridão. Jamais se abrira tanto para Josef ou para qualquer outra pessoa, exceto Martha, para quem escrevia diariamente uma carta sobre seus pensamentos e sentimentos mais íntimos.

— Mas, Sig, não descarregue na medicina. Você *está* sendo cínico. Veja bem os avanços só nos últimos vinte anos, mesmo em neurologia. Pense na paralisia do envenenamento por chumbo, ou na psicose do brometo ou na triquinose cerebral. Eram mistérios vinte anos atrás. A ciência progride lentamente, mas a cada década conquistamos uma nova doença.

Houve um longo silêncio antes que Breuer prosseguisse.

— Mudemos de assunto. Gostaria de lhe fazer uma pergunta. Você está lecionando para muitos estudantes de medicina agora. Já topou com um estudante russo de nome Salomé, Jenia Salomé?

— Jenia Salomé? Acho que não. Por quê?

— Sua irmã veio me ver hoje. Um estranho encontro. — O fiacre atravessou a pequena entrada da Bäckerstrasse 7 e parou subitamente, oscilando sobre suas pesadas molas por um momento. — Chegamos. Contarei o resto lá dentro.

Apearam no imponente pátio século XVI de pedras de cantaria cercado por muros altos recobertos de heras. Em cada lado, sobre arcos livres no nível do solo apoiados por imponentes pilastras, erguiam-se cinco níveis de grandes janelas arqueadas, cada uma contendo uma dúzia de vidraças com molduras de madeira. Quando os dois homens se aproximaram do portal do vestíbulo, um porteiro, sempre a postos, espiou pela pequena almofada de vidro na porta de seu apartamento e, depois, correu para destrancar a porta, saudando-os com uma reverência.

Subiram as escadas, passando pelo consultório de Breuer, no segundo pavimento, até o espaçoso apartamento da família, no terceiro, onde Mathilde esperava. Aos 36 anos, era uma mulher impressionante. Sua pele acetinada e corada realçava um nariz finamente esculpido, olhos cinza-azulados e bastos cabelos castanhos, que usava enrolados em uma longa trança no alto da cabeça. Trajando uma blusa branca e um longo vestido cinza, bem justo em volta da cintura, sua silhueta era graciosa, embora tivesse dado à luz o quinto filho apenas poucos meses antes.

Apanhando o chapéu de Josef, escovou os cabelos do marido para trás, com a mão, ajudou-o a retirar o sobretudo e o entregou à serviçal, Aloisia, que chamavam de "Louis" desde que começara a trabalhar para eles, 14 anos antes. Depois, voltou-se para Freud.

— Sigi, você está encharcado e gelado. Para dentro da banheira! Já aquecemos a água e separei algumas roupas brancas de Josef para você na prateleira. Que prático ambos terem o mesmo tamanho! Jamais consigo oferecer a mesma hospitalidade a Max. — Max, marido da irmã de Mathilde, Raquel, era enorme e pesava mais de 110 quilos.

— Não se preocupe com Max — disse Breuer. — Compensarei esse problema recomendando-o aos meus pacientes. — Dirigindo-se para Freud, acrescentou: — Mandei a Max outra próstata hipertrofiada hoje. Foram quatro esta semana. *Eis* um campo para você!

— Não! — interveio Mathilde, pegando Freud pelo braço e levando-o para o banho. — Urologia não é coisa para o Sigi! Limpar bexigas e "canos d'água" o dia inteiro! Ele enlouqueceria em uma semana! — Parou diante da porta. — Josef, as crianças estão jantando. Vá vê-las, mas apenas por um minuto. Quero que você tire uma soneca antes do jantar. Ouvi você se mexendo a noite toda. Você quase não dormiu.

Sem dizer nada, Breuer se dirigiu para o seu quarto; depois, mudou de idéia e resolveu ajudar Freud a encher a banheira. Ao voltar, viu Mathilde se inclinar em direção a Freud e sussurrar:

— Está vendo o que eu quis dizer, Sigi, ele quase não fala comigo!

No banheiro, Breuer adaptou o bocal da bomba de petróleo aos tonéis de água quente que Louis e Freud estavam trazendo da cozinha. A maciça banheira branca, miraculosamente suportada por graciosas patas de gato de bronze, rapidamente se encheu. Ao deixar o banheiro e atravessar o corredor, ouviu Freud ronronar de prazer ao mergulhar na água tépida.

Deitado na cama, Breuer não conseguiu dormir, pensando nas confidências tão íntimas de Mathilde para Freud. Cada vez mais, Freud parecia alguém da família, agora até jantando com eles várias vezes na semana. De início, o vínculo fora basicamente entre Breuer e Freud: talvez Sig tivesse tomado o lugar de Adolf, seu irmão mais novo, falecido alguns anos antes. Mas, no último ano, Mathilde e Freud tinham se aproximado. A diferença de dez anos permitia a Mathilde o privilégio de uma afeição maternal; ela costumava dizer que Freud lembrava Josef quando ela o conhecera.

"E daí", perguntou-se Breuer, "se Mathilde desabafa com Freud sobre minha indiferença? Que importância realmente tem? Provavelmente, Freud já sabe: ele registra tudo que acontece na casa. Como médico diagnosticador, pode não ser tão astuto, mas raramente deixa de perceber o que diz respeito aos relacionamentos humanos. Ele também deve ter notado a avidez das crianças pelo amor de um pai: Robert, Bertha, Margarethe e Johannes acotovelando-se sobre ele aos gritos enlevados de 'tio Sigi', e mesmo a pequena Dora sorrindo sempre que ele aparece". Sem dúvida, a presença de Freud na casa era positiva; Breuer sabia que ele próprio era pessoalmente alheio demais para proporcionar a espécie de presença de que sua família precisava. Sim, Freud preenchia sua lacuna e, em vez de vergonha, sentia, na maior parte do tempo, gratidão por seu jovem amigo.

Breuer sabia que não poderia objetar às queixas de Mathilde sobre seu casamento. Ela tinha razões para reclamar! Quase todas as noites, ele trabalhava até meia-noite no laboratório. Passava as manhãs de domingo em seu consultório preparando as conferências vespertinas para estudantes de medicina. Várias noites por semana, ficava no café até as oito ou nove horas, e agora passara a jogar *Tarock** duas vezes por semana, em vez de uma. Mesmo a refeição do meio-dia, que sempre fora um horário sagrado, dedicado à família, estava agora sendo desrespeitada. Ao menos uma vez por semana, Josef exagerava nos compromissos e trabalhava pela hora do almoço adentro. Além disso, nas visitas de Max, trancavam-se no gabinete e jogavam xadrez durante horas.

Desistindo da sesta, Breuer foi à cozinha perguntar pelo jantar. Sabia que Freud adorava longos banhos quentes, mas estava ansioso por fazer a refeição e ainda dispor de tempo para trabalhar no laboratório. Bateu na porta do banheiro.

---

* Tradicional jogo de cartas a três. (N. do T.)

— Sig, quando tiver terminado, venha ao gabinete. Mathilde concordou em nos servir ali o jantar, em mangas de camisa mesmo.

Freud secou-se rapidamente, vestiu a cueca de Josef, deixou suas roupas de baixo sujas na cesta para serem lavadas e correu a fim de ajudar Breuer e Mathilde a encher as bandejas para a refeição noturna. (Os Breuer, como a maioria dos vienenses, faziam sua refeição principal ao meio-dia e comiam um modesto jantar de restos frios.) O vidro da porta da cozinha estava embaçado. Ao abri-la, Freud foi assaltado pelo aroma quente e maravilhoso da sopa de cevada com cenoura e aipo.

Mathilde, com a concha de sopa na mão, saudou-o:

— Sigi, está tão frio lá fora que preparei uma sopa quente. É disso que ambos precisam.

Freud apanhou a bandeja das mãos dela.

— Apenas dois pratos de sopa? Você não vai comer?

— Quando Josef diz que pretende comer no gabinete, isso geralmente significa que deseja falar a sós com você.

— Mathilde — objetou Breuer —, eu não falei nada disso. Sig vai parar de vir aqui se não tiver sua companhia no jantar.

— Não, estou cansada e vocês dois não tiveram nenhum momento a sós esta semana.

Ao atravessarem o longo corredor, Freud entrou nos quartos das crianças para beijá-las e dar-lhes boa-noite; resistiu aos seus pedidos de uma história, prometendo contar duas na próxima visita. Juntou-se a Breuer no gabinete, um aposento com lambris escuros e grande janela central emoldurada por uma rica cortina de veludo grená. Na parte inferior da janela, entre a vidraça interna e a externa, várias almofadas serviam de isolamento. Em frente à janela, numa robusta escrivaninha de nogueira escura, empilhavam-se livros abertos. O chão estava acarpetado por um espesso tapete Kashan* com flores azuis e cor de marfim e três paredes estavam guarnecidas do chão ao teto de estantes atulhadas de livros com pesadas encadernações de couro escuro. Num canto distante do quarto, numa mesa de jogo de estilo Biedermeier ** de pernas afiladas com espirais pretas e douradas, Louis já colocara um frango assado frio, uma salada de repolho, sementes de cominho e creme de leite, alguns *Seltstangerl* (bengalas de pão salgado com sementes de cominho) e *Giesshübler* (água mineral). Agora, Mathilde apanhou os pratos de sopa da bandeja carregada por Freud, colocou-os na mesa e preparou-se para sair.

Breuer, consciente da presença de Freud, segurou-a pelo braço:

— Fique mais um pouco. Sig e eu não temos segredos para você.

— Já comi algo com as crianças. Vocês dois podem se virar sem mim.

— Mathilde — Breuer tentou ser brando —, você reclama que quase não me vê. Contudo, eis-me aqui e você me abandona.

Ela abanou a cabeça.

— Voltarei num momento com um pouco de *Strudel*. — Breuer lançou um olhar suplicante para Freud como se dissesse: "Que mais posso fazer?" Um momento depois, enquanto Mathilde fechava a porta atrás de si, observou seu olhar expressivo em direção a Freud, como se dissesse:

---

* Espécie de tapete persa. (N. do T.)
** Estilo alemão de mobília da primeira metade do século XIX. (N. do T.)

"Está vendo no que se transformou nossa vida em comum?" Pela primeira vez, Breuer se conscientizou do embaraçoso e delicado papel que seu jovem amigo tivera que assumir: ser um confidente de ambos os membros de um casal insatisfeito.

Enquanto os dois homens comiam em silêncio, Breuer notou os olhos de Freud esquadrinhando as estantes de livros.

— Devo reservar uma estante para seus futuros livros, Sig?

— Quem me dera! Mas não nesta década, Josef. Não tenho tempo sequer para pensar. A única coisa que um assistente clínico no Hospital Geral de Viena consegue escrever são cartões-postais. Não, eu não estava pensando em escrever livros, mas em *ler* estes livros. Oh! A incessante labuta do intelectual, despejando todo este conhecimento para dentro do cérebro pela abertura de três milímetros na íris.

Breuer sorriu.

— Uma imagem maravilhosa! Schopenhauer e Espinosa destilaram, condensaram e filtraram através da pupila, ao longo do nervo óptico e diretamente para dentro dos lóbulos occipitais. Adoraria ser capaz de comer com meus olhos; quase sempre, estou cansado demais para leituras sérias.

— E sua soneca? — perguntou Freud. — O que aconteceu com ela? Pensei que você fosse se deitar após o jantar.

— Não consigo mais tirar uma soneca. Creio que estou cansado demais para dormir. O mesmo pesadelo me acordou novamente no meio da noite: aquele da queda.

— Conte-me novamente, Josef, exatamente como foi.

— É sempre igual. — Breuer bebeu um copo inteiro de água mineral, largou a faca e reclinou-se para que o alimento se acomodasse. — E é muito vívido; devo ter tido esse sonho dez vezes no último ano. Primeiro, sinto a terra tremer. Fico assustado e saio em busca de...

Ponderou por um momento, tentando lembrar como descrevera o sonho antes. Nele, estava sempre em busca de Bertha, mas havia limites ao que estava disposto a revelar a Freud. Além de embaraçado com sua paixão por Bertha, também não via razão para complicar o relacionamento de Freud e Mathilde com confidências que ele se sentiria constrangido em não contar a ela.

— ...em busca de alguém. O chão sob os meus pés começa a se liquefazer, como areia movediça. Afundo lentamente na terra e caio 40 metros, exatamente isso. Depois, sou detido por uma grande laje. Existe uma inscrição na laje. Tento lê-la, mas não consigo.

— Que sonho interessante, Josef. De uma coisa estou certo: a chave para seu significado é a inscrição indecifrável na laje.

— Se é que o sonho tem algum significado.

— *Tem que* ter, Josef. O mesmo sonho dez vezes? Sem dúvida, você não deixaria seu sono ser perturbado por algo trivial! A outra parte que me interessa são os 40 metros. Como você soube que foi precisamente esse número?

— Eu sei... mas não sei como sei.

Freud, que como de hábito esvaziara rapidamente o prato, engoliu depressa sua última garfada e disse:

— Estou certo de que o número é exato. Afinal, *você* concebeu o sonho! Você sabe, Josef, continuo coletando sonhos e, cada vez mais, acredito que números precisos nos sonhos sempre têm um significado real. Tenho um novo exemplo que creio ainda não lhe ter contado. Na última semana, oferecemos um jantar para Isaac Schönberg, um amigo de meu pai.

— Conheço-o. É o filho dele, Ignaz, que está interessado na irmã de sua noiva, não é?

— Sim, é ele, e está mais do que "interessado" em Minna. Bem, Isaac estava fazendo 60 anos e descreveu um sonho que tivera na noite anterior. Ele estava percorrendo uma longa e escura estrada e tinha sessenta moedas de ouro no bolso. Como você, estava totalmente certo daquela cifra exata. Tentava segurar as moedas, mas elas caíam por um buraco no bolso e estava escuro demais para achá-las. Bem, não acredito que tenha sido coincidência ele ter sonhado com sessenta moedas em seu sexagésimo aniversário. Tenho certeza, e como poderia ser de outra forma?, de que as sessenta moedas representam seus 60 anos.

— E o buraco no bolso? — perguntou Breuer, pegando uma segunda coxa de frango.

— O sonho deve ser um desejo de perder os anos e se tornar mais jovem — respondeu Freud, apanhando também outro pedaço de frango.

— Ou então, Sig, pode ser que o sonho tenha expressado um temor: o temor de que seus anos estejam acabando e de que logo não restará mais nenhum! Lembre-se de que ele estava em uma longa e escura estrada tentando recuperar algo que perdera.

— Sim, também acho. Talvez os sonhos possam exprimir quer desejos, *quer* temores. Ou talvez ambos. Mas me diga, Josef, quando teve esse sonho pela primeira vez?

— Vejamos. — Breuer recordou que a primeira vez foi logo depois que começara a duvidar de que seu tratamento conseguiria ajudar Bertha e, em uma discussão com *Frau* Pappenheim, aventara a possibilidade de Bertha ser transferida para o Sanatório Bellevue, na Suíça. Isso se deu mais ou menos no início de 1882, quase um ano antes, conforme contou a Freud.

— Não foi em janeiro último que estive em seu jantar de 40 anos junto com toda a família Altmann? — perguntou Freud. — Assim, se você tem tido esse sonho desde então, não se segue que os 40 metros significam 40 *anos*?

— Bem, em poucos meses, farei 41. Se você está certo, eu não deverei cair *41* metros no sonho, a partir de janeiro próximo?

Freud gesticulou com os braços.

— Daqui para a frente, precisamos de um especialista. Cheguei aos limites de minha teoria dos sonhos. Será que um sonho, depois de sonhado, acomodará mudanças na vida do sonhador? Uma pergunta fascinante! De qualquer forma, por que os anos se disfarçam em metros? Por que o pequeno criador de sonhos residente em nossas mentes se dá todo esse trabalho para disfarçar a verdade? Meu palpite é que o sonho não mudará para 41 metros. Creio que o criador de sonhos temeria que, ao mudá-lo em um metro a cada aniversário, o tornaria transparente demais, revelaria o código do sonho.

— Sig — Breuer deu um risinho, ao limpar a boca e o bigode com seu guardanapo —, é aqui que nós sempre divergimos. Quando você começa a falar de outra mente separada, um elfo sensível dentro de nós inventando sonhos sofisticados e escondendo-os de nossa mente consciente... isso me parece ridículo.

— Concordo, realmente parece ridículo; porém, veja as provas disso, veja todos os cientistas e matemáticos que relataram terem solucionado importantes problemas nos sonhos! E, Josef, não existe outra explicação. Por mais ridículo que pareça, *tem que* existir uma inteligência separada e inconsciente. Tenho certeza...

Mathilde entrou com uma jarra de café e duas fatias de torta de maçã com passas cobertas por um montículo de creme chantili.

— De que você está tão certo, Sigi?

— Minha única certeza é que queremos que você se sente e fique um pouco aqui. Josef ia descrever um paciente de quem tratou ontem.

— Sigi, não posso. Johannes está chorando e, se eu não for acalmá-lo, acordará os outros.

Assim que ela saiu, Freud se voltou para Breuer:

— Agora, Josef, e quanto ao estranho encontro com aquela irmã do estudante de medicina?

Breuer hesitou, reunindo os pensamentos. Desejava discutir com Freud a proposta de Lou Salomé, mas temia que provocasse uma discussão excessiva do seu tratamento de Bertha.

— Bem, o irmão dela comentou sobre o tratamento que apliquei a Bertha Pappenheim. Agora, ela quer que eu faça o mesmo com um amigo dela que está emocionalmente perturbado.

— Como foi que esse estudante de medicina, esse tal de Jenia Salomé, veio a saber de Bertha Pappenheim? Você sempre relutou em conversar *comigo* sobre esse caso, Josef. Não sei nada sobre ele, fora o fato de que você recorreu ao mesmerismo.

Breuer teve a impressão de ter detectado um traço de ciúme na voz de Freud.

— Sim, não falei muito sobre Bertha, Sig. A família dela é conhecida demais na comunidade. Evitei especialmente falar com você depois que soube que Bertha é amicíssima da sua noiva. Porém, alguns meses atrás, dando-lhe o pseudônimo de Anna O., descrevi brevemente seu tratamento em uma conferência para alunos de medicina.

Freud se inclinou curioso em sua direção.

— Nem queira saber quão curioso estou sobre os detalhes de seu novo tratamento, Josef. Você não poderia ao menos me relatar o que disse aos alunos de medicina? Você sabe que sei guardar segredos profissionais, mesmo de Martha.

Breuer hesitou. Até que ponto contar? Sem dúvida, muita coisa Freud já sabia. Certamente, durante meses, Mathilde não guardara segredo de seu aborrecimento com o tempo excessivo que o marido dedicava a Bertha. Além disso, Freud estivera presente na casa no dia em que Mathilde finalmente explodiu de raiva e proibiu Breuer de, dali em diante, mencionar o nome de sua jovem paciente na presença dela.

Felizmente, Freud não testemunhara a cena catastrófica final do tratamento de Bertha! Breuer jamais esqueceria daquele dia terrível em que foi à casa da paciente e a encontrou às voltas com as dores de um parto imaginário, proclamando alto e em bom som: "Está chegando o bebê do doutor Breuer!" Quando Mathilde soube *disso* — esse tipo de notícia logo se espalha entre as donas de casa judias —, exigiu que Breuer transferisse imediatamente o caso de Bertha para outro médico.

Teria Mathilde contado tudo aquilo para Freud? Breuer não queria perguntar. Não agora. Talvez mais tarde, quando a poeira tivesse baixado. Desse modo, escolheu suas palavras com cuidado:

— Bem, você sabe, é claro, Sig, que Bertha tinha todos os sintomas típicos da histeria: distúrbios sensoriais e motores, contrações musculares, surdez, alucinações, amnésia, afonia, fobias, bem como manifestações incomuns. Por exemplo, tinha alguns distúrbios lingüísticos bizarros, sendo incapaz, às vezes durante semanas a fio, de falar alemão, especialmente de manhã. Nessas ocasiões, conversávamos em inglês. Ainda mais bizarra era sua dupla vida mental: uma parte dela vivia no presente; a outra parte respondia emocionalmente a eventos ocorridos exatamente um ano antes, conforme descobrimos ao examinar o diário da mãe do ano anterior. Ela também sofria de uma grave nevralgia facial, controlável apenas com morfina. E, é claro, tornou-se viciada.

— Você a tratou com mesmerismo? — perguntou Freud.

— Essa era minha intenção original. Planejei seguir o método de Liebault de remover os sintomas através da sugestão hipnótica. Mas, graças a Bertha (ela é uma mulher extraordinariamente criativa), descobri um princípio de tratamento inteiramente novo. Nas primeiras semanas, visitava-a todos os dias e, invariavelmente, encontrava-a em um estado tão agitado que não havia muito o que fazer. Mas então, constatamos que ela conseguia descarregar sua agitação descrevendo-me em detalhes cada evento aborrecedor do dia.

Breuer parou e fechou os olhos para reunir os pensamentos. Ele sabia que esse caso era importante e queria incluir todos os fatos significativos.

— O processo levou tempo. Com freqüência, Bertha precisava de uma hora todas as manhãs, o que chamava de "limpeza da chaminé", apenas para limpar sua mente dos sonhos e das fantasias desagradáveis e, depois, em meu retorno à tarde, novas irritações haviam se acumulado e exigiam uma nova limpeza de chaminé. Somente depois de limparmos esse entulho diário da mente dela, conseguíamos passar para a tarefa de aliviar seus sintomas mais duradouros. Nesse ponto, Sig, topamos com uma descoberta surpreendente!

Ante o tom portentoso de Breuer, Freud, que acendera um charuto, gelou e, na ânsia de escutar as próximas palavras do amigo, deixou o fósforo queimar-lhe o dedo.

— *Ach, mein Gott!** — exclamou, livrando-se do fósforo e chupando o dedo. — Prossiga, Josef, a descoberta surpreendente foi...?

— Bem, descobrimos que, quando ela retrocedia até a fonte exata de um sintoma e a descrevia para mim, o sintoma desaparecia por si próprio, *sem necessidade de qualquer sugestão hipnótica*.

— Fonte? — perguntou Freud, agora muito fascinado, enquanto punha o charuto no cinzeiro e o deixava ali, queimando e esquecido. — O que você quer dizer, Josef, com *fonte* do sintoma?

— O irritante original, a experiência que deu origem a ele.

— Por favor! — Freud suplicou. — Um exemplo.

— Falarei sobre a hidrofobia dela. Bertha não conseguira ou não quisera beber água durante várias semanas. Sentia uma sede enorme, mas, ao apanhar um copo d'água, não conseguia beber e era forçada a matar a sede com melões e outras frutas. Um dia, em um transe (ela se auto-hipnotizava e entrava automaticamente em transe a cada sessão), recordou como, semanas antes, entrara no quarto da dama de companhia e testemunhara o cão bebendo água do copo

---

* "Oh! Meu Deus!" (N. do T.)

dela. Assim que descreveu essa lembrança para mim, ao mesmo tempo em que descarregava toda sua raiva e nojo, pediu um copo d'água e bebeu sem dificuldade. O sintoma nunca mais voltou.

— Notável, notável! — exclamou Freud. — E então?

— Logo estávamos atacando todos os outros sintomas dessa mesma forma sistemática. Vários sintomas, por exemplo, sua paralisia no braço e suas alucinações visuais de caveiras e cobras, tinham como base o choque pela morte do pai. Ao descrever todos os detalhes e as emoções daquela cena (para estimular sua recordação, cheguei a pedir que dispusesse a mobília como estivera por ocasião da morte dele), todos esses sintomas se dissolveram imediatamente.

— Maravilha! — Freud se levantara e estava andando de entusiasmo. — As implicações teóricas são fantásticas. E inteiramente compatíveis com a teoria helmholtziana! Uma vez descarregada a carga elétrica cerebral excessiva responsável pelos sintomas através da catarse emocional, os sintomas se conduzem apropriadamente e logo desaparecem! Mas você parece tão calmo, Josef. Essa é uma *notável* descoberta. Você *precisa* publicar esse caso.

Breuer suspirou profundamente.

— Quem sabe um dia? Mas agora não é o momento. Existem complicações pessoais demais. Tenho que considerar os sentimentos de Mathilde. Talvez agora que descrevi o procedimento de meu tratamento, você reconheça quanto tempo tive que investir no tratamento de Bertha. Bem, Mathilde simplesmente não conseguiu ou não quis entender a importância científica do caso. Como você sabe, ela ficou ressentida com as horas que gastei com Bertha; aliás, continua tão zangada que se recusa a falar comigo a respeito.

"Além disso", continuou Breuer, "não posso publicar um caso que terminou tão mal, Sig. Por insistência de Mathilde, afastei-me do caso e transferi Bertha para o sanatório de Binswanger, em Kreuzlingen, em julho último. Ela continua sob tratamento lá. Tem sido difícil afastá-la da morfina, e, ao que parece, alguns de seus sintomas, como a incapacidade de falar alemão, retornaram".

— Mesmo assim — Freud tomou cuidado para evitar o tópico da raiva de Mathilde —, o caso abre novas fronteiras, Josef. Ele poderia revelar toda uma nova abordagem de tratamento. Você poderia descrevê-lo para mim quando tivermos mais tempo? Gostaria de conhecer cada detalhe.

— Será um prazer, Sig. No meu consultório, tenho uma cópia do sumário que mandei para Binswanger... cerca de trinta páginas. Você poderá começar por sua leitura.

Freud consultou seu relógio.

— Ih! Está tarde e você ainda não me contou a história da irmã desse estudante de medicina. A amiga dela, aquela que ela quer que você trate com sua nova terapia através da conversa, é uma histérica? Com sintomas como os de Bertha?

— Não, Sig, é aqui que a história se torna interessante. Não há histeria e o paciente não é "uma amiga". É um homem que está, ou esteve, apaixonado por ela. Ele caiu em uma dor-de-cotovelo suicida quando ela o trocou por outro homem, um ex-amigo dele! Obviamente, ela se sente culpada e não quer o sangue dele em sua consciência.

— Mas Josef — Freud pareceu chocado —, *dor-de-cotovelo*! Isso não é um caso médico.

— Essa também foi minha reação inicial. Exatamente o que disse a ela. Mas espere até ouvir o resto. A história melhora. O amigo dela, aliás um exímio filósofo e amigo íntimo de Richard Wagner, não quer ajuda ou ao menos é orgulhoso demais para pedi-la. Ela quer que eu seja um mágico. Sob o disfarce de uma consulta comigo sobre o estado clínico dele, quer que eu sorrateiramente o cure do sofrimento psicológico.

— Impossível! Certamente, Josef, você não vai se meter nisso.

— Infelizmente, já me meti.

— Por quê? — Freud apanhou novamente o charuto e inclinou-se para a frente, franzindo as sobrancelhas em sua preocupação com o amigo.

— Eu mesmo não sei exatamente, Sig. Depois que abandonei o caso de Pappenheim, tenho me sentido inquieto e estagnado. Talvez eu precise de uma distração, um desafio como esse. Mas existe outra razão pela qual aceitei o caso! A verdadeira razão! Essa irmã do estudante de medicina é incrivelmente persuasiva. É impossível dizer não para ela. Que grande missionária seria! Creio que conseguiria converter um cavalo em uma galinha. Ela é extraordinária, não sei como descrever. Talvez um dia você a conheça. Aí você verá.

Freud se ergueu, espreguiçou-se, andou até a janela e abriu de par em par as cortinas de veludo. Incapaz de enxergar através do vapor no vidro, secou uma pequena parte com seu lenço.

— Ainda está chovendo, Sig? — perguntou Breuer. — Devemos chamar Fischmann?

— Não, está quase parando. Vou caminhando. Mas tenho outras perguntas sobre esse novo paciente. Quando você o verá?

— Ainda não tenho idéia. Eis outro problema. *Fräulein* Salomé e ele estão brigados agora. Aliás, ela me mostrou uma de suas cartas furiosas. Apesar disso, ela me garante que "fará" com que ele venha me consultar por seus problemas médicos. E não tenho dúvida de que, nisso e em todo o resto, ela fará exatamente o que planejar.

— A natureza dos problemas médicos desse homem justifica uma consulta clínica?

— Sem dúvida. Ele está muito doente e já se consultou com mais de vinte médicos, muitos com excelente reputação. Ela me desfiou uma longa lista de seus sintomas: graves dores de cabeça, cegueira parcial, náusea, insônia, vômitos, grave indigestão, problemas de equilíbrio, fraqueza.

Ao ver Freud sacudir a cabeça perplexo, Breuer acrescentou:

— Se você pretende se dedicar à clínica médica, tem que se acostumar com esses quadros desconcertantes. Pacientes polissintomáticos e que pulam de médico em médico fazem parte do dia-a-dia de minha clínica. Aliás, Sig, você poderá aprender muito com esse caso. Eu o manterei informado. — Breuer refletiu por um momento. — Que tal um rápido exercício de um minuto? Até agora, com base apenas nesses sintomas, qual é seu diagnóstico diferencial?

— Não sei, Josef, os sintomas não combinam.

— Não seja tão cauteloso. Dê um palpite. Pense em voz alta.

Freud enrubesceu. Por maior que fosse sua sede de conhecimento, detestava expor ignorância.

— Talvez esclerose múltipla ou um tumor na parte occipital do cérebro. Envenenamento por chumbo? Simplesmente não sei.

Breuer acrescentou:

— Não esqueça a hemicrania. E quanto à hipocondria delirante?

— O problema — disse Freud — é que nenhum desses diagnósticos explica *todos* os sintomas.

— Sig — disse Breuer, levantando-se e falando em um tom confiante —, vou lhe revelar um segredo profissional. Um dia será seu ganha-pão como clínico. Aprendi-o com Oppolzer, que uma vez me revelou: "Os cães podem ter pulgas e piolhos também."

— Significando que o paciente pode...

— Isso! — interrompeu Breuer, pondo o braço sobre os ombros de Freud. Os dois homens começaram a percorrer o longo corredor. — O paciente pode ter *duas* doenças. Na verdade, os pacientes que consultam um médico geralmente as têm.

— Voltemos ao problema psicológico, Josef. Sua *Fräulein* diz que esse homem não reconhece o sofrimento psicológico dele. Se ele sequer admitir ser um suicida potencial, como você fará?

— Isso não deve constituir um problema — respondeu Breuer confiante. — Quando preparo uma anamnese, sempre encontro oportunidades de me esgueirar no domínio psicológico. Ao indagar sobre insônia, por exemplo, muitas vezes pergunto que tipos de pensamentos mantêm o paciente desperto. Ou, após o paciente recitar a ladainha de seus sintomas, costumo me mostrar solidário e pergunto, casualmente, se se sente desencorajado pela doença, se sente vontade de desistir ou se não quer mais viver. Com isso, raramente deixo de persuadir o paciente a me contar tudo.

Na porta de entrada, Breuer ajudou Freud a vestir o casaco.

— Não, Freud, esse não é o problema. Garanto-lhe que não terei dificuldade em ganhar a confiança de nosso filósofo e em fazer com que confesse tudo. O problema é: o que fazer com o que eu ouvir?

— Sim, o que *fará* se ele for um suicida potencial?

— Se eu me convencer de que ele pretende se suicidar, farei com que seja imediatamente internado: seja no asilo de lunáticos, em Brünnlfeld, ou talvez em um sanatório particular como o de Breslauer, em Inzerdorf. Mas Sig, esse não será o problema. Pense bem: se ele realmente planejasse o suicídio, se daria o trabalho de se consultar comigo?

— É claro! — Freud, aparentemente perturbado, deu um tapinha do lado da cabeça como castigo pela lerdeza de raciocínio.

Breuer continuou:

— Não, o problema real será o que fazer com ele caso *não* seja um suicida, caso esteja apenas sofrendo muito.

— Sim — disse Freud —, e aí?

— Nesse caso, terei que o persuadir a procurar um sacerdote. Ou talvez a uma longa estada no balneário de Marienbad. Ou inventar um modo de tratá-lo pessoalmente!

— Inventar um modo de tratá-lo? O que você quer dizer, Josef? Que espécie de modo?

— Mais tarde, Sig. Conversaremos mais tarde. Agora, vá embora! Não fique nesta sala aquecida com este casaco pesado.

Assim que Freud saiu pela porta, olhou para trás.

— Qual é mesmo o nome desse filósofo? Alguém de quem eu tenha ouvido falar?

Breuer hesitou. Lembrando-se da ordem de Lou Salomé de guardar segredo, irrefletidamente inventou para Friedrich Nietzsche um nome segundo o mesmo código pelo qual Anna O. representava Bertha Pappenheim.

— Não, ele é desconhecido. O nome é Müller, Eckart Müller.

Capítulo 4

Duas semanas mais tarde, Breuer estava sentado em seu consultório, vestindo seu jaleco branco e lendo uma carta de Lou Salomé:

23 de novembro de 1882

Caro dr. Breuer,

Nosso plano está funcionando. O professor Overbeck concorda plenamente com nosso parecer de que a situação é de fato perigosíssima. Ele nunca viu Nietzsche em pior estado. Ele exercerá toda influência possível para persuadi-lo a se consultar com o senhor. Nem eu nem Nietzsche jamais esqueceremos sua gentileza nesse período de nossa necessidade.

Lou Salomé

"*Nosso* plano, *nosso* parecer, *nossa* necessidade. Nosso, nosso, nossa." Breuer largou a carta — tendo-a lido talvez pela décima vez após a chegada uma semana antes — e apanhou o espelho sobre a escrivaninha para se observar dizendo "nosso". Viu um pedaço de lábio fino e róseo circundando um pequeno buraco preto em meio a pêlos castanho-avermelhados. Abriu mais o buraco e observou lábios elásticos se estenderem em torno de dentes amarelecidos que despontavam de suas gengivas como lápides semi-enterradas. Cabelo e buraco, chifre e dentes — ouriço, lontra, macaco, Josef Breuer.

Detestava a visão de sua barba. Naquela época, homens barbeados eram vistos com uma freqüência crescente nas ruas; quando *ele* teria coragem de barbear aquela desordem peluda? Detestava também o insidioso afloramento de fios grisalhos em seu bigode, no lado esquerdo do queixo e em suas costeletas. Aqueles pêlos grisalhos eram — ele sabia — a vanguarda de uma invasão implacável e fria. Não haveria como deter a marcha das horas, dos dias, dos anos.

Breuer odiou todo o reflexo no espelho: não apenas a onda grisalha e os dentes e cabelos animalescos, mas o nariz adunco, como se tentasse alcançar o queixo, as orelhas absurdamente grandes e a enorme fronte careca — a calvície começara ali e, sem piedade, abrira caminho para trás, exibindo uma calva vergonhosa.

E os olhos! Breuer se acalmou e olhou para dentro de seus olhos; sempre conseguia encontrar juventude ali. Piscou. Muitas vezes piscava e acenava para si mesmo — para seu verdadeiro eu, para o Josef de 16 anos habitando naqueles olhos. Naquele dia, porém, nenhuma saudação do jovem Josef! Pelo contrário, os olhos de seu pai o fitaram — olhos velhos e cansados cercados de pálpebras enrugadas e avermelhadas. Breuer observou fascinado a boca do pai formar um buraco e dizer: "Nosso, nosso, nosso." Com uma freqüência crescente, Breuer pensava nele. Leopold Breuer estava morto havia dez anos. Falecera aos 82 anos, 42 anos mais velho do que Josef agora.

Largou o espelho. Quarenta e dois anos restantes! Como suportaria mais 42 anos? Quarenta e dois anos esperando o tempo passar. Quarenta e dois anos fitando seus olhos envelhecendo. Haveria escapatória da prisão do tempo? Ah! Ser capaz de recomeçar! Mas como? Onde? Com quem? Não com Lou Salomé. Ela era livre e poderia circular, quando bem entendesse, para dentro e para fora da prisão dele. Mas nada seria "nosso" com ela — nunca "nossa" vida, "nossa" nova vida.

Tampouco — ele sabia — voltaria a ter com Bertha algo "nosso". Sempre que conseguia escapar das velhas e circulares lembranças de Bertha — a fragrância de amêndoa da cútis, a intumescência dos seios sob o vestido, o calor do corpo ao se reclinar sobre ele quando entrava em transe —, sempre que conseguia retroceder e adquirir uma autoperspectiva, percebia que, o tempo todo, Bertha fora uma fantasia.

"Pobre, amorfa, louca Bertha — que sonho tolo pensar que eu poderia completá-la, moldá-la, como se, por sua vez, pudesse me dar... o quê? Eis a questão. O que eu estava esperando dela? De quê eu carecia? Não tinha uma vida boa? Com quem lamentar que minha vida me levou irrevogavelmente a um caminho cada vez mais estreito? Quem há de compreender meu tormento, minhas noites insones, meu flerte com o suicídio? Afinal, não tenho tudo com que se pode sonhar: dinheiro, amigos, família, uma bela e encantadora esposa, renome, respeitabilidade? Quem me confortará? Quem se absterá de formular a pergunta banal: 'Que mais no mundo lhe é necessário?'"

A voz de *Frau* Becker anunciando a chegada de Friedrich Nietzsche surpreendeu Breuer, ainda que o esperasse.

Robusta, baixa, cabelos grisalhos, vigorosa e usando óculos, *Frau* Becker cuidava do consultório de Breuer com precisão espantosa. De fato, desempenhava seu papel tão consumadamente que não restavam indícios da *Frau* Becker privada. Nos seis meses desde que a contratara, não trocaram nenhuma palavra pessoal. Embora ele tentasse, não conseguia se lembrar do primeiro nome dela ou imaginá-la em qualquer outra tarefa além das de enfermeira.

Frau Becker em um piquenique? Lendo o *Neue Freie Presse* matutino? Na banheira? A atarracada *Frau* Becker nua? Montando um cavalo? Com a respiração ofegante devido à paixão? Inconcebível!

Contudo, embora a repudiasse como mulher, *Frau* Becker era uma observadora astuta e Breuer aprendera a valorizar suas impressões iniciais.

— Que impressão a senhora tem desse professor Nietzsche?

— Doutor, ele tem a conduta de cavalheiro, mas não se traja como tal. Parece acanhado. Quase humilde. E de modos gentis, bem diferente de muitos dos cavalheiros e das damas que vêm aqui; por exemplo, aquela dama russa de duas semanas atrás.

O próprio Breuer notara uma gentileza na carta do professor Nietzsche solicitando uma consulta, conforme conviesse ao doutor Breuer, dentro das duas semanas seguintes, se é que seria possível. Segundo explicou em sua carta, Nietzsche viajaria a Viena expressamente para fins de uma consulta. Até receber resposta, permaneceria na Basiléia com seu amigo, o professor Overbeck. Breuer sorriu ao contrastar a carta de Nietzsche com os despachos de Lou Salomé ordenando-lhe que estivesse disponível à conveniência dela.

Enquanto esperava *Frau* Becker conduzir Nietzsche para dentro, Breuer esquadrinhou sua escrivaninha e, de súbito, notou, alarmado, os dois livros que Lou Salomé lhe dera. Durante cerca de meia hora livre no dia anterior, os havia folheado e os deixara descuidadamente à vista. Percebeu que, se Nietzsche os visse, o tratamento terminaria antes de começar, pois seria impossível explicá-los sem mencionar Lou Salomé. Que descuido incomum, pensou Breuer. Estarei tentando sabotar este empreendimento?

Rapidamente enfiando os livros em uma gaveta da escrivaninha, levantou-se para saudar Nietzsche. O professor não era absolutamente o que esperara com base na descrição de Lou. Seus modos eram gentis e, embora com um físico sólido — cerca de 1,70 ou 1,80 metro e 70 ou 80 quilos —, seu corpo tinha algo de curiosamente insubstancial, como se fosse possível passar a mão através dele. Trajava um paletó preto e quase tão pesado quanto um uniforme militar. Sob a jaqueta, vestia um pesado suéter marrom de camponês que lhe cobria quase por completo a camisa e a gravata de cor malva.

Ao se darem as mãos, Breuer notou a pele fria e o frágil aperto de mão.

— Bom dia, professor. Mas não tão bom para viajantes, imagino.

— Não, doutor Breuer, nada bom para viajar. Não no estado que me traz aqui. Aprendi a evitar esse clima. Somente sua excelente reputação me atrai para tão ao norte no inverno.

Antes de se sentar na cadeira que Breuer lhe indicou, Nietzsche agitadamente pôs uma pasta bojuda e puída, primeiro num lado da cadeira e depois no outro, aparentemente procurando um lugar adequado para repousá-la.

Breuer sentou-se em silêncio e continuou a inspecionar seu paciente, enquanto este se acomodava. Apesar da aparência modesta, Nietzsche transmitia uma forte presença. Era a cabeça poderosa que chamava a atenção. Em especial seus olhos castanho-claros, mas de uma intensidade extraordinária e profundamente assentados sob uma crista orbital proeminente. O que Lou Salomé dissera sobre os olhos dele? Que pareciam olhar para dentro, como para um tesouro oculto? Sim, Breuer pôde percebê-lo. Os cabelos castanhos e brilhantes de seu paciente estavam cuidadosamente penteados. Afora um longo bigode, que caía como uma avalanche sobre seus lábios e em cada canto da boca até o queixo, estava barbeado. O bigode evocou em Breuer uma sensação de afinidade: sentiu o impulso quixotesco de advertir o professor para não comer uma torta vienense em público, especialmente coberta de creme chantili, para não ter que ficar limpando o bigode com o pente depois.

A voz suave de Nietzsche surpreendeu: a voz em seus dois livros fora vigorosa, ousada e impositiva, quase estridente. Repetidas vezes, Breuer iria encontrar essa mesma discrepância entre o Nietzsche de carne e osso e o Nietzsche do papel e da pena.

Com exceção da breve conversa com Freud, Breuer pouco pensara sobre aquela consulta incomum. Agora, pela primeira vez, questionou seriamente a sensatez de estar envolvido naquele caso. Lou Salomé, a enfeitiçante, a grande conspiradora, estava longe e em seu lugar sentava-se aquele professor Nietzsche enganado e que de nada suspeitava. Dois homens manipulados para um encontro sob falsos pretextos por uma mulher que agora, sem dúvida, já estaria metida em nova intriga. Não, não se sentia entusiasmado por aquela aventura.

"Mesmo assim, é hora de esquecer tudo isso", pensou Breuer. Um homem que ameaçou se suicidar tornou-se meu paciente e devo conceder-lhe minha total atenção.

— Como foi sua viagem, professor Nietzsche? Pelo que entendi, acaba de chegar da Basiléia.

— Essa foi minha última parada — Nietzsche respondeu, rijo, em sua cadeira. — Toda minha vida se tornou uma viagem e começo a sentir que meu único lar, o único lugar familiar para onde sempre retorno, é minha doença.

Não era um homem para conversas superficiais, refletiu Breuer.

— Então, professor Nietzsche, passemos imediatamente a investigar sua doença.

— Não seria mais eficiente examinar estes documentos? — Nietzsche tirou de sua pasta uma outra pasta de papéis, pesada e atulhada. — Tenho estado doente talvez por toda a vida, porém mais gravemente na última década. Eis os relatórios completos de minhas consultas anteriores. Posso abrir?

Breuer fez que sim com a cabeça e Nietzsche abriu a pasta de papéis, estendeu o braço sobre a escrivaninha de Breuer e pôs todo o conteúdo — cartas, diagramas de hospital e exames de laboratório — diante do médico.

Breuer correu os olhos pela primeira página, que continha uma lista de 24 médicos e a data de cada consulta. Reconheceu vários nomes suíços, alemães e italianos proeminentes.

— Alguns destes nomes são de meu conhecimento. Todos excelentes médicos! Vejo três, Kessler, Turin e Koenig, que conheço bem. Eles estudaram em Viena. Conforme insinua, professor Nietzsche, seria insensato ignorar as observações e conclusões desses excelentes homens; porém, há uma grande *desvantagem* em começar por eles. Autoridade demais, excesso de opiniões e conclusões prestigiadas oprimem nossos poderes de síntese imaginativa. Por uma razão semelhante, prefiro ler uma peça antes de vê-la encenada e, certamente, antes de ler as críticas. Ao que lhe consta, esse não é o caso no seu próprio trabalho?

Nietzsche pareceu surpreso. "Bom", pensou Breuer. "O professor Nietzsche precisa ver que sou uma espécie diferente de médico. Ele não está acostumado com médicos que conversam sobre construtos psicológicos ou perguntam inteligentemente sobre o trabalho dele."

— Sim — respondeu Nietzsche —, é uma consideração importante no meu trabalho. Meu campo original é a filologia. Minha primeira nomeação, minha *única* nomeação, foi como professor de filologia na Basiléia. Tenho um interesse especial pelos filósofos pré-socráticos e com eles sempre achei crucial retornar ao texto original. Intérpretes de textos são *sempre* desonestos... não intencionalmente, é claro, mas não conseguem transcender seu próprio contexto histórico. Aliás, nem seu próprio contexto autobiográfico.

— Mas não estar propenso a homenagear os intérpretes não torna a pessoa impopular na comunidade filosófica acadêmica? — Breuer sentiu-se confiante. A consulta ia de vento em popa. Embarcara bem no processo de persuadir Nietzsche de que ele, seu novo médico, era um espírito afim com interesses afins. Não seria difícil seduzir esse professor Nietzsche; Breuer via realmente como sedução atrair seu paciente para um relacionamento que não procurara de modo a obter uma ajuda que não solicitara.

— Impopular? Sem dúvida! Tive que renunciar à minha cátedra, três anos atrás, devido à minha doença: a mesma doença, ainda sem diagnóstico, que me traz hoje aqui. Mas mesmo que gozasse de perfeita saúde, creio que minha desconfiança em relação aos intérpretes acabaria me transformando num conviva importuno à mesa acadêmica.

— Mas, professor Nietzsche, se todos os intérpretes são limitados por seu contexto autobiográfico, como o senhor escapa da mesma limitação no seu trabalho?

— Primeiro — respondeu Nietzsche — é preciso identificar a limitação. Depois, é preciso aprender a se ver de longe, embora às vezes, infelizmente, a gravidade da minha doença prejudique a perspectiva.

Não passou despercebido de Breuer que era Nietzsche, e não ele, quem mantinha a discussão centrada na doença dele, que era, afinal, a *raison d'être* daquele encontro. Haveria talvez uma reprovação sutil nas palavras de Nietzsche? "Não force a barra, Josef", lembrou a si mesmo. "A confiança de um paciente em um médico não deve ser explicitamente buscada; ela se seguirá naturalmente de uma consulta competente." Embora muitas vezes autocrítico em várias áreas de sua vida, Breuer tinha suprema confiança em si como médico. "Não seja bajulador, superior, maquinador ou estrategista", seus instintos lhe aconselharam. "Simplesmente, aja de acordo com sua forma profissional habitual."

— Retornemos ao nosso assunto, professor Nietzsche. Eu quis dizer que prefiro fazer uma anamnese e um exame *antes* de olhar seus registros. Então, em nosso próximo encontro, tentarei lhe fornecer uma síntese o mais abrangente possível.

Breuer pôs um bloco de papel em branco diante dele na escrivaninha.

— Sua carta me informou algumas coisas sobre seu estado: que tem tido cefaléias e sintomas visuais há pelo menos dez anos; que raramente se livra da doença; que, conforme suas próprias palavras, sua doença sempre o espreita. E hoje o senhor me informou que ao menos 24 médicos não conseguiram ajudá-lo. Isso é tudo que sei a seu respeito. Assim, podemos começar? Primeiro, conte com suas próprias palavras tudo sobre sua doença.

Capítulo 5

Durante noventa minutos, os dois homens conversaram. Breuer, sentado em sua cadeira de couro de espaldar alto, tomava rápidas notas. Nietzsche, que ocasionalmente parava a fim de permitir que a pena de Breuer o acompanhasse, estava sentado em uma cadeira revestida do mesmo couro, igualmente confortável mas menor do que a de Breuer. Como a maioria dos médicos daquela época, Breuer preferia que seus pacientes o olhassem de baixo para cima.

A avaliação clínica de Breuer era completa e metódica. Após primeiro escutar com cuidado o paciente descrever livremente a doença, investigava sistematicamente cada sintoma: sua primeira aparição, sua transformação com o tempo, sua resposta aos esforços terapêuticos. O terceiro passo era verificar cada sistema orgânico do corpo. Começando no alto da cabeça, Breuer ia descendo até os pés. Primeiro o sistema cerebral e nervoso. Começava perguntando sobre o funcionamento de cada um dos 12 nervos cranianos: o sentido do olfato, a visão, os movimentos do olho, a audição, o movimento e a sensação facial e da língua, a deglutição, o equilíbrio, a fala.

Descendo pelo corpo, Breuer examinava, um a um, todos os outros sistemas funcionais: respiratório, cardiovascular, gastrintestinal e gênito-urinário. Esse exame meticuloso dos órgãos mexia com a memória do paciente e garantia que nada passasse despercebido. Breuer jamais omitia qualquer etapa, mesmo sabendo de antemão o diagnóstico.

Em seguida, uma cuidadosa anamnese: a saúde do paciente na infância, a saúde dos pais e irmãos e uma investigação de todos os outros aspectos de sua vida — opção profissional, vida social, serviço militar, mudanças geográficas, preferências alimentares e recreativas. O passo final de Breuer era dar rédea solta à sua intuição e formular todas as outras perguntas que os dados coletados sugeriam. Dessa forma, dias antes, em um caso curioso de dificuldade respiratória, diagnosticara corretamente triquinose do diafragma perguntando em que grau seu paciente cozinhava o porco defumado e salgado.

Durante todo o procedimento, Nietzsche se manteve totalmente atento: de fato, assentia reconhecidamente a cada pergunta de Breuer. Nenhuma surpresa, é claro, para Breuer. Jamais encontrara um paciente que não gostasse secretamente de um exame microscópico de sua vida. Quanto maior o poder de ampliação, mais o paciente gostava. A alegria de ser observado era tão arraigada que, na crença de Breuer, a verdadeira dor da velhice, do luto, de sobreviver aos amigos estava na ausência de escrutínio: o horror de viver uma vida inobservada.

Breuer *ficou* surpreso — isso sim — com a complexidade das doenças de Nietzsche e com a minúcia das próprias observações do paciente. As anotações de Breuer preencheram uma página após outra. Sua mão começou a se cansar enquanto Nietzsche descrevia um terrível conjunto de sintomas: dores de cabeça monstruosas, alucinantes; mareação em plena terra firme: vertigem, desequilíbrio, náusea, vômitos, anorexia, aversão a comida; febres e intensos suores noturnos que exigiam duas ou três mudanças de pijama e roupa de cama; acessos violentos de fadiga que, às vezes, se aproximavam da paralisia muscular generalizada; dores gástricas; vômito de sangue; cólicas intestinais; grave constipação; hemorróidas; e problemas visuais incapacitantes: fadiga ocular, perda inexorável da visão, freqüente lacrimação e dor nos olhos, confusão visual e grande sensibilidade à luz, especialmente de manhã.

As perguntas de Breuer acrescentaram alguns outros sintomas que Nietzsche negligenciara ou relutara em mencionar: cintilações e escotomas visuais, que costumavam preceder uma cefaléia; insônia incurável; graves cólicas musculares noturnas; tensão generalizada; e mudanças de humor rápidas e inexplicáveis.

Mudanças de humor! As palavras pelas quais Breuer esperara. Conforme descrevera a Freud, sempre sondava um ponto de entrada propício para a condição psicológica do paciente. Essas "mudanças de humor" talvez fossem exatamente a chave do desespero e das intenções suicidas de Nietzsche!

Breuer prosseguiu cautelosamente, solicitando-lhe que se aprofundasse nas mudanças de humor.

— Notou alterações em seus sentimentos que parecem relacionadas com sua doença?

A conduta de Nietzsche não se alterou. Parecia despreocupado de que essa pergunta pudesse conduzir a uma área mais íntima.

— Houve vezes em que, no dia anterior a um ataque, me senti particularmente bem; chego a pensar que me sinto *perigosamente bem*.

— E após o ataque?

— Meu ataque típico dura de 12 horas a dois dias. Após uma dessas crises, sinto-me geralmente fatigado e pesado como chumbo. Até meus pensamentos ficam lerdos por um ou dois dias. Mas, às vezes, normalmente após um longo ataque de vários dias, é diferente. Sinto-me renovado, purificado. Estouro de energia. Adoro essas ocasiões: minha mente se enche com as mais raras idéias.

Breuer persistiu. Uma vez encontrada a trilha, não desistia facilmente da caçada.

— Sua fadiga e a sensação de peso duram quanto tempo?

— Não muito. Depois que o ataque diminui e o corpo volta a pertencer a si, assumo o controle. Então, faço um esforço de vontade para superar a sensação de peso.

"Talvez", refletiu Breuer, "isso pudesse ser mais difícil do que pensara de início. Ele teria que ser mais direto. Nietzsche, estava claro, não forneceria voluntariamente quaisquer informações sobre o desespero".

— E a melancolia? Até que ponto acompanha ou sucede os ataques?

— Tenho períodos negros. Quem não tem? Mas eles não *me* possuem. Eles não são da minha doença, mas de meu ser. Poderia-se dizer que tenho a coragem de tê-los.

Breuer notou o ligeiro sorriso de Nietzsche e seu tom ousado. Agora, pela primeira vez, Breuer reconheceu a voz do homem que escrevera aqueles dois audaciosos e enigmáticos livros escondidos na gaveta da escrivaninha. Pensou, mas apenas por um momento, em desafiar frontalmente a distinção *ex cathedra* de Nietzsche entre os domínios da doença e do ser. Quanto à declaração de que tinha coragem de ter os períodos negros, o que *queria dizer* com aquilo? Mas, paciência! Melhor manter o controle da consulta. Haveria outras aberturas. Cuidadosamente, continuou.

— Alguma vez escreveu um diário detalhado de seus ataques: sua freqüência, intensidade, duração?

— Não neste ano. Tenho estado preocupado demais com eventos e mudanças vultosos em minha vida. Mas, no ano passado, tive 117 dias de absoluta incapacidade e quase duzentos dias de incapacidade parcial, com dores de cabeça mais leves, dor nos olhos, dor no estômago ou náusea.

Estava diante de duas aberturas promissoras, mas qual delas seguir? Deveria indagar sobre a natureza daqueles "eventos e mudanças vultosos" — decerto Nietzsche se referia a Lou Salomé — ou fortalecer a relação médico-paciente mostrando-se empático? Sabendo que toda relação seria *pouca*, Breuer optou pelo segundo caminho.

— Vejamos, com isso restam apenas 48 dias sem doença. É muito pouco tempo com saúde, professor Nietzsche.

— Retrocedendo alguns anos, vejo que raramente tive períodos de bem-estar que persistissem por mais de duas semanas. Acho que consigo me lembrar de cada um deles.

Detectando um tom melancólico, desesperançado na voz de Nietzsche, Breuer resolveu apostar. Eis uma abertura que poderia levar diretamente ao desespero do paciente. Largou a pena e, em sua voz mais séria e profissionalmente preocupada, observou:

— Tal situação, a maioria dos dias um tormento, raros dias de saúde por ano, a vida consumida pela dor, parece uma geradora natural do desespero, do pessimismo sobre a razão de viver.

Nietzsche parou. Ao menos uma vez, não tinha uma resposta pronta. Sua cabeça oscilou de um lado para o outro, como se estivesse refletindo se se permitiria ser consolado. Mas suas palavras nada mais revelaram.

— Sem dúvida, isso é verdade, doutor Breuer, para algumas pessoas, talvez para a maioria (aqui tenho que respeitar sua experiência), mas *não* é verdade para mim. Desespero? Não, talvez outrora verdadeiro, mas não agora. Minha doença pertence ao domínio de meu corpo, mas ela não é *eu*. Eu sou minha doença e meu corpo, mas eles não são eu. Ambos precisam ser superados, se não física, ao menos metafisicamente.

"Quanto ao seu outro comentário, minha 'razão de viver' é algo inteiramente divorciado deste — aqui ele golpeou o abdômen — triste protoplasma. Eu tenho um *porquê* de viver e posso enfrentar qualquer *como*. Tenho uma razão de viver de dez anos, uma missão. Estou grávido aqui — deu uma pancadinha na têmpora — de livros, livros quase plenamente formados, livros que somente eu posso escrever. Às vezes, penso em minhas dores de cabeça como dores de parto cerebrais."

Aparentemente, Nietzsche não tinha nenhuma intenção de discutir ou mesmo de reconhecer o desespero. Seria inútil — percebeu Breuer — tentar enganá-lo. Subitamente, recordou o sentimento de ser estrategicamente superado sempre que jogava xadrez com o pai, o melhor jogador da comunidade judaica de Viena.

Entretanto, talvez não houvesse o que reconhecer! Talvez *Fräulein* Salomé estivesse errada. Nietzsche soava como se seu espírito tivesse superado sua monstruosa doença. Quanto ao suicídio, Breuer tinha um teste absolutamente infalível do risco de suicídio: o paciente projeta a si próprio no futuro? Nietzsche passara no teste! Ele não *era* um suicida potencial: falava de uma missão de dez anos, de livros que ainda teria que extrair da mente.

No entanto, Breuer vira com seus próprios olhos as cartas suicidas de Nietzsche. Estaria dissimulando? Ou deixara de sentir desespero porque *já decidira se suicidar*?

Breuer já conhecera pacientes assim. Eles eram perigosos. Eles parecem melhorar — em certo sentido, *melhoram*; a melancolia se atenua; eles sorriem, comem, voltam a dormir. Mas a melhora deles significa que descobriram uma saída do desespero: a saída da morte. Seria esse o plano de Nietzsche? Teria decidido se matar? Não, Breuer recordou o que contara a Freud: se Nietzsche pretendia se suicidar, por que estava ali? Por que o trabalho de visitar mais outro médico, de viajar de Rapallo à Basiléia e dali a Viena?

Apesar da frustração por não obter a informação almejada, Breuer não podia reclamar da cooperação do paciente. Nietzsche respondeu integralmente cada pergunta médica — aliás, integralmente *demais*. Muitas vítimas de dor de cabeça relatam sensibilidade à dieta e ao clima, então Breuer não se surpreendeu ao saber que o mesmo se dava com Nietzsche. Entretanto, ficou espantado pela riqueza de detalhes do relato de seu paciente. Nietzsche falou por vinte minutos ininterruptos de sua resposta às condições atmosféricas. Seu corpo — ele disse — era como um barômetro aneróide reagindo violentamente a cada oscilação da pressão atmosférica, da temperatura ou da altitude. Céus cinzentos o deprimiam, nuvens plúmbeas ou chuva o enervavam, a seca o revigorava, o inverno representava uma forma de "trismo" mental; com o sol, restabelecia-se novamente. Durante anos, sua vida consistira em uma busca do clima perfeito. Os verões eram aturáveis. O planalto sem nuvens, sem ventos e ensolarado do vale de Engadine lhe convinha; assim, durante quatro meses no ano, residia em uma pequena hospedaria na aldeia suíça de Sils Marina. Mas os invernos eram uma maldição. Jamais encontrara um local amistoso no inverno; assim, durante os meses frios, vivia no sul da Itália, peregrinando de cidade em cidade à procura de um clima saudável. O vento e a escuridão úmida o envenenavam — dizia Nietzsche. Seu sistema nervoso clamava por sol e ar seco e parado.

Quando Breuer perguntou sobre a dieta, Nietzsche proferiu outro longo discurso sobre o relacionamento entre dieta, problemas gástricos e ataques de cefaléia. Que precisão notável! Nunca antes Breuer encontrara um paciente que respondesse cada pergunta de forma tão completa. O que isso significava?

Seria Nietzsche um hipocondríaco obsessivo? Breuer vira muitos hipocondríacos maçantes e com autopiedade que adoravam descrever suas entranhas. Mas esses pacientes tinham uma "estenose da *Weltanschauung*", um estreitamento da visão de mundo. Quão tedioso era estar em presença deles! Seus pensamentos se restringiam ao corpo; seus interesses ou valores, à saúde.

Não, Nietzsche não era um deles. Sua gama de interesses era extensa; sua pessoa, cativante. Certamente, *Fräulein* Salomé tivera essa impressão dele, *ainda* a tinha, embora achasse Paul Rée mais romanticamente compatível. Além do mais, Nietzsche não descrevera seus sintomas para despertar simpatia ou mesmo apoio — isso Breuer descobrira no início da entrevista.

Assim, por que essa riqueza de detalhes sobre suas funções corporais? Talvez simplesmente Nietzsche tivesse uma boa cabeça, com uma memória perfeita, e encarasse a avaliação médica de uma forma fundamentalmente racional, fornecendo dados completos para um clínico experiente. Ou ele era incomumente introspectivo. Antes de terminar a avaliação, Breuer obteve uma outra resposta: o contato de Nietzsche com outros seres humanos era tão escasso que gastava um tempo extraordinário conversando com seu próprio sistema nervoso.

Completada a anamnese, Breuer passou para o exame físico. Acompanhou o paciente até a sala de exames, um pequeno aposento esterilizado contendo apenas um biombo para trocar de roupa, uma cadeira, uma mesa de exame coberta com um lençol branco engomado, uma pia, uma balança e um armário de aço guardando os instrumentos de Breuer. Poucos minutos depois de deixar Nietzsche para que se despisse e se trocasse, Breuer voltou para encontrá-lo, embora já trajando o penhoar aberto nas costas, ainda com suas compridas meias pretas e ligas e dobrando cuidadosamente suas roupas. Nietzsche se desculpou pela demora explicando:

— Minha vida nômade faz com que eu só possa ter um terno. Assim, certifico-me de que esteja arrumado sempre que o tiro.

O exame físico de Breuer era tão metódico quanto sua anamnese. Começando na cabeça, descia lentamente pelo corpo, auscultando, dando pancadinhas, tocando, cheirando, apalpando, olhando. Apesar da abundância de sintomas do paciente, Breuer não encontrou anormalidades físicas além de uma grande cicatriz acima do esterno, resultante de um acidente a cavalo no serviço militar; uma minúscula cicatriz oblíqua de duelo no osso do nariz; e alguns sinais de anemia: lábios pálidos, conjuntiva e rugas da palma.

A causa da anemia? Provavelmente nutricional. Nietzsche contara que muitas vezes evitava carne por semanas a fio. Mas depois Breuer se lembrou de que Nietzsche revelara que, ocasionalmente, vomitava sangue, de modo que poderia estar perdendo sangue por uma hemorragia gástrica. Extraiu algum sangue para uma contagem de glóbulos vermelhos e, após um exame do reto, coletou uma amostra de fezes para examinar se continha sangue oculto.

E quanto aos problemas visuais de Nietzsche? Primeiro, Breuer notou uma conjuntivite unilateral facilmente tratável com uma pomada ocular. Apesar de considerável esforço, Breuer não conseguiu focalizar seu oftalmoscópio na retina de Nietzsche: algo lhe obstruía a visão, provavelmente uma opacidade da córnea, talvez um edema da córnea.

Breuer se concentrou sobretudo no sistema nervoso do paciente, não apenas devido à natureza das dores de cabeça, mas também porque, quando Nietzsche tinha 4 anos, o pai morrera de "amolecimento do cérebro" — um termo genérico que poderia se referir a qualquer uma de uma série de anomalias, inclusive derrame, tumor ou alguma forma de degeneração cerebral hereditária. Porém, após testar cada aspecto da função cerebral e nervosa — equilíbrio, coordenação, sensação, força, propriocepção, audição, olfato, deglutição —, Breuer não encontrou nenhum indício de doença estrutural do sistema nervoso.

Enquanto Nietzsche se vestia, Breuer retornou ao consultório para fazer um quadro dos resultados do exame. Quando, alguns minutos depois, *Frau* Becker levou Nietzsche de volta ao consultório, Breuer percebeu que, embora o tempo deles estivesse se esgotando, falhara totalmente em obter qualquer menção à melancolia ou ao suicídio. Tentou outra abordagem, uma técnica de entrevista que raramente deixava de apresentar resultados.

— Professor Nietzsche, gostaria que descrevesse em detalhes um dia típico de sua vida.

— Agora o senhor me pegou, doutor Breuer! É a pergunta mais difícil que me formulou. Me desloco tanto, meus ambientes são tão inconstantes... Meus ataques condicionam minha vida...

— Escolha um dia normal qualquer, um dia entre os ataques numa das últimas semanas.

— Bem, acordo cedo... se é que tenha realmente dormido.

Breuer se sentiu encorajado. Já estava diante de uma abertura.

— Permita que o interrompa, professor Nietzsche. O senhor diz *se* é que tenha dormido?

— Meu sono é terrível. Às vezes tenho cólicas musculares, às vezes dor de estômago, às vezes uma tensão que me invade cada parte do corpo, às vezes pensamentos noturnos malignos. Às vezes, fico acordado a noite toda, outras vezes remédios me concedem duas ou três horas de sono.

— Que remédios? Em que dosagem? — perguntou Breuer rapidamente. Embora fosse imperativo saber sobre a automedicação de Nietzsche, percebeu imediatamente que não escolhera a melhor opção. Teria sido muito melhor perguntar sobre aqueles pensamentos noturnos sombrios.

— Hidrato de cloral quase todas as noites, ao menos um grama. Às vezes, se meu corpo estiver desesperado por dormir, adiciono morfina ou Veronal, mas isso me deixa entorpecido no dia seguinte. Ocasionalmente, haxixe, mas também embota meu pensamento no dia seguinte. Prefiro cloral. Devo continuar com esse dia, que já começou mal?

— Por favor.

— Tomo o café em meu quarto... o senhor quer todos esses detalhes?

— Sim, exatamente. Conte-me tudo.

— Bem, o café é uma questão simples. O dono da hospedaria me traz um pouco de água quente. É tudo. Por vezes, caso me sinta particularmente bem, peço chá fraco e torradas. Depois, tomo um banho frio, necessário se devo trabalhar com algum vigor, e passo o resto do dia trabalhando: escrevendo, pensando e, ocasionalmente, se meus olhos permitirem, lendo um pouco. Quando me sinto bem, caminho às vezes por horas. Rabisco enquanto caminho e, muitas vezes, caminhando realizo meus melhores trabalhos, tenho meus pensamentos mais refinados...

— Eu também — acrescentou Breuer rapidamente. — Após 6 ou 7 quilômetros, descubro que clarifiquei os mais intrigantes problemas.

Nietzsche fez uma pausa, aparentemente conturbado pelo comentário pessoal de Breuer. Começou a ratificá-lo, gaguejou e, no final, ignorou-o e continuou seu relato.

— Almoço sempre na mesma mesa em meu hotel. Já lhe descrevi minha dieta: sempre alimentos não condimentados, preferivelmente cozidos, nada de álcool nem de café. Muitas vezes, durante semanas, tolero apenas legumes cozidos e sem sal. Nada de tabaco, tampouco. Digo umas poucas palavras para outros hóspedes em minha mesa, mas raramente me envolvo em conversas prolongadas. Quando a sorte me sorri, encontro um hóspede atencioso que se oferece para ler para mim ou escrever meus ditados. Meus fundos são modestos, de modo que não posso pagar por tais serviços. A tarde é idêntica à manhã: caminhar, pensar, escrever. De noite, janto em meu quarto (novamente, água quente ou chá fraco com biscoitos) e depois trabalho até o cloral dizer: "Chega, você pode descansar." Essa é minha vida corpórea.

— O senhor só fala de hotéis. E sua casa?

— Minha casa é minha mala-armário. Sou uma tartaruga e carrego minha casa nas costas. Coloco-a no canto de meu quarto de hotel e, quando o clima se torna opressivo, pego-a e me mudo para céus mais altos e secos.

Breuer havia planejado retornar aos "pensamentos noturnos malignos" de Nietzsche, mas agora vislumbrou uma linha de pesquisa ainda mais promissora: uma que não poderia deixar de levar diretamente a *Fräulein* Salomé.

— Professor Nietzsche, percebo que a descrição de seu dia típico contém poucas menções a outras pessoas! Perdoe minha inquirição: sei que essas não são perguntas tipicamente médicas, mas sou adepto da crença na totalidade do organismo. Acredito que o bem-estar físico não é separável do bem-estar social e psicológico.

Nietzsche corou. Apanhou um pequeno pente de casco de tartaruga de pentear bigodes e, por um breve tempo, manteve-se em silêncio com o corpo pendido, nervosamente arrumando seu ponderoso bigode. Então, tendo aparentemente chegado a uma decisão, aprumou-se, pigarreou para limpar a garganta e falou firme:

— O senhor não é o primeiro médico a fazer essa observação. Suponho que esteja se referindo ao sexo. O doutor Lanzoni, um clínico italiano com quem me consultei muitos anos atrás, sugeriu que meu estado era agravado pelo isolamento e pela abstinência e recomendou que eu arranjasse um escoadouro sexual regular. Segui seu conselho e armei um esquema com uma jovem camponesa em uma aldeia perto de Rapallo. Contudo, após três semanas, eu estava quase moribundo com dor de cabeça; um pouco mais do tal tratamento italiano e o paciente teria expirado!

— Por que o conselho foi tão nocivo?

— Um lampejo de prazer bestial seguido de horas de auto-aversão, da limpeza do fedor protoplasmático do cio, não é, a meu ver, o caminho para, como o senhor o colocou?, a "totalidade do organismo".

— Tampouco a meu ver — acrescentou Breuer rapidamente. — Porém, como negar que todos nós estamos inseridos em um contexto social, um contexto que historicamente tem facilitado a sobrevivência e propiciado o prazer inerente à sociabilidade humana?

— Talvez tais prazeres de rebanho não sejam para todos — disse Nietzsche, sacudindo a cabeça. — Três vezes saí da toca e tentei construir uma ponte até os outros. E três vezes fui traído.

"Finalmente!", Breuer mal pôde esconder o entusiasmo. Com certeza, uma das três traições fora de Lou Salomé. Talvez Paul Rée tenha sido a outra. Qual fora a terceira? Enfim, Nietzsche abrira a porta. Sem dúvida, o caminho estava agora livre para uma discussão da traição e do desespero por ela induzido.

Breuer mostrou seu tom de voz mais enfático:

— Três tentativas, três terríveis traições e, desde então, um recolhimento ao mais penoso isolamento. O senhor sofreu e, talvez, de alguma forma, esse sofrimento intensifique sua doença. O senhor me confiaria os detalhes dessas traições?

Novamente, Nietzsche sacudiu a cabeça. Ele pareceu se recolher em si mesmo.

— Doutor Breuer, confiei-lhe grande parte de mim. Hoje, compartilhei mais dos detalhes íntimos de minha vida do que com qualquer outro em muito tempo. Mas creia *em mim* quando digo que minha doença precedeu de longa data esses desapontamentos pessoais. Lembre-se da história de minha família: meu pai faleceu de uma doença cerebral, talvez uma doença da família. Lembre-se de que dores de cabeça e a falta de saúde me perseguiram desde meus tempos de escola, muito antes dessas traições. Também é verdade que minha doença jamais foi atenuada pelas breves amizades íntimas de que desfrutei. Não, não se trata de que eu tenha confiado pouco demais: meu erro foi confiar demais. Não estou preparado para isso, não posso *me dar ao luxo* de confiar novamente.

Breuer ficou estupefato. Como poderia ter errado no cálculo? Apenas um minuto atrás, Nietzsche parecia disposto a confiar nele, quase ansioso por isso. E agora ser assim refutado! O que acontecera? Tentou rememorar a seqüência de eventos. Nietzsche mencionara ter tentado construir uma ponte até os outros e, então, ter sido traído. Nessa altura, Breuer mostrara simpatia em relação a Nietzsche e, depois, a *ponte* — o termo mexera com ele. Os livros de Nietzsche! Sim, quase certamente, havia uma passagem vívida envolvendo uma ponte. Talvez a chave para conquistar a confiança de Nietzsche residisse naqueles livros. Breuer também recordou vagamente outra passagem que defendia a importância do auto-escrutínio psicológico. Resolveu ler os dois livros com mais dedicação antes do encontro seguinte: talvez conseguisse influenciar Nietzsche com os argumentos do próprio filósofo.

Todavia, o que fazer com quaisquer argumentos encontrados nos livros de Nietzsche? Como, inclusive, explicar por que cargas-d'água conseguira obtê-los? Nenhuma das três livrarias vienenses onde procurara os livros sequer ouvira falar do autor. Breuer odiava a duplicidade e, por um momento, pensou em revelar toda a verdade: a visita de Lou Salomé, seu conhecimento do desespero de Nietzsche, sua promessa a *Fräulein* Salomé, o presente dos livros por parte dela.

Não, aquilo só poderia levar ao fracasso: sem dúvida, Nietzsche se sentiria manipulado e traído. Breuer tinha certeza de que ele estava desesperado devido ao seu envolvimento em — usando o termo refinado de Nietzsche — um relacionamento *pitagórico* com Lou e Paul Rée. Além disso, se Nietzsche soubesse da visita dela, sem dúvida veria Lou e Breuer como dois lados de outro triângulo. Não, Breuer estava convencido de que a honestidade e a sinceridade, suas soluções naturais para os dilemas da vida, naquele caso piorariam ainda mais as coisas. De alguma forma, teria que descobrir um meio de obter os livros *legitimamente*.

Era tarde. O dia úmido e cinzento estava se tornando escuridão. No silêncio, Nietzsche se mexia inquieto. Breuer estava cansado. Sua presa se lhe esquivara e sua cabeça estava sem idéias. Resolveu ganhar tempo.

— Creio, professor Nietzsche, que não podemos mais avançar hoje. Preciso de tempo para estudar seus históricos médicos do passado e para realizar os testes de laboratório necessários.

Nietzsche suspirou levemente. Seu ar era de desapontamento? Gostaria que o encontro durasse mais tempo? Breuer achou que sim, porém, já não confiando em seu discernimento quanto às reações de Nietzsche, propôs uma outra consulta ainda na mesma semana.

— Sexta-feira à tarde? No mesmo horário?

— Sim, claro! Estou inteiramente à sua disposição, doutor Breuer. Não tenho nenhuma outra razão para estar em Viena.

Encerrada a consulta, Breuer se levantou. Mas Nietzsche hesitou e, depois, sentou-se abruptamente de volta na cadeira.

— Doutor Breuer, já tomei bastante do seu tempo. Por favor, não cometa o erro de subestimar meu reconhecimento dos seus esforços, mas me conceda um momento mais. Permita, em meu próprio benefício, que lhe formule três perguntas!

Capítulo 6

— Faça suas perguntas, por favor, professor Nietzsche — disse Breuer, acomodando-se novamente em sua cadeira.
— Considerando-se o bombardeio de perguntas a que o submeti, três é um pedido modesto. Se suas perguntas estiverem ao alcance de meu conhecimento, não deixarei de respondê-las.

Estava cansado. Fora um longo dia e ainda tinha pela frente uma palestra às seis horas e suas visitas vespertinas. Apesar disso, não se importou com o pedido de Nietzsche. Pelo contrário, sentiu uma intensa euforia. Talvez a abertura que procurava estivesse à mão.

— Quando ouvir minhas perguntas, talvez, como tantos de seus colegas, se arrependa da promessa. Tenho uma tríade de perguntas, três perguntas, mas talvez somente uma. E essa pergunta, um pedido além de uma pergunta, é: o senhor me contará a verdade?

— E as três perguntas? — perguntou Breuer.

— A primeira é: ficarei cego? A segunda: sofrerei desses ataques para sempre? E a terceira, a pergunta mais difícil: tenho uma doença cerebral progressiva que me matará precocemente como meu pai, me tornará paralítico ou, pior, louco ou demente?

Breuer ficou mudo. Sentado em silêncio, folheou de maneira aleatória as páginas do dossiê médico de Nietzsche. Nenhum paciente, em 15 anos de prática médica, jamais formulara perguntas tão diretas.

Nietzsche, notando seu desconforto, continuou:

— Desculpe-me por confrontá-lo assim. É que tive anos de conversas tortuosas com médicos, sobretudo médicos alemães que se intitulam os guardiões da verdade mas escondem seu conhecimento. Nenhum médico tem o direito de esconder do paciente o que legitimamente lhe pertence.

Breuer não pôde conter um sorriso ante a caracterização de Nietzsche dos médicos alemães. Ou de se encrespar com o pronunciamento sobre os direitos do paciente. O pequeno filósofo com o imenso bigode estimulava sua mente.

— Não estou disposto a discutir essas questões da prática médica, professor Nietzsche. O senhor formula perguntas diretas. Tentarei respondê-las também de forma direta. Concordo com sua posição sobre os direitos do paciente. Mas o senhor omitiu um conceito igualmente importante: *as obrigações do paciente*. Prefiro um relacionamento completamente honesto com meus pacientes. Mas a honestidade deve ser recíproca: também o paciente deve estar empenhado na honestidade para comigo. A honestidade — perguntas honestas, respostas honestas — contribui para a melhor das medicinas. Sob essa condição, pois, dou-lhe minha palavra: compartilharei com o senhor todo meu conhecimento e minhas conclusões.

"Mas, professor Nietzsche", continuou Breuer, "eu *não* concordo que deva ser *sempre* assim. Para certos pacientes e em certas situações, o bom médico *deve*, para o bem do paciente, esconder a verdade".

— Sim, doutor Breuer, ouvi muitos médicos dizerem isso. Mas quem tem o direito de tomar essa decisão por outrem? Essa postura apenas viola a autonomia do paciente.

— É meu dever — respondeu Breuer — oferecer conforto aos pacientes. Não se trata de um dever fácil. Às vezes, é uma tarefa ingrata; às vezes, não posso compartilhar certas más notícias com o paciente; às vezes, devo me calar e suportar a dor tanto pelo paciente como pela família.

— Mas, doutor Breuer, esse tipo de dever oblitera outro mais fundamental: o dever de cada pessoa para consigo própria de descobrir a verdade.

Por um momento, no calor do diálogo, Breuer esquecera que Nietzsche era seu paciente. Essas perguntas eram muito interessantes e ele estava completamente absorvido. Levantou-se e se pôs a andar por trás da cadeira enquanto falava.

— Será meu dever impor aos outros uma verdade que não desejam conhecer?

— Quem poderá determinar o que alguém *não* deseja conhecer? — replicou Nietzsche.

— Isso — Breuer falou com firmeza — é o que podemos chamar de arte da medicina. Essas coisas não se aprendem nos textos, e sim à beira do leito. Permita que cite, como exemplo, um paciente que visitarei no hospital esta tarde. Conto-lhe isso em total confiança e, é claro, não revelarei a identidade dele. Esse homem sofre de uma doença fatal, um câncer de fígado em estado avançado. Ele está ictérico devido ao seu problema. A bile começa a penetrar na circulação. Seu prognóstico é desesperador. Duvido que viva mais que duas ou três semanas. Quando o vi nesta manhã, escutou calmamente o que lhe expliquei sobre a amarelidão da pele e, depois, pôs sua mão sobre a minha como para aliviar *minha* carga, como para me silenciar. Em seguida, mudou de assunto. Perguntou sobre minha família — conheço-o há trinta anos — e conversou sobre o negócio que o aguarda quando voltar para casa.

"Mas", respirou Breuer profundamente, "sei que *jamais* voltará para casa. Devo contar a ele? Veja bem, professor Nietzsche, não é tão fácil assim. Em geral, o que *não* é perguntado é a pergunta importante! Se ele quisesse saber, teria me indagado a causa do problema do fígado ou quando pretendo dar-lhe alta do hospital. Mas sobre esses assuntos ele mantém silêncio. Devo ser tão duro a ponto de lhe contar o que não quer ouvir?"

— Às vezes — respondeu Nietzsche —, os mestres precisam ser duros. As pessoas precisam receber uma mensagem dura porque a vida é dura e morrer é duro.

— Devo privar as pessoas da opção de como desejam encarar a morte? Com que direito, por ordem de quem, posso assumir esse papel? O senhor afirma que os mestres devem às vezes ser duros. Pode ser. Mas a tarefa do médico é reduzir a tensão e aumentar a capacidade de cura do organismo.

Uma chuva forte golpeou a janela, tamborilando na vidraça. Breuer andou até lá, olhou para fora e observou:

— Na verdade, ao pensar a respeito, não estou certo nem de concordar com o senhor sobre a dureza de um *mestre*. Talvez apenas um tipo especial de mestre, talvez um profeta.

— Sim, sim — a voz de Nietzsche elevou-se em uma oitava em seu entusiasmo —, um mestre de verdades amargas, um profeta impopular. Creio que é isso que sou. — A cada palavra de sua sentença, apontou o peito com o dedo. — O senhor, doutor Breuer, se dedica a tornar a vida fácil. Eu, por minha vez, me dedico a tornar as coisas difíceis para meu corpo invisível de alunos.

— Mas qual é a virtude de uma verdade impopular, de tornar as coisas difíceis? Quando deixei meu paciente esta manhã, ele me disse: "Ponho-me nas mãos de Deus." Quem ousaria negar que isso também seja uma forma de verdade?

— Quem? — Agora, também Nietzsche se levantara e caminhava de um lado da escrivaninha, enquanto Breuer caminhava do outro. — Quem ousa negá-lo? — Parou, apoiou-se no espaldar da cadeira e apontou para si próprio. — *Eu* ouso negá-lo!

"Ele poderia", pensou Breuer, "estar falando de um púlpito, exortando uma congregação. É claro, seu pai fora um pastor".

— Atinge-se a verdade — continuou Nietzsche — através da descrença e do ceticismo, e não do desejo infantil de que algo seja de certa forma! O desejo de seu paciente de estar nas mãos de Deus não é a verdade. É simplesmente um desejo infantil, e nada mais! É um desejo de não morrer, um desejo do eterno mamilo intumescido que rotulamos de "Deus". A teoria da evolução demonstra cientificamente a redundância de Deus, embora o próprio Darwin não tivesse a coragem de levar as evidências até sua verdadeira conclusão. Certamente, o senhor tem que entender que nós criamos Deus e que todos nós, juntos, agora o matamos.

Breuer abandonou essa linha de argumento como se fosse ferro em brasa. Não era capaz de defender o teísmo. Livre-pensador desde a adolescência, muitas vezes, em discussões com o pai e com professores religiosos, adotara uma posição idêntica à de Nietzsche. Sentou-se e adotou um tom de voz mais suave e conciliatório, enquanto também Nietzsche retornava à sua própria cadeira.

— Tal fervor pela verdade! Perdoe-me, professor Nietzsche, se sôo desafiador, mas concordamos em falar a verdade. O senhor fala sobre a verdade em um tom sagrado, como se quisesse substituir uma religião pela outra. Permita-me bancar o advogado do diabo. Permita-me perguntar: por que tal *paixão*, tal *reverência* pela verdade? Em que ela beneficiará meu paciente desta manhã?

— Não é a verdade que é sagrada, mas a procura de nossa própria verdade! Haverá ato mais sagrado do que a auto-inquirição? Minha obra filosófica, dizem alguns, está erigida sobre areia: meus pontos de vista mudam constantemente. Mas uma de minhas sentenças de granito é: "Torna-te quem tu és." E como descobrir *quem* e *o que* se é sem a verdade?

— A verdade é que meu paciente tem apenas pouco tempo de vida. Devo oferecer-lhe esse autoconhecimento?

— A verdadeira escolha, a plena escolha — respondeu Nietzsche —, só pode florescer sob o clarão da verdade. Como poderia ser de outra forma?

Percebendo que Nietzsche era capaz de discursar persuasiva e interminavelmente nessa esfera abstrata da verdade e da escolha, Breuer viu que teria de forçá-lo a falar de maneira mais concreta.

— E meu paciente desta manhã? Qual é a *sua* gama de escolhas? Talvez a confiança em Deus *seja* sua escolha!

— Essa não é uma escolha para um *homem*. Não é uma escolha humana, e sim a busca de uma ilusão externa a nós. Tal escolha, a escolha de outrem, do sobrenatural, é sempre enfraquecedora. Ela sempre torna o homem menos do que é. Amo aquilo que nos torna mais do que somos!

— Não falemos do homem abstratamente — insistiu Breuer —, mas de um *homem* individual de carne e osso: esse meu paciente. Considere sua situação. Ele só tem dias ou semanas de vida. Que sentido faz falar de escolhas com ele?

Sem se deixar intimidar, Nietzsche respondeu no mesmo instante:

— Se ele não *sabe* que está prestes a morrer, como pode seu paciente tomar uma decisão sobre *como* morrer?

— *Como* morrer, professor Nietzsche?

— Sim, ele tem que decidir *como* encarar a morte: conversar com os outros, dar conselhos, dizer as coisas que guardou para dizer antes da morte, despedir-se dos outros, ou ficar sozinho, chorar, desafiar a morte, amaldiçoá-la, ficar grato a ela.

— O senhor continua discutindo um ideal, uma abstração, mas me cabe assistir o homem singular, o homem de carne e osso. Sei que morrerá, e morrerá com grande dor em pouco tempo. Por que torturá-lo com isso? Acima de tudo, a esperança deve ser preservada. Quem mais além do médico poderá sustentar a esperança?

— Esperança? *A esperança é o mal derradeiro!* — quase gritou Nietzsche. — Em meu livro *Humano, demasiado humano*, afirmo que, quando a caixa de Pandora foi aberta e os males nela encerrados por Zeus escaparam até o mundo do homem, ainda permaneceu, sem que ninguém soubesse, um último mal: a esperança. Desde então, o homem tem equivocadamente encarado a caixa e seu conteúdo de esperança como uma arca de boa sorte. Mas esquecemos o desejo de Zeus de que o homem continue se permitindo ser atormentado. A esperança é o pior dos males, porque prolonga o tormento.

— Sua conclusão, então, é que se deve encurtar a morte caso se deseje.

— Essa é uma opção possível, mas somente à luz do pleno conhecimento.

Breuer se sentiu triunfante. Ele fora paciente. Permitira que as coisas seguissem seu rumo. Agora, veria a recompensa de sua estratégia! A discussão estava avançando exatamente na direção desejada.

— O senhor se refere ao suicídio, professor Nietzsche. Deveria o suicídio ser uma escolha?

Mais uma vez, Nietzsche foi firme e claro:

— Cada pessoa é dona de sua própria morte. E cada uma deveria encará-la conforme lhe aprouvesse. Talvez, apenas talvez, tenhamos algum direito de tirar a vida de um homem. Mas não temos nenhum direito de lhe tomar a morte. Isso não é conforto, e sim crueldade.

Breuer persistiu:

— Alguma vez o suicídio seria sua escolha?

— Morrer é duro. Sempre senti que a recompensa final dos mortos é não morrer nunca mais!

— A recompensa final dos mortos: não morrer nunca mais! — Breuer assentiu em reconhecimento, caminhou de volta até a escrivaninha e apanhou a pena. — Posso anotá-lo?

— Sim, é claro. Mas que eu não plagie a mim próprio. Eu não acabei de criar essa frase. Ela aparece em outro livro meu, *A gaia ciência*.

Breuer mal pôde acreditar em sua sorte. Nos poucos minutos anteriores, Nietzsche mencionara ambos os livros trazidos por Lou Salomé. Embora entusiasmado com a discussão e relutante em interromper seu impulso, Breuer não pôde deixar passar a oportunidade de resolver o dilema dos dois livros.

— Professor Nietzsche, o que diz sobre esses seus dois livros me interessa muito. Como posso comprá-los? Em alguma livraria de Viena, talvez?

Nietzsche mal conseguiu esconder o prazer diante do pedido.

— Meu editor Schmeitzner, em Chemnitz, está na profissão errada. Seu destino apropriado teria sido a diplomacia internacional ou talvez a espionagem. Ele é um gênio da intriga e meus livros são seu maior segredo. Ele não mandou nenhum exemplar para ser resenhado, nem colocou nenhum livro nas livrarias. Assim, o senhor não os encontrará em nenhuma livraria vienense. Nem mesmo em um lar vienense. Tão poucos foram vendidos que sei o nome da maioria dos compradores e não me recordo de nenhum vienense entre meus leitores. É preciso, portanto, contactar diretamente meu editor. Eis seu endereço. — Nietzsche abriu a pasta, anotou algumas linhas em um pedaço de papel e o entregou a Breuer. — Embora eu pudesse escrever em seu lugar, prefiro, caso não se importe, que ele receba uma carta diretamente do senhor. Talvez um pedido de um eminente cientista médico o incite a revelar aos outros a existência de meus livros.

Enfiando o papel no bolso do colete, Breuer respondeu:

— Nesta mesma tarde, mandarei um pedido de seus livros. Mas que pena não poder adquirir, ou mesmo tomar emprestado, exemplares com mais rapidez. Como me interesso por toda a vida de meus pacientes, inclusive por suas obras e crenças, seus livros poderiam orientar minhas investigações do seu estado, para não falar do prazer de ler sua obra e discuti-la com o senhor!

— Bem — respondeu Nietzsche —, a esse pedido posso atender. Meus exemplares pessoais desses livros estão na minha bagagem. Permita que os empreste ao senhor. Eu os trarei ao seu consultório ainda hoje.

Grato com o sucesso de sua trama, Breuer quis dar algo em troca a Nietzsche.

— Devotar a vida a escrever, despejar a vida nos próprios livros e, depois, ter tão poucos leitores... horrível! Para os muitos escritores que conheço em Viena, esse destino seria pior do que a morte. Como o senhor o suportou? Como o *suporta* agora?

Nietzsche não correspondeu à abertura de Breuer, nem por um sorriso, nem pelo tom de voz. Olhando reto para a frente, disse:

— Haverá algum vienense que se lembre de existir espaço e tempo fora da Ringstrasse? Tenho paciência. Talvez no ano 2000 as pessoas ousem ler meus livros. — Ergueu-se abruptamente. — Sexta-feira, então?

Breuer se sentiu repelido e rejeitado. Por que Nietzsche esfriara tão depressa? Fora a segunda vez naquele dia que isso acontecera, a primeira tendo sido o incidente da ponte. Cada rejeição — Breuer percebeu — se seguira a um gesto seu de simpatia. O que isso significa?, refletiu. Que o professor Nietzsche não tolera que os outros se aproximem ou ofereçam ajuda? Depois, lembrou-se da advertência de Lou Salomé de que não tentasse hipnotizar Nietzsche, algo ligado aos fortes sentimentos dele sobre o poder.

Breuer se permitiu imaginar, por um momento, a resposta dela à reação de Nietzsche. Ela não a deixaria passar em brancas nuvens, mas reagiria imediata e diretamente. Talvez ela dissesse: "Por que, Friedrich, cada vez que alguém lhe diz uma gentileza, você dá um coice?"

Que ironia, refletiu Breuer, que, embora ressentisse a impertinência de Lou Salomé, estivesse evocando a imagem dela de modo que o instruísse. Contudo, logo deixou esses pensamentos se escoarem. Talvez *ela* conseguisse dizer essas coisas, mas não ele. Certamente não com o gélido professor Nietzsche dirigindo-se para a porta.

— Sim, sexta-feira às duas, professor Nietzsche.

Nietzsche inclinou ligeiramente a cabeça e deixou rapidamente o consultório. Breuer observou-o da janela descer as escadas e, irritado, recusar um fiacre, olhar para o céu escurecido, enrolar o xale em torno das orelhas e descer penosamente a rua.

Capítulo 7

Às três da madrugada seguinte, Breuer outra vez sentiu o solo se liquefazer abaixo dele. Mais uma vez, enquanto tentava encontrar Bertha, caiu 40 metros até a laje de mármore adornada com símbolos misteriosos. Despertou em pânico, o coração acelerado, o camisolão e o travesseiro ensopados de suor. Tomando cuidado para não acordar Mathilde, saiu da cama, caminhou na ponta dos pés até o banheiro para urinar, mudou de camisolão, virou o travesseiro do lado seco e tentou conciliar novamente o sono.

Naquela noite, porém, não dormiria mais. Embora deitado, ficou desperto escutando a respiração profunda de Mathilde. Todos dormiam: os cinco filhos, bem como a criada da casa, Louis, a cozinheira, Marta, e a ama-seca das crianças, Gretchen — todos dormiam, exceto ele. Montava guarda para a casa toda. A ele — que trabalhava mais duro e que mais precisava de descanso — coube ficar acordado e se preocupar com os demais.

Começou a sofrer de terríveis ataques de ansiedade. Alguns conseguiu rechaçar, outros continuaram surgindo. O doutor Binswanger escrevera do sanatório Bellevue que Bertha estava pior do que nunca. Ainda mais perturbadora era sua notícia de que o doutor Exner, um jovem psiquiatra da equipe, apaixonara-se por ela e a transferira para outro médico após propor a ela o casamento! Corresponderia ela ao seu amor? Decerto, deve ter-lhe dado algum sinal! Ao menos, o doutor Exner era sensato o suficiente em ser solteiro e em renunciar espontaneamente a tratar dela. O pensamento de Bertha sorrindo para o jovem Exner da mesma forma especial como outrora sorrira para ele envenenou os pensamentos de Breuer.

Bertha pior do que nunca! Que tolo havia sido ao alardear à mãe seu novo método hipnótico! O que pensaria dele *agora*? O que toda a comunidade médica estaria murmurando às suas costas? Se ao menos não tivesse apregoado seu tratamento naquela conferência — exatamente aquela a que o irmão de Lou Salomé comparecera! Por que ele não aprendia a manter o bico calado? Estremeceu de humilhação e remorso.

Teria alguém notado que ele estava apaixonado por Bertha? Certamente, todos deviam ter estranhado que um médico gastasse uma a duas horas por dia com um paciente mês após mês! Ele soubera que Bertha era anormalmente ligada ao pai. Contudo, não teria ele, seu médico, explorado essa ligação em benefício próprio? Que outra razão teria ela para amar um homem com sua idade, com sua insipidez?

Breuer se encolheu ao pensar na ereção que sempre surgia quando Bertha entrava em transe. Graças a Deus, ele jamais se abandonara aos sentimentos, jamais declarara seu amor, jamais acariciara os seios dela. Depois, imaginou-se ministrando-lhe uma massagem médica. De súbito, apertava-lhe firmemente os pulsos, estendia os braços dela sobre a cabeça, levantava-lhe a camisola, separava-lhe as pernas com seus joelhos, colocava as mãos sob as nádegas dela e levantava-a contra si. Afrouxara o cinto e estava desabotoando as calças quando de repente uma horda de pessoas — enfermeiras, colegas, *Frau* Pappenheim — irrompeu na sala!

Afundou ainda mais na cama, destruído e derrotado. Por que se atormentava assim? Repetidamente, capitulara e deixara as preocupações o dominarem. Havia muito de preocupação judaica: o anti-semitismo crescente que bloqueara sua carreira universitária; a emergência do novo partido de Schönerer, a Associação Nacional Alemã; os virulentos discursos anti-semitas nas reuniões da Associação da Reforma Austríaca, incitando as guildas de artesãos a atacarem os judeus: judeus das finanças, da imprensa, das ferrovias, do teatro. Somente naquela semana, Schönerer exigira que voltassem a vigorar as antigas restrições legais às atividades dos judeus e incitou distúrbios por toda a cidade. A situação — sabia Breuer — só iria piorar. O anti-semitismo já invadira a universidade. Associações de estudantes haviam recentemente decretado que, como os judeus nasceram "sem honra", não poderiam obter satisfação de insultos sofridos através de duelos. Invectivas sobre médicos judeus ainda não se fizeram ouvir, mas era uma questão de tempo.

Escutou os roncos leves de Mathilde. Ali estava sua verdadeira preocupação! Ela entrelaçara sua vida com a dele. Era amável, era a mãe dos seus filhos. Seu dote da família Altmann fizera dele um homem abastado. Embora ela estivesse ressentida por causa de Bertha, que culpa tinha? O ressentimento dela era mais do que justo.

Breuer a observou novamente. Ao se casarem, ela era a mulher mais bonita que já vira — e continuava sendo. Era mais bonita do que a imperatriz, do que Bertha ou mesmo Lou Salomé. Todos os homens de Viena o invejavam. Por que, então, não conseguia tocá-la, beijá-la? Por que sua boca aberta o assustava? Por que essa idéia assustadora de que tinha de escapar ao domínio dela? De que ela era a fonte de sua angústia?

Observou-a na penumbra. Seus lábios doces, o gracioso domo de suas maçãs do rosto, a pele acetinada. Imaginou seu rosto envelhecendo, enrugando, a pele endurecendo em placas coriáceas, decompondo-se, expondo o crânio de marfim abaixo. Observou a elevação dos seus seios, repousando sobre as costelas torácicas. Recordou uma ocasião em que, caminhando por uma praia batida pelo vento, deparou com a carcaça de um peixe gigantesco — seu lado parcialmente decomposto, as costelas esbranquiçadas e nuas sorrindo maliciosamente para ele.

Breuer tentou expulsar a morte da mente. Sussurrou seu encantamento favorito, a frase de Lucrécio: "Onde a morte está, eu não estou. Onde estou, a morte não está. Por que me preocupar?" Mas não adiantou.

Abanou a cabeça para afugentar esses pensamentos mórbidos. De onde provieram? De falar com Nietzsche sobre a morte? Não, longe de inserir esses pensamentos em sua mente, Nietzsche apenas os *liberara*. Eles sempre estiveram ali; ele já os pensara todos antes. Contudo, em que parte da mente se abrigavam quando não pensava neles? Freud estava certo: *tinha* que haver um reservatório de pensamentos complexos no cérebro, além da consciência, de sobreaviso, prontos para a qualquer momento serem arregimentados e marcharem até o palco do pensamento consciente.

Esse reservatório inconsciente continha não apenas pensamentos, mas também sentimentos! Alguns dias antes, ao viajar em um fiacre, Breuer observara outro ao lado. Seus dois cavalos trotavam puxando a cabina na qual se sentavam dois passageiros, um casal de velhos de aspecto melancólico. *Mas faltava o cocheiro.* Um fiacre-fantasma! O medo o atravessou provocando uma sudação súbita: suas roupas se encharcaram em segundos. Foi aí que o cocheiro do fiacre surgiu: ele havia se inclinado para ajustar a bota.

De início, Breuer rira dessa reação estúpida. Porém, quanto mais pensava nela, mais percebia que, por mais racionalista e livre-pensador que fosse, sua mente, não obstante, abrigava conglomerados de terror sobrenatural. Aliás, nem tão profundos: estavam "alertas" a poucos segundos da superfície. Se existisse um fórceps capaz de extrair tais conglomerados, com raiz e tudo...!

Ainda sem perspectivas de adormecer, Breuer se levantou para arrumar o camisolão torcido e afofar os travesseiros. Pensou novamente em Nietzsche. Que homem estranho! Que conversas empolgantes tiveram! Gostara das conversas, fizeram com que se sentisse à vontade, no seu elemento. Qual era a "sentença de granito" de Nietzsche? "Torna-te o que és!" "Mas quem sou eu?", perguntou-se Breuer. "O que eu deveria ter me tornado?" Seu pai fora um talmudista; talvez a disputa filosófica estivesse no seu sangue. Sentia-se satisfeito com os poucos cursos de filosofia a que assistira na universidade — mais do que a maioria dos médicos, pois, por insistência do pai, estudara um ano na faculdade de filosofia antes de começar os estudos de medicina. E satisfeito por ter preservado seu relacionamento com Brentano e Jodl, seus professores de filosofia. Deveria visitá-los mais vezes. O discurso na esfera das idéias puras tinha algo de saneador. Ali, e talvez *apenas* ali, ele se via livre de Bertha e da carnalidade. Como seria viver o tempo todo, à semelhança de Nietzsche, nessa esfera?

E a forma como Nietzsche ousava dizer as coisas! Imagine! Dizer que a esperança é o maior dos males! Que Deus está morto! Que a verdade é um erro sem o qual não conseguimos viver! Que os inimigos da verdade não são as mentiras, mas as convicções! Que a recompensa final dos mortos é não morrer mais! Que os médicos não têm o direito de privar um homem de sua própria morte! Pensamentos malignos! Debatera com Nietzsche cada um deles. Contudo, fora um pseudodebate: no fundo do coração, sabia que Nietzsche estava certo.

E a liberdade de Nietzsche? Como seria viver como ele? Nenhum lar, nenhuma obrigação, nenhum salário por pagar, nenhum filho por criar, nenhum horário, nenhum papel, nenhuma posição na sociedade. Havia algo de fascinante nessa liberdade. Por que Friedrich Nietzsche tinha tanto dela e Josef Breuer tão pouco? Nietzsche havia simplesmente conquistado sua liberdade. "Por que não posso fazer o mesmo?", resmungou Breuer. Deitado na cama, foi ficando tonto com tais pensamentos, até que o despertador tocasse às seis.

— Bom dia, doutor Breuer — saudou-o *Frau* Becker quando ele chegou ao consultório às dez e meia após sua rodada matinal de visitas domiciliares. — Aquele professor Nietzsche estava aguardando no vestíbulo quando vim abrir o consultório. Trouxe estes livros para o senhor e pediu que lhe dissesse que são seus exemplares pessoais com anotações manuscritas nas margens de idéias para obras futuras. São bastante pessoais, segundo disse, de modo que o senhor não deve mostrá-los a ninguém. Aliás, seu aspecto era terrível esta manhã e agiu de forma bastante estranha.

— Como assim, *Frau* Becker?

— Não parava de piscar, como se não conseguisse enxergar ou não quisesse ver o que estava vendo. Além disso, seu rosto estava pálido, como se fosse desmaiar. Perguntei-lhe se precisava de alguma ajuda, talvez um chá, ou se queria se deitar no consultório. Pensei que estivesse sendo gentil, mas ele pareceu contrariado, quase zangado. Depois, deu meia-volta sem dizer uma palavra e desceu tropeçando pelas escadas.

Breuer pegou de *Frau* Becker o pacote deixado por Nietzsche: dois livros caprichosamente embrulhados em uma folha do *Neue Freie Presse* do dia anterior e amarrados com um pequeno cordão. Desembrulhou-os e colocou sobre a escrivaninha perto dos exemplares dados por Lou Salomé. Nietzsche pode ter exagerado ao dizer que devia possuir os únicos exemplares dos livros em Viena, mas sem dúvida Breuer se tornara agora o único vienense a ter *dois* exemplares deles.

— Doutor Breuer, estes não são os mesmos livros que aquela dama russa deixou? — *Frau* Becker acabara de trazer a correspondência da manhã e, ao remover o jornal e o cordão da escrivaninha, observou os títulos dos livros.

"Mentiras geram mentiras", pensou Breuer, "e que vida vigilante um mentiroso é forçado a viver". Frau Becker, sendo formal e eficiente, também gostava de "tratar" dos pacientes. Seria ela capaz de mencionar para Nietzsche "a dama russa" e seu presente dos livros? Deveria adverti-la.

— *Frau* Becker, há uma coisa que preciso lhe dizer. Aquela mulher russa, *Fräulein* Salomé, a que tanto lhe agradou, é, ou *era*, amiga íntima do professor Nietzsche. Ela estava preocupada com o professor e foi responsável pelo seu encaminhamento para mim por intermédio de amigos. Somente ele não sabe disso, pois agora ele e *Fräulein* Salomé não se falam. Para que eu tenha uma chance de ajudá-lo, ele *jamais* poderá saber de meu encontro com ela.

Frau Becker assentiu com sua habitual discrição e olhou pela janela para ver dois pacientes chegando.

— *Herr* Hauptmann e *Frau* Klein. Qual deles deseja atender primeiro?

Marcar com Nietzsche uma hora certa fora um procedimento incomum. Em geral, Breuer, como os outros médicos vienenses, especificava meramente o dia e atendia os pacientes na ordem de chegada.

— Chame o senhor Hauptmann. Ele precisa retornar ao trabalho.

Após atender o último paciente da manhã, Breuer decidiu estudar os livros de Nietzsche antes da visita dele no dia seguinte, de modo que pediu a *Frau* Becker que avisasse à esposa que ele só subiria quando o almoço estivesse de fato servido. Depois, pegou os dois volumes com encadernação barata, ambos com menos de trezentas páginas. Preferiria ler os exemplares trazidos por Lou Salomé, de modo a poder sublinhar trechos e fazer anotações nas margens durante a leitura. Mas se sentiu compelido a ler os exemplares do próprio Nietzsche, como para minimizar sua duplicidade. As marcações pessoais de Nietzsche eram confusas: muitas passagens sublinhadas e, nas margens, muitos pontos de exclamação e brados de "SIM! SIM!" e, ocasionalmente, de "NÃO!" ou "IDIOTA!". Também muitas notas rabiscadas, que Breuer não conseguiu decifrar.

Eram livros estranhos, diferentes de qualquer outro que já vira. Cada livro continha centenas de seções numeradas, muitas delas sem qualquer relação entre si. As seções eram breves, com no máximo dois ou três parágrafos, muitas vezes apenas umas poucas sentenças e, às vezes, um simples aforismo: "Os pensamentos são as sombras de nossos sentimentos: sempre mais escuros, vazios e simples." "Ninguém mais morre devido a verda-

des fatais hoje em dia; existem antídotos em demasia."
"De que serve um livro que não nos transporte além de todos os livros?"

Evidentemente, o professor Nietzsche se sentia qualificado para discursar sobre qualquer tema: música, arte, natureza, política, hermenêutica, história, psicologia. Lou Salomé o descrevera como um grande filósofo. Talvez. Breuer não se sentia apto a julgar o conteúdo de seus livros. Mas estava claro que Nietzsche era um escritor poético, um verdadeiro *Dichter*.

Algumas das declarações de Nietzsche pareciam ridículas: um pronunciamento tolo, por exemplo, de que pais e filhos sempre têm mais em comum do que mães e filhas. Mas muitos dos aforismos lhe despertaram a auto-reflexão: "Qual é o sinal da libertação? Não mais se envergonhar diante de si próprio!" Impressionou-o uma passagem particularmente interessante:

> Assim como ossos, carne, intestinos e vasos sangüíneos estão encerrados em uma pele que torna a visão do homem suportável, também as agitações e as paixões da alma estão envolvidas pela vaidade; ela é a pele da alma.

O que fazer daqueles escritos? Eles desafiavam qualquer caracterização, exceto que, em conjunto, pareciam deliberadamente provocadores; desafiavam todas as convenções, questionavam ou até denegriam as virtudes convencionais e louvavam a anarquia.

Breuer olhou as horas. Uma e quinze. Não havia mais tempo para folhear os livros com calma. Sabendo que seria chamado para o almoço a qualquer momento, procurou passagens que pudessem oferecer uma ajuda prática no encontro do dia seguinte com Nietzsche.

A programação de Freud no hospital geralmente não permitia que fosse jantar às quintas-feiras. Mas naquele dia Breuer o convidara especialmente para conversarem sobre a consulta de Nietzsche. Após um típico jantar vienense — uma apetitosa sopa de repolho com passas, *Wiener Schnitzel*,* *Spätzle*,** couve-de-bruxelas, tomates empanados assados, o *Pumpernickel**** caseiro de Marta, maçã assada com canela e creme chantili e água mineral —, Breuer e Freud se retiraram para o gabinete.

Ao descrever o histórico médico e os sintomas do paciente que estava chamando de *Herr* Eckart Müller, Breuer percebeu as pálpebras de Freud lentamente se fechando. Já enfrentara a letargia pós-prandial de Freud antes e sabia como lidar com ela.

— Então, Sig — disse abruptamente —, vamos treinar para seus exames de matrícula médica. Fingirei ser o professor Nothnagel. Não consegui dormir esta noite, estou com um pouco de dispepsia e Mathilde está me enchendo de novo porque me atrasei no almoço, então estou rabugento o suficiente para imitar o brutamontes. — Breuer adotou um forte sotaque norte-alemão e a postura rígida e autoritária de um prussiano. — Muito bem, doutor Freud, forneci-lhe o histórico médico de *Herr* Eckart Müller. Agora o senhor está pronto para o exame físico. Diga-me, o que o senhor examinará?

---

* Costeleta de vitela à moda de Viena. (N. do T.)
** Talharim caseiro cozido em água fervente. (N. do T.)
*** Pão de centeio bem escuro. (N. do T.)

Os olhos de Freud se abriram por completo e, com o dedo, afrouxou o colarinho. Não compartilhava do gosto de Breuer por esses exames simulados. Embora concordasse que fossem bons pedagogicamente, eles sempre o agitavam.

— Sem dúvida — começou — o paciente sofre de uma lesão no sistema nervoso central. Sua cefaléia, a deterioração da visão, o histórico neurológico do pai, seus distúrbios do equilíbrio, tudo aponta para isso. Suspeito de um tumor cerebral. Talvez, uma esclerose disseminada. Farei um exame neurológico completo, verificando os nervos cranianos com grande cuidado, especialmente o primeiro, o segundo, o quinto e o décimo primeiro. Eu também verificaria os campos visuais com bastante cuidado; o tumor pode estar pressionando o nervo óptico.

— E quanto aos outros fenômenos visuais, doutor Freud? As cintilações, a visão embaçada de manhã que melhora com o correr do dia? O senhor por acaso conhece um câncer capaz de provocá-los?

— Darei uma boa olhada na retina. Ele pode sofrer de alguma degeneração da mácula.

— Degeneração da mácula que melhora de tarde? Notável! Eis um caso que merece um artigo! E sua fadiga periódica, seus sintomas reumáticos e seus vômitos de sangue? Também são causados por um câncer?

— Professor Nothnagel, o paciente pode ter duas doenças. Pulgas e piolhos também, conforme Oppolzer costumava dizer. Ele pode estar anêmico.

— Como o senhor examinaria a anemia?

— Por um exame de fezes e da hemoglobina.

— *Nein! Nein! Nein! Mein Gott!*[*] O que lhe ensinam

---

[*] Não! Não! Não! Meu Deus! (N. do T.)

nas escolas médicas de Viena? Examine com seus cinco sentidos. Esqueça os exames de laboratório, sua medicina judaica! O laboratório apenas confirma o que seus exames físicos já revelaram. Suponhamos que esteja no campo de batalha, doutor; irá pedir um exame de fezes?

— Eu examinaria a cor do paciente, sobretudo as dobras das palmas e as membranas das mucosas: gengivas, língua, conjuntiva.

— Certo. Mas esqueceu o mais importante: as unhas da mão.

Breuer pigarreou e continuou a bancar o professor Nothnagel.

— Agora, meu jovem aspirante a doutor, revelarei os resultados do exame físico. Primeiro, o exame neurológico está completa e absolutamente normal: não há *nenhuma* descoberta negativa. O mesmo acontece quanto a um tumor cerebral ou a uma esclerose disseminada, os quais, doutor Freud, eram improváveis desde o início, a não ser que conheça casos que persistam por anos e irrompam periodicamente com uma grave sintomatologia durante 24 a 48 horas e, depois, se dissolvam inteiramente sem nenhum déficit neurológico. Não, não, não! Essa não é uma doença estrutural, e sim um distúrbio fisiológico episódico. — Breuer se deteve e, exagerando o sotaque prussiano, pronunciou: — Só existe um diagnóstico possível, doutor Freud.

Freud corou.

— Não sei. — Pareceu tão desamparado que Breuer parou a brincadeira, despediu Nothnagel e abrandou o tom.

— Sim, você sabe, Sig. Discutimos na última vez. Hemicrania ou enxaqueca. Não fique envergonhado por não ter pensado nisso: a enxaqueca é uma doença caseira. Os aspirantes à clínica médica quase não deparam com ela, porque as vítimas da enxaqueca raramente vão parar no hospital. Sem dúvida, o senhor Müller sofre de uma grave enxaqueca. Ele possui todos os sintomas clássicos. Recapitulemos: ataques intermitentes de cefaléias unilaterais latejantes, aliás, muitas vezes de família, acompanhadas de anorexia, náusea e vômitos e aberrações visuais: clarões luminosos prodrômicos ou mesmo hemianopsia.

Freud apanhara um pequeno caderno no bolso interno do paletó e estava tomando notas.

— Estou me lembrando de algumas de minhas leituras sobre hemicrania, Josef. Segundo a teoria de Du Bois-Reymond, trata-se de uma doença vascular, cuja dor é causada por um espasmo das arteríolas cerebrais.

— Du Bois-Reymond está certo quanto à natureza vascular, mas nem todos os pacientes sofrem de espasmo das arteríolas. Vi muitos com o contrário: uma dilatação dos vasos. Mollendorff pensa que a dor é causada não por um espasmo, mas por um estiramento dos vasos sangüíneos relaxados.

— E quanto à perda de visão?

— *Aqui* entram suas pulgas e piolhos! Resulta de outra coisa, não da enxaqueca. Não consegui focalizar meu oftalmoscópio na retina dele. Algo obstrui minha visão. Não está no cristalino, não se trata de uma catarata, e sim na córnea. Ignoro a causa dessa opacidade da córnea, mas já a vi antes. Talvez seja um edema; isso explicaria o fato de sua visão ser pior de manhã. O edema da córnea é maior depois que os olhos estiveram fechados a noite toda e melhora gradualmente quando o líquido se evapora nos olhos abertos de dia.

— E sua fraqueza?

— Ele *está* um pouco anêmico. Talvez seja hemorragia gástrica, mas provavelmente anemia dietética. Sua dispepsia é tamanha que não consegue tolerar carne por semanas a fio.

Freud continuou tomando notas.

— E quanto à prognose? A mesma doença matou seu pai?

— Ele me formulou a mesma pergunta, Sig. Na verdade, nunca tive um paciente que insistisse como ele em saber os fatos nus e crus. Ele me fez prometer que lhe diria a verdade e, depois, fez-me três perguntas: se sua doença será progressiva, se ficará cego e se morrerá dela. Alguma vez você ouviu um paciente falar assim? Prometi que lhe responderia em nossa sessão de amanhã.

— O que você lhe dirá?

— Posso tranqüilizá-lo bastante baseado em um excelente estudo do médico britânico Liveling, a melhor pesquisa médica que já vi proveniente da Inglaterra. Você deveria ler a monografia. — Breuer apanhou um grosso volume e o entregou a Freud, que lentamente folheou as páginas.

— Ainda não foi traduzida — continuou Breuer —, mas seu inglês é suficientemente bom. Liveling relata uma grande amostragem de vítimas de enxaqueca e conclui que a condição se torna *menos* potente com a idade, e que *não* está associada a nenhuma outra doença cerebral. Assim, embora a enxaqueca seja hereditária, é muito improvável que seu pai tenha morrido da mesma doença. É claro que o método de pesquisa de Liveling não tem tanto rigor. A monografia não deixa claro se seus resultados se baseiam em dados longitudinais ou de amostragem. Você sabe a diferença, Sig?

Freud respondeu imediatamente, aparentando estar mais familiarizado com métodos de pesquisa do que com a medicina clínica.

— O método longitudinal significa acompanhar pacientes individuais durante anos e descobrir que seus ataques diminuem à medida que envelhecem, não é?

— Exatamente — respondeu Breuer. — E o método da amostragem...

Freud o interrompeu como o escolar na primeira fila da classe ávido por mostrar seus conhecimentos:

— O método da amostragem é uma observação única em um ponto do tempo; neste caso, de que os pacientes mais velhos na amostragem mostram menos ataques de enxaqueca do que os mais jovens.

Satisfeito com o prazer do amigo, Breuer deu-lhe outra oportunidade de brilhar:

— Você sabe que método é mais preciso?

— O método da amostragem pode não ser muito preciso: a amostragem poderá conter muito poucos pacientes mais velhos com enxaqueca grave, não porque a doença atenue com a idade, mas porque tais pacientes estão doentes demais ou desiludidos demais com os médicos para concordarem em ser estudados.

— Exatamente, e uma deficiência que não creio que Liveling tenha percebido. Uma excelente resposta, Sig. Que tal comemorarmos com um charuto? — Freud aceitou com prazer um dos finos charutos turcos de Breuer e os dois homens os acenderam e saborearam o aroma.

— Agora — comentou Freud — podemos conversar sobre o resto do caso? — Acrescentou então em um alto cochicho: — *A parte interessante.*

Breuer sorriu.

— Talvez eu não devesse dizê-lo — continuou Freud —, mas, desde que Nothnagel saiu da sala, confesso-lhe em particular que os aspectos psicológicos do caso me intrigam mais do que o quadro clínico.

Breuer notou que seu jovem amigo parecia de fato mais animado. Os olhos de Freud faiscavam de curiosidade ao perguntar:

— Até que ponto esse paciente é suicida? Você conseguiu convencê-lo a procurar aconselhamento?

Agora foi a vez de Breuer se sentir embaraçado. Corou ao recordar como, na última conversa deles, exsudara confiança em suas habilidades de entrevistador.

— Ele é um homem estranho, Sig. Nunca vi tamanha resistência. Foi como um muro de tijolos. Um muro de tijolos *inteligente*. Ele me deu várias boas aberturas. Falou que se sentiu bem somente cinqüenta dias no ano passado, é cheio de maus humores, teme ser traído, vive em total isolamento, é um escritor sem leitores, sofre de grave insônia com pensamentos noturnos malignos.

— Mas, Josef, esses são exatamente os tipos de abertura que você disse estar procurando.

— Exatamente. Mas cada vez que busco uma delas, acabo de mãos abanando. Sim, ele reconhece estar freqüentemente doente, mas insiste que é seu corpo que está doente, não *ele*, não sua essência. Quanto aos maus humores, ele se declara orgulhoso pela coragem de ter maus humores; como pode? Que conversa maluca! Traição? Sim, suspeito que se refira ao ocorrido com *Fräulein* Salomé, mas ele alega ter superado esse fato e não deseja discuti-lo. Quanto ao suicídio, nega intenções suicidas, mas defende o direito do paciente de escolher a própria morte. Embora pudesse gostar da morte (ele diz que a recompensa final dos mortos é não morrer mais!), ainda tem muito a realizar, livros e livros por escrever. De fato, ele diz que sua cabeça está "grávida" de livros e crê que sua cefaléia sejam as dores de parto cerebrais.

Freud balançou a cabeça em simpatia à consternação de Breuer.

— Dores de parto cerebrais: que metáfora! Como Minerva nascida da fronte de Zeus! Estranhos pensamentos: dor de parto cerebral, escolher a própria morte, a coragem de ter maus humores. Até que ele é inteligente, Josef. Será, pergunto-me, uma inteligência maluca ou uma loucura sábia?

Breuer fez que sim com a cabeça. Freud reclinou-se, exalou uma longa emanação de fumaça azulada e observou-a ascender e se dissipar antes de retomar a palavra.

— Esse caso está se tornando cada dia mais fascinante. Que me diz do relato de *Fräulein* do desespero suicida? Estará ele mentindo para ela? Ou para você? Ou para si mesmo?

— Mentir para si mesmo, Sig? Como você mente para si próprio? Quem é o mentiroso? Para quem se está mentindo?

— Talvez parte dele tenha intenções suicidas, mas a parte consciente não saiba.

Breuer se virou para olhar mais de perto seu jovem amigo. Esperava ver um sorriso em sua face, mas Freud estava absolutamente sério.

— Sig, cada vez mais você fala desse pequeno homúnculo inconsciente vivendo uma vida à parte de seu hospedeiro. Por favor, Sig, siga meu conselho: fale dessa teoria apenas para mim. Não, não, sequer a chamarei de teoria, pois carece de provas empíricas; vamos denominá-la um vôo da imaginação. Não fale desse vôo da imaginação com Brücke, pois aliviará sua culpa por não ter a coragem de promover um judeu.

Freud respondeu de forma incomum e resoluta:

— Ficará entre nós até que tenha provas suficientes. Então, publicarei, sem dúvida, minha descoberta.

Pela primeira vez, Breuer percebeu que não restava muito de puerilidade em seu jovem amigo. Pelo contrário, estava germinando uma audácia, uma vontade de lutar pelas convicções, qualidades de que Breuer gostaria de ter sido dotado.

— Sig, você fala de *provas empíricas* como se isso pudesse ser objeto de investigação científica. Mas esse homúnculo carece de realidade concreta. Trata-se simplesmente de um construto, como um ideal platônico. Em que poderiam consistir as provas empíricas? Pode me dar ao menos um exemplo? E não fale dos sonhos, pois não *os* aceitarei como provas; eles também são construtos sem substância.

— Você próprio forneceu as provas empíricas, Josef. Você me diz que a vida emocional de Bertha Pappenheim é condicionada por eventos ocorridos exatamente 12 meses antes, eventos passados dos quais ela não tem consciência. No entanto, eles são descritos com precisão no diário da mãe de um ano atrás. Ao meu ver, isso equivale a uma prova de laboratório.

— Mas isso pressupõe que Bertha seja uma testemunha confiável, que ela realmente não se lembre desses eventos passados.

"Mas, mas, mas... novamente", pensou Breuer, "aquele 'mas demoníaco'". Sentiu como se socasse a si mesmo. Toda sua vida, tomara posições "mas" vacilantes e, agora, repetira-o com Freud, bem como com Nietzsche — quando, no fundo, suspeitava de que ambos estivessem certos.

Freud anotou algumas outras sentenças em seu caderno.

— Josef, será que vou poder ler o diário da senhora Pappenheim alguma vez?

— Devolvi-o a ela, mas acredito que possa pegá-lo de novo.

Freud tirou o relógio da algibeira e consultou as horas.

— Tenho que voltar logo ao hospital para as rondas de Nothnagel. Mas antes de ir, diga-me o que fará com seu paciente relutante.

— Você quer dizer o que eu gostaria de fazer? Três etapas. Gostaria de estabelecer uma boa relação médico-paciente com ele. Depois, gostaria de interná-lo em uma clínica por algumas semanas para observar sua hemicrania e regular sua medicação. Durante esse tempo, gostaria de me encontrar com ele freqüentemente para discussões profundas de seu desespero. — Breuer suspirou. — Mas, conhecendo-o como eu o conheço, há poucas chances de ele cooperar em qualquer um desses itens. Alguma idéia, Sig?

Freud, que continuava folheando a monografia de Liveling, parou em uma página para que Breuer a examinasse.

— Aqui, ouça isso. Sob "Etiologia", Liveling escreve: "Episódios de enxaqueca têm sido induzidos por dispepsia, por vista cansada e pelo estresse. Repouso prolongado no leito pode ser aconselhável. Vítimas jovens de enxaqueca talvez tenham que ser removidas do ambiente estressante do colégio e educadas na calma do lar. Alguns médicos recomendam mudar a ocupação para outra menos exigente."

Breuer parecia curioso.

— E então?

— Acredito que essa seja nossa resposta! Estresse! Por que não fazer do estresse a chave de seu plano de tratamento? Assuma a posição de que, para superar sua enxaqueca, *Herr* Müller precisa reduzir seu estresse, inclusive o estresse mental. Sugira-lhe que o estresse é emoção sufocada e que, como no tratamento de Bertha, pode ser reduzida proporcionando ao paciente um escoadouro. Use o método da limpeza de chaminé. Você pode até lhe mostrar essa afirmação de Liveling e invocar o poder da autoridade médica. — Freud notou que Breuer sorria de suas palavras e perguntou: — Você acha esse plano idiota?

— De jeito nenhum, Sig. Na verdade, penso que é um excelente conselho e o seguirei à risca. O que me fez sorrir foram suas últimas palavras: "invocar o poder da autoridade médica". Você teria que conhecer o paciente para entender por que a idéia de esperar que se dobre à autoridade médica ou a qualquer outro tipo de autoridade me faz rir.

Abrindo *A gaia ciência* de Nietzsche, Breuer leu em voz alta diversas passagens que marcara:

— *Herr* Müller contesta *toda e qualquer* autoridade e convenções. Por exemplo, ele desmascara as virtudes e as rebatiza de vícios, como nesta visão da fidelidade: "Obstinadamente, ele se apega a algo que compreendeu claramente; mas o chama de fidelidade." E da polidez: "Ele é tão polido. Sim, ele sempre traz um biscoito para Cérbero e é tão tímido que pensa que todos são Cérbero, mesmo você e eu. Essa é sua polidez." E ouça esta fascinante metáfora tanto da deficiência visual como do desespero: "Achar tudo profundo; eis um traço inconveniente. Faz com que forcemos a vista o tempo todo e, no final, encontra-se mais do que se poderia desejar."

Freud escutava com interesse.

— Enxergar mais do que se deseja — murmurou.
— Gostaria de saber o que ele enxergou. Posso dar uma olhada no livro? — Mas Breuer tinha a resposta na ponta da língua.

— Sig, ele me fez jurar que não mostraria este livro a ninguém, pois contém anotações pessoais. Meu relacionamento com ele é tão frágil que por ora convém atender a seu pedido. Mais tarde, talvez.

"Uma das coisas estranhas em minha entrevista com *Herr* Müller", prosseguiu, parando no último de seus marcadores, "foi que, sempre que tentei expressar empatia por ele, sentiu-se ofendido e rompeu a relação entre nós. Ah! A ponte! Achei a passagem que estava procurando."

Enquanto Breuer lia, Freud fechava os olhos para se concentrar melhor.

— "Houve uma época em nossa vida em que estávamos tão próximos que nada parecia obstruir nossa amizade e fraternidade e apenas uma pequena ponte nos separava. Quando você ia subir na ponte, eu lhe perguntei: 'Você quer atravessar a ponte até mim?' Imediatamente, você deixou de querê-lo e, quando repeti a pergunta, você ficou calado. Desde então, montanhas, rios torrenciais e o que quer que separe e aliene interpuseram-se entre nós e, mesmo que quiséssemos nos reunir, não conseguiríamos. Agora, ao pensar no pontilhão, você perde as palavras e soluça e se maravilha." — Breuer pôs o livro de volta na escrivaninha. — Que conclusão você tira disso, Sig?

— Estou em dúvida. — Freud se levantou e andou diante da estante de livros enquanto falava. — É uma historieta curiosa. Vamos analisá-la. Uma pessoa está prestes a atravessar a ponte, ou seja, a se aproximar da outra, quando a segunda pessoa a convida a fazer exatamente o que planejara. Com isso, a primeira pessoa não consegue mais dar o passo, porque agora pareceria estar se submetendo à outra: o poder aparentemente prejudicando a proximidade.

— Isso mesmo, tem razão, Sig. Excelente! Agora entendo. Significa que *Herr* Müller interpretará qualquer expressão de sentimento positivo como um lance pelo poder. Uma idéia estranha: torna quase impossível aproximar-se dele. Em outra seção deste livro, ele diz que sentimos ódio por quem devassa nossos segredos e nos flagra com sentimentos meigos. O que precisamos no momento não é simpatia, e sim recuperar nosso poder sobre nossas próprias emoções.

— Josef — disse Freud, sentando-se outra vez e batendo a cinza do charuto no cinzeiro —, semana passada observei a nova e engenhosa técnica cirúrgica de Bilroth na extração de um estômago canceroso. Agora, ao ouvir você, parece-me que terá que realizar uma cirurgia psicológica igualmente complexa e delicada. Você sabe das tendências suicidas dele pelo relato de *Fräulein*, mas não pode dizer-lhe que sabe. Você tem que persuadi-lo a revelar o desespero que sente; porém, se for bem-sucedido, ele o odiará por tê-lo envergonhado. Você tem que conquistar a confiança dele; porém, se agir com simpatia, o acusará de tentar adquirir poder sobre ele.

— Cirurgia psicológica! É interessante ouvir essa sua colocação — disse Breuer. — Talvez estejamos desenvolvendo toda uma nova subespecialidade médica. Espere, há algo mais que gostaria de ler, pois me parece relevante. — Virou as páginas de *Humano, demasiado humano* por alguns minutos. — Não consigo achar a passagem agora, mas sua idéia é que quem busca a verdade deve se submeter a uma análise psicológica pessoal; o termo é "dissecação moral".

Aliás, ele chega ao ponto de afirmar que os erros, mesmo dos maiores filósofos, foram causados pela ignorância das próprias motivações deles. Alega que, de modo a descobrir a verdade, deve-se primeiro conhecer totalmente a si mesmo. Para isso, deve-se remover a si mesmo do contexto costumeiro, até do próprio século ou país, para então se examinar a distância.

— Analisar a própria psique! Uma tarefa nada fácil — observou Freud, levantando-se para partir —, mas que seria obviamente facilitada pela presença de um guia objetivo e informado.

— Este é o meu pensamento! — exclamou Breuer, acompanhando Freud pelo corredor. — O difícil será persuadi-lo disso.

— Não creio que será difícil — disse Freud. — Você tem a seu favor não só os argumentos dele sobre a dissecação psicológica, como também a teoria médica sobre o estresse e a enxaqueca, sutilmente invocada, é claro. Não vejo como deixar de persuadir seu filósofo relutante da conveniência de um processo de auto-exame sob sua orientação. Boa noite, Josef.

— Obrigado, Sig — e Breuer o abraçou brevemente no ombro. — Foi uma conversa proveitosa. O aluno ensinou ao mestre.

CARTA DE ELISABETH NIETZSCHE A FRIEDRICH NIETZSCHE

26 de novembro de 1882

Caro Fritz,

Nem mamãe nem eu temos tido notícias tuas há semanas. Esse não é o momento de desapareceres! Tua símia russa continua a espalhar mentiras sobre ti. Ela mostra aquela foto desgraçada tua e do judeu Rée submissos a ela e brinca com todos que aprecias o sabor de seu chicote. Eu te avisei que apanhasses essa foto — ela nos chantageará pelo resto de nossas vidas! Ela zomba de ti por toda parte e seu amante Rée faz coro com ela. Ela diz que Nietzsche, o filósofo espiritual, tem a idéia fixa na ... dela — uma parte da anatomia, não tenho coragem de repetir suas palavras, sua obscenidade. Deixo para tua imaginação. Ela vive agora com teu amigo Rée libertinamente aos olhos da própria mãe — uma turma da pesada, todos eles. Nada disso surpreende, ao menos não a mim (continuo sofrendo pela forma como desprezaste minhas advertências em Tautenberg), mas agora está se tornando um jogo mais mortífero — ela está infiltrando a Basiléia com suas lorotas. Soube que está escrevendo cartas tanto para Kemp como para Wilhelm! Fritz, escuta-me: ela não sossegará enquanto não te custar tua pensão. Poderás optar pelo silêncio, mas eu não: solicitarei uma investigação policial oficial da conduta dela com Rée! Se eu tiver sucesso — e preciso contar com teu apoio para isso —, ela será deportada por imoralidade em um mês! Fritz, manda-me teu endereço.

Tua única irmã,
Elisabeth

Capítulo 8

A manhã nunca variava na residência dos Breuer. Às seis, o padeiro da esquina, um paciente de Breuer, entregava os *Kaisersemmel* quentinhos recém-tirados do forno. Enquanto o marido se vestia, Mathilde punha a mesa, preparava o café marrom-claro e dispunha os pãezinhos ondulados e com três entalhes, com manteiga sem sal e compota de cereja preta. A despeito da tensão existente no casamento deles, Mathilde sempre preparava o café-da-manhã enquanto Louis e Gretchen cuidavam das crianças.

Breuer, preocupado naquela manhã com o encontro iminente com Nietzsche, estava tão ocupado folheando *Humano, demasiado humano* que mal levantou a vista enquanto Mathilde servia o café. Terminou o desjejum em silêncio e, então, murmurou que a entrevista do meio-dia com seu novo paciente poderia se estender pelo almoço. Mathilde não gostou nem um pouco.

— Ouço vocês falarem tanto desse filósofo que começo a me preocupar. Você e Sigi gastam horas conversando sobre ele! Você trabalhou na hora do almoço na quarta-feira, ontem ficou no consultório lendo o livro dele até que a comida estivesse na mesa e hoje, novamente, o lê no desjejum. E já fala de novo em perder o almoço! As crianças precisam ver o rosto do pai. Por favor, Josef, não dê uma atenção exagerada a ele, como fez com outros.

Breuer sabia que Mathilde estava se referindo a Bertha, mas não *apenas* a Bertha: muitas vezes, ela reclamara de sua incapacidade de fixar limites razoáveis ao tempo dedicado aos pacientes. Para ele, o compromisso com o paciente era inviolável. Uma vez que este fosse aceito, jamais se esquivava em lhe dedicar todo o tempo e a energia que julgasse necessários. Seus honorários eram módicos e, no caso de pacientes com problemas financeiros, nada cobrava. Às vezes, Mathilde sentia que tinha de proteger Breuer dele mesmo — isso se ela conseguisse do marido algum tempo ou atenção.

— Os outros, Mathilde?

— Você sabe muito bem, Josef. — Continuava sem pronunciar o nome de Bertha. — Algumas coisas, é claro, uma esposa pode entender. A mesa cativa no café, sei que precisa de um lugar para se reunir com os amigos, o *Tarock*, os pombos no seu laboratório, o xadrez. Mas nas outras vezes... por que dar tanto de si desnecessariamente?

— Quando? De que se trata? — Breuer sabia que estava sendo perverso, que estava conduzindo a situação para um confronto desagradável.

— Já se esqueceu do tempo que dedicava a *Fräulein* Berger?

Com exceção de Bertha, de todos os exemplos que Mathilde poderia ter dado, aquele com certeza o irritaria mais. Eva Berger, sua enfermeira anterior, trabalhara com ele durante cerca de dez anos, desde seu primeiro dia de consultório. Seu relacionamento singularmente estreito com ela consternara Mathilde quase tanto quanto acontecera com Bertha. Nos anos em que trabalharam juntos, Breuer e sua enfermeira desenvolveram uma amizade que transcendeu os papéis profissionais. Com freqüência, confidenciavam entre si assuntos pessoais e, quando a sós, tratavam-se pelo primeiro nome — talvez o único médico e enfermeira em toda Viena a fazê-lo; mas Breuer era assim.

— Você sempre distorceu meu relacionamento com *Fräulein* Berger — respondeu Breuer em tom glacial. — Até hoje, arrependo-me de lhe ter dado ouvidos. Despedi-la continua sendo uma das grandes vergonhas de minha vida.

Seis meses antes, no fatídico dia em que a delirante Bertha anunciara sua gravidez de Breuer, Mathilde exigira não apenas que este abrisse mão do caso de Bertha, como também que despedisse Eva Berger. Mathilde estava raivosa e mortificada, e queria remover de sua vida cada mancha de Bertha e de Eva, pois sabendo que o marido discutia tudo com a enfermeira, encarava esta como uma cúmplice de todo o terrível caso de Bertha.

Durante aquela crise, Breuer ficou tão dominado pelo remorso, sentindo-se tão humilhado e culpado, que concordou com todas as exigências de Mathilde. Embora soubesse que Eva seria um bode expiatório, não encontrou coragem para defendê-la. Logo no dia seguinte, não apenas transferiu o caso de Bertha para um colega, como também despediu a inocente Eva Berger.

— Sinto muito ter levantado esse assunto, Josef, mas que fazer ao vê-lo se afastar cada vez mais de mim e dos nossos filhos? Quando lhe peço algo, não é para irritá-lo, mas porque eu, ou melhor, *nós* queremos sua presença. Considere isso um elogio, um convite. — Mathilde sorriu para ele.

— Aprecio convites, mas detesto ordens! — Breuer logo se arrependeu de suas palavras, mas não soube como retratá-las. Terminou o café em silêncio.

Nietzsche chegara 15 minutos antes do horário, marcado para o meio-dia. Breuer o encontrou sentado em silêncio num canto da sala de espera, com seu chapéu de feltro verde e abas largas na cabeça, o paletó abotoado até o pescoço, os olhos fechados. Enquanto se dirigiam ao consultório e se acomodavam nas cadeiras, Breuer procurava deixá-lo à vontade.

— Obrigado por me confiar exemplares pessoais de seus livros. Se qualquer uma de suas notas nas margens contém assuntos confidenciais, não se preocupe; não consigo decifrar sua letra. O senhor tem uma letra de médico: quase tão ilegível quanto a minha! Alguma vez cogitou uma carreira médica?

Quando Nietzsche meramente levantou a cabeça ante a piadinha de Breuer, este continuou sem se deixar intimidar.

— Mas permita que comente seus excelentes livros. Não tive tempo de terminá-los ontem, mas fiquei fascinado e tocado por muitas de suas passagens. O senhor escreve extraordinariamente bem. Seu editor, além de preguiçoso, também é um tolo: trata-se de livros que um editor deveria patrocinar de corpo e alma.

Nietzsche não respondeu mais uma vez, limitando-se a inclinar a cabeça ligeiramente para agradecer o elogio. "Cuidado", pensou Breuer, "talvez ele se ofenda também com elogios".

— Mas vamos ao que interessa, professor Nietzsche. Desculpe pela tagarelice. Discutamos o seu estado clínico. Baseado nos informes de seus médicos anteriores, no meu exame e nos estudos de laboratório, estou certo de que sua principal doença é a hemicrania, ou enxaqueca. Presumo que já tenha ouvido isso antes: dois de seus médicos anteriores a mencionam nas anotações das consultas.

— Sim, outros médicos me falaram que minhas dores de cabeça têm características de enxaqueca: dor intensa, com freqüência em um só lado da cabeça, precedida de uma aura de luzes faiscantes e acompanhada de vômitos. Isso eu tenho com certeza. O seu emprego do termo vai além disso, doutor Breuer?

— Talvez. Houve uma série de progressos em nossa compreensão da enxaqueca; meu palpite é que, na próxima geração, ela estará sob total controle. Algumas das pesquisas recentes respondem às três perguntas formuladas pelo senhor. Primeiro, quanto a saber se seu destino será sofrer a vida toda esses ataques terríveis, os dados indicam fortemente que a enxaqueca se torna *menos* potente com o aumento da idade do paciente. O senhor deve entender que se trata apenas de estatísticas, referindo-se apenas às probabilidades, sem dar certeza sobre qualquer caso individual.

"Vejamos a pergunta que considerou a mais dura: se sua constituição, à semelhança da de seu pai, o levará à morte, à loucura, à demência... creio que as citou nessa ordem."

Os olhos de Nietzsche se dilataram, aparentemente pela surpresa de ouvir respostas tão diretas às suas perguntas. "Bom, bom", pensou Breuer, "mantenha-o desprevenido. Ele nunca deve ter tido um médico capaz de ser tão ousado como ele próprio".

— *Não há qualquer evidência* — continuou enfaticamente — em qualquer estudo publicado ou em minha própria larga experiência clínica de que a enxaqueca seja progressiva ou esteja associada a qualquer outra doença do cérebro. Ignoro de que doença seu pai sofreu: meu palpite é câncer, talvez uma hemorragia cerebral. Mas não há qualquer evidência de que a enxaqueca degenere nessas doenças ou em qualquer outra. — Fez uma pausa.

— Assim, antes de prosseguirmos, respondi honestamente às suas perguntas?

— Duas das três, doutor Breuer. Houve uma outra: ficarei cego?

— Creio que essa é uma pergunta sem resposta, mas direi o que for possível. Primeiro, não há qualquer indício de que a deterioração de sua visão esteja associada à sua enxaqueca. Sei que é tentador considerar todos os sintomas como manifestações de um único estado subjacente, mas esse não é o nosso caso. Agora, a deficiência visual pode agravar, ou mesmo precipitar, o ataque de enxaqueca (essa é outra questão à qual voltaremos mais tarde), mas seu problema visual é algo inteiramente diferente. Sei que sua córnea, a camada fina sobre a íris... deixe-me desenhar uma figura...

Em seu receituário, Breuer esboçou a anatomia do olho, mostrando a Nietzsche que sua córnea era mais opaca do que deveria, provavelmente devido ao edema, ao acúmulo de líquido.

— Ignoramos a causa desse problema, mas sabemos, isso sim, que a progressão é muito gradual e que, embora sua visão possa se tornar mais embaçada, é improvável que o senhor venha algum dia a ficar cego. Não posso ter certeza absoluta, pois a opacidade de sua córnea não deixa que eu veja e examine a retina com meu oftalmoscópio. Entende agora meu problema em responder a sua pergunta de forma mais completa?

Nietzsche, que alguns minutos antes tirara o paletó e o pusera no colo junto com o chapéu, levantou-se para pendurar os dois no gancho que havia na porta do consultório. Ao se sentar de novo, exalou ruidosamente o ar dos pulmões e pareceu mais relaxado.

— Obrigado, doutor Breuer. O senhor é de fato um homem de palavra. Não escondeu nada de mim?

"Uma boa oportunidade", pensou Breuer, "de encorajar Nietzsche a revelar mais sobre si mesmo. Mas preciso ser sutil".

— Se ocultei? Muita coisa! Muitos de meus pensamentos, meus sentimentos, minhas reações em relação ao senhor! Às vezes, pergunto-me como seriam as conversas sob uma convenção social diferente, sem nada escondido. Mas lhe dou minha palavra de que nada ocultei sobre seu estado médico. E o senhor? Lembre-se de que nosso contrato de honestidade é recíproco. Diga-me, o que esconde de mim?

— Com certeza nada sobre meu estado médico — respondeu Nietzsche. — Mas escondo o máximo possível aqueles pensamentos que não devem ser compartilhados! O senhor imagina uma conversa às claras sem nada escondido; acredito que seja um verdadeiro inferno. Expor-se a um outro é o prelúdio da traição e a traição é angustiante, não é?

— Uma posição provocadora, professor Nietzsche. Mas já que o tema é a exposição aos outros, deixe-me revelar uma particularidade. Nossa discussão da quarta-feira foi muito estimulante para mim e eu adoraria voltar a conversar com o senhor no futuro. Sou apaixonado por filosofia, mas a estudei pouco demais na universidade. Minha prática médica diária quase não oferece satisfação para minha paixão; ela arde lentamente e anseia pela combustão.

Nietzsche sorriu, mas nada comentou. Breuer se sentiu confiante; preparara-se bem. O relacionamento estava progredindo e a entrevista desenrolava-se a contento. Agora, discutiria o tratamento: primeiro os remédios e, depois, alguma forma de "tratamento por meio da conversa".

— Vejamos o tratamento de sua enxaqueca. Existem muitos remédios novos que, ao que se relata, se mostraram eficazes para alguns pacientes. Refiro-me a remédios como os brometos, a cafeína, a valeriana, a beladona, o nitrato amílico, a nitroglicerina, a colchicina e a ergotina, para citar apenas alguns da lista. Vejo nas suas fichas que o senhor já tentou alguns deles. Alguns se provaram eficazes por razões que ninguém compreende, alguns por suas propriedades gerais analgésicas ou sedativas e alguns por atacarem o mecanismo básico da enxaqueca.

— Qual é? — Nietzsche perguntou.

— Vascular. Todo observador concorda que os vasos sangüíneos, em especial as artérias temporais, estão envolvidos em um ataque de enxaqueca. Eles se contraem vigorosamente e, depois, parecem ingurgitar. A dor pode emanar das paredes dos próprios vasos estirados ou contraídos ou dos órgãos que clamam por seu suprimento de sangue normal, especialmente as membranas que cobrem o cérebro: a dura-máter e a pia-máter.

— Qual a razão dessa desordem dos vasos sangüíneos?

— Continua desconhecida — respondeu Breuer. — Mas creio que, em breve, teremos a solução. Por enquanto, só podemos especular. Muitos médicos, entre os quais me incluo, estão impressionados com a patologia da ritmicidade subjacente na hemicrania. De fato, alguns chegam a ponto de dizer que a desordem de ritmo é mais fundamental que a dor de cabeça.

— Não compreendo, doutor Breuer.

— Quero dizer que a desordem do ritmo pode se expressar através de diferentes órgãos. Assim, a própria dor de cabeça não precisa estar presente em um ataque de enxaqueca. Pode ocorrer algo como uma enxaqueca abdominal, caracterizada por ataques agudos de dor abdominal, sem dor de cabeça. Outros pacientes relataram episódios súbitos em que se sentem de repente desesperados ou eufóricos. Alguns pacientes têm uma sensação periódica de que já experimentaram suas experiências atuais. Os franceses a chamam de *déjà-vu*; talvez isso também seja uma variação da enxaqueca.

— E subjacente à desordem do ritmo? A causa das causas? Acabaremos chegando a Deus, o erro final na falsa busca de uma verdade derradeira?

— Não, podemos chegar ao misticismo médico, mas não a Deus! Não nessa área.

— Que bom — Nietzsche observou com certo alívio. — De repente, ocorreu-me que, ao falar livremente, possa ter sido insensível aos seus sentimentos religiosos.

— Não há esse perigo, professor Nietzsche. Suspeito de que sou um livre-pensador judeu tão devoto como o senhor como luterano.

Nietzsche deu um sorriso maior que todos os anteriores e acomodou-se ainda mais confortavelmente na cadeira.

— Se ainda fumasse, doutor Breuer, agora seria o momento de lhe oferecer um charuto.

Breuer sentiu-se decididamente encorajado. "A sugestão de Freud de enfatizar o estresse como uma causa subjacente dos ataques de enxaqueca é brilhante", pensou, "e destinada ao sucesso. O cenário está montado; chegou a hora da ação!"

Inclinou-se para a frente na cadeira e falou com confiança e deliberação.

— Estou interessadíssimo em sua pergunta sobre a causa de um ritmo biológico desordenado. Acredito, como a maioria das autoridades em enxaqueca, que uma causa fundamental dessa condição reside no nível geral de estresse da pessoa. O estresse pode ser causado por uma série de fatores psicológicos; por exemplo, contrariedades no trabalho, na família, nos relacionamentos pessoais ou na vida sexual. Embora haja quem considere esse ponto de vista heterodoxo, acredito que seja a onda do futuro da medicina.

Silêncio. Breuer estava inseguro quanto à reação de Nietzsche. Por outro lado, acenava com a cabeça como que concordando, mas também fletindo o pé, sempre um sinal de tensão.

— Que impressão teve de minha resposta, professor Nietzsche?

— Sua posição implica que o paciente opta pela doença? "Seja cauteloso com essa pergunta!", pensou Breuer.

— Não, não foi isso absolutamente que quis dizer, professor Nietzsche, embora tenha conhecido pacientes que, de alguma forma estranha, tiraram proveito da doença.

— Por exemplo, rapazes que ferem a si próprios para escapar ao serviço militar?

Uma pergunta traiçoeira. Breuer aumentou a cautela. Nietzsche contara que servira na artilharia prussiana por um breve tempo e que fora dispensado devido a um ferimento bobo em tempo de paz.

— Não, algo mais sutil — um vacilo, percebeu instantaneamente Breuer. Nietzsche se ofenderia com a observação. Não encontrando nenhuma forma de retificá-la, prosseguiu. — Refiro-me a um rapaz em idade de se alistar que escapa do serviço militar pelo advento de alguma doença real. Por exemplo... — Breuer procurou algo totalmente distante da experiência de Nietzsche — tuberculose ou uma infecção debilitante da pele.

— O senhor viu essas coisas?

— Todo médico viu essas estranhas "coincidências". Mas voltando à sua pergunta, *não* quero dizer que tenha optado por sua doença, a não ser, é claro, que se beneficie de alguma forma de sua enxaqueca. Isso acontece?

Nietzsche ficou em silêncio, aparentemente imerso em profundas reflexões. Breuer relaxou e elogiou a si mesmo. "Uma boa resposta! Essa é a forma de lidar com ele. Seja direto e desafiador; ele gosta disso. E formule as perguntas de forma a mobilizar seu intelecto."

— Será que de alguma forma tiro proveito dessa miséria? — respondeu enfim Nietzsche. — Refleti exatamente sobre essa pergunta por vários anos. Talvez eu me beneficie, *sim*. De duas maneiras. O senhor acha que os ataques são causados pelo estresse, mas às vezes o oposto é verdadeiro: os ataques *dissipam* o estresse. Meu trabalho é estressante. Exige que eu encare o lado escuro da existência e o ataque de enxaqueca, por mais terrível que seja, pode ser uma convulsão purificadora que me permite continuar.

Uma resposta poderosa! Breuer não contara com ela e lutou para recuperar seu equilíbrio.

— O senhor diz que se beneficia da doença de duas formas. Qual é a segunda?

— Acredito que me beneficio da visão deficiente. Há anos, não consigo ler os pensamentos de outros filósofos. Assim, apartado dos outros, penso meus próprios pensamentos. Intelectualmente, tenho tido que me sustentar de minha própria gordura! Talvez isso seja positivo. Talvez por isso eu tenha me tornado um filósofo honesto. Escrevo apenas a partir de minha experiência. Escrevo com sangue e a melhor verdade é uma verdade sangrenta!

— O senhor, portanto, viu-se desligado de todos os colegas em sua profissão?

Outro erro! Novamente, Breuer o captou de imediato. Sua pergunta era inconveniente e refletia apenas sua própria preocupação com o reconhecimento pelos colegas.

— Estou pouco ligando para isso, doutor Breuer, especialmente quando considero o estado vergonhoso da filosofia alemã atual. Há muito tempo, abandonei as salas da academia e não esqueci de bater a porta ao sair. Pensando bem, talvez essa seja outra vantagem de minha enxaqueca.

— Como assim, professor Nietzsche?

— Minha doença me emancipou. Por causa de minha doença, tive que renunciar à minha posição na Basiléia. Se continuasse lá, estaria preocupado em me defender de meus colegas. Mesmo meu primeiro livro, *O nascimento da tragédia,* uma obra relativamente convencional, despertou tantas críticas e controvérsias entre os professores que a faculdade da Basiléia desencorajou os alunos a se inscreverem nos meus cursos. Nos meus últimos dois anos lá, eu, talvez o melhor conferencista da história da Basiléia, falei para platéias de apenas dois ou três. Ouvi dizer que Hegel lamentou no leito de morte que só tivera um aluno que o entendera, e mesmo aquele aluno o entendera *mal!* Quanto a mim, não tenho sequer um aluno que me entenda mal.

A inclinação natural de Breuer seria oferecer apoio. Mas temendo ofender Nietzsche novamente, limitou-se a um aceno de compreensão com a cabeça, tomando cuidado para não transmitir simpatia.

— Ocorre-me ainda outra vantagem de minha doença, doutor Breuer: graças ao meu estado de saúde, fui dispensado do serviço militar. Houve uma época em que eu era suficientemente tolo para procurar uma cicatriz em um duelo — aqui Nietzsche apontou a pequena cicatriz no nariz — ou para mostrar quanta cerveja conseguia engolir. Eu era tão tolo que cogitei uma carreira militar. Lembre-se de que naqueles dias remotos faltou-me a orientação de um pai. Mas minha doença poupou-me de tudo isso. Mesmo agora, enquanto falo, começo a pensar em formas ainda mais fundamentais pelas quais minha doença me ajudou...

Apesar de seu interesse nas palavras de Nietzsche, Breuer foi ficando impaciente. Seu objetivo era persuadi-lo a fazer um tratamento por meio da conversa, e o comentário secundário sobre lucrar com a doença fora apenas um prelúdio à sua proposta. Não contara com a fertilidade da mente de Nietzsche. Qualquer pergunta submetida a ele, um infinitésimo de uma pergunta, despertava uma exuberância de pensamento.

As palavras de Nietzsche fluíam agora. Ele parecia preparado para discursar durante horas sobre o assunto.

— Minha doença também me confrontou com a realidade da morte. Durante algum tempo, acreditei que sofresse de uma doença incurável que me mataria em uma idade prematura. O espectro da morte iminente tem sido uma grande bonança: tenho trabalhado sem descanso com medo de morrer antes de conseguir terminar o que tenho que escrever. Além disso, uma obra de arte não é maior com um final catastrófico? O gosto de minha morte na boca deu-me perspectiva e coragem. O importante é a coragem de ser *eu mesmo*. Serei um professor? Um filólogo? Um filósofo? Que importa?

O ritmo de Nietzsche se acelerou. Parecia satisfeito com seu fluxo de pensamentos.

— Obrigado, doutor Breuer. Conversar com o senhor me ajudou a consolidar essas idéias. Sim, eu deveria abençoar minha doença. Para um psicólogo, o sofrimento pessoal é uma bênção: o campo de treinamento para encarar o sofrimento da existência.

Nietzsche parecia absorto em alguma visão interior e Breuer já não sentia que estivessem engajados numa conversa. Esperava, a qualquer minuto, que seu paciente pegasse papel e lápis e começasse a compor.

Mas Nietzsche olhou para cima e lhe falou mais diretamente:

— Lembra-se, na quarta-feira, de minha sentença de granito: "Torna-te quem tu és"? Hoje, lhe direi minha segunda sentença de granito: "Tudo que não me mata, me fortalece." Assim, repito: minha doença é uma bênção.

A sensação de comando e de convicção de Breuer desapareceu. A vertigem intelectual o dominou, à medida que Nietzsche, mais uma vez, virou tudo de ponta-cabeça. Branco é preto, bom é mau. Sua miserável enxaqueca, uma bênção. Breuer sentiu que perdia o controle da consulta e lutou para recuperá-lo.

— Uma perspectiva fascinante, professor Nietzsche, que jamais ouvi expressada antes. Mas o senhor há de convir que já desfrutou os principais benefícios de sua doença. Agora, hoje, na metade da vida, armado da sabedoria e da perspectiva trazidas pela doença, estou certo de que poderá trabalhar com mais eficácia sem essa interferência. Ela já cumpriu suas funções, certo?

Enquanto falava e reunia os pensamentos, Breuer rearranjou os objetos em sua escrivaninha: o modelo de madeira do interior da orelha, o peso de papel de vidro azul e dourado espiralado de Veneza, o almofariz com pilão de bronze, o receituário, o grosso formulário farmacêutico.

— Além disso, conforme o entendo, professor Nietzsche, o senhor descreve muito menos a opção por uma doença do que conquistá-la e beneficiar-se dela. Estou certo?

— Eu falo *sim* de conquistar ou *dominar* uma doença — respondeu Nietzsche —, mas quanto a *optar*... estou em dúvida, talvez a pessoa escolha *sim* uma doença. Depende de quem seja a pessoa. A psique não funciona como uma entidade única. Partes de nossa mente podem funcionar independentemente das outras. Talvez "eu" e meu corpo formemos uma conspiração pelas costas de minha própria mente. A mente, fique sabendo, adora passagens secretas e alçapões.

Breuer ficou assombrado com a semelhança das afirmações de Nietzsche com a posição de Freud do dia anterior.

— O senhor sugere que existem reinos mentais independentes e murados dentro de nossa mente? — perguntou.

— É impossível escapar dessa conclusão. Na verdade, grande parte de nossa vida pode ser vivida por nossos instintos. Talvez as representações mentais conscientes sejam reflexões posteriores: idéias pensadas *após* a ação para nos proporcionar a ilusão de poder e controle. Doutor Breuer, mais uma vez lhe agradeço; nossa conversa me deu a idéia de um importante projeto para este inverno. Por favor, desculpe-me por um momento.

Abrindo sua pasta, Nietzsche apanhou um toco de lápis e um caderno e escreveu algumas linhas. Breuer espichou o pescoço tentando, em vão, lê-las de cabeça para baixo.

A complexa linha de pensamento de Nietzsche os afastara bastante do objetivo específico que Breuer tencionava alcançar. Apesar disso, embora se sentisse como um idiota, não teve alternativa a não ser continuar pressionando.

— Como seu médico, adotarei a posição de que, embora sua doença tenha trazido certos benefícios, como o senhor alegou tão lucidamente, chegou a hora de declarar guerra a ela, de aprender seus segredos, de descobrir suas fraquezas e de erradicá-la. Posso esperar sua indulgência e que adote esse ponto de vista?

Nietzsche alçou o olhar do caderno para Breuer e aquiesceu com um movimento da cabeça.

— Creio ser possível — continuou Breuer — optar inadvertidamente pela doença escolhendo-se um meio de vida que produza estresse. Quando esse estresse se torna muito forte ou crônico, afeta por sua vez algum sistema orgânico suscetível; no caso da enxaqueca, o sistema vascular. Trata-se, veja bem, de uma escolha indireta. A rigor, a pessoa não escolhe ou seleciona uma doença, mas *escolhe o estresse e é o estresse que escolhe a doença*!

O sinal de compreensão com a cabeça de Nietzsche encorajou Breuer a continuar.

— Desse modo, o *estresse* é nosso inimigo e cabe-me, como seu médico, ajudar a reduzir o estresse em sua vida.

Breuer se sentiu aliviado por recuperar o controle. "Agora", pensou, "prepararei o terreno para o próximo e último pequeno passo: propor ajudar Nietzsche a aliviar as fontes psicológicas de estresse em sua vida".

Nietzsche pôs o lápis e o caderno de volta na pasta.

— Doutor Breuer, há vários anos venho atacando o problema do estresse em minha vida. O senhor fala em reduzir o estresse. Foi precisamente por essa razão que deixei a Universidade da Basiléia em 1879. Vivo uma vida sem estresse. Parei de lecionar. Não administro nenhuma propriedade. Não tenho lar de que cuidar, empregados para supervisionar, esposa com quem brigar, filhos para disciplinar. Vivo frugalmente de uma modesta pensão. Não tenho obrigações para com ninguém. Reduzi o estresse em minha vida ao mínimo possível, a um nível irredutível. Como reduzi-lo ainda mais?

— Não concordo que seja irredutível, professor Nietzsche. É exatamente essa questão que gostaria de explorar com o senhor. Veja bem...

— Não se esqueça — interrompeu Nietzsche — de que herdei um sistema nervoso anormalmente sensível. Sei-o pela minha profunda reação à música e à arte. Ao ouvir *Carmem* pela primeira vez, todas as células nervosas de meu cérebro se inflamaram ao mesmo tempo: meu sistema nervoso inteiro ficou excitado. Pela mesma razão, respondo violentamente à mínima mudança do tempo e da pressão barométrica.

— Mas — Breuer contra-atacou — tal hipervigilância neuronial pode não ser constitucional. Pode ser ela própria função do estresse de outras fontes.

— Não, não! — protestou Nietzsche, abanando a cabeça impacientemente, como se Breuer tivesse entendido tudo errado. — Meu argumento é que a hipervigilância, usando sua expressão, não é *indesejável*: ela é *necessária* ao meu trabalho. Eu *quero* estar alerta. Não quero ser excluído de qualquer parte de minha experiência interna! Se a tensão é o preço da visão interna, tudo bem! Sou rico o bastante para pagar esse preço.

Breuer não respondeu. Não esperara tal resistência total e imediata. Sequer descrevera sua proposta de tratamento; contudo, os argumentos que preparara estavam sendo antecipados e já estavam comprometidos. Silenciosamente, procurou uma forma de arregimentar suas tropas. Nietzsche continuou:

— O senhor olhou os meus livros. Compreende que escrevo não porque seja inteligente ou erudito. Não, é porque tenho a ousadia, a propensão de me apartar do conforto do rebanho e de encarar inclinações fortes e maléficas. Investigação e ciência começam pela descrença. No entanto, a descrença é inerentemente estressante! Só o forte consegue tolerá-la. Sabe qual é a verdadeira questão para um pensador? — Não esperou por uma resposta. — A verdadeira questão é: quanta verdade consigo suportar? Não é ocupação para aqueles de seus pacientes que desejam eliminar o estresse, viver uma vida tranqüila.

Breuer não tinha como rebater. A estratégia de Freud estava em frangalhos. Baseie sua abordagem na eliminação do estresse — aconselhara. Mas eis um paciente que insiste que o trabalho de sua vida, exatamente aquilo que o mantém vivo, *requer* estresse.

Reassumindo o controle, Breuer reverteu à autoridade médica.

— Entendo seu dilema precisamente, professor Nietzsche, mas me ouça até o fim. Descobrirá que podem existir meios de sofrer menos enquanto continua a conduzir suas investigações filosóficas. Pensei muito em seu caso. Em meus muitos anos de experiência clínica com a enxaqueca, ajudei muitos pacientes. Creio poder ajudá-lo. Por favor, deixe-me apresentar meu plano de tratamento.

Nietzsche assentiu com a cabeça e reclinou-se na cadeira — sentindo-se seguro, Breuer imaginou, por trás da barricada que erigira.

— Proponho que seja admitido na Clínica Lauzon de Viena para um mês de observação e tratamento. Essa solução apresenta certas vantagens. Poderemos fazer tentativas sistemáticas com vários dos novos medicamentos antienxaqueca. Vejo em sua ficha que nunca tentou a ergotamina. É um novo e promissor tratamento para a enxaqueca, mas requer certas precauções. Deve ser tomada bem no início de um ataque; além disso, se usada incorretamente, pode provocar graves efeitos colaterais. Por isso, prefiro regular a dosagem apropriada com o paciente no hospital e sob estreita vigilância. Tal observação pode também nos fornecer informações valiosas sobre o desencadeador da enxaqueca. Vejo que é um arguto observador de seu próprio estado; mesmo assim, existe uma vantagem real nas observações por profissionais treinados.

"Tenho usado muito a Lauzon para os meus pacientes", apressou-se Breuer, não permitindo interrupções. "É confortável e administrada com competência. O novo diretor introduziu muitas novidades, inclusive servir à mesa águas de Baden-Baden. Além do mais, por estar na minha área de atuação, poderei visitá-lo diariamente, exceto aos domingos, e juntos exploraremos as fontes do estresse em sua vida."

Nietzsche sacudia a cabeça ligeira, mas resolutamente.

— Permita-me — continuou Breuer — antecipar sua objeção; a que o senhor acabou de apresentar, de que o estresse é tão intrínseco ao seu trabalho e à sua missão que, mesmo que fosse possível extirpá-lo, não concordaria com tal procedimento. É isso mesmo?

Nietzsche assentiu com a cabeça. Breuer ficou contente ao ver um brilho de curiosidade nos seus olhos. "Bom, bom!", pensou. "O professor acreditou ter proferido a palavra final sobre o estresse. Está surpreso por eu não dar o braço a torcer."

— Minha experiência clínica ensinou-me que existem várias fontes de tensão, fontes que podem estar fora do alcance do indivíduo estressado e que requerem um guia objetivo para a elucidação.

— As fontes da tensão, quais são elas, doutor Breuer?

— A certa altura de nossa discussão, foi quando lhe perguntei se mantém um diário dos eventos em torno dos ataques de enxaqueca, o senhor aludiu a eventos ponderosos que o perturbavam de escrever o diário. Suponho que esses eventos (o senhor terá ainda que ser explícito sobre eles) sejam fontes de estresse que poderia ser aliviado por intermédio da discussão.

— Já resolvi essas perturbações, doutor Breuer — disse Nietzsche com objetividade. Entretanto, Breuer persistiu.

— Certamente, existem outras tensões. Por exemplo, na quarta-feira, o senhor se referiu a uma traição recente. Com certeza, essa traição provocou estresse. Assim como nenhum ser humano está livre da ansiedade, nenhum escapa da dor de uma amizade desfeita. Ou da dor do isolamento. Para ser honesto, professor Nietzsche, como seu médico, preocupa-me a rotina diária que descreveu. Quem pode tolerar tal isolamento? Há pouco, apresentou sua falta de esposa, de filhos e de colegas como sinais de que eliminou o estresse de sua vida. Minha visão é diferente: o isolamento extremado não elimina o estresse, mas é, em *si*, estresse. A solidão é um solo fértil para a doença.

Nietzsche abanou a cabeça de maneira resoluta.

— Permita que discorde, doutor Breuer. Os grandes pensadores sempre escolhem sua própria companhia, pensam seus próprios pensamentos, imperturbados pelo rebanho. Considere Thoreau, Espinosa ou os ascetas religiosos como São Jerônimo, São Francisco ou Buda.

— Não conheço Thoreau, mas, quanto aos demais, serão paradigmas da saúde mental? Além disso — aqui Breuer deu um largo sorriso, esperando iluminar a discussão —, seu argumento deve correr grave risco, já que recorre aos grandes religiosos para respaldá-lo.

Nietzsche não gostou.

— Doutor Breuer, sou grato por seus esforços em meu favor e já tirei proveito desta consulta: as informações que me forneceu sobre a enxaqueca me são preciosas. Mas não é recomendável para mim internar-me numa clínica. Minhas temporadas prolongadas em estações de águas: semanas em Saint-Moritz, em Hex, em Steinabad, nunca deram em nada.

Breuer não esmoreceu.

— O senhor tem que entender, professor Nietzsche, que nosso tratamento na Clínica Lauzon não terá nenhuma semelhança com uma estação em qualquer balneário europeu. Arrependo-me de ter mencionado as águas de Baden-Baden. Elas representam um infinitésimo do que Lauzon, sob minha supervisão, tem a oferecer.

— Doutor Breuer, se o senhor e sua clínica se localizassem em outro lugar, pensaria seriamente em seu plano. A Tunísia, talvez, a Sicília ou mesmo Rapallo. Mas um inverno vienense seria um desastre para meu sistema nervoso. Não creio que viesse a sobreviver.

Embora Breuer soubesse de Lou Salomé que Nietzsche não expressara tais objeções diante da proposta de que ela, Nietzsche e Paul Rée passassem o inverno juntos em Viena, tratava-se, sem dúvida, de uma informação a que não poderia recorrer. Apesar disso, teve uma resposta muito melhor.

— Professor Nietzsche, vejo que entendeu exatamente onde quero chegar! Se o hospitalizássemos na Sardenha ou na Tunísia e o senhor ficasse livre da enxaqueca por um mês, nada teríamos obtido. A investigação médica não difere da investigação filosófica: *riscos precisam ser corridos*! Sob nossa supervisão na Lauzon, o desenvolvimento de um ataque de enxaqueca não seria causa de alarme, e sim uma *bênção*: um tesouro de informações sobre a causa e o tratamento de seu problema. Asseguro-lhe que estarei imediatamente disponível e que abortarei depressa um ataque com ergotamina ou nitroglicerina.

Aqui Breuer fez uma pausa. Sabia que sua resposta fora poderosa e procurou não se mostrar radiante. Nietzsche engoliu antes de responder.

— Seu argumento procede, doutor Breuer. Contudo, é-me totalmente impossível aceitar sua recomendação. Minha objeção ao seu plano e tratamento tem raízes nos níveis mais profundos e fundamentais. Além disso, existe um obstáculo mundano mais importante: o dinheiro! Mesmo na melhor das circunstâncias, meus recursos seriam escoados por um mês de cuidados médicos intensivos. Nesse momento, é impossível.

— *Ach*, professor Nietzsche, não é estranho que eu formule tantas perguntas sobre aspectos íntimos de seu corpo e de sua vida e, como a maioria dos médicos, evite me intrometer na sua privacidade financeira?

— O senhor foi desnecessariamente discreto, doutor Breuer. Não tenho relutância em discutir minhas finanças. O dinheiro pouco importa para mim, contanto que tenha o suficiente para continuar meu trabalho. Vivo uma vida simples e, afora alguns livros, gasto o estritamente necessário para minha mera subsistência. Quando renunciei ao meu cargo na Basiléia, três anos atrás, a universidade ofereceu-me uma pequena pensão. Esse é o meu dinheiro! Não tenho quaisquer outros fundos ou fontes de renda: nenhum legado de meu pai, nenhum estipêndio de meus patronos (inimigos poderosos garantiram isso) e, conforme lhe indiquei, minhas obras jamais me renderam um centavo. Dois anos atrás, a Universidade da Basiléia votou um pequeno aumento de minha pensão. Creio que a primeira recompensa teve por fim que eu fosse embora, e a segunda, que eu continuasse afastado. — Nietzsche apanhou uma carta de sua jaqueta. — Sempre supus que a pensão seria vitalícia. Porém, nesta manhã, Overbeck entregou uma carta de minha irmã que dá a entender que minha pensão está em perigo.

— Por que, professor Nietzsche?

— Alguém de quem minha irmã não gosta está me difamando. No momento, não sei se as acusações são verdadeiras ou se minha irmã está exagerando, como faz com freqüência. Seja como for, o ponto importante é que, no momento, não posso assumir uma obrigação financeira de vulto.

Breuer ficou feliz e aliviado com a objeção de Nietzsche. Era um obstáculo facilmente transponível.

— Professor Nietzsche, creio que temos atitudes semelhantes em relação ao dinheiro. Assim como o senhor, jamais atribuí importância emocional a ele. Contudo, por mero acaso, minhas circunstâncias diferem das suas. Se seu pai tivesse vivido a ponto de lhe deixar um legado, o senhor teria dinheiro. Embora meu pai, um proeminente professor de hebraico, me deixasse somente um legado modesto, arranjou-me um casamento com a filha de uma das famílias judaicas mais abastadas de Viena. Ambas as famílias ficaram satisfeitas: um belo dote em troca de um cientista médico com grande potencial. Tudo isso, professor Nietzsche, é uma forma de dizer que seu obstáculo financeiro não é obstáculo para mim. A família de minha esposa, os Altmann, dotaram a Lauzon de dois leitos gratuitos que posso usar ao meu critério. Assim, a clínica não cobraria nenhuma taxa, nem eu cobraria honorários por meus serviços. Saio mais rico de cada uma de nossas discussões! Portanto, nenhum problema! Está tudo acertado! Notificarei a Clínica Lauzon. Que tal o senhor se internar ainda hoje?

Capítulo 9

Mas *nem tudo* estava resolvido. Nietzsche ficou sentado de olhos fechados por bastante tempo. Depois, abrindo-os de súbito, disse decididamente:

— Doutor Breuer, já lhe tomei demais seu tempo valioso. Sua oferta é generosa. Eu a lembrarei por muito tempo, mas não posso... não irei aceitá-la. Existem razões além da razão — palavras proferidas com finalidade, como se não tencionasse explicações adicionais. Preparando-se para sair, fechou sua pasta.

Breuer ficou assombrado. A entrevista assemelhava-se mais a uma partida de xadrez do que a uma consulta profissional. Ele fizera um lance, propusera um plano, que Nietzsche logo contra-atacou. Respondera à objeção apenas para enfrentar ainda outra das objeções de Nietzsche. Elas jamais teriam fim? Mas Breuer, experiente em impasses clínicos, recorreu agora a uma trama que raramente falhava.

— Professor Nietzsche, seja meu consultor por um momento! Imagine esta situação interessante; talvez possa me ajudar a entendê-la. Encontrei um paciente que esteve doente durante algum tempo. Sua saúde chega a ser tolerável em menos de um terço dos dias. Ele então realiza uma longa e árdua viagem para consultar um médico especialista. Este realiza sua tarefa com competência. Ele examina o paciente e chega a um diagnóstico apropriado. O paciente e o médico desenvolvem aparentemente um relacionamento de respeito recíproco. O médico propõe então um plano de tratamento abrangente no qual tem total confiança. Porém, o paciente não mostra nenhum interesse, nem mesmo curiosidade, no plano de tratamento. Pelo contrário, rejeita-o de imediato e levanta obstáculo após obstáculo. O senhor poderia me ajudar a compreender esse mistério?

Os olhos de Nietzsche se arregalaram. Embora parecesse intrigado pela estranha artimanha de Breuer, não respondeu. O médico persistiu.

— Talvez devamos começar pelo início do enigma. Por que o paciente que não deseja tratamento chega a marcar uma consulta?

— Vim devido a fortes pressões dos amigos.

Breuer ficou desapontado por seu paciente declinar a entrar no espírito de seu pequeno artifício. Embora Nietzsche escrevesse com grande sagacidade e enaltecesse o riso na palavra escrita, estava claro que o professor não gostava de brincar.

— Seus amigos na Basiléia?

— Sim, tanto o professor Overbeck como a esposa dele são íntimos meus. Também, um bom amigo em Gênova. Não tenho muitos amigos, uma conseqüência de minha vida nômade, e o fato de que todos me exortaram a marcar uma consulta foi notável! Como foi o fato de que o nome de doutor Breuer parecia estar nos lábios de todos eles.

Breuer reconheceu a mão destra de Lou Salomé.

— Certamente — disse ele — a preocupação deles deve ter sido provocada pela gravidade de seu estado médico.

— Ou talvez por mencioná-lo com muita freqüência em minhas cartas.

— Mas sua menção a ele deve refletir sua própria preocupação. Por que outra razão escrever-lhes tais cartas? Seria para evocar preocupação? Ou simpatia?

Um lance de mestre! Xeque! Breuer estava satisfeito consigo próprio. Nietzsche era forçado a retroceder.

— Tenho muito poucos amigos para me arriscar a perdê-los. Ocorreu-me que, como sinal de amizade, deveria fazer todo o possível para aliviar a preocupação deles. Daí minha vinda ao seu consultório.

Breuer decidiu explorar sua vantagem. Avançou mais ousadamente.

— O senhor não tem nenhuma preocupação por si próprio? Impossível! Mais de duzentos dias ao ano de invalidez punitiva! Já atendi pacientes demais em meio a um ataque de enxaqueca para aceitar qualquer minimização de sua dor.

Excelente! Outra coluna do tabuleiro de xadrez fechada. "Para onde seu oponente se moveria agora?", Breuer se perguntou. Nietzsche, aparentemente percebendo que teria que fortificar algumas de suas outras peças, dirigiu sua atenção de volta ao centro do tabuleiro.

— Tenho sido chamado de muitas coisas: filósofo, psicólogo, pagão, agitador, anticristo. Tenho sido chamado até de algumas coisas *nada lisonjeiras*. Mas prefiro me denominar um cientista, porque a pedra angular de meu método filosófico, bem como do método científico, é a *descrença*. Sempre sustento o ceticismo mais rigoroso possível e estou sendo cético agora. Não posso aceitar suas recomendações de exploração psíquica com base na autoridade médica.

— Mas, professor Nietzsche, estamos totalmente de acordo. A única autoridade a ser seguida é a razão, e minha recomendação é respaldada pela razão. Sustento apenas duas coisas: a primeira, que o estresse pode deixar a pessoa doente, e muitas observações científicas vão ao encontro dessa afirmação; a segunda, que há estresse em sua vida, e falo de um estresse *diferente* daquele inerente à sua investigação filosófica.

"Examinemos os dados juntos", continuou Breuer. "Considere a carta que me descreveu de sua irmã. Certamente, existe estresse em ser caluniado. Por sinal, o senhor violou nosso contrato de honestidade recíproca ao deixar de mencionar antes esse caluniador." Breuer avançou ainda mais ousadamente. Não havia outra saída; nada tinha a perder. "Além disso, com certeza existe estresse no pensamento de perder sua pensão, sua única fonte de sustento. Mas se isso for um mero exagero alarmista de sua irmã, então existe o estresse de ter uma irmã querendo alarmá-lo!"

Teria ido longe demais? A mão de Nietzsche — observou Breuer — deslizara para baixo pela lateral da cadeira e estava lentamente se aproximando da alça de sua pasta. Mas não havia como retroceder agora. Breuer avançou para o xeque-mate.

— Tenho um apoio ainda mais poderoso para minha posição: um brilhante e recente livro — apanhou seu exemplar de *Humano, demasiado humano* — escrito por alguém que brevemente será, se existe justiça neste mundo, um eminente filósofo. Escute!

Abrindo o livro na passagem que descrevera a Freud, leu:

— "A observação psicológica está entre os expedientes por meio dos quais pode-se aliviar a carga de viver." Uma ou duas páginas à frente, o autor assevera que a observação psicológica é essencial e que, eis suas palavras, "a humanidade não pode mais ser poupada da cruel visão da mesa de dissecação moral". Algumas páginas depois, ele observa que os erros dos maiores filósofos procedem geralmente de uma falsa explicação das ações e sensações humanas que, no final, resulta na "ereção de uma falsa ética e de monstros religiosos e mitológicos". Eu poderia prosseguir — e Breuer folheou as páginas —, mas o argumento deste excelente livro é que, se as crenças e o comportamento humanos devem ser entendidos, é preciso primeiro varrer a convenção, a mitologia e a religião. Somente então, sem "nenhuma pré-concepção, qualquer que seja", pode-se ter a pretensão de examinar o sujeito humano.

— Este livro me é bastante familiar — afirmou Nietzsche severamente.

— Mas o senhor não seguirá suas prescrições?

— Devoto minha vida às suas prescrições. Mas o senhor não leu o suficiente. Há anos, solitário, tenho realizado tal dissecação psicológica: tenho sido o objeto de meu próprio estudo. Mas não estou disposto a ser *sua* cobaia! O senhor estaria disposto a ser a cobaia de outro? Permita que lhe formule uma pergunta direta, doutor Breuer: qual é *sua* motivação nesse projeto de tratamento?

— O senhor recorre a mim em busca de ajuda. Eu a ofereço. Sou um médico. É a minha atividade.

— Simplista demais! Ambos sabemos que a motivação humana é bem mais complexa e, ao mesmo tempo, mais primitiva. Repito a pergunta: qual é sua motivação?

— *É* uma questão simples, professor Nietzsche. A pessoa pratica sua profissão: um costureiro costura, um cozinheiro cozinha e um clínico clinica. Ganha-se a vida, pratica-se sua profissão e minha profissão é servir, aliviar a dor. — Breuer tentou transmitir confiança, mas começou a se sentir confrangido. Não gostou do último lance de Nietzsche.

— Essas não são respostas satisfatórias às minhas perguntas, doutor Breuer. Quando o senhor diz que um clínico clinica, um cozinheiro cozinha ou que a pessoa pratica sua profissão, isso não é motivação: isso é hábito. O senhor omitiu de sua resposta a consciência, a escolha e o interesse pessoal. Prefiro quando diz que se ganha a vida; isso, ao menos, pode ser entendido. Luta-se por forrar o estômago de comida. Mas o senhor não está cobrando dinheiro de mim.

— Poderia lhe formular a mesma pergunta, professor Nietzsche. O senhor diz que nada aufere de seu trabalho. Para que, então, filosofa? — Breuer tentou se manter na ofensiva, mas sentiu que perdia o elã.

— Ah! Existe uma importante distinção entre nós. Eu não alego que filosofo *para si*, enquanto o senhor, doutor, continua fingindo que sua motivação é servir-me, aliviar minha dor. Tais alegações nada têm a ver com a motivação humana. Elas fazem parte da mentalidade de escravo engendrada com astúcia pela propaganda sacerdotal. Disseque suas motivações mais profundamente! Achará que *jamais* alguém fez algo totalmente para os outros. Todas as ações são autodirigidas, todo serviço é auto-serviço, todo amor é amor-próprio. — As palavras de Nietzsche assomaram mais rapidamente, e ele prosseguiu depressa. — Parece surpreso com esse comentário? Talvez esteja pensando naqueles que ama. Cave mais profundo e descobrirá que não ama *a eles*: ama, isso sim, as sensações agradáveis que tal amor produz em você! Ama o desejo, não o desejado. Assim, permita que pergunte de novo por que deseja servir-me. Outra vez, pergunto-lhe — aqui a voz de Nietzsche se tornou severa —: *doutor Breuer, quais são suas motivações?*

Breuer se sentiu zonzo. Conteve seu primeiro impulso: comentar a crueza e a brutalidade da formulação de Nietzsche e, assim, inevitavelmente encerrar o caso irritante do professor. Imaginou, por um momento, a visão das costas de Nietzsche ao sair de seu consultório. Deus, que alívio! Livre afinal de todo esse negócio lastimável e frustrante. Todavia, entristeceu ao pensar que não veria Nietzsche de novo. Era atraído por aquele homem. Mas por quê? Aliás, quais *eram* as motivações dele?

Breuer se viu pensando novamente nas partidas de xadrez com o pai. Cometera sempre o mesmo erro: concentrar-se demais no ataque, forçando-o para além de suas próprias linhas de suprimento, e ignorar sua defesa até, como um raio, a rainha do pai atacar por trás das linhas e ameaçar xeque-mate. Afastou a fantasia da mente, sem deixar porém de observar seu significado: nunca, nunca mais deveria subestimar esse professor Nietzsche.

— Novamente pergunto-lhe, doutor Breuer: *quais são suas motivações?*

Breuer lutou para responder. Quais seriam? Ficou pasmado com a resistência de sua mente à pergunta de Nietzsche. Forçou-se a se concentrar. Seu desejo de ajudar Nietzsche, quando começara? Em Veneza, é claro, enfeitiçado pela beleza de Lou Salomé. Tão encantado que logo concordara em ajudar o amigo dela. Assumir o tratamento do professor Nietzsche proporcionara não apenas um vínculo permanente com ela, mas uma oportunidade de se elevar perante seus olhos. Depois, havia a ligação com Wagner. Sem dúvida, era conflituoso: Breuer adorava a música de Wagner, mas detestava seu anti-semitismo.

Que mais? Com o passar das semanas, Lou Salomé se desvanecera de sua mente. Ela não era mais a razão de seu compromisso com Nietzsche. Não, sabia que estava intrigado pelo desafio intelectual à sua frente. Mesmo *Frau*

Becker comentara outro dia que nenhum médico em Viena teria aceitado tal paciente.

Depois, havia Freud. Tendo proposto Nietzsche a Freud como um caso didático, faria papel de bobo se o professor recusasse sua ajuda. Ou estaria querendo estar próximo dos grandes? Talvez Lou Salomé tivesse razão ao dizer que Nietzsche representava o futuro da filosofia alemã: aqueles livros dele tinham um quê de genialidade.

Nenhuma dessas motivações, sabia Breuer, tinha alguma relação com o homem Nietzsche, a pessoa de carne e osso diante dele. Assim, tinha que se manter em silêncio sobre seu contato com Lou Salomé, seu júbilo em avançar onde outros médicos tinham medo de trilhar, sua ânsia pelo toque de grandeza. Talvez — Breuer ressentidamente reconheceu — as desagradáveis teorias de Nietzsche sobre a motivação tivessem mérito! Mesmo assim, não tencionava apoiar o ultrajante desafio de seu paciente à sua alegação de que o estaria servindo. Mas como, então, responder à pergunta aborrecida e inconveniente de Nietzsche?

— Minhas motivações? Quem consegue responder a tal pergunta? Motivações existem em vários níveis. Quem decreta que apenas o primeiro nível, as motivações animalescas, são as que contam? Não, não, vejo que está prestes a repetir a pergunta; deixe-me tentar responder ao espírito de sua indagação. Gastei dez anos estudando para ser médico. Devo desperdiçar esses anos de formação por não precisar mais de dinheiro? Clinicar é minha forma de justificar o esforço daqueles primeiros anos, uma forma de dar coerência e valor à minha vida. E de fornecer significado! Devo passar o dia sentado contando meu dinheiro? *O senhor* faria isso? Estou certo de que não. Depois, existe outra motivação: agrada-me o estímulo intelectual recebido de meus contatos com o senhor.

— Essas motivações têm ao menos o aroma da honestidade — admitiu Nietzsche.

— Acaba de me acudir outra. Gosto da sentença de granito: "Torna-te quem tu és." E se aquilo que sou ou que fui destinado a ser é servir, ajudar os outros, contribuir para a ciência médica e o alívio do sofrimento?

Breuer se sentiu bem melhor. Estava recuperando a tranqüilidade. Talvez tenha sido argumentador demais, pensou. É preciso um tom mais conciliatório.

— Eis outra motivação. Digamos, e acredito que assim seja, que seu destino seja se tornar um dos grandes filósofos. Assim, meu tratamento, além de poder ajudar seu ser físico, o ajudará também no projeto de se tornar quem *você* é.

— Se meu destino, conforme afirma, é me tornar um grande homem, então o senhor, como meu animador, meu salvador, se tornará ainda maior! — Nietzsche exclamou como se soubesse que estava dando o tiro fatal.

— Não, não disse isso! — a paciência de Breuer, geralmente inesgotável em seu papel profissional, estava começando a acabar. — Sou médico de muitas sumidades em seus campos: os grandes cientistas, artistas e músicos de Viena. Isso me torna maior do que eles? As pessoas sequer sabem que trato deles.

— Mas contou para mim e, agora, usa a importância delas para aumentar sua autoridade em relação a mim!

— Professor Nietzsche, não dá para acreditar. O senhor acha realmente que, caso seu destino se cumpra, sairei por aí proclamando que fui eu, Josef Breuer, quem o criou?

— *O senhor* acredita realmente que essas coisas *não* acontecem?

Breuer tentou se acalmar. "Cuidado, Josef, não perca a cabeça. Considere as coisas do ponto de vista *dele*. Tente entender a fonte da desconfiança dele."

— Professor Nietzsche, sei que foi traído no passado e que, portanto, tem toda razão de esperar traição no futuro. Porém, dou-lhe minha palavra de que isso não ocorrerá aqui. Prometo que seu nome jamais será mencionado por mim. Tampouco figurará nos registros clínicos. Inventemos um pseudônimo para o senhor.

— O problema não é o que o senhor contará para os outros, confio em sua palavra. O que importa é o que contará a *si mesmo* e o que eu contarei a *mim*. Em tudo que me contou sobre suas motivações, não houve, apesar de sua constante alegação de assistência e alívio do sofrimento, nada realmente sobre *mim*. É assim que deve ser. O senhor me usará em seu autoprojeto: isso também é de esperar, assim funciona a natureza. Mas não vê que *serei usado pelo senhor*? Sua piedade por mim, sua caridade, sua empatia, suas técnicas para me ajudar, para me tratar, os efeitos de tudo isso o tornam mais forte à custa de minha força. Não sou suficientemente rico para me permitir aceitar essa ajuda!

"Esse homem é impossível", pensou Breuer. "Ele desencava as piores, as mais vis motivações para tudo." Os poucos farrapos de objetividade clínica restantes se desvaneceram e Breuer não pôde mais conter seus sentimentos.

— Professor Nietzsche, permita que fale com franqueza. Vi muito mérito em vários de seus argumentos hoje, mas esta última asserção, esta fantasia sobre meu desejo de enfraquecê-lo, sobre minha força sendo alimentada pela sua, é um total disparate! — Breuer viu a mão de Nietzsche deslizando mais para baixo em direção à alça de sua pasta, mas não pôde se conter. — O senhor não vê? Eis um exemplo perfeito de por que *não consegue* dissecar a própria psique. Sua visão está toldada! — Viu Nietzsche apanhar a pasta e começar a se levantar. Apesar disso, continuou. — Devido a seus próprios malditos problemas com as amizades, comete equívocos bizarros! — Nietzsche estava abotoando o paletó, mas Breuer não conteve a língua. — O senhor supõe que suas próprias atitudes sejam universais e, então, tenta compreender em toda a humanidade o que não consegue compreender sobre si próprio.

A mão de Nietzsche tocou a maçaneta da porta.

— Desculpe interrompê-lo, doutor Breuer, mas tenho que providenciar minha passagem de trem nesta tarde para a Basiléia. Posso voltar daqui a duas horas para pagar a conta e pegar meus livros? Deixarei um endereço para que remeta o relatório de sua consulta. — Fez uma mesura rígida e virou-se. Breuer estremeceu ante a visão de suas costas ao deixar o consultório.

Capítulo 10

Breuer não se moveu quando a porta se fechou, e ainda estava sentado, paralisado, à sua escrivaninha quando *Frau* Becker entrou apressadamente.

— O que aconteceu, doutor Breuer? O professor Nietzsche disparou para fora de seu consultório, murmurando que voltará logo para apanhar a conta e seus livros.

— De alguma forma, estraguei tudo esta tarde — disse Breuer, relatando resumidamente os eventos de sua última hora com Nietzsche. — Quando, no final, apanhou sua pasta e partiu, eu estava quase gritando com ele.

— Ele deve tê-lo induzido a isso. Um doente vem se tratar, o senhor faz o que pode e ele contesta tudo que diz. Meu último patrão, o doutor Ulrich, teria se livrado dele bem antes, juro.

— O homem precisa desesperadamente de ajuda — Breuer levantou-se e, andando até a janela, ponderou em voz baixa, quase para si. — Sim, ele é orgulhoso demais para aceitá-la. Mas esse seu orgulho faz parte da doença, como se fosse um órgão do corpo doente. Que tolice eu ter gritado com ele! Devia existir uma forma de me aproximar dele: de envolvê-lo e a seu orgulho em algum programa de tratamento.

— Se ele é orgulhoso demais para aceitar ajuda, como tratá-lo? À noite, enquanto estiver dormindo?

Não houve resposta de Breuer, de pé, olhando para fora da janela, balançando ligeiramente para trás e para a frente, cheio de autocrítica. *Frau* Becker tentou de novo.

— Lembra-se de quando, alguns meses atrás, estava tentando ajudar aquela senhora idosa, *Frau* Kohl, a que tinha medo de sair do quarto?

Breuer assentiu com a cabeça, ainda de costas para *Frau* Becker.

— Lembro.

— De repente, ela interrompeu o tratamento bem quando o senhor tinha chegado ao ponto de fazê-la andar até o outro quarto segurando a mão dela. Quando o senhor me contou isso, observei quão frustrado devia se sentir por chegar tão perto da cura e, então, vê-la abandonar o tratamento.

Breuer concordou impacientemente; não estava claro onde *Frau* Becker queria chegar, se é que tinha algum objetivo.

— E aí?

— Então o senhor disse algo bem verdadeiro. Disse que a vida é longa e que os pacientes muitas vezes têm longas carreiras no tratamento. Disse que podem aprender algo com um médico, metê-lo em suas cabeças e, em algum ponto do futuro, estar preparados para ir além. E que, nesse ínterim, o senhor desempenhara o papel para o qual ela estivera preparada.

— E aí? — perguntou Breuer mais uma vez.

— Aí, quem sabe isso se aplique ao professor Nietzsche? Talvez ele ouça suas palavras quando estiver preparado; talvez em algum ponto do futuro.

Breuer virou para olhar *Frau* Becker. Ficou tocado pelas palavras dela. Não tanto pelo conteúdo — pois duvidava de que qualquer coisa que tivesse transpirado no consultório pudesse alguma vez se mostrar útil para Nietzsche —, mas pelo que tentara fazer. Quando sofria, Breuer — diferentemente de Nietzsche — aceitava ajuda.

— Espero que esteja certa, *Frau* Becker. E obrigado por tentar me animar; é um novo papel para a senhora. Com mais alguns pacientes como Nietzsche, será uma especialista nisso. Quem virá esta tarde? Poderiam ser casos mais simples: talvez um caso de tuberculose ou uma deficiência cardíaca congestiva.

Várias horas depois, Breuer presidia a ceia da família das noites de sexta-feira. Além dos três filhos mais velhos, Robert, Bertha e Margarethe (Louis já alimentara Johannes e Dora), o grupo de 15 incluía três das irmãs de Mathilde — Hanna e Minna, ainda solteiras, e Rachel com o marido Max e seus três filhos —, os pais de Mathilde e uma tia idosa e viúva. Freud, que tinha sido aguardado, não estava presente: avisara que jantaria sozinho pão e água enquanto cuidava de seis pacientes recém-admitidos no hospital. Breuer ficou desapontado. Ainda agitado pela partida de Nietzsche, aguardara ansiosamente uma discussão com seu jovem amigo.

Embora Breuer, Mathilde e todas suas irmãs fossem "judeus de três dias" parcialmente assimilados, observando apenas os três principais feriados religiosos, mantiveram-se em respeitoso silêncio enquanto Aaron, o pai de Mathilde, e Max — os dois judeus praticantes da família — entoavam as orações do pão e do vinho. Os Breuer não seguiam nenhuma restrição dietética do judaísmo; mas, em respeito a Aaron, Mathilde não serviu porco naquela noite. Normalmente, Breuer gostava de porco, e seu prato favorito, porco assado com ameixas, era servido com freqüência à mesa. Além do mais, Breuer e também Freud eram grandes apreciadores da suculenta carne de porco tostada que os vienenses vendiam no Prater. Quando passeavam ali, nunca deixavam de parar para lanchar salsichas.

Aquela refeição, como todas as refeições de Mathilde, começou com uma sopa quente — naquela noite, uma sopa espessa de cevada e feijões-de-lima —, seguida de uma grande carpa assada com cenouras e cebolas e do prato principal, um saboroso ganso recheado com couve-de-bruxelas.

Quando a torta de cereja com canela, quente e tostada ao forno, foi servida, Breuer e Max pegaram seus pratos e desceram o corredor até o gabinete de Breuer. Havia 15 anos, após os jantares das sextas-feiras, invariavelmente levavam a sobremesa ao gabinete, onde jogavam xadrez.

Josef conhecera Max bem antes de eles se casarem com as irmãs Altmann. Mas, se não tivessem se tornado cunhados, jamais permaneceriam como amigos. Embora Breuer admirasse a inteligência, as habilidades cirúrgicas e o virtuosismo enxadrístico de Max, desgostavam-lhe a mentalidade limitada de gueto e o materialismo vulgar do cunhado. Às vezes, Breuer não gostava sequer de olhar para Max: além de feio — calvo, com pele manchada e morbidamente obeso —, parecia velho. Breuer tentava esquecer que ele e Max tinham a mesma idade.

Naquela noite, nada de xadrez. Breuer contou a Max que estava agitado demais e que gostaria de conversar em vez de jogar. Ele e Max quase não conversavam a sós; porém, além de Freud, Breuer não tinha nenhum outro confidente homem — aliás, absolutamente nenhum confidente desde a partida de Eva Berger, a enfermeira anterior. Embora tivesse dúvidas sobre a extensão da sensibilidade de Max, foi em frente e, durante vinte minutos ininterruptos, falou sobre Nietzsche, referindo-se a ele, é claro, como *Herr* Müller e desabafando tudo, até o encontro com Lou Salomé em Veneza.

— Mas, Josef — começou Max em um tom áspero e desdenhoso —, por que se culpar? Quem conseguiria tratar desse homem? Ele é maluco e ponto final! Quando sua cabeça estiver estourando, ele virá mendigar ajuda!

— Você não entende, Max. Parte de sua doença consiste em *não* aceitar ajuda. Ele é quase paranóico: suspeita o pior de todo mundo.

— Josef, Viena está cheia de pacientes. Você e eu poderíamos trabalhar 150 horas semanais e, mesmo assim, ter que encaminhar pacientes a outros médicos todo dia. Certo?

Breuer não respondeu.

— Certo? — perguntou Max novamente.

— Essa não é a questão, Max.

— *É* a questão, Josef. Pacientes batem à sua porta para entrar e eis você implorando a alguém que permita ajudá-lo. Não faz sentido! Por que mendigar? — Max apanhou uma garrafa e dois cálices. — Aceita uma dose de *slivovitz*?*

Breuer fez que sim com a cabeça e Max os serviu. Embora a fortuna dos Altmann se baseasse nas vendas de vinho, o pequeno cálice de *slivovitz* durante o xadrez era a única bebida alcoólica que os dois consumiam.

— Max, escute, suponha que tenha um paciente com... Max, você não está ouvindo, está virando a cabeça.

— Estou ouvindo, estou ouvindo — insistiu Max.

— Suponha que você tenha um paciente com alargamento da próstata e a uretra totalmente obstruída — continuou Breuer. — Seu paciente sofre de retenção urinária, sua pressão renal retrógrada está aumentando, ele está à beira de uma infecção urêmica e, mesmo assim, recusa

---

* Aguardente de ameixas da Romênia. (N. do T.)

qualquer ajuda. Por quê? Talvez sofra de demência senil. Talvez esteja mais aterrorizado com seus instrumentos, seus cateteres e sua bandeja de sondas de aço do que com a uremia. Talvez seja um psicótico e pense que você irá castrá-lo. E então? O que fará você?

— Em vinte anos de prática — respondeu Max —, isso nunca aconteceu.

— Mas poderia acontecer. Estou fazendo essa conjectura apenas para defender um argumento. *Caso* acontecesse, o que você faria?

— Cabe à família dele a decisão, não a mim.

— Max, vamos e venhamos, você está contornando a questão! Suponha que não *exista* família.

— Como posso saber? Aquilo que fazem nos asilos: encarcerá-lo, anestesiá-lo, cateterizá-lo, tentar dilatar sua uretra com sondas.

— Todo dia? Cateterizá-lo encarcerado? Espere aí, Max, você o mataria em uma semana! Não, o que você faria seria mudar a atitude dele em relação a você e ao tratamento. É a mesma coisa quando você trata de crianças. Alguma vez uma criança *deseja* ser tratada?

Max ignorou o argumento de Breuer.

— Você diz que pretende hospitalizá-lo e conversar com ele todo dia... Josef, veja o tempo envolvido! Ele consegue pagar todas essas horas?

Quando Breuer mencionou a pobreza do paciente e seu plano de recorrer aos leitos doados pela família para tratá-lo gratuitamente, Max ficou ainda mais preocupado.

— Você me preocupa, Josef! Serei franco. Estou realmente preocupado com você. Porque uma beldade russa desconhecida conversou com você, quer cuidar de um maluco que não quer ser tratado por uma doença que nega ter. E agora me diz que deseja fazê-lo de graça. Diga-me — disse Max, apontando o dedo para Breuer —, quem é mais maluco: você ou ele?

— Vou lhe dizer o que é maluquice, Max! Maluquice é você sempre levantar a questão do dinheiro. Os juros do dote de Mathilde estão se acumulando no banco. Mais tarde, quando ganharmos nossa parte da herança dos Altmann, você e eu estaremos nadando em dinheiro. Não posso nem começar a gastar todo o dinheiro que entra agora e sei que você tem muito mais do que eu. Assim, por que levantar o problema do dinheiro? Qual o sentido de me preocupar se este ou aquele paciente pode me pagar? Às vezes, Max, você não enxerga além do dinheiro.

— Está bem, esqueça o dinheiro. Talvez você tenha razão. Às vezes, não sei *por que* estou trabalhando ou qual o sentido de cobrar de alguém. Mas, graças a Deus, ninguém nos ouve: pensariam que ambos estamos loucos varridos! Você não quer o resto de sua torta?

Breuer fez que não com a cabeça, e Max, erguendo seu prato, deslizou a torta até ele.

— Mas, Breuer, isso não é medicina! Os pacientes de quem você trata... esse professor, qual é sua doença? O diagnóstico? Um câncer no orgulho? Aquela moça Pappenheim que tinha medo de beber água, não foi ela que subitamente não conseguia mais falar alemão, só inglês? E todo dia desenvolvia uma nova paralisia? E aquele rapaz que pensava ser o filho do imperador e a senhora que tinha medo de deixar o quarto? Maluquice! Você não teve a melhor formação de Viena para trabalhar com a maluquice!

Após devorar a torta de Breuer com uma gigantesca mordida e engoli-la acompanhada de um segundo cálice de *slivovitz*, Max recomeçou.

— Você é o melhor diagnosticador de Viena. Ninguém nesta cidade sabe mais do que você sobre doenças respiratórias ou sobre o equilíbrio. Todos conhecem suas pesquisas! Anote minhas palavras: um dia, terão que convidá-lo para a Academia Nacional. Se não fosse judeu, seria agora um catedrático, ninguém pode negar. Mas se continuar tratando dessas doenças malucas, o que será de sua reputação? Os anti-semitas dirão: "Estão vendo?" — Max espetou o ar com o dedo — "É por isso! *Por isso* ele não é o catedrático de medicina. Ele não é apto, não regula da cabeça!"

— Max, vamos jogar xadrez — Breuer abriu a caixa de xadrez e, irritado, entornou as peças sobre o tabuleiro. — Quis conversar com você esta noite por estar aborrecido, e eis como me ajuda! Estou maluco, meus pacientes estão malucos e eu deveria pô-los no olho da rua. Estou arruinando minha reputação. Deveria extorquir florins de que não necessito...

— Não, não! Eu retirei a parte do dinheiro!

— Isso é maneira de ajudar? Você não escuta minha pergunta.

— Qual é? Repita. Prestarei mais atenção — a grande face versátil de Max ficou subitamente séria.

— Recebi hoje em meu consultório um homem que precisa de ajuda, um paciente em sofrimento, e não o tratei corretamente. Não posso remediar a situação desse paciente, Max, com ele está tudo acabado. Mas estou recebendo outros pacientes neuróticos e preciso entender como trabalhar com eles. É um campo totalmente novo. Não há livros sobre esse tema. Existem milhares de pacientes por aí que precisam de ajuda, mas ninguém sabe como ajudá-los!

— Nada entendo a respeito, Josef. Cada vez mais, você trabalha com o pensamento e o cérebro. Estou na extremidade oposta — Max soltou pequenas risadas. — Os orifícios com os quais falo não respondem. Mas posso dizer uma coisa: sinto que você estava competindo com esse professor, como costumava fazer nas aulas de filosofia de Brentano. Lembra-se do dia em que ele o repreendeu? Vinte anos atrás e me lembro como se fosse ontem. Ele disse: "Senhor Breuer, por que não tenta aprender o que tenho a ensinar em vez de provar quanta coisa não sei?" — Breuer assentiu com a cabeça. Max continuou. — Bem, é essa a impressão que tenho de sua consulta. Mesmo de seu artifício de tentar encurralar esse Müller citando seu próprio livro. Isso não foi inteligente; como você poderia vencer? Se a armadilha falhasse, *ele* venceria; se funcionasse, ficaria tão zangado que acabaria não cooperando da mesma forma.

Breuer manteve-se em silêncio, manuseando as peças de xadrez enquanto refletia sobre as palavras de Max.

— Talvez você tenha razão. Veja bem, senti, mesmo na hora, que provavelmente não deveria ter tentado citar seu livro. Não deveria ter dado ouvido a Sig. Tive uma premonição de que citar suas palavras para ele não era inteligente, mas ele ficou se esquivando de mim, me arrastando para um relacionamento competitivo. É engraçado, veja só: durante toda a consulta, imaginei que estava jogando xadrez. Eu armava uma armadilha contra ele, ele se safava e armava outra contra mim. Talvez eu fosse culpado; você diz que eu era assim na escola. Mas não tenho sido assim com um paciente há anos, Max. Acho que é algo nele: ele o extrai de mim, talvez de todos e, depois, o chama de natureza humana. Ele acredita que seja! É aí que toda sua filosofia está furada.

— Veja bem, Josef, você continua tentando encontrar furos na filosofia dele. Você diz que ele é um gênio. Se é tamanho gênio, talvez você *devesse aprender com ele*, em vez de tentar derrotá-lo!

— Bom, Max, muito bom! Não me agrada, mas soa correto. É uma ajuda. — Breuer inspirou fundo e expirou ruidosamente. — *Agora* vamos jogar. Tenho pensado numa nova resposta ao gambito da rainha.

Max jogou um gambito da rainha e Breuer respondeu com um ousado contragambito central, apenas para se descobrir em terrível apuro oito jogadas mais tarde. Max cruelmente fez um ataque coordenado ao bispo e ao cavalo com um peão e, sem levantar o olhar do tabuleiro, disse:

— Josef, já que estamos nos abrindo esta noite, permita que diga uma coisa. Talvez não seja da minha conta, mas não posso tapar os ouvidos. Mathilde contou para Rachel que vocês não têm relações há meses.

Breuer estudou o tabuleiro por alguns minutos e, depois de perceber que não teria escapatória do ataque coordenado, apanhou o peão de Max antes de responder.

— Sim, é grave. Gravíssimo. Mas, Max, como posso conversar com você a respeito? Seria o mesmo que falar diretamente no ouvido de Mathilde, pois sei que você conta para sua esposa e que ela conta para a irmã.

— Não, acredite, sei guardar segredos de Rachel. Vou *lhe* contar um segredo: se Rachel soubesse o que está acontecendo entre mim e minha nova enfermeira, *Fräulein* Wittner, eu estaria perdido. Ah! Semana passada! É como você e Eva Berger: transar com enfermeiras deve ser mal de família.

Breuer estudou o tabuleiro. Preocupou-se com o comentário de Max. Era assim que a comunidade via seu relacionamento com Eva! Embora a acusação fosse injusta, sentiu-se culpado por um momento de grande tentação sexual. Em uma importante conversa alguns meses antes, Eva contara que temia que o relacionamento dele com Bertha estivesse na iminência de degringolar e oferecera "fazer qualquer coisa" para ajudá-lo a se libertar da obsessão com sua jovem paciente. Não teria Eva se oferecido sexualmente? Breuer tivera certeza disso. Mas o demônio do "mas" interviera e também nisso, como em tantas outras coisas, não conseguiu ir em frente. Contudo, pensava com freqüência no oferecimento de Eva e lastimava amargamente a oportunidade perdida!

Agora, Eva estava longe. Ele jamais conseguira acertar os ponteiros com ela. Depois de despedi-la, ela jamais voltou a falar com ele e ignorou suas ofertas de dinheiro ou de ajuda para conseguir uma nova posição. Embora jamais conseguisse desfazer seu erro de não tê-la defendido contra Mathilde, decidiu que ao menos poderia defendê-la das acusações de Max.

— Não, Max, você está errado. Não sou nenhum anjo, mas juro que nunca toquei em Eva. Ela era apenas amiga, uma boa amiga.

— Desculpe, Josef, acho que apenas me coloquei no seu lugar e, depois, supus que você e Eva...

— Entendo que você tenha pensado isso. Nossa amizade era fora do comum. Ela era uma confidente, conversávamos sobre tudo. Ela foi terrivelmente injustiçada após trabalhar todos aqueles anos para mim. Eu jamais deveria ter-me dobrado à ira de Mathilde. Deveria tê-la enfrentado.

— É por isso que você e Mathilde estão, você sabe, distanciados?

— Talvez eu culpe Mathilde por isso, mas esse não é o verdadeiro problema em nosso casamento. É muito mais do que isso, Max. Mas não sei o que é. Mathilde é uma boa esposa. Oh! Detestei a forma como agiu em relação a Bertha e a Eva. Mas em um ponto ela estava certa: eu lhes dava mais atenção do que a ela. O que acontece agora, porém, é estranho. Quando olho para ela, continuo achando-a bonita.

— E...?

— Mas simplesmente não consigo tocá-la. Eu me afasto. Não quero que ela se aproxime.

— Talvez isso não seja tão incomum. Rachel não é nenhuma Mathilde, mas é uma mulher de boa aparência e, mesmo assim, tenho mais interesse em *Fräulein* Wittner, que, devo admitir, se assemelha um pouco a um sapo. Alguns dias, quando desço a Kirstenstrasse e vejo vinte, trinta prostitutas enfileiradas, fico bastante tentado. Nenhuma delas é mais bonita do que Rachel, muitas têm gonorréia ou sífilis, mas mesmo assim fico tentado. Se eu tivesse certeza de que ninguém me reconheceria, quem sabe? Eu seria capaz! Todos ficam fartos da mesma refeição. Veja bem, Josef, para cada mulher bonita por aí, existe um pobre coitado que está cansado de fodê-la!

Breuer não gostava de encorajar os arroubos de vulgaridade de Max, mas não resistiu a rir do aforismo, verdadeiro em sua peculiar grosseria.

— Não, Max, não é enfado. Esse não é meu problema.

— Talvez você deva procurar um urologista. Muitos estão escrevendo sobre a função sexual. Você leu a tese de Kirsch de que o diabetes provoca impotência? Agora que falar sobre o assunto deixou de ser tabu, tornou-se óbvio que a impotência é bem mais comum do que pensávamos.

— Impotente eu não estou — replicou Breuer. — Embora tenha estado afastado do sexo, ainda sinto bastante tesão. A moça russa, por exemplo. Além disso, tive os mesmos pensamentos que você sobre as prostitutas de Kirstenstrasse. De fato, parte do problema é que tenho tantos pensamentos sexuais sobre outra mulher que me sinto culpado de tocar em Mathilde. — Breuer notou como as auto-revelações de Max facilitaram a sua confissão. Talvez Max, com seu modo rude, tivesse lidado com Nietzsche melhor do que ele.

— Mas isso também não é o principal — Breuer se descobriu continuando —, e sim uma outra coisa! Algo mais diabólico dentro de mim. Veja bem, penso em partir. Jamais o faria, mas repetidas vezes penso em simplesmente fazer a mala e deixar Mathilde, as crianças, Viena... enfim, tudo. Vivo assolado por esse pensamento maluco e sei que é uma maluquice, não precisa me dizer, Max, achar que todos os meus problemas estariam resolvidos se eu conseguisse encontrar um meio de fugir de Mathilde.

Max sacudiu a cabeça, suspirou, depois capturou o bispo de Breuer e começou a armar um invencível ataque lateral à rainha. Breuer reclinou-se pesadamente em sua cadeira. Como aturaria mais dez, vinte, trinta anos de derrotas para a defesa francesa de Max e seu infernal gambito da rainha?

Capítulo 11

Breuer deitou-se na cama naquela noite ainda pensando no gambito da rainha e nos comentários de Max sobre mulheres bonitas e homens cansados. Seus sentimentos atribulados sobre Nietzsche diminuíram. De algum modo, a conversa com Max ajudara. Talvez, durante todos aqueles anos, tivesse subestimado Max. Mathilde, de volta do quarto dos filhos, subiu na cama, aproximou-se dele e sussurrou:

— Boa noite, Josef.

Fingiu estar adormecido. Pum! Pum! Pum! Batidas na porta da frente. Breuer consultou o relógio. Quatro e quarenta e cinco. Levantou-se rapidamente — seu sono era sempre leve —, apanhou o roupão e pôs-se a descer o corredor. Louis surgiu de seu quarto, mas ele acenou para que voltasse. Enquanto estivesse acordado, responderia à porta.

O porteiro, desculpando-se por acordá-lo, informou que um homem lá fora precisava dele para uma emergência. Descidas as escadas, Breuer topou com um homem idoso de pé no vestíbulo. Não usava chapéu e, obviamente, andara um longo percurso: sua respiração era rápida, seus cabelos estavam cobertos de neve e o muco vertido pelo nariz congelara seu espesso bigode, que ficou parecendo uma vassoura de piaçaba.

— Doutor Breuer? — perguntou, a voz tremendo de agitação.

Ante a anuência de Breuer, apresentou-se como *Herr* Schlegel, inclinando a cabeça e tocando os dedos da mão direita na testa, em um remanescente atávico do que indubitavelmente fora, em épocas melhores, uma saudação elegante.

— Um paciente seu em minha hospedaria está doente, muito doente — disse. — Não está conseguindo falar, mas encontrei este cartão em seu bolso.

Examinando o cartão de visita que *Herr* Schlegel lhe entregou, Breuer encontrou seu próprio nome e endereço anotados no verso. Na frente, lia-se:

PROFESSOR FRIEDRICH NIETZSCHE
Professor de Filologia
Universidade da Basiléia

Sua decisão foi instantânea. Deu instruções explícitas a *Herr* Schlegel para que buscasse Fischmann e o fiacre.

— Quando tiver retornado, estarei vestido. Conte-me sobre meu paciente a caminho da hospedaria.

Vinte minutos depois, *Herr* Schlegel e Breuer estavam agasalhados em cobertores sendo conduzidos pelas ruas frias e cobertas de neve. O hospedeiro explicou que o professor Nietzsche estava morando na hospedaria desde o início da semana.

— Um ótimo hóspede. Nunca cria problema.

— Fale-me sobre sua doença.

— Durante toda a semana, passou a maior parte dos dias no quarto. Não sei o que faz lá. Sempre que trago seu chá de manhã, encontro-o sentado à mesa, escrevendo. Isso me intrigou porque, veja bem, descobri que não enxerga o suficiente para ler. Dois ou três dias atrás, chegou uma carta para ele com carimbo da Basiléia. Entreguei-a e, alguns minutos depois, ele desceu com os olhos semicerrados e piscando. Disse que estava com um problema na vista e pediu que lhe lesse a carta. Falou que era da irmã. Comecei, mas após as primeiras linhas (algo sobre um escândalo russo), ele pareceu contrariado e pediu a carta de volta. Tentei captar alguma coisa do resto antes de entregá-la, mas tive tempo apenas de ver as palavras "deportação" e "polícia". Ele faz as refeições fora, embora minha esposa tenha se oferecido para cozinhar para ele. Não sei onde come; não me pediu nenhuma dica. Raramente fala, embora uma noite tenha dito que iria a um concerto grátis. Mas não é tímido, não é por isso que vive quieto. Observei várias coisas sobre sua quietude...

O hospedeiro, que outrora trabalhara dez anos no serviço secreto do Exército, sentia saudades de sua antiga ocupação e se distraía encarando seus hóspedes como mistérios e tentando construir um perfil da personalidade a partir de pequenos detalhes domésticos. Em sua longa caminhada até a residência de Breuer, reunira todas as suas pistas sobre o professor Nietzsche e ensaiara sua apresentação ao doutor. Era uma rara oportunidade: normalmente, não dispunha de uma audiência adequada, sua esposa e os outros proprietários da hospedaria eram estúpidos demais para apreciar uma verdadeira habilidade indutiva. Mas o doutor o interrompeu:

— A doença dele, *Herr* Schlegel?

— Sim, sim, doutor. — Engolindo seu desapontamento, o senhor Schlegel relatou como, por volta das nove da manhã da sexta-feira, Nietzsche pagara a conta e saíra, dizendo que viajaria de tarde e voltaria antes do meio-dia para apanhar a bagagem. — Devo ter me afastado de meu balcão por algum tempo, pois não o vi retornar. Ele anda muito suavemente, sabe? Como se não quisesse ser seguido.

Além disso, não usa guarda-chuva, então não posso saber pelo porta-guarda-chuva do térreo se ele está ou não. Acho que ele não quer que ninguém saiba onde está, quando está, quando saiu. Ele é ótimo, curiosamente ótimo, em entrar e sair sem chamar atenção.

— E a doença dele?

— Sim, sim, doutor. Apenas pensei que alguns desses fatos poderiam ser importantes para o diagnóstico. Bem, de tarde, por volta das três, minha esposa, como sempre, foi limpar o quarto dele e o encontrou ali: ele simplesmente não pegara o trem! Estava estirado sobre a cama, gemendo com a mão na cabeça. Ela me chamou e pedi que ficasse em meu lugar no balcão; nunca o deixo desguarnecido. Por isso, veja bem, fiquei surpreso de que tivesse retornado ao quarto sem que eu percebesse.

— E então? — Breuer estava impaciente agora; *Herr* Schlegel havia, concluiu, lido histórias policiais demais. Entretanto, dispunha de tempo suficiente para satisfazer o desejo óbvio de seu companheiro de contar tudo que sabia. A hospedaria no terceiro distrito, o distrito de Landstrasse, ainda distava mais de um quilômetro e meio e, na neve espessa, a visibilidade era tão precária que Fischmann havia apeado e, agora, conduzia seu cavalo lentamente através das ruas geladas.

— Entrei no quarto dele e perguntei se estava doente. Respondeu que não se sentia bem, uma pequena dor de cabeça; pagaria outra diária e viajaria amanhã. Contou-me que tais dores de cabeça eram freqüentes e que convinha ficar calado e em repouso. Nada a fazer, disse-me, exceto esperar a dor passar. Ele estava bastante frio; ele o é normalmente, veja bem, mas hoje mostrou-se ainda mais frio. Sem dúvida, *desejava* ficar sozinho.

— E aí? — Breuer tremeu. O frio estava penetrando em sua medula. Por mais irritante que fosse *Herr* Schlegel, Breuer gostou de ouvir que outros haviam achado Nietzsche difícil.

— Ofereci-me para chamar um médico, mas isso o deixou *muito* agitado! O senhor deveria ter visto. "Não! Não! Nada de médicos! Eles apenas pioram as coisas!" Ele não foi exatamente rude, nunca o é, mas apenas frio! Sempre bem-educado. Percebe-se que é de boa família. Aposto que estudou numa boa escola particular. Viaja em bons círculos. De início, não consegui entender por que não ficou num hotel mais caro. Mas verifiquei suas roupas (as roupas revelam muita coisa, fique sabendo), boas etiquetas, bons tecidos, bons cortes, bons sapatos de couro italianos. Mas tudo, mesmo as roupas íntimas, está bem gasto, gasto demais, muitas vezes remendado, e há dez anos não existem mais jaquetas daquele comprimento. Comentei ontem com minha esposa que se trata de um pobre aristocrata sem noção de como se virar no mundo atual. No início da semana, tomei a liberdade de lhe perguntar a origem do nome Nietzsche e ele murmurou algo sobre a antiga nobreza polonesa.

— O que aconteceu depois que recusou um médico?

— Continuou a insistir que ficaria bom se fosse deixado sozinho. Em seu estilo polido, transmitiu a mensagem de que eu deveria cuidar dos meus negócios. Ele é o tipo que sofre em silêncio ou então tem algo a esconder. Além disso, é teimoso! Se não tivesse sido tão teimoso, eu poderia ter chamado o senhor ontem, antes que começasse a nevar e sem precisar acordá-lo a esta hora.

— O que mais observou?

Herr Schlegel ficou radiante com a pergunta.

— Bem, em primeiro lugar, ele se recusou a deixar seu endereço de destino e o endereço anterior era suspeito: Posta-restante, Rapallo, Itália. Nunca ouvi falar de Rapallo e quando perguntei onde ficava, respondeu apenas: "No litoral." Naturalmente, a polícia deve ser notificada: seu sigilo, suas andanças furtivas sem guarda-chuva, nenhum endereço e aquela carta... problema russo, deportação, a polícia. É claro que procurei aquela carta ao limparmos o quarto, mas não consegui achar. Deve tê-la queimado ou escondido.

— O senhor não chamou a polícia? — perguntou Breuer ansioso.

— Ainda não. Convém esperar o dia clarear. Não é bom para meu negócio. Não quero a polícia perturbando meus outros clientes no meio da noite. E aí, depois de tudo aquilo, ele teve essa doença súbita! Quer saber minha opinião? Veneno!

— Bom Deus, não! — quase gritou Breuer. — Não, tenho certeza. Por favor, *Herr* Schlegel, esqueça a polícia! Garanto que não há com que se preocupar. Conheço esse homem. Responderei por ele. Não é um espião. É exatamente o que diz o cartão: um professor universitário. Além disso, sofre *realmente* dessas dores de cabeça com freqüência; por isso, veio me consultar. Por favor, acalme-se quanto às suas suspeitas.

À luz tremeluzente da vela do fiacre, Breuer pôde perceber que *Herr* Schlegel *não* estava se acalmando e acrescentou:

— Todavia, posso entender como um observador arguto poderia chegar a tal conclusão. Mas confie em mim a esse respeito. A responsabilidade será minha. — Tentou fazer o hospedeiro voltar à doença de Nietzsche. — Diga-me, depois que o viu à tarde, que mais ocorreu?

— Retornei ao seu quarto duas vezes para saber se precisava de algo: veja bem, chá ou algo para comer. Em ambas as vezes, ele agradeceu e recusou, sem sequer virar a cabeça. Parecia fraco e seu rosto estava pálido. — *Herr* Schlegel parou por um minuto e depois, incapaz de conter um comentário, acrescentou: — Nem um pingo de gratidão pelos cuidados meus ou de minha mulher; não é uma pessoa cordial, o senhor sabe. Na verdade, parecia aborrecido com nossa gentileza. Nós o ajudamos e ele se aborrece! Minha mulher não gostou nem um pouco. Ela também se aborreceu e não quer mais saber dele; quer que saia amanhã sem falta.

Ignorando sua queixa, Breuer perguntou:

— O que aconteceu a seguir?

— Em seguida, eu o vi foi por volta das três da madrugada. O senhor Spitz, o hóspede do quarto ao lado, foi acordado pelo barulho de pancadas nos móveis, segundo disse, seguido de gemidos e até gritos. Não obtendo resposta ao bater na porta e constatando que estava trancada, *Herr* Spitz me acordou. É uma alma tímida e não parou de se desculpar por me acordar. Mas fez a coisa certa; eu o disse para ele imediatamente. O professor havia trancado a porta. Tive que arrombar a fechadura e serei obrigado a cobrar dele uma nova. Ao entrar, dei com ele inconsciente, gemendo e deitado de cuecas sobre o colchão. Todas as suas roupas e toda a roupa de cama haviam sido atiradas. Suponho que ele não saiu do leito, mas que se despiu e atirou tudo no chão; as roupas estavam a menos de um metro da cama. Essa conduta não é típica dele, não é mesmo, doutor. Normalmente, é um homem asseado. Minha esposa ficou chocada com a bagunça: vômito por toda parte, levará uma semana até que o quarto possa ser

alugado, até que o mau cheiro desapareça. A rigor, ele deveria pagar por toda esta semana. Encontrei manchas de sangue no lençol também; examinei-lhe o corpo, mas não encontrei feridas: o sangue devia estar no vômito.
— *Herr* Schlegel sacudiu a cabeça. — Foi aí que vasculhei os bolsos dele, encontrei seu endereço e fui chamar o senhor. Minha esposa achou melhor esperar até de manhã, mas temi que ele morresse antes. O senhor deve saber o que isso significa: o papa-defuntos, o inquérito formal, a polícia para lá e para cá. Já vi isso muitas vezes: os outros hóspedes somem em 24 horas. Na hospedaria de meu cunhado, na Floresta Negra, dois hóspedes morreram em uma semana. Sabia que, *dez* anos depois, as pessoas ainda se recusam a ficar nos mesmos quartos? Ele os reformou completamente: pintou-os, trocou as cortinas, o papel de parede. Mesmo assim, as pessoas os evitam. A informação simplesmente circula, os aldeões comentam, eles nunca esquecem. — *Herr* Schlegel meteu a cabeça para fora da janela, olhou ao redor e gritou para Fischmann: — Virar à direita; estamos chegando, próximo quarteirão! — Voltou-se outra vez para Breuer. — Chegamos! Próximo prédio, doutor!

Pedindo a Fischmann que esperasse, Breuer seguiu *Herr* Schlegel para dentro da hospedaria, onde subiram quatro estreitos lances de escada. O aspecto despojado da caixa de escada corroborava com a alegação de Nietzsche de que se preocupava somente com a mera subsistência: espartanamente limpa; um tapete puído, com um desenho desbotado e diferente em cada lanço; sem corrimão; nenhuma mobília nos patamares. Paredes recentemente caiadas não eram atenuadas por nenhum quadro ou ornamento, nem mesmo um certificado oficial de inspeção.

Com a respiração ofegante devido à escalada, Breuer seguiu *Herr* Schlegel até o interior do quarto de Nietzsche. Parou um momento para se habituar ao exagerado cheiro agridoce do vômito, depois, esquadrinhando rapidamente a cena, viu que correspondia à descrição de *Herr* Schlegel, aliás, precisamente: o hospedeiro, além de ser um ótimo observador, deixara tudo intocado para não atrapalhar alguma pista preciosa.

Sobre uma pequena cama num canto do quarto, jazia Nietzsche, apenas de cuecas, profundamente adormecido, talvez em coma. Certamente ele não se mexeu em resposta ao som da entrada deles no quarto. Breuer autorizou o senhor Schlegel a recolher as roupas espalhadas de Nietzsche e a roupa de cama encharcada de vômito e manchada de sangue.

Uma vez recolhidas, o brutal despojamento do quarto se revelou. Ele não diferia de uma cela, pensou Breuer: ao longo de uma parede, uma frágil mesa de madeira sobre a qual repousavam somente um lampião e um jarro d'água pela metade; uma cadeira de madeira aprumada diante da mesa e, debaixo desta, a mala e a pasta de Nietzsche, ambas envolvidas por uma leve corrente fechada com cadeado. Sobre a cama, abria-se uma pequena e encardida janela com cortinas ordinárias listradas de um amarelo desbotado, a única concessão à estética do quarto.

Breuer pediu para ficar a sós com o paciente. Sua curiosidade sendo mais forte do que a fadiga, *Herr* Schlegel protestou, mas concordou quando Breuer lhe lembrou suas obrigações para com os outros hóspedes. Para cumprir suas tarefas como hospedeiro, teria que assegurar a si mesmo algum sono.

Uma vez sozinho, Breuer aumentou a luz a gás e vistoriou a cena mais detidamente. A bacia de ágata, no chão, ao lado da cama, continha até a metade um vômito verde-claro matizado de sangue. O colchão, o rosto e o peito de Nietzsche reluziam com vômito ressecando: sem dúvida, passara muito mal ou ficara estuporado demais para alcançar a bacia. Ao lado desta, estavam um copo d'água pela metade e um pequeno frasco quase cheio de grandes pastilhas ovais. Breuer inspecionou e depois provou uma pastilha. Muito provavelmente, hidrato de cloral; isso explicaria seu estupor, mas não tinha certeza, pois não sabia quando Nietzsche ingerira as pastilhas. Tivera tempo de absorvê-las na corrente sangüínea antes de vomitar o conteúdo do estômago? Calculando o número de pastilhas que faltavam no frasco, Breuer concluiu rapidamente que, ainda que Nietzsche tivesse tomado todas elas naquela tarde e seu estômago absorvido todo o cloral, teria consumido uma dose perigosa, mas não letal. Se tivesse sido maior, Breuer sabia que pouco poderia fazer: a lavagem gástrica seria inócua, pois Nietzsche estava agora de estômago vazio e estuporado, e provavelmente enjoado demais para ingerir qualquer estimulante que lhe fosse ministrado.

Nietzsche parecia um moribundo: o rosto sombrio, os olhos fundos, todo o corpo frio, pálido e com a pele arrepiada. Sua respiração estava ofegante, as pulsações dispararam para 156 por minuto. Nietzsche estava tremendo, mas, quando Breuer tentou cobri-lo com um dos lençóis deixados pela senhora Schlegel, ele gemeu e o afastou com um pontapé. "Provavelmente hiperestesia extrema", pensou Breuer: tudo lhe é doloroso, mesmo o mero toque de um lençol.

— Professor Nietzsche, professor Nietzsche — chamou. Nenhuma resposta. Tampouco Nietzsche se mexeu quando, em tom mais alto, chamou: — Friedrich, Friedrich. — Depois: — Fritz, Fritz.

Nietzsche se esquivou ante o som e se esquivou de novo quando Breuer tentou levantar-lhe as pálpebras. Hiperestesia mesmo ao som e à luz, observou Breuer, levantando-se para diminuir a luz e aumentar a calefação a gás.

Uma inspeção mais próxima confirmou o diagnóstico de Breuer de enxaqueca espasmódica bilateral: o rosto de Nietzsche, especialmente a testa e as orelhas, estava frio e pálido, as pupilas dilatadas e ambas as artérias temporais estavam muito contraídas, parecendo duas cordas finas e enregeladas em suas têmporas.

A primeira preocupação de Breuer, porém, não foi a enxaqueca, e sim a taquicardia, capaz de matar. Apesar da agitação de Nietzsche, pressionou firmemente o polegar sobre sua artéria carótida direita. Em menos de um minuto, a pulsação dele caiu para oitenta. Após observar estreitamente a condição cardíaca por cerca de 15 minutos, Breuer ficou satisfeito e voltou sua atenção para a enxaqueca.

Depois de apanhar as pastilhas de nitroglicerina em sua valise, pediu a Nietzsche que abrisse a boca, mas sem obter resposta. Quando tentou abrir à força a boca de Nietzsche, este cerrou os dentes com tanta energia que Breuer desistiu. "Talvez nitrato amílico resolva o problema", pensou Breuer. Pingou quatro gotas em um lenço e o levou até o nariz de Nietzsche. Este deu uma respirada, recuou e virou para o outro lado. "Resiste até o fim, mesmo inconsciente", pensou.

Levou ambas as mãos às têmporas de Nietzsche e, de início suavemente e depois com uma pressão crescente, massageou-lhe toda a cabeça e o pescoço. Concentrou-se principalmente nas áreas que pareciam, com base nas reações do paciente, mais sensíveis. Durante a massagem, Nietzsche gritava e sacudia a cabeça muito agitado. Mas Breuer persistiu e aos poucos manteve sua posição, ao mesmo tempo que sussurrava suavemente no ouvido do doente:

— Agüente a dor, Fritz, agüente a dor... isso vai ajudar.

A agitação de Nietzsche diminuiu, mas ele continuou a gemer profundos, agonizantes e guturais "Não!".

Dez, 15 minutos se passaram. Breuer continuou a massagem. Após vinte minutos, os gemidos diminuíram e, depois, tornaram-se inaudíveis, mas os lábios de Nietzsche estavam ativos, murmurando algo ininteligível. Breuer aproximou o ouvido da boca do doente porém, mesmo assim, não conseguiu distinguir as palavras. Seriam "Deixe-me, deixe-me, deixe-me"? Ou talvez "Permita-me, permita-me"? Não sabia ao certo.

Trinta, 35 minutos se passaram. Breuer continuou a massagem. O rosto de Nietzsche pareceu mais quente e sua cor estava retornando. Talvez o espasmo estivesse no fim. Embora ainda em estupor, Nietzsche pareceu mais descansado. O murmúrio continuou, um pouco mais alto, um pouco mais claro. Novamente, Breuer inclinou-se aproximando o ouvido dos lábios de Nietzsche. Agora, pôde distinguir as palavras, embora de início duvidasse dos ouvidos. Nietzsche estava dizendo:

— Ajude-me, ajude-me, ajude-me, ajude-me!

Uma onda de compaixão tomou conta de Breuer. "Ajude-me!" "Então", pensou, "durante todo esse tempo, foi isso que me pediu. Lou Salomé errou: seu amigo *é* capaz de pedir ajuda, mas trata-se de outro Nietzsche, um que estou conhecendo agora".

Breuer descansou as mãos e andou por alguns minutos pela pequena cela de Nietzsche. Depois, embebeu uma toalha com água fria do jarro, aplicou a compressa na testa do paciente adormecido e sussurrou:

— Sim, eu o ajudarei, Fritz. Conte comigo.

Nietzsche estremeceu. "Talvez o contato ainda seja doloroso", pensou Breuer, "mas mantenha a compressa no lugar assim mesmo". Nietzsche abriu ligeiramente os olhos, entreviu Breuer e levou a mão à fronte. Talvez pretendesse simplesmente remover a compressa, mas sua mão se aproximou da de Breuer e, por um momento, apenas por um momento, suas mãos se tocaram.

Outra hora passou. A luz do dia já estava irrompendo, já eram quase sete e meia. O estado de Nietzsche parecia estável. Não havia muito mais por fazer àquela altura, pensou Breuer. Seria melhor atender seus outros pacientes e retornar mais tarde, depois de passado o sono provocado pelo cloral. Após cobrir seu paciente com um lençol leve, Breuer redigiu um bilhete dizendo que voltaria antes do meio-dia, colocou uma cadeira ao lado da cama e deixou o bilhete bem visível sobre a cadeira. Descendo as escadas, instruiu *Herr* Schlegel, que estava a postos no balcão de recepção, a dar uma espiada em Nietzsche a cada trinta minutos. Breuer acordou Fischmann, que estivera dormindo em um banquinho no vestíbulo, e saíram juntos naquela manhã nevoenta, para a habitual rodada de visitas domiciliares.

Ao retornar, quatro horas mais tarde, foi saudado por *Herr* Schlegel, sentado no seu posto no balcão de recepção. Não, não surgira nenhuma nova manifestação: Nietzsche dormira sem parar. Sim, parecia mais confortável e se comportara melhor: um gemido ocasional, mas nada de gritos, agitação ou vômito.

As pálpebras de Nietzsche tremularam quando Breuer entrou no quarto, mas continuou a dormir profundamente mesmo quando Breuer se dirigiu a ele:

— Professor Nietzsche, consegue me ouvir? — Nenhuma resposta. — Fritz! — chamou Breuer. Sabia que havia lógica em chamar seu paciente de maneira informal; muitas vezes, pacientes estuporados respondem a nomes de quando eram mais jovens. Apesar disso, sentiu-se culpado, sabendo que também o fazia por auto-satisfação: agradava-lhe chamar Nietzsche pelo familiar "Fritz" — Fritz! Sou eu, Breuer. Consegue me ouvir? Poderia abrir os olhos?

Quase imediatamente, os olhos de Nietzsche se abriram. Conteriam um olhar de reprovação? Breuer reverteu de imediato ao tratamento formal.

— Professor Nietzsche. De volta entre os vivos, apraz-me ver. Como se sente?

— Nada satisfeito — Nietzsche pronunciava as palavras suavemente e comendo sons — por estar vivo. Nada satisfeito. Não temo a escuridão. Horrível, sinto-me horrível.

Breuer levou sua mão à testa de Nietzsche, em parte para sentir sua temperatura, mas também para oferecer conforto. Nietzsche recuou rapidamente a cabeça vários centímetros. "Talvez ainda sentisse hiperestesia", pensou Breuer. Mais tarde, ao preparar uma compressa fria e aplicá-la à testa de Nietzsche, este, com uma voz fraca e cansada, disse:

— Posso fazer isso — e, tomando a compressa de Breuer, confortou a si mesmo.

O restante do exame de Breuer foi encorajador: as pulsações do paciente chegaram agora a 76, seu rosto ficou mais corado e o espasmo das artérias temporais desapareceu.

— Meu crânio parece despedaçado — reclamou Nietzsche. — A dor mudou: em vez de aguda, dá a impressão de uma profunda e dolorosa contusão no cérebro.

Embora sua náusea ainda fosse forte demais para engolir medicamentos, conseguiu aceitar a pastilha de nitroglicerina que Breuer lhe pôs debaixo da língua. Durante uma hora, Breuer ficou sentado conversando com o paciente, que pouco a pouco foi ficando mais receptivo.

— Fiquei preocupado. O senhor poderia ter morrido. Aquela quantidade de cloral é mais veneno do que remédio. Precisa de um medicamento que ataque a dor de cabeça na fonte ou a atenue. O cloral não faz nem uma coisa nem outra: é um sedativo e, para deixá-lo inconsciente diante de tamanha dor, requer uma dose que poderia até ser fatal. Quase foi, fique sabendo. Sua pulsação estava perigosamente irregular.

Nietzsche abanou a cabeça.

— Não compartilho de sua preocupação.

— Sobre...?

— Sobre o desenlace — sussurrou Nietzsche.

— Sobre o fato de ser fatal, é isso que quer dizer?

— Não, sobre qualquer coisa... sobre qualquer coisa.

A voz de Nietzsche era quase suplicante. Breuer suavizou também sua voz.

— O senhor esperava morrer?

— Estou vivendo? Morrendo? Que importa? Nenhum espaço. Nenhum espaço.

— O que quer dizer? — perguntou Breuer. — Que não há nenhum espaço ou lugar para o senhor? Que ninguém sentirá sua falta? Que ninguém se importará?

Um longo silêncio. Os dois homens permaneceram juntos em silêncio e logo Nietzsche estava respirando profundamente, ao cair de novo no sono. Breuer o observou por mais alguns minutos e, depois, deixou um bilhete na cadeira informando que voltaria no fim da tarde ou no início da noite. Novamente, instruiu *Herr* Schlegel a verificar várias vezes o paciente, mas sem se preocupar em oferecer comida; talvez água quente, mas o professor não conseguiria ingerir nada sólido por mais um dia.

Ao retornar às sete horas, Breuer estremeceu quando entrou no quarto de Nietzsche. A luz melancólica de uma única vela projetava sombras tremulantes nas paredes e revelava seu paciente deitado na escuridão, olhos fechados, mãos cruzadas sobre o peito, vestindo seu terno preto e calçando pesados sapatos da mesma cor. Seria isso, Breuer se perguntou, uma antevisão de Nietzsche exposto em câmara-ardente, sozinho, sem ninguém para pranteá-lo?

Mas não estava nem morto, nem adormecido. Estimulou-se ao ouvir a voz de Breuer e, com certo esforço e sentindo obviamente dor, ergueu-se até uma posição sentada, com a cabeça entre as mãos e as pernas pendendo do lado da cama. Fez um sinal para que Breuer se sentasse.

— Como se sente agora?

— Minha cabeça continua oprimida por um torno de aço. Meu estômago espera nunca mais ver comida. Meu pescoço e minhas costas, aqui — Nietzsche apontou a parte posterior do pescoço e as margens superiores de suas omoplatas —, estão terrivelmente sensíveis. Afora isso, porém, sinto-me horrível.

Breuer demorou a sorrir. A ironia inesperada de Nietzsche o atingiu somente um minuto depois, quando notou o sorriso malicioso de seu paciente.

— Ao menos navego em águas familiares. Tive esta dor muitas vezes antes.

— Foi um ataque típico, então? — perguntou Breuer.

— Típico? Típico? Deixe-me pensar. A julgar pela intensidade, diria que foi um ataque forte. Dos meus últimos cem ataques, talvez apenas 15 ou vinte tenham sido mais intensos. Apesar disso, muitos ataques foram piores.

— Como assim? — quis saber Breuer.

— Duraram muito mais, a dor muitas vezes prosseguiu por dois dias. Um ataque breve assim é raro, eu sei, os outros médicos disseram.

— Como explicar a brevidade deste? — Breuer estava sondando, tentando descobrir de quanto das últimas 16 horas Nietzsche se lembrava.

— Ambos sabemos a resposta a essa pergunta, doutor Breuer. Sou-lhe imensamente grato. Sei que ainda estaria me contorcendo em dores nesta cama se não fosse o senhor. Gostaria que houvesse uma forma significativa de retribuí-lo. Na falta dela, temos que recorrer à moeda do reino. Meus sentimentos sobre dívidas e pagamentos continuam inalterados, e espero uma conta proporcional ao tempo que dedicou a mim. Segundo os cômputos do senhor Schlegel, bastante precisos por sinal, a conta será considerável.

Embora desanimado por ouvir Nietzsche retornar à sua voz formal e distanciadora, Breuer disse que mandaria *Frau* Becker preparar a conta na segunda-feira. Mas Nietzsche abanou a cabeça.

— Ih! Esqueci que seu consultório fica fechado aos domingos, mas amanhã pretendo pegar o trem para a Basiléia. Não podemos resolver minha conta agora?

— Para a Basiléia? Amanhã? De jeito nenhum, professor Nietzsche, não enquanto a crise perdurar. Apesar de nossas desavenças nesta última semana, permita que atue agora corretamente como seu médico. Poucas horas atrás, o senhor estava inconsciente e com uma grave arritmia cardíaca. É mais do que *insensato* viajar amanhã: é *perigoso*. Além disso, existe outro fator: muitas enxaquecas podem voltar imediatamente na falta de repouso suficiente. Com certeza, o senhor já deve ter observado isso.

Nietzsche ficou em silêncio, por um momento, obviamente ponderando as palavras de Breuer. Depois, assentiu com a cabeça.

— Seu conselho será seguido. Concordo em permanecer mais um dia e em viajar na segunda-feira. Posso vê-lo na segunda de manhã?

Breuer indicou que sim com a cabeça.

— Para a conta, é isso?

— Para isso e ficaria grato também por seus apontamentos da consulta e uma descrição das medidas clínicas empregadas para abortar este ataque. Seus métodos poderão ser úteis aos seus sucessores, basicamente médicos italianos, pois passarei os próximos meses no sul. Certamente, a força deste ataque proscreve outro inverno na Europa Central.

— É hora de repouso e tranqüilidade, professor Nietzsche, e não de novas discussões entre nós. Porém, permita-me duas ou três observações para que medite sobre elas até nosso encontro da segunda-feira.

— Depois do que fez por mim hoje, minha obrigação é escutar com atenção.

Breuer ponderou as palavras. Sabia que essa seria sua última chance. Se falhasse agora, Nietzsche embarcaria no trem para a Basiléia na segunda-feira à tarde. Rapidamente, lembrou a si mesmo que não repetisse nenhum dos erros anteriores em relação a ele. "Fique calmo", disse a si próprio. "Não tente se mostrar mais esperto; respeite a esperteza dele. Não discuta: você perderá, ainda que vença. Além disso, aquele outro Nietzsche, o que deseja morrer mas pede ajuda, o que você prometeu ajudar... aquele Nietzsche não está aqui agora. Não tente falar com ele".

— Professor Nietzsche, deixe-me começar frisando a gravidade de seu estado ontem à noite. Sua pulsação estava gravemente irregular e poderia decair a qualquer momento. Não sei a causa, preciso de tempo para estudá-la. Mas não foi a enxaqueca, nem creio que tenha sido a superdose de cloral. Jamais vi o cloral produzir esse efeito antes. Este é o primeiro fato sobre o qual gostaria de chamar a atenção. O segundo é o cloral. A quantidade que ingeriu poderia ter sido fatal. É possível que o vômito da enxaqueca tenha salvado sua vida. Na qualidade de seu médico, tenho que estar preocupado com sua conduta autodestrutiva.

— Doutor Breuer, perdoe-me. — Nietzsche falou com a cabeça entre as mãos e os olhos fechados. — Resolvi ouvi-lo até o fim sem interromper, mas infelizmente minha mente está lerda demais para reter pensamentos. Por isso, prefiro falar enquanto as idéias estão frescas. Fui um imprudente quanto ao cloral e deveria ter previsto as conseqüências com base em experiências semelhantes anteriores. Pretendia tomar uma só pastilha de cloral, ela realmente atenua uma dor cortante, e depois pôr o vidro de volta na mala. O que sem dúvida ocorreu na noite passada foi que tomei uma pílula e esqueci de guardar o vidro. Depois, quando o cloral fez efeito, fiquei confuso, esqueci que já tomara uma pastilha e tomei outra. Devo ter repetido essa seqüência várias vezes. Isso já acontecera antes. Foi um comportamento tolo, mas não suicida, se é isso que o senhor insinua.

"Uma hipótese plausível", pensou Breuer. O mesmo acontecera com muitos de seus pacientes idosos e desmemoriados e ele sempre instruía seus filhos a ministrarem os medicamentos. Entretanto, não acreditou que isso explicasse suficientemente o comportamento de Nietzsche. Para início de conversa, *por que*, mesmo com sua dor, esquecera de pôr o cloral de volta na mala? Não se é responsável até pelo próprio esquecimento? "Não", Breuer pensou, "a conduta deste paciente é mais malignamente autodestrutiva do que alega". De fato, havia uma prova: a voz suave que disse: "Vivendo ou morrendo — que importa?" Contudo, era uma prova a que não podia recorrer. Tinha que deixar o comentário de Nietzsche permanecer incontestado.

— Mesmo assim, professor Nietzsche, ainda que esta *fosse* a explicação, ela não diminui o risco. O senhor precisa de uma avaliação completa de sua medicação. Mas me permita observar uma outra coisa, dessa vez relacionada com o início de seu ataque. Atribuí-o ao clima. Sem dúvida, ele desempenhou certo papel: o senhor tem sido um observador minucioso da influência das condições atmosféricas sobre sua enxaqueca. Porém, vários fatores podem agir conjuntamente para desencadear um ataque de enxaqueca e, quanto à última ocorrência, creio ter uma responsabilidade: foi logo depois que o confrontei de forma rude e agressiva que sua dor de cabeça começou.

— Mais uma vez, doutor Breuer, tenho que intervir. Não disse nada que um bom médico não devesse dizer, que outros médicos não teriam dito mais cedo e com menos tato. Não merece a culpa por esse ataque. Senti sua chegada bem antes de nossa última conversa. Na verdade, tive uma premonição ainda a caminho de Viena.

Breuer detestou ceder nesse ponto, mas aquela não era hora de debate.

— Não quero cansá-lo mais, professor Nietzsche. Permita-me apenas dizer, então, que, baseado em seu estado médico geral, sinto ainda mais do que antes a necessidade de um extenso período de observação minuciosa e de tratamento. Embora tenha sido chamado horas após seu início, consegui abreviar esse ataque específico. Se o tivesse sob observação em uma clínica, tenho confiança de que poderia ter desenvolvido um regime para abortar seus ataques ainda mais completamente. Insisto que aceite minha recomendação de se internar na Clínica Lauzon.

Breuer parou. Dissera tudo que era possível. Mostrara-se brando, lúcido, clínico. Não podia fazer mais nada. Fez-se um longo silêncio. Esperou pelo seu fim, escutando os sons no pequeno aposento: a respiração de Nietzsche, a sua própria, o gemer do vento, um passo e uma tábua rangente no quarto acima.

Então, Nietzsche respondeu com uma voz gentil, quase convidativa:

— Nunca conheci um médico como o senhor, igualmente capaz, igualmente preocupado. Nem tão íntimo. Talvez tenha muito a me ensinar. Quando se trata de aprender como conviver com as pessoas, creio que devo começar do zero. *Sou* grato ao senhor e, acredite, imensamente grato. — Nietzsche fez uma pausa. — Estou cansado e preciso me deitar. — Estirou-se de costas, as mãos cruzadas sobre o peito, o olhar fixo no teto. — Sendo tão grato, entristece-me contrariar sua recomendação. Mas as razões dadas ontem (foi apenas ontem? Parece que conversamos há meses), essas razões não foram frívolas, não foram simplesmente inventadas na hora para me opor ao senhor. Se optar por continuar lendo meus livros, verá como minhas razões se baseiam no próprio fundamento de meu pensamento, portanto, de meu ser. Essas razões me parecem ainda mais fortes agora, mais fortes hoje do que ontem. Não sei por que isso acontece. Não consigo me entender muito bem hoje. Sem dúvida, tem razão, o cloral não é bom para mim, de fato não é um tônico para minha cerebração... continuo com o raciocínio confuso. Mas as razões que lhe apresentei parecem-me, agora, dez vezes mais fortes, cem vezes mais fortes. — Virou a cabeça para olhar Breuer. — Peço-lhe, doutor, que pare com seus esforços a meu favor! Recusar seu conselho e sua oferta agora e continuar recusando-os repetidamente apenas aumenta a humilhação de lhe ser tão grato. Por favor — virou a cabeça de volta para o outro lado —, é melhor que eu repouse agora, e talvez que o senhor volte para casa. Mencionou uma vez que tem uma família: temo que ficarão ressentidos comigo, e com toda razão. Sei que despendeu hoje mais tempo comigo do que com eles. Até segunda, doutor Breuer. — Nietzsche fechou os olhos.

Antes de partir, Breuer avisou que, se Nietzsche precisasse dele, mandasse um mensageiro do senhor Schlegel chamá-lo, que ele iria na hora, mesmo no domingo. Nietzsche agradeceu mas sem abrir os olhos.

Enquanto descia as escadas da hospedaria, Breuer maravilhou-se com o controle e o poder de recuperação de Nietzsche. Mesmo no leito de enfermo, em um quarto vulgar ainda fedendo da violenta irrupção de apenas horas atrás, num período em que a maioria das vítimas de enxaqueca estaria grata simplesmente por se sentar em um canto e respirar, Nietzsche estava pensando e funcionando: escondendo seu desespero, planejando sua partida, defendendo seus princípios, exortando seu médico a retornar para a sua família, solicitando um relatório da consulta e uma conta que fosse justa para seu médico.

Ao chegar ao fiacre que o esperava, Breuer resolveu que uma hora de caminhada até a casa desanuviaria sua cabeça. Dispensou Fischmann, dando-lhe um florim de ouro para uma sopa quente — esperar naquele frio era um trabalho duro —, e partiu pelas ruas cobertas de neve.

Nietzsche partiria para a Basiléia na segunda-feira, ele sabia. Por que isso importava tanto? Por mais que refletisse a respeito, parecia além da compreensão. Sabia apenas que Nietzsche importava para ele, que era atraído por ele de certo modo sobrenatural. "Talvez", pensou, "eu veja em Nietzsche algo de mim. Mas o quê? Diferimos em todos os aspectos fundamentais: na formação, na cultura, no projeto de vida. Invejarei sua vida? O que há de invejável naquela existência fria e solitária?"

"Certamente", pensou Breuer, "meus sentimentos em relação a Nietzsche nada têm a ver com culpa. Como médico, cumpri integralmente meu dever; não posso me censurar a respeito. *Frau* Becker e Max tinham razão: que outro médico teria dedicado qualquer fração de seu tempo a um paciente tão arrogante, áspero e exasperante?"

E vaidoso! Com que naturalidade dissera *en passant* — e não em arrogância vazia, mas plenamente convencido — ser o melhor conferencista da história da Basiléia, ou que talvez as pessoas tivessem a coragem, ousassem ler seus livros no ano 2000! Entretanto, nada disso ofendeu Breuer. Talvez Nietzsche estivesse certo! Sem dúvida, seu discurso e sua prosa eram convincentes, e seus pensamentos, poderosamente luminosos — mesmo seus pensamentos errados.

Quaisquer que fossem as razões, Breuer não objetou ao fato de Nietzsche importar tanto. Comparada com as fantasias invasoras e saqueadoras de Bertha, sua preocupação com Nietzsche se afigurava benigna, até benevolente. De fato, Breuer teve uma premonição de que seu encontro com aquela figura bizarra pudesse contribuir para sua própria redenção.

Breuer continuou andando. O outro homem alojado e escondido em Nietzsche, aquele homem que suplicava por ajuda, onde estaria agora? "Aquele homem que tocou minha mão", Breuer ficou repetindo mentalmente, "como poderei atingi-*lo*? Tem que haver uma maneira! Mas ele está decidido a deixar Viena na segunda-feira. Não há como detê-lo? *Tem* de haver uma maneira!"

Desistiu. Parou de pensar. Suas pernas assumiram o controle e continuou andando em direção a um lar quente e bem iluminado, em direção às suas crianças e à amável e mal-amada Mathilde. Concentrou-se apenas em inspirar o ar frigidíssimo, em aquecê-lo no recôndito dos pulmões e, depois, em liberá-lo em nuvens de vapor. Escutou o vento, seus passos, o romper da frágil crosta de neve gelada sob os pés. De repente, ocorreu-lhe uma maneira — a *única* maneira!

Seu passo se acelerou. Por todo o caminho para casa, esmigalhou a neve e, a cada passada, dizia para si mesmo: "Sei de uma maneira! Sei de uma maneira!"

Capítulo 12

Na manhã de segunda-feira, Nietzsche apareceu no consultório de Breuer para encerrarem o negócio entre eles. Após estudar cuidadosamente cada item na conta para se certificar de que nada fora omitido, Nietzsche preencheu um saque bancário, entregando-o a Breuer. Depois, este passou para Nietzsche o relatório clínico e sugeriu que o lesse ali para poder esclarecer eventuais dúvidas. Após examiná-lo, Nietzsche abriu a bolsa e o guardou na pasta de relatórios médicos.

— Excelente relatório, doutor Breuer, abrangente e compreensível. Ao contrário dos demais relatórios, não contém nenhum jargão profissional, o qual, embora transmita a ilusão de conhecimento, é na realidade a linguagem da ignorância. E agora, de volta para a Basiléia. Já ocupei demais seu tempo.

Nietzsche fechou e trancou a pasta.

— Deixo-o, doutor, sentindo-me mais grato ao senhor do que a qualquer outro homem antes. Naturalmente, as despedidas são acompanhadas por negações da continuidade do evento. As pessoas dizem: *"Auf Wiedersehen,* até a próxima!" Elas são rápidas em planejar reuniões e, mais tarde, ainda mais rápidas em esquecer suas resoluções. *Não* sou uma dessas pessoas. Prefiro a verdade, qual seja, de que quase certamente jamais nos veremos de novo. Provavelmente nunca mais voltarei a Viena e duvido de que o senhor venha a desejar um paciente como eu a ponto de me caçar na Itália.

Nietzsche aumentou a força com que segurava a pasta e começou a se levantar. Foi um momento para o qual Breuer se preparara cuidadosamente.

— Professor Nietzsche, por favor, ainda não! Há outro assunto que gostaria de conversar com o senhor.

Nietzsche ficou tenso. "Sem dúvida", pensou Breuer, "está esperando outro pedido para se internar na Clínica Lauzon. E temendo-o".

— Não, professor Nietzsche, não é o que está pensando, não é mesmo. Por favor, acalme-se. É um assunto totalmente diferente. Venho protelando a menção a esse assunto por motivos que logo se tornarão claros.

Breuer fez uma pausa e respirou profundamente.

— Tenho uma proposta a lhe fazer: uma proposta incomum, talvez jamais feita antes por um médico a um paciente. Venho adiando-a. É difícil dizer. Em geral, sou bastante desembaraçado. Mas agora é diferente. Bem, proponho uma troca profissional. Ou seja, proponho que, no próximo mês, eu atue como médico de seu corpo. Eu me concentrarei somente nos seus sintomas físicos e na medicação. Em troca, o senhor será o médico de minha mente, de meu espírito.

Nietzsche, ainda segurando a pasta, pareceu intrigado e, depois, desconfiado.

— O que quer dizer: sua mente, seu espírito? Como poderei agir como médico? Essa não é outra variação de nossa discussão da semana passada de me medicar e eu lhe ensinar filosofia?

— Não, este pedido é totalmente diferente. Não estou pedindo para me ensinar, mas para me *curar*.

— De quê, posso saber?

— Uma pergunta difícil. No entanto, faço-a aos meus pacientes a toda hora. Fiz-*lhe* esta pergunta e, agora, é minha vez de respondê-la. Peço-lhe que me cure do desespero.

— Desespero? — Nietzsche largou a pasta e inclinou-se para a frente. — Que tipo de desespero? Não vejo nenhum desespero.

— Não na superfície. *Ali* pareço viver uma vida satisfatória. Mas, sob a superfície, reina o desespero. O senhor pergunta que espécie de desespero? Digamos que minha mente não me pertence, que sou invadido e atacado por pensamentos estranhos e sórdidos. Como resultado, sinto desdém por mim mesmo e duvido de minha integridade. Embora cuide de minha esposa e dos meus filhos, não os *amo*! Na verdade, ressinto-me por me aprisionarem. Falta-me coragem: a coragem de mudar minha vida ou de continuar vivendo-a. Perdi de vista o *porquê* de minha vida, o sentido disso tudo. Preocupo-me com o envelhecimento. Embora a cada dia me aproxime mais da morte, ela me aterroriza. Mesmo assim, idéias suicidas às vezes invadem minha mente.

No domingo, Breuer ensaiara essa resposta várias vezes. Mas desta vez, ela fora — de forma estranha, considerando-se a duplicidade subjacente do plano — *sincera*. Breuer sabia que não era um bom mentiroso. Embora tivesse que esconder a grande mentira — que sua proposta era uma trama para atrair Nietzsche ao tratamento —, resolvera dizer a verdade sobre todo o resto. Por isso, em sua fala, apresentou a verdade sobre si de forma ligeiramente exagerada. Procurou também selecionar preocupações que pudessem, de alguma forma, entrelaçar-se com algumas das próprias preocupações não-expressas de Nietzsche.

Pelo menos uma vez, Nietzsche pareceu realmente espantado. Sacudiu a cabeça ligeiramente; era óbvio que nada queria com essa proposta. Contudo, estava com dificuldade em formular uma objeção racional.

— Não, não, doutor Breuer, isso é impossível. Não posso fazer isso, não tenho formação. Considere os riscos: tudo poderá degringolar.

— Mas, professor, não se trata aqui de formação. Quem tem formação? A quem posso recorrer? A um médico? Tal tratamento não faz parte da disciplina médica. A um líder religioso? Devo abraçar os contos de fada religiosos? À sua semelhança, eles não me dizem mais nada. Você, um filósofo da vida, dedica seu tempo contemplando exatamente as questões que confundem minha vida. A quem recorrer se não a você?

— Dúvidas sobre si, a esposa, os filhos? O que *eu* entendo disso?

Breuer respondeu imediatamente.

— E o envelhecimento, a morte, a liberdade, o suicídio, a busca de um propósito: você conhece tanto quanto qualquer outra pessoa viva! Não são essas exatamente as preocupações de sua filosofia? Seus livros não são tratados completos sobre o desespero?

— Não sei curar o desespero, doutor Breuer. Eu apenas o estudo. O desespero é o preço pago pela autoconsciência. Olhe profundamente para dentro da vida e encontrará sempre o desespero.

— Sei disso, professor Nietzsche, e não espero uma cura, mas apenas um alívio. Quero que me aconselhe. Quero que me mostre como tolerar uma vida de desespero.

— Mas não sei como mostrar essas coisas. Além disso, não tenho conselhos para o homem singular. Escrevo para a raça, para a humanidade.

— Professor Nietzsche, você acredita no método científico. Se uma raça, uma aldeia ou um bando sofre uma doença, o cientista procede isolando e estudando um espécime prototípico individual e, depois, generalizando para o todo. Despendi dez anos dissecando uma minúscula estrutura no interior do ouvido dos pombos para descobrir como mantêm o equilíbrio! Não pude trabalhar com a espécie dos pombos; tive que trabalhar com pombos individuais. Somente mais tarde pude generalizar minhas descobertas para todos os pombos e, depois, para os pássaros e os mamíferos, bem como o ser humano. É assim que funcionam as coisas. Não se pode conduzir uma experiência sobre toda a raça humana.

Breuer parou, aguardando a contestação de Nietzsche. Não houve contestação. Nietzsche estava absorto em pensamentos. Breuer continuou:

— Outro dia, você me descreveu sua crença de que o espectro do niilismo estava rondando a Europa. Argumentou que Darwin tornou Deus obsoleto, que assim como outrora criamos Deus, todos agora o matamos. Mas não sabemos mais viver sem nossas mitologias religiosas. Sei que não disse isso diretamente (corrija-me se estou errado), mas creio que considera como sua missão demonstrar que, a partir da descrença, pode-se criar um código de conduta para o homem, uma nova moralidade, um novo esclarecimento em substituição aos gerados pela superstição e pela ânsia do sobrenatural. — Fez uma pausa. Nietzsche acenou com a cabeça para que prosseguisse. — Acredito, embora possa discordar dos termos que escolhi, que sua missão é salvar a humanidade tanto do niilismo como da ilusão, certo? — Outro aceno ligeiro de Nietzsche. — Bem, salve-*me*! Conduza a experiência comigo! Sou a cobaia perfeita. Eu matei Deus. Não tenho crenças sobrenaturais e estou me afogando no niilismo. Não sei *por que* viver! Não sei *como* viver! — Nietzsche continuou sem dar resposta. — Se espera desenvolver um plano para toda a humanidade ou mesmo para uns poucos escolhidos, teste-o em mim. Pratique-o em mim. Veja o que funciona e o que não; isso deverá aguçar seu raciocínio.

— O senhor se oferece como uma cobaia? — respondeu Nietzsche. — Seria *assim* que eu pagaria minha dívida para com o senhor?

— Não estou preocupado com os riscos. Acredito no valor terapêutico da conversa. Apenas repassar minha vida com uma mente informada como a sua... é o que quero. Isso certamente vai me ajudar.

Nietzsche sacudiu a cabeça desconcertado.

— O senhor tem em mente algum procedimento específico?

— Apenas isso. Conforme já propus, você se internará na clínica sob um pseudônimo, e eu observarei e tratarei seus ataques de enxaqueca. Em minhas visitas diárias, primeiro verei você. Monitorarei seu estado físico e prescreverei alguns medicamentos que possam ser indicados. Durante o resto da consulta, você se tornará o médico e me ajudará a falar sobre as preocupações de minha vida. Peço apenas que me ouça e intervenha com quaisquer comentários que deseje. Isso é tudo. Além disso, não sei. Teremos que inventar nosso procedimento durante o percurso.

— Não. — Nietzsche abanou a cabeça firmemente. — É impossível, doutor Breuer. Admito que seu plano é intrigante, mas está condenado de saída. Sou um escritor, não um conversador. Escrevo para a minoria, não para a maioria.

— Mas seus livros não são para a minoria — respondeu Breuer rapidamente. — Na verdade, despreza filósofos que escrevem apenas uns para os outros, cujo trabalho está distante da vida, que não *vivem* sua filosofia.

— Não escrevo para outros filósofos. Mas escrevo para a minoria que representa o futuro. Não pretendo me misturar, viver *em meio*. Minhas habilidades de intercâmbio social, minha confiança, meu cuidado pelos outros... tudo isso se atrofiou há muito tempo, se é que já tive essas habilidades. Sempre estive sozinho. Sempre ficarei sozinho. Aceito esse destino.

— Mas, professor Nietzsche, o senhor deseja mais do que isso. Vi tristeza em seus olhos quando disse que talvez ninguém leia seus livros antes do ano 2000. *Deseja* ser lido. Acredito que uma parte sua ainda anseia por estar com os outros.

Nietzsche se manteve imóvel, rígido em sua cadeira.

— Lembra-se daquela história que me contou sobre Hegel no leito de morte? — continuou Breuer. — Sobre o único aluno que o entendeu, mas que o entendeu *erradamente*? No final, concluiu que, em seu próprio leito de morte, não poderá contar sequer com um aluno. Bem, por que esperar até o ano 2000? Eis-me aqui! Eis seu aluno bem aqui, exatamente agora. Sou um aluno que irá escutá-lo, pois minha vida depende de compreendê-lo!

Breuer parou para ganhar fôlego. Estava satisfeitíssimo. Em seu ensaio no dia anterior, antecipara corretamente cada uma das objeções de Nietzsche e rebatera uma a uma. A armadilha era elegante. Não via a hora de contar para Sig.

Sabia que deveria parar nesse ponto — o principal objetivo, afinal, era assegurar que Nietzsche não pegasse o trem para a Basiléia naquele dia —, mas não resistiu a uma observação adicional.

— Além disso, professor Nietzsche, lembro-me de ter dito outro dia que nada o perturbava mais do que dever a alguém sem possibilidade de um reembolso à altura.

A resposta de Nietzsche foi rápida e ríspida:

— Quer dizer que fará isso por *mim*?

— Não, nada disso. Embora meu plano possa de alguma forma beneficiá-lo, essa *não* é minha intenção! Minha motivação é totalmente egoísta. Preciso de ajuda! É suficientemente forte para me ajudar?

Nietzsche se levantou da cadeira.

Breuer prendeu a respiração.

Nietzsche deu um passo em direção a Breuer e estendeu a mão:

— Concordo com seu plano — disse.

Friedrich Nietzsche e Josef Breuer haviam chegado a um acordo.

CARTA DE FRIEDRICH NIETZSCHE
A PETER GAST

4 de dezembro de 1882

Caro Peter,

Outra mudança de planos. Permanecerei em Viena um mês inteiro e, portanto, lastimo ter que adiar nossa visita a Rapallo. Escreverei quando tiver definido meus planos mais precisamente. Muita coisa aconteceu, a maioria, interessante. Estou sofrendo um leve ataque (que teria sido um monstro de duas semanas não fosse a intervenção de teu doutor Breuer) e encontro-me fraco demais agora para fornecer mais do que um resumo do que transpirou. Mais informações se seguirão.

Obrigado por me ter indicado esse doutor Breuer: uma grande curiosidade, um médico pensante, científico. Não é notável? Ele está querendo me contar o que sabe sobre minha doença e — ainda mais notável — o que não sabe!

Ele é um homem que deseja imensamente ousar, e acredito que se sinta atraído por minha ousadia em ousar grandemente. Ele ousou me fazer a mais incomum das propostas e eu a aceitei. No próximo mês, propõe me hospitalizar na Clínica Lauzon, onde estudará e tratará minha doença. (E tudo isso a expensas dele! Isso significa, caro amigo, que tu não precisas te preocupar com minha subsistência neste inverno.)

E eu? Que devo oferecer em troca? Eu, que ninguém acreditava tivesse novamente um emprego lucrativo, foi-me pedido que seja o filósofo pessoal do doutor Breuer por um mês para lhe dar aconselhamento filosófico. Sua vida é um tormento, ele contempla o suicídio e me pediu que o guie para fora do emaranhado de desespero.

Que irônico — deves pensar — que teu amigo seja chamado para abafar o canto da sereia da morte, o mesmo amigo tão enfeitiçado por aquela rapsódia, exatamente o amigo que te contou na última vez que o barril de pólvora não parecia uma visão adversa!

Caro amigo, revelo-te meu acordo com o doutor Breuer em total confiança. Isso não é para o ouvido de mais ninguém, nem mesmo de Overbeck. Tu és o único a quem confio isso. Devo ao bem do doutor total sigilo.

Nosso acordo bizarro evoluiu até sua configuração atual de uma forma complexa. Primeiro, ele se ofereceu para me aconselhar como parte de meu tratamento médico! Que subterfúgio grosseiro! Ele fingiu estar interessado tão-somente em meu bem-estar, seu único desejo, sua única recompensa sendo tornar-me saudável e incólume! Mas conhecemos esses terapeutas sacerdotais que projetam suas fraquezas nos outros e, depois, ajudam-nos somente como uma forma de aumentar sua própria força. Conhecemos bem a "caridade cristã".

Naturalmente, enxerguei tudo isso e o chamei pelo verdadeiro nome. Ele se sufocou com a verdade por algum tempo — tachou-me de cego e ignóbil. Jurou ter motivações elevadas, alegou uma falsa simpatia e altruísmos cômicos, mas finalmente, para seu mérito, encontrou a força para solicitar aberta e honestamente a minha força.

Teu amigo Nietzsche no mercado! Não te pasma esse pensamento? Imagina meu Humano, demasiado humano ou minha Gaia ciência enjaulada, domesticada, amestrada! Imagina meus aforismos em ordem alfabética num compêndio de homilias para a vida e o trabalho diários! De início, também eu fiquei pasmado! Mas não mais. O projeto me intriga — um fórum para minhas idéias, um vaso a preencher quando eu estiver maduro e transbordando, uma oportunidade — enfim, um laboratório onde testar idéias em um espécime individual antes de postulá-las para a espécie (essa noção foi do doutor Breuer).

Teu doutor Breuer, por sinal, parece um espécime superior, com a perceptividade e o desejo de se elevar. Sim, ele tem o desejo. E tem cabeça. Mas terá os olhos — e o ânimo — para ver? Veremos!

Assim, hoje convalesço e penso calmamente na aplicação — um novo empreendimento. Talvez eu estivesse errado ao pensar que minha única missão fosse encontrar a verdade. Durante o próximo mês, verei se minha sabedoria permitirá que um outro suporte o desespero. Por que recorre a mim? Ele diz que, após provar minha conversa e degustar uma pitada de Humano, demasiado humano, desenvolveu um apetite por minha filosofia. Talvez, dada a carga de minha doença física, pense que devo ser um perito em sobrevivência.

É claro que ele não conhece nem metade de minha carga. Minha amiga, a demoníaca-cadela russa, aquela símia com falsos seios, continua sua carreira de traição. Elisabeth, segundo a qual Lou está vivendo com Rée, move uma campanha para que seja deportada por imoralidade.

Elisabeth também escreve que a amiga Lou transferiu sua campanha de ódio e calúnia para a Basiléia, onde pretende pôr em xeque minha pensão. Amaldiçoado seja aquele dia em Roma em que a conheci. Tenho te dito várias vezes que cada adversidade — mesmo encontros com o puro mal — me fortalece. Mas se conseguir transformar essa merda em ouro, irei... irei... — iremos ver.

Faltam-me energias para copiar esta carta, caro amigo. Peço devolvê-la.

Teu
F. N.

Capítulo 13

Mais tarde naquele dia, no fiacre a caminho da clínica, Breuer levantou a questão do sigilo e propôs que Nietzsche talvez se sentisse mais confortável sendo admitido sob um pseudônimo: especificamente como Eckart Müller, o nome que usara ao discutir seu paciente com Freud.

— Eckart Müller, Eckkkkkkart Müuuller, Eckart Müuuuuuuller — Nietzsche, obviamente bem-humorado, entoou lentamente o nome para si mesmo em um sussurro suave como para discernir sua melodia. — É um nome tão bom como qualquer outro, suponho. Tem algum significado especial? Talvez — especulou maldosamente — seja o nome de algum outro paciente notoriamente obstinado.

— É um simples mnemônico — explicou Breuer. — Formo um pseudônimo para um paciente substituindo cada inicial de seu nome pela letra do alfabeto imediatamente precedente. Assim, obtive E.M. e Eckart Müller foi apenas o primeiro E.M. que me ocorreu.

Nietzsche sorriu.

— Talvez um dia algum historiador da medicina venha a escrever um livro sobre médicos famosos de Viena e indagará por que o eminente doutor Josef Breuer visitava com tanta freqüência certo Eckart Müller, um homem misterioso sem passado ou futuro.

Foi a primeira vez que Breuer viu Nietzsche ser brincalhão. Era um bom presságio, e Breuer correspondeu:

— Coitados dos futuros biógrafos de filósofos quando tentarem reconstituir as andanças do professor Friedrich Nietzsche durante o mês de dezembro no ano de 1882.

Alguns minutos depois, tendo refletido melhor a respeito, Breuer se arrependeu de ter sugerido um pseudônimo. Dirigir-se a Nietzsche através de um nome falso na presença da equipe da clínica impunha um subterfúgio totalmente desnecessário a uma situação já enganosa. Por que aumentar a sua carga? Afinal, Nietzsche não precisava da proteção de um pseudônimo para o tratamento da hemicrania, uma doença comum. O acordo entre eles exigia que ele, Breuer, corresse os riscos; logo, se alguém necessitava da proteção do sigilo, era *ele*, e não Nietzsche.

O fiacre adentrou o oitavo distrito, conhecido como Josefstadt, e parou diante dos portões da Clínica Lauzon. O porteiro, reconhecendo Fischmann, evitou discretamente espiar dentro da cabina e correu para abrir os portões giratórios de ferro. O fiacre balançou e trepidou na passagem de pedras de cem metros até o pórtico com colunas brancas do edifício central. A Clínica Lauzon, uma bonita estrutura de pedras brancas com quatro pavimentos, abrigava quarenta pacientes neurológicos e psiquiátricos. Ao ser construída trezentos anos antes como residência urbana do barão Friedrich Lauzon, ficava imediatamente fora das muralhas de Viena, sendo circundada por suas próprias muralhas, além de estábulos, uma cocheira, chalés dos criados e vinte acres de jardins e pomar. Nela, geração após geração de jovens Lauzon nasceram, cresceram e saíram para caçar o grande e selvagem javali. Com a morte do último barão Lauzon e de sua família, quando da epidemia de febre tifóide de 1858, a propriedade dos Lauzon passara para o barão Wertheim, um sobrinho distante e imprevidente que raramente deixava sua propriedade rural na Baviera.

Avisado pelos administradores de que só conseguiria se desfazer do ônus da propriedade herdada transformando-a em uma instituição pública, o barão Wertheim decidiu que o edifício deveria se tornar um hospital de convalescentes, com a estipulação de que sua família recebesse cuidados médicos gratuitos perpétuos. Uma instituição de caridade foi estabelecida e um conselho diretor recrutado — este último invulgar por incluir, além de várias famílias católicas proeminentes de Viena, também duas famílias filantrópicas judaicas: os Gomperz e os Altmann. Embora o hospital, aberto em 1860, cuidasse primariamente dos ricos, seis de seus quarenta leitos foram doados e tornados disponíveis para pacientes pobres, mas limpos.

Foi um desses seis leitos que Breuer, que representava a família Altmann no conselho diretor do hospital, destinou para Nietzsche. A influência de Breuer na Lauzon transcendia sua participação no conselho diretor, pois era também médico pessoal do diretor do hospital e de diversos outros membros da administração.

Quando Breuer e seu novo paciente chegaram à clínica, foram saudados com grande deferência. Todos os procedimentos formais de entrada e registro foram dispensados, e o diretor e a enfermeira-chefe conduziram pessoalmente o doutor e o paciente pelos quartos disponíveis.

— Escuro demais — foi o parecer de Breuer sobre o primeiro quarto. — O senhor Müller precisa de luz para ler e para sua correspondência. Procuremos algo na ala sul.

O segundo quarto era pequeno mas claro, e Nietzsche comentou:

— Este serve; tem muito mais luz.

Mas Breuer rapidamente o contestou:

— Pequeno demais, muito abafado. Que mais está livre?

Nietzsche gostou também do terceiro quarto:

— Sim, este é inteiramente satisfatório.

Mas Breuer mais uma vez não ficou satisfeito:

— Devassado demais. Barulhento demais. Poderia nos conseguir alguma coisa mais longe da enfermagem?

Ao entrarem no quarto seguinte, Nietzsche não esperou pelo comentário de Breuer, mas imediatamente guardou sua pasta dentro do armário, tirou os sapatos e deitou-se na cama. Não havia o que discutir, posto que Breuer também aprovou aquele espaçoso quarto de canto no terceiro pavimento, com sua grande lareira e excelente vista dos jardins. Ambos os homens admiraram o grande tapete de Isfahan* salmão e azul, um pouco surrado, mas ainda magnífico, obviamente remanescente de dias mais felizes e saudáveis na propriedade dos Lauzon. Nietzsche anuiu em aprovação ao pedido de Breuer de colocarem no quarto uma escrivaninha, um lampião a gás e uma cadeira confortável.

Tão logo se viram a sós, Nietzsche reconheceu que se levantara rapidamente demais depois do último ataque: sentia-se fatigado e sua dor de cabeça estava voltando. Sem protestar, concordou em passar as 24 horas seguintes repousando tranqüilamente na cama. Breuer desceu o corredor até a enfermagem para solicitar medicamentos: colquicina para a dor e hidrato de cloral para fazer dormir. Nietzsche era tão viciado em cloral que a retirada demandaria várias semanas.

* Famoso tipo de tapete persa. (N. do T.)

Quando Breuer retornou ao quarto de Nietzsche para se despedir, o filósofo levantou a cabeça do travesseiro e, apanhando o pequeno copo d'água ao lado da cama, propôs um brinde:

— Até o início oficial de nosso projeto amanhã! Após um breve repouso, planejo passar o resto do dia desenvolvendo uma estratégia para nosso aconselhamento filosófico. *Auf Wiedersehen*, doutor Breuer.

Uma estratégia! "É hora", pensou Breuer no fiacre a caminho de casa, "de *eu também* pensar numa estratégia". Estivera tão absorvido em capturar Nietzsche que simplesmente não pensara em como domesticar sua caça, agora no quarto 13 na Clínica Lauzon. Enquanto o fiacre balançava ruidosamente, Breuer tentou se concentrar em sua própria estratégia. Tudo parecia confuso: carecia de diretrizes reais, de precedentes. Teria de divisar um tratamento inteiramente novo. Melhor discuti-lo com Sig; era a espécie de desafio que adorava. Breuer pediu a Fischmann que parasse no hospital e localizasse o doutor Freud.

O Hospital Geral de Viena, onde Freud, um assistente clínico, se preparava para uma carreira médica, era uma pequena cidade em si mesma. Abrigava duzentos pacientes e consistia em 12 edifícios quadrangulares, cada qual um departamento separado, com seu próprio pátio e muro, e conectado por um emaranhado de túneis subterrâneos a todos os outros edifícios quadrangulares. Um muro de pedras com 4 metros de altura separava toda aquela comunidade do mundo exterior.

Fischmann, desde muito tempo familiarizado com os segredos daquele labirinto, correu para chamar Freud em sua enfermaria. Poucos minutos depois, retornou sozinho:

— O doutor Freud não está. O doutor Hauser disse que ele saiu para o café uma hora atrás.

O café freqüentado por Freud, o Café Landtmann, no Franzens-Ring, ficava a poucos quarteirões do hospital; ali Breuer o encontrou sentado sozinho, bebendo café e lendo uma revista literária francesa. O Café Landtmann era freqüentado por médicos, assistentes clínicos e estudantes de medicina; embora menos elegante que o Café Griensteidl freqüentado por Breuer, assinava acima de oitenta periódicos, talvez mais do que qualquer outro café de Viena.

— Sig, vamos para Demel comer uma torta. Tenho umas coisas interessantes para lhe dizer sobre o caso do professor com enxaqueca.

Em segundos, Freud vestiu seu casaco. Embora adorasse a melhor confeitaria de Viena, só podia freqüentá-la como convidado de alguém. Dez minutos depois, estavam sentados em uma tranqüila mesa de canto. Breuer solicitou dois cafés, uma torta de chocolate para si e uma torta de limão com creme chantili para Freud, mas este terminou tão depressa que Breuer persuadiu seu jovem amigo a escolher outra do carrinho de prata com três andares de tortas. Quando Freud terminou um mil-folhas de chocolate e um segundo café, ambos os homens acenderam seus charutos. Então Breuer descreveu em detalhe tudo que ocorrera com *Herr* Müller desde a última conversa com Freud: a recusa do professor de se submeter a tratamento psicológico, sua saída enraivecida, a enxaqueca no meio da noite, a estranha chamada domiciliar, sua overdose e o peculiar estado de consciência, a voz baixa e suplicante pedindo ajuda e, finalmente, o notável acordo fechado no consultório de Breuer naquela manhã.

Freud fitava Breuer intensamente durante sua narrativa, um olhar já conhecido de Breuer. Era o olhar de recordação total de Freud: estava não apenas contemplando e registrando tudo, mas também arquivando; seis meses depois, seria capaz de repetir aquela conversa com total precisão. Mas a conduta de Freud mudou abruptamente quando Breuer descreveu sua proposta final.

— Josef, você lhe ofereceu O QUÊ? Tratará a enxaqueca desse *Herr* Müller e ele deve tratar *seu desespero*? Está brincando! O que isso significa?

— Sig, acredite, foi a única saída. Se eu tivesse tentado *qualquer* outro método, *adeus*! Ele estaria a caminho da Basiléia. Lembra-se da excelente estratégia que planejamos: persuadi-lo a investigar e reduzir o estresse de sua vida? Demoliu-a em minutos elogiando totalmente o estresse. Cantou rapsódias a respeito. Qualquer coisa que não o mate, alega ele, o fortalece. Entretanto, quanto mais escutei seus pensamentos e refleti sobre eles, mais me convenci de que ele se imagina um médico: não um médico pessoal, mas de toda nossa cultura.

— Assim — disse Freud — você o capturou sugerindo que começasse a curar a civilização ocidental a partir de um espécime individual: você?

— É verdade, Sig. Mas primeiro ele *me* capturou! Oh! Aquele homúnculo que, segundo você, está ativo em cada um de nós me capturou através da lamentosa súplica de Nietzsche: "Ajude-me, ajude-me." Isso, Sig, quase bastou para me fazer acreditar em suas idéias sobre a existência de uma parte inconsciente da mente.

Freud sorriu para Breuer e saboreou uma longa tragada de seu charuto.

— Bem, agora que você o capturou, o que fará?

— A primeira coisa que temos a fazer, Sig, é nos livrarmos deste termo "capturar". A idéia de capturar Eckart Müller é incongruente, como capturar um gorila de meia tonelada com uma rede de caçar borboletas.

Freud deu um sorriso ainda maior.

— Sim, abandonemos "capturar" e digamos simplesmente que você o internou na clínica e o verá todos os dias. Qual é sua estratégia? Sem dúvida, ele está ocupado projetando uma estratégia para ajudar *você* em *seu* desespero a partir de amanhã.

— Sim, foi exatamente o que ele me disse. Provavelmente, deve estar se dedicando a isso neste exato momento. Portanto, é hora de eu também planejar e espero contar com sua ajuda. Ainda não pensei nos detalhes, mas a estratégia é clara. *Preciso persuadi-lo de que está me ajudando; enquanto isso, lentamente, imperceptivelmente, trocarei de papel com ele até que se torne o paciente e eu volte a ser o médico.*

— Exatamente — concordou Freud. — É isso mesmo que precisa ser feito.

Breuer se maravilhou com a capacidade de Freud de sempre parecer tão seguro de si, mesmo em situações carentes de qualquer certeza.

— Ele espera — continuou Freud — ser o médico de seu desespero. Essa expectativa tem que ser satisfeita. Vamos planejar... uma etapa de cada vez. A primeira fase, obviamente, será persuadi-lo do seu desespero. Planejemos essa fase. O que você dirá?

— Não tenho nenhuma preocupação sobre isso, Sig. Posso imaginar muitas coisas para discutir.

— Certo, Josef, mas como você dará credibilidade a isso?

Breuer hesitou, pensando em quanto de si poderia revelar. Entretanto, respondeu:

— É fácil, Sig. Basta que eu diga a verdade!

Freud fitou Breuer com espanto.

— A verdade? O que você quer dizer, Josef? Você não tem desespero, você tem tudo. É invejado por todos os médicos de Viena; a Europa inteira recorre aos seus serviços. Muitos excelentes estudantes, como o jovem e promissor doutor Freud, estimam cada palavra sua. Sua pesquisa é notável, sua esposa a mais bela e sensível mulher do império. Desespero? Por que, Josef, se está na crista da vida?

Breuer pôs a mão sobre a de Freud.

— A crista da vida! Disse-o bem, Sig. A crista, o ápice da subida da vida! Mas o problema das cristas é que *logo vem a descida*. Da crista, posso divisar o resto de meus anos estendidos diante de mim. E a visão não me agrada. Vejo apenas envelhecimento, definhamento, filhos, netos...

— Mas, Josef — o alarme nos olhos de Freud era quase palpável —, como pode dizer isso? Vejo sucesso, não queda! Vejo segurança, aclamação, seu nome ligado perpetuamente a duas grandes descobertas fisiológicas!

Breuer recuou. Como admitir ter conduzido toda sua vida apenas para descobrir que a recompensa final não era, afinal, de seu agrado? Não, essas coisas teria que manter para si. Certas coisas não se contam aos jovens.

— Deixe-me colocar nestes termos, Sig: aos 40, vemos a vida de uma forma inimaginável aos 25.

— Vinte e seis. Quase 27.

Breuer riu.

Desculpe, Sig, não estou querendo diminuir você. Mas acredite que tenho muitos assuntos particulares a discutir com Müller. Por exemplo, tenho problemas em meu casamento que prefiro não compartilhar com você para não ter que esconder coisas de Mathilde, prejudicando a intimidade entre vocês. Apenas acredite: encontrarei muito que falar com *Herr* Müller e posso torná-lo convincente atendo-me em grande parte à verdade. É o passo seguinte que me preocupa.

— Você quer dizer o que acontecer depois que ele recorrer a você como fonte de ajuda para o desespero *dele*? O que você pode fazer para diminuir a carga dele? — Breuer assentiu com a cabeça. — Diga-me, Josef, suponha que você possa projetar a próxima fase à vontade. O que gostaria que acontecesse? O que é que uma pessoa pode oferecer a outra?

— Bom! Bom! Você estimula meu pensamento. Você é ótimo nisso, Sig! — Breuer refletiu por alguns minutos. — Embora meu paciente seja um homem, não sendo, é claro, um histérico, mesmo assim creio que gostaria que fizesse exatamente o mesmo que Bertha.

— Limpeza de chaminé?

— Sim, revelar tudo para mim. Estou convencido de que há algo de terapêutico em desabafar. Veja os católicos. Os padres vêm oferecendo alívio por meio da confissão durante séculos.

— Gostaria de saber — disse Freud — se o alívio advém do desabafo ou da crença no perdão divino.

— Tive como pacientes católicos que, embora agnósticos, se beneficiavam da confissão. Além disso, em alguns momentos de minha vida, anos atrás, senti alívio ao confessar tudo a um amigo. E você, Sig? Alguma vez sentiu-se aliviado pela confissão? Já desabafou totalmente com outra pessoa?

— Claro, com minha noiva. Escrevo para Martha todos os dias.

— Que é isso, Sig? — Breuer sorriu e pôs a mão no ombro do amigo. — Você *sabe* que há coisas que não pode contar para Martha; *especialmente* Martha.

— Não, Josef, conto *tudo* para ela. O que eu não poderia contar-lhe?

— Quando você ama uma mulher, quer que ela só pense bem de você. Naturalmente, você esconde algumas coisas sobre si, coisas que poderiam mostrá-lo sob um ângulo desfavorável. Seus desejos sexuais, por exemplo.

Breuer notou o rubor profundo de Freud. Nunca antes tinham tido uma tal conversa. Provavelmente, Freud *jamais* tivera uma.

— Mas meus desejos sexuais envolvem apenas Martha. Nenhuma outra mulher me atrai.

— Digamos, então, *antes* de Martha.

— Não houve "antes de Martha". Ela é a única mulher que sempre desejei.

— Mas, Sig, *tem que* ter havido outras. Todo estudante de medicina em Viena tem seu "cacho". O jovem Schnitzler parece ter um por semana.

— Essa é exatamente a realidade de que quero proteger Martha. Schnitzler é um dissoluto, todo mundo sabe. Não tenho estômago para essas paqueras. Nem tempo. Nem dinheiro. Preciso de cada florim para os livros.

"O melhor é abandonar este assunto", pensou Breuer. "Entretanto, aprendi algo importante: agora sei os limites do que posso esperar compartilhar com Freud."

— Sig, fiz com que nos desviássemos da rota. Retrocedamos cinco minutos. Você perguntou o que eu gostaria que acontecesse. Pois bem, espero que *Herr* Müller se abra sobre seu desespero. Espero que me use como um padre confessor. Talvez isso em si tenha uma ação terapêutica, talvez o traga de volta ao rebanho humano. Ele é uma das criaturas mais solitárias que já conheci. Duvido de que alguma vez tenha se revelado a *alguém*.

— Mas você me contou que ele foi traído por outros. Sem dúvida, confiou *neles* e se revelou a *eles*. Senão, não poderia haver traição.

— Sim, tem razão. A traição é um grande problema para ele. De fato, penso que este deveria ser um princípio básico, talvez o princípio fundamental, de meu procedimento: *primum non nocere*; não cause dano, não faça nada que ele possa interpretar como traição. — Breuer meditou sobre essas palavras por alguns momentos e, depois, acrescentou: — Você sabe, Sig, trato todos os meus pacientes dessa forma, então isso não deverá ser problema em meu futuro trabalho com *Herr* Müller. Mas existe minha duplicidade do passado... *isso sim*, ele poderia ver como traição. Entretanto, não posso desfazê-la. Gostaria de poder me purgar e compartilhar tudo com ele: meu encontro com *Fräulein* Salomé, a conspiração dos amigos para que viesse a Viena e, acima de tudo, meu fingimento de que sou eu, e não ele, o paciente.

Freud balançou a cabeça vigorosamente.

— De jeito nenhum! Essa purgação, essa confissão, seria para o *seu* benefício, não para o dele. Não, penso que, se deseja realmente ajudar seu paciente, terá que persistir nessa mentira.

Breuer fez um sinal de concordância com a cabeça. Sabia que Freud estava certo.

— Muito bem, vamos fazer um balanço. O que temos até agora?

Freud respondeu prontamente. Adorava esse tipo de exercício intelectual.

— Temos vários passos. *Primeiro*, envolvê-lo abrindo-se para ele. *Segundo*, inverter os papéis. *Terceiro*, ajudá-lo a *se* abrir plenamente. E temos um princípio fundamental: manter a confiança dele e evitar qualquer aparência de traição. Agora, qual o passo seguinte? Suponha que ele *compartilhe* seu desespero com você. E depois?

— Talvez — respondeu Breuer — não seja preciso outro passo. Talvez simplesmente revelar-se a si mesmo constitua tamanha realização, tamanha mudança em seu modo de vida, que seja em si suficiente.

— A simples confissão não é tão poderosa assim, Josef. Se fosse, não haveria católicos neuróticos!

— Sim, sem dúvida você tem razão. Mas talvez — Breuer apanhou seu relógio do bolso — isso seja tudo que podemos planejar por enquanto. — Sinalizou ao garçom pedindo a conta.

— Josef, gostei desta consulta. Aprecio a forma como nos aconselhamos; é uma honra para mim que você leve minhas sugestões a sério.

— Na verdade, Sig, você é exímio nisso. Juntos, formamos uma grande dupla. Entretanto, não vejo muita aplicação para nossos novos procedimentos. Com que freqüência aparecem pacientes que requerem tal tratamento bizantino? Na verdade, hoje senti que, muito mais do que inventando um tratamento médico, estamos planejando uma conspiração. Sabe quem eu preferiria como paciente? O outro: aquele que pediu ajuda!

— Quer dizer a consciência inconsciente aprisionada dentro de seu paciente?

— Sim — respondeu Breuer, entregando ao garçom uma nota de um florim sem conferir a conta... nunca a conferia. — Sim, seria bem mais simples trabalhar com ela.

Veja bem, Sig, talvez *esta* deva ser a meta do tratamento: libertar aquela consciência oculta, permitir que peça ajuda à luz do dia.

— Sim, isso mesmo, Josef. Mas "libertar" seria o termo apropriado? Afinal, ela não tem uma existência própria; é uma parte inconsciente de Müller. Não seria a *integração* o que procuramos?

Freud parecia impressionado com sua própria idéia e bateu levemente com o punho na mesa de mármore enquanto repetia:

— Integração do inconsciente.

— Ótimo, Sig, acertou na mosca! — A idéia entusiasmou Breuer. — Uma grande descoberta! — Deixando para o garçom alguns *Kreuzer* de cobre, ele e Freud caminharam até Michaelerplatz. — Sim, se meu paciente conseguisse *integrar* essa outra parte de si, seria um grande feito. Se aprendesse como é natural precisar do apoio de outra pessoa, *isso sim* seria suficiente!

Descendo a Kohlmarkt, atingiram a movimentada rua Graben e se separaram. Freud tomou a Naglergasse em direção ao hospital, enquanto Breuer atravessou a Stephanplatz em direção à Bäckerstrasse 7, pouco depois das avultantes torres góticas da Igreja de Santo Estêvão. A conversa com Sig o deixara mais confiante em relação ao encontro da manhã seguinte com Nietzsche. Apesar disso, teve uma premonição inquietante de que toda aquela elaborada preparação não passava de ilusão: de que a preparação de Nietzsche, e não sua própria, iria governar o encontro.

Capítulo 14

Nietzsche estava realmente preparado. Na manhã seguinte, tão logo Breuer completou seu exame físico, ele assumiu o controle.

— Veja — disse para Breuer, exibindo um grande e novo caderno — como sou organizado! O senhor Kaufmann, um de seus assistentes, fez a gentileza de me comprar isto ontem. — Levantou-se do leito. — Pedi também outra cadeira para o quarto. Que tal nos sentarmos e começar nosso trabalho?

Breuer, silenciosamente admirado com a postura de autoridade assumida por seu paciente, acatou a sugestão e se sentou ao lado de Nietzsche. Duas cadeiras estavam de frente para a lareira, onde um fogo alaranjado crepitava. Após se aquecer por um momento, Breuer virou sua cadeira para poder ver Nietzsche mais facilmente e persuadiu-o a fazer o mesmo.

— Vamos começar — disse Nietzsche — fixando as categorias principais da análise. Listei as questões que mencionou ontem ao me pedir ajuda.

Abrindo seu caderno, Nietzsche mostrou como anotara em uma página separada cada uma das queixas de Breuer e as leu em voz alta:

— Um, infelicidade geral. Dois, perturbado por pensamentos estranhos. Três, ódio de si próprio. Quatro, medo de envelhecer. Cinco, medo da morte. Seis, impulsos suicidas. A lista está completa?

Surpreso com o tom formal de Nietzsche, Breuer não gostou de ouvir suas preocupações íntimas condensadas em uma lista e descritas tão clinicamente. Mas, por ora, respondeu de forma cooperativa:

— Não totalmente. Tenho sérios problemas em relação à minha esposa. Sinto-me inexplicavelmente distante dela, como se estivesse preso a um casamento e a uma vida que não são de minha própria escolha.

— Considera isso *um* problema adicional? Ou *dois*?

— Depende de sua definição de unidade.

— Sim, isso é um problema, como o fato de que os itens não estão no mesmo nível lógico. Alguns podem ser um resultado, ou uma causa, de outros. — Nietzsche folheou suas notas. — Por exemplo, "infelicidade" pode ser um resultado de "pensamentos estranhos". Ou "impulsos suicidas" podem ser um resultado *ou* uma causa do medo da morte.

O mal-estar de Breuer cresceu. Não estava gostando do rumo que essa troca estava tomando.

— Por que temos que estabelecer uma lista, afinal? De alguma forma, a idéia de uma lista não me agrada.

Nietzsche pareceu preocupado. Seu ar de confiança era obviamente vulnerável. A uma objeção de Breuer, toda sua conduta mudava. Respondeu em um tom conciliador.

— Pensei que poderíamos proceder mais sistematicamente fixando alguma prioridade para as queixas. Para ser franco, porém, não sei se devemos começar pelo problema mais *fundamental* (digamos, por enquanto, o medo da morte) ou pelo *menos fundamental* ou mais derivativo (digamos, arbitrariamente, a invasão de pensamentos estranhos). Ou se devemos começar pelo *clinicamente mais premente* ou *com risco de vida* (digamos, os impulsos suicidas). Ou pelo problema mais importuno, aquele que mais o perturba no dia-a-dia, digamos, o ódio de si próprio.

A inquietação de Breuer aumentou.

— Tenho dúvidas de que esta seja uma boa abordagem.

— Mas eu a baseei em seu próprio método médico — respondeu Nietzsche. — Pelo que me lembro, pediu-me que falasse em termos gerais de meu estado. Desenvolveu uma lista de meus problemas e, depois, sistematicamente — bem sistematicamente, conforme me lembro — foi explorando um de cada vez. Não é verdade?

— Sim, é *assim* que conduzo um exame médico.

— Então, doutor Breuer, por que resiste a tal abordagem agora? Teria uma alternativa a sugerir?

Breuer fez que não com a cabeça.

— Colocado nesses termos, inclino-me a concordar com o procedimento que sugere. Só que parece forçado ou artificial falar sobre minhas preocupações vitais íntimas em categorias estanques. Na minha mente, todos os problemas estão inextricavelmente interligados. Além disso, sua lista parece muito *fria*. Essas coisas são delicadas, sensíveis... não tão fáceis de descrever como dores nas costas ou erupções da pele.

— Não confunda embaraço com insensibilidade, doutor Breuer. Lembre-se, sou uma pessoa solitária, conforme alertei. Não estou acostumado com contatos sociais fáceis e calorosos. — Fechando o caderno, Nietzsche olhou para fora da janela por um momento. — Deixe-me tentar outra abordagem. Lembro-me de que você disse ontem que precisamos inventar nosso procedimento *juntos*. Diga-me, doutor Breuer, teve alguma experiência semelhante em sua clínica na qual possamos nos basear?

— Experiência semelhante? Bem, desconheço um precedente real na clínica médica para o que ambos estamos realizando. Nem mesmo sei como denominá-lo: talvez terapia do desespero ou terapia filosófica ou algum nome ainda a ser inventado. É bem verdade que os médicos são chamados para tratar de certos tipos de distúrbio psicológico; por exemplo, aqueles com base física, como o delírio da febre cerebral, a paranóia da sífilis cerebral ou a psicose do envenenamento por chumbo. Também assumimos a responsabilidade por pacientes cujo estado psicológico prejudica sua saúde ou ameaça sua vida; por exemplo, melancolia ou mania regressiva grave.

— Ameaça a vida? Como assim?

— Os melancólicos se matam de fome ou cometem suicídio. Os maníacos muitas vezes se exaurem até a morte. — Nietzsche não reagiu, mas ficou sentado em silêncio, contemplando o fogo. — Obviamente — continuou Breuer —, esses casos estão bem distantes de minha situação pessoal, e o tratamento para cada um deles não é filosófico nem psicológico, mas físico, como a estimulação elétrica, banhos, medicamentos, repouso forçado e assim por diante. Em algumas ocasiões, com pacientes que têm um medo irracional, temos que descobrir algum método psicológico para acalmá-los. Recentemente, fui chamado para tratar de uma mulher idosa que sentia pavor de sair de casa; estava enfurnada no quarto havia meses. O que fiz foi falar com ela gentilmente até conquistar-lhe a confiança. Então, sempre que a via, segurava sua mão para aumentar a sensação de segurança e a acompanhava para fora do quarto cada vez um pouco mais longe. Mas isso é uma improvisação baseada no bom senso, como treinar uma criança. Um trabalho assim dificilmente requer um médico.

— Tudo isso parece distante de nossa tarefa — disse Nietzsche. — Não há nada mais pertinente?

— Bem, é claro, existem os vários pacientes que recentemente vêm procurando os médicos devido a sintomas físicos, como paralisia, problemas da fala ou alguma forma de cegueira ou surdez, cuja causa reside inteiramente em um conflito psicológico. Chamamos esse estado de "histeria", da palavra grega para o útero, *hysterus*.

Nietzsche assentiu rapidamente com a cabeça como para indicar que não havia necessidade de traduzir o grego para ele. Lembrando-se de que seu interlocutor fora professor de filologia, Breuer logo prosseguiu:

— Costumávamos pensar que esses sintomas fossem causados por um útero errante, idéia essa que, é claro, não faz sentido anatomicamente.

— Como explicavam a doença nos homens?

— Por razões ainda não compreendidas, trata-se de uma doença feminina; ainda não se documentaram casos de histeria em homens. A histeria, sempre pensei, é uma doença que deveria ser de interesse especial para filósofos. Talvez sejam eles, e não os médicos, que explicarão por que os sintomas da histeria não se conformam com os caminhos anatômicos.

— O que você quer dizer?

Breuer se sentiu mais relaxado. Explicar questões médicas a um aluno atento era um papel confortável e familiar para ele.

— Bem, para tomarmos um exemplo, vi pacientes com as mãos anestesiadas de uma forma que não poderia de maneira nenhuma ser causada por um distúrbio dos nervos. Eles têm uma anestesia "de luva": nenhuma sensação abaixo do pulso, como se uma faixa anestésica tivesse sido amarrada ao redor do pulso.

— E isso não se conforma com o sistema nervoso? — perguntou Nietzsche.

— Certo. O suprimento nervoso da mão não funciona dessa forma: a mão é suprida por três nervos diferentes, radial, cubital e mediano, cada um deles com uma origem diferente no cérebro. Na verdade, metade de alguns dedos é suprida por um nervo e a outra metade por outro. Mas o paciente não sabe disso. É como se o paciente imaginasse que a mão inteira é suprida por um único nervo, o "nervo da mão", e depois desenvolvesse uma desordem em conformidade com sua imaginação.

— Fascinante! — Nietzsche abriu seu caderno e anotou algumas palavras. — Suponhamos que uma mulher especialista em anatomia humana desenvolvesse a histeria. Ela teria uma forma anatomicamente correta da doença?

— Estou certo de que sim. A histeria é um distúrbio ideativo, e não anatômico. Existem indícios suficientes de que não envolve um dano anatômico real aos nervos. De fato, alguns pacientes podem ser mesmerizados e os sintomas desaparecem em minutos.

— Então, a remoção pelo mesmerismo é o tratamento atual?

— Não! Infelizmente, o mesmerismo não é bem-visto nos círculos médicos, ao menos não em Viena. Ele sofre de má reputação, principalmente, acredito, porque muitos de seus primeiros praticantes eram charlatães sem formação médica. Além do mais, a cura pelo mesmerismo é sempre transitória. Mas o fato de que funciona ainda que brevemente fornece uma prova da causa psíquica da doença.

— Você tratou pessoalmente de tais pacientes? — perguntou Nietzsche.

— De alguns. Existe uma paciente com quem trabalhei extensamente cujo caso gostaria de lhe descrever. Não porque recomende que use esse tratamento comigo, mas porque fará com que comecemos a trabalhar em sua lista: seu item número dois, se não me engano.

Nietzsche abriu o caderno e leu em voz alta:

— Acossado por pensamentos estranhos? Não compreendo. Por que *estranhos*? E qual é a conexão com a histeria?

— Deixe-me esclarecer. Primeiro, chamo esses pensamentos de "estranhos" porque parecem me invadir de fora. Não quero pensá-los; porém, quando os expulso da mente, eles se retiram apenas por curto tempo para logo se infiltrarem insidiosamente de novo. Que tipo de pensamento? Bem, são pensamentos sobre uma bela mulher: a paciente de cuja histeria tratei. Devo começar do início e contar toda a história?

Longe de se mostrar curioso, Nietzsche pareceu desconfortável com a pergunta de Breuer.

— Como regra geral, sugiro que me revele apenas o suficiente para que compreenda o caso. Peço que não se embarace ou se humilhe; nada de bom pode vir disso.

Nietzsche era um homem reservado. Breuer sabia disso. Mas não previra que quereria que ele também mantivesse reserva. Breuer percebeu que teria que tomar uma posição na questão: teria que se revelar o máximo possível. Somente assim, pensou ele, Nietzsche aprenderia que não há nada de mal na abertura e na honestidade entre as pessoas.

— Talvez tenha razão, mas me parece que, quanto mais conseguir contar sobre meus sentimentos íntimos, mais alívio obterei.

Nietzsche ficou tenso, mas acenou com a cabeça para Breuer continuar.

— A história começa dois anos atrás, quando um de meus pacientes me pediu que assumisse os cuidados médicos de sua filha, que chamarei de Anna O. para não revelar sua identidade real.

— Você me contou seu método de formar pseudônimos, de modo que as iniciais dela devem ser B.P.

Breuer sorriu pensando: "Este homem é como Sig. Não esquece nada", e continuou descrevendo os detalhes da doença de Bertha.

— Também é importante você saber que Anna O. tinha 21 anos, era extraordinariamente inteligente, culta e de uma beleza impressionante. Um sopro, não, um *ciclone*, de ar fresco para um homem de 40 anos em rápido envelhecimento! Conhece o tipo de mulher de que estou falando?

Nietzsche ignorou a pergunta.

— Você se tornou o médico dela?

— Sim, concordei em me tornar o médico dela e jamais traí sua confiança. Todas as transgressões que irei revelar consistem em pensamentos e fantasias, e não em ações. Primeiro, deixe-me concentrar no tratamento psicológico. Durante nossas sessões diárias, ela entrava automaticamente em um estado de ligeiro transe em que discutia, ou, conforme dizia, "descarregava" todos os eventos e pensamentos perturbadores das últimas 24 horas. Esse processo, a que se referia como "limpeza de chaminé", contribuía para que se sentisse melhor nas 24 horas seguintes, mas não exercia efeito sobre seus sintomas histéricos. Foi aí que, um dia, topei com um tratamento *eficaz*.

Breuer prosseguiu descrevendo como eliminara não apenas cada um dos sintomas de Bertha retrocedendo até sua causa original, mas finalmente a totalidade da doença ao ajudá-la a descobrir e reexperimentar sua causa fundamental: o horror da morte do pai.

Nietzsche, que vinha entusiasticamente tomando notas, exclamou:

— Seu tratamento dessa paciente me parece extraordinário! Talvez tenha feito uma importante descoberta na terapêutica psicológica. Talvez se aplique aos seus próprios problemas. Agrada-me a possibilidade de que seja ajudado por sua própria descoberta. Pois nunca se consegue ser realmente ajudado por outrem; é preciso que se encontre a força para ajudar *a si próprio*. Talvez você, à semelhança de Anna O., precise descobrir a causa original de cada um de seus problemas psicológicos. Contudo, disse que não recomenda esse tratamento para si mesmo. Por que não?

— Por várias razões — Breuer respondeu com a segurança da autoridade médica. — Meu estado difere bastante do de Anna. Em primeiro lugar, não tenho propensões hipnóticas: jamais experimentei qualquer estado de consciência incomum. Isso é importante, pois acredito que a histeria seja causada por uma experiência traumática que ocorre enquanto o indivíduo está em um estado de consciência anormal. Dado que a memória traumática e a maior excitação cortical existem em uma consciência alternada, não podem ser "manuseadas", integradas ou esgotadas durante a experiência do dia-a-dia. — Sem interromper seu relato, Breuer se levantou, atiçou o fogo e colocou outra acha de lenha. — Também, e talvez ainda mais importante, meus sintomas não são histéricos: eles não afetam o sistema nervoso ou alguma parte do corpo. Lembre-se: a histeria é uma doença feminina. Meu estado, ao que me parece, está *qualitativamente* mais próximo da angústia ou aflição humana normal. Quantitativamente é, sem dúvida, bastante ampliado!

"Outro fator: meus sintomas não são agudos; eles se desenvolveram lentamente no correr dos anos. Veja sua lista. Não consigo identificar um início preciso para qualquer um desses problemas. Mas existe outra razão pela qual a terapia que empreguei com minha paciente talvez não se aplique a mim... uma razão bastante perturbadora. Quando os sintomas de Bertha..."

— Bertha? Eu estava certo quando achei que sua primeira inicial era B.

Breuer fechou os olhos de aflição.

— Cometi uma gafe. É-me terrivelmente importante não violar o direito de privacidade de meus pacientes. Em especial *essa* paciente. Sua família é bastante conhecida na comunidade e todos sabem que fui o médico dela. Por isso, precavi-me para não falar muito com outros médicos sobre meu trabalho com ela. Mas fica difícil usar um nome falso aqui com o senhor.

— Você quer dizer que é difícil falar livremente e desabafar e, ao mesmo tempo, ter que vigiar suas próprias palavras para não usar o nome errado?

— Exatamente. — suspirou Breuer. — Agora, não resta alternativa que não continuar a falar dela usando seu nome verdadeiro, Bertha. Mas me prometa que não o revelará a ninguém.

— É claro — respondeu Nietzsche prontamente. Ante essas palavras, Breuer apanhou do bolso da jaqueta um estojo de couro de charutos, pegou um deles e, como seu companheiro o recusasse, acendeu-o para si mesmo. — Onde parei? — perguntou.

— Você estava falando por que seu novo tratamento talvez não se aplique aos seus próprios problemas... algo sobre uma razão "perturbadora".

— Sim, a razão perturbadora — e Breuer exalou uma longa emanação de fumaça azulada antes de prosseguir.
— Fui bastante tolo para me vangloriar de uma importante descoberta, quando apresentei o caso a alguns colegas e estudantes de medicina. Contudo, poucas semanas depois, quando transferi seu cuidado para outro médico, soube que quase todos os seus sintomas retornaram. Está vendo em que situação delicada estou?

— Delicada — respondeu Nietzsche — porque anunciou uma cura que pode não ser real?

— Costumo imaginar que localizo as pessoas presentes àquela conferência e que confesso a cada uma que minhas conclusões estavam erradas. Uma preocupação nada incomum para mim; minha percepção das opiniões de meus colegas realmente me aflige. Embora tenha provas do respeito deles, continuo a me sentir como uma fraude; esse é outro problema que me atormenta. Adicione-o à sua lista.

Nietzsche zelosamente abriu seu caderno e escreveu por um momento.

— Voltando a Bertha, não sei exatamente a causa da recaída dela. Pode ser que, à semelhança do mesmerismo, meu tratamento tenha um sucesso apenas temporário. Pode ser também que meu tratamento tenha sido eficaz, mas neutralizado por seu final catastrófico.

Nietzsche apanhou novamente o lápis.

— O que quer dizer com "final catastrófico"?

— Para que possa entender, primeiro tenho que contar o que transcorreu entre Bertha e eu. Não adiantam muitos rodeios. É melhor ser direto e dizer a verdade. Eu, este velho tolo, me apaixonei por ela! Fiquei obcecado por ela. Ela não saía da minha cabeça. — Surpreendeu a Breuer quão fácil, na verdade, estimulante, fora revelar tanta coisa.

— Meu dia se dividia em dois segmentos: estar com Bertha e esperar até estar com ela novamente! Eu a via por uma hora todos os dias da semana e, depois, comecei a visitá-la duas vezes ao dia. Sempre que a via, sentia grande paixão. Sempre que ela me tocava, sentia-me sexualmente excitado.

— Por que ela o tocava?

— Ela andava com dificuldade e agarrava meu braço quando caminhávamos. Muitas vezes, graves contrações exigiam que eu massageasse os músculos de sua coxa. Às vezes, ela chorava tão lastimosamente que me via forçado a apoiá-la em meus braços para confortá-la. Outras, quando me sentava próximo dela, espontaneamente ela entrava em transe, repousava a cabeça sobre meu ombro e "limpava a chaminé" durante uma hora. Ou deitava a cabeça em meu colo e dormia como um bebê. Muitas, muitas vezes lutei para conter meus impulsos sexuais.

— Talvez — interveio Nietzsche — somente sendo um homem consegue um homem liberar a mulher que há em uma mulher.

Breuer se indignou.

— Acho que não o compreendi bem! Você sabe muito bem que qualquer atividade sexual com uma paciente é condenável; é um anátema perante o juramento hipocrático do médico.

— E a mulher? Qual é a responsabilidade da mulher?

— Mas não é uma mulher qualquer; é uma *paciente*! Não o estou entendendo.

— Retornemos a este ponto mais tarde — respondeu Nietzsche calmamente. — Ainda não ouvi o final catastrófico.

— Bem, parecia-me que Bertha estava melhorando, seus sintomas estavam desaparecendo um por um. Mas o médico dela não estava nada bem. Minha esposa Mathilde, que sempre se mostrara compreensiva e bem-humorada, começou a se ressentir, primeiro pela quantidade de tempo que eu despendia com Bertha e, depois, ainda mais, quando eu falava sobre a paciente. Felizmente, não fui tão tolo a ponto de revelar a Mathilde a natureza de meus sentimentos, mas creio que ela suspeitou deles. Um dia, ela me abordou com raiva e me proibiu de mencionar Bertha novamente. Comecei a ressentir minha esposa e até desenvolvi a idéia irracional de que ela era um obstáculo em minha vida; que, se não fosse por ela, eu poderia começar uma vida nova com Bertha. — Breuer parou, notando que Nietzsche fechara os olhos. — Você está bem? Já é o suficiente para um dia?

— Estou ouvindo. Às vezes, vejo melhor de olhos fechados.

— Bem, houve outro fator para complicar. Eu tinha uma enfermeira, Eva Berger, a predecessora de *Frau* Becker, a qual, em nossos dez anos juntos, se tornou uma amiga íntima e confidente. Eva ficou muito preocupada. Ela temeu que minha paixão louca por Bertha pudesse me arruinar, que eu não conseguisse resistir aos meus impulsos e cometesse alguma tolice. Na verdade, devido à sua amizade por mim, ofereceu fazer um sacrifício.

Os olhos de Nietzsche se arregalaram.

— O que quer dizer com "sacrifício"?

— Suas palavras foram que faria *qualquer coisa* para impedir que eu me arruinasse. Eva sabia que Mathilde e eu praticamente não mantínhamos contato sexual e pensava ser essa a razão de minha atração por Bertha. Acredito que estava se oferecendo para aliviar minha tensão sexual.

— E acredita que o fez por *você*?

— Estou convencido disso. Eva é uma mulher muito atraente e tinha muitos homens para escolher. Garanto-lhe que sua oferta não se deveu aos meus dotes físicos: esta careca, esta barba agreste e estas "alças" — apontou suas grandes orelhas protuberantes —, como meus companheiros costumavam brincar. Além disso, certa vez ela confidenciou que tivera, anos antes, um relacionamento íntimo e desastroso com um patrão que acabara lhe custando o emprego e jurara que "nunca mais".

— O sacrifício de Eva ajudou?

Ignorando o ceticismo, talvez escárnio, na pronúncia de "sacrifício", Breuer respondeu objetivamente.

— Jamais aceitei a oferta dela. Fui bastante tolo para pensar que dormir com Eva seria uma traição para com Bertha. Às vezes, me arrependo profundamente disso.

— Não compreendo — os olhos de Nietzsche, embora ainda arregalados de interesse, mostravam sinais de fadiga, como se agora tivesse visto e ouvido em excesso. — De que se arrepende?

— De não ter aceitado a oferta de Eva, é claro. Penso com freqüência sobre essa oportunidade perdida. É outro desses pensamentos intrusos que me atormentam. — Breuer apontou para o caderno de Nietzsche. — Acrescente na lista.

Nietzsche apanhou novamente o lápis e, enquanto acrescentava outro item à lista crescente de problemas de Breuer, perguntou:

— Esse arrependimento... continuo não o entendendo. Se tivesse aceitado Eva, em que seria agora diferente?

— Diferente? O que ser diferente tem a ver com isso? Foi uma oportunidade única, com que jamais toparei outra vez.

— *Também* foi uma oportunidade única dizer não! Dizer um bendito "não" a um predador. *Essa* oportunidade você agarrou.

Breuer ficou estupefato com o comentário de Nietzsche. Obviamente, Nietzsche nada sabia da intensidade do anseio sexual. Mas ainda não fazia sentido debater essa questão. Ou talvez ele não tivesse deixado claro que Eva poderia ter sido sua a um simples pedido. Será que Nietzsche não compreendia que é preciso agarrar as oportunidades quando se apresentam? Entretanto, havia algo de intrigante em sua afirmação sobre o "bendito não". "Ele é uma mistura curiosa", pensou Breuer, "de imensos pontos cegos e uma originalidade penetrante". Novamente, Breuer teve uma intuição de que aquele homem estranho poderia ter algo de valor para lhe oferecer.

— Onde estávamos? Ah! Sim, na calamidade final! O tempo todo, pensei que meu caso sexual com Bertha fosse inteiramente autista, ou seja, que transpirasse apenas em *minha* mente, e que o tivesse escondido totalmente dela. Imagine meu choque quando, um dia, fui informado pela mãe de Bertha de que esta anunciara estar grávida do bebê do doutor Breuer!

Breuer descreveu a raiva de Mathilde ao saber da falsa gravidez e suas exigências iradas de que transferisse Bertha imediatamente para outro médico e despedisse Eva também.

— Então, o que fez?

— O que poderia fazer? Toda minha carreira, minha família, toda minha vida estavam em jogo. Foi o pior dia de minha vida. Tive que mandar Eva embora. Obviamente, ofereci que continuasse trabalhando comigo até conseguir ajudá-la a encontrar outro emprego. Embora dissesse que compreendia minha situação, não retornou ao trabalho no dia seguinte e nunca mais a vi. Escrevi-lhe várias vezes, mas ela nunca respondeu.

"Com Bertha, as coisas foram ainda piores. Quando a visitei no dia seguinte, seu delírio havia sumido, bem como a ilusão de que eu a havia fecundado. Na verdade, ela teve uma amnésia completa de todo o episódio e reagiu catastroficamente ao meu anúncio de que deixaria de ser seu médico. Ela chorou, suplicou-me que mudasse de idéia, implorou que dissesse o que fizera de errado. É claro que ela *não fizera nada de errado*. Seu acesso sobre o 'bebê do doutor Breuer' fora parte de sua histeria. Não eram palavras dela, era o seu delírio falando."

— E *de quem* era o delírio? — perguntou Nietzsche.

— Bem, é claro que era o delírio *dela*, mas não a responsabilidade *dela*, não mais do que a responsabilidade de alguém pelas ocorrências fortuitas e bizarras de um sonho. As pessoas dizem coisas estranhas e incoerentes em tal estado.

— As palavras dela *não* me parecem incoerentes ou fortuitas. Doutor Breuer, você sugeriu que eu simplesmente interpusesse quaisquer comentários que me ocorressem. Permita uma observação: acho notável que *você* seja responsável por *todos* os seus pensamentos e *todas* as suas ações, enquanto *ela* — a voz de Nietzsche era grave e seu dedo apontava para Breuer —, em virtude da doença, está isenta de *tudo*.

— Mas professor Nietzsche, *conforme você mesmo diz*, o poder é o fator importante. Eu detinha o poder em virtude de minha posição. Ela me procurou em busca de ajuda. Eu estava consciente da vulnerabilidade dela, consciente de que ela amava muito o pai, talvez *demais*, e de que sua doença fora precipitada pela morte dele. Sabia também que ela me imbuía do amor que sentira por ele, e o explorei. Eu queria que ela me amasse. Sabe quais foram suas últimas palavras para mim? Depois de lhe contar que a estava transferindo aos cuidados de outro médico, ela bradou enquanto eu me retirava: "O senhor será para sempre o único homem para mim; jamais haverá outro homem em minha vida!" Palavras terríveis! Mostram quanto a feri. Mas houve algo ainda mais terrível: *gostei dessas palavras! Gostei* de ouvi-la reconhecer meu poder sobre ela! Veja bem, deixei-a enfraquecida. Aleijada. Seria o mesmo que lhe ter amarrado e mutilado os pés!

— Depois que a viu pela última vez — perguntou Nietzsche —, qual foi o destino dessa aleijada?

— Ela foi admitida em outro sanatório, em Kreuzlingen. Muitos de seus sintomas originais voltaram: as variações de humor, a perda da língua-mãe todas as manhãs e a dor, controlável apenas com morfina, em que está viciada. Um fato de interesse: o novo médico de Bertha apaixonou-se por ela, afastou-se do caso e, depois disso, pediu-a em casamento!

— O mesmo padrão se repete com o médico seguinte, notou?

— Noto apenas que estou devastado pelo pensamento de Bertha com outro homem. Por favor, adicione "ciúmes" à lista: é um de meus maiores problemas. Estou infestado por visões dos dois conversando, se tocando, até fazendo amor. Embora tais visões me inflijam grande dor, continuo a me atormentar. Consegue entender uma coisa dessas? Alguma vez experimentou tais ciúmes?

Essa pergunta foi um divisor de águas na sessão. De início, Breuer deliberadamente se revelara de modo a fixar um modelo para Nietzsche, esperando encorajá-lo a agir da mesma forma. Logo, porém, imergira inteiramente no processo confessional. Afinal, não corria risco; Nietzsche, acreditando-se o conselheiro de *Breuer*, jurara manter sigilo.

Era uma experiência nova: nunca antes Breuer compartilhara tanto de si. Havia Max, mas com Max tentara preservar sua imagem e escolhera cuidadosamente as palavras. Mesmo com Eva Berger, sempre se refreara, escondendo os achaques da idade, suas vacilações e dúvidas sobre si, todas aquelas características que poderiam fazer um homem mais velho parecer frágil ou enfadonho para uma jovem e atraente mulher.

Mas quando começou a descrever seus sentimentos de ciúmes para com Bertha e o novo médico dela, Breuer reassumiu o papel do médico de Nietzsche. Ele não mentiu: de fato, corriam rumores sobre Bertha e o outro médico e ele realmente sofrera de ciúmes, mas exagerou seus sentimentos numa tentativa de orquestrar a auto-revelação de Nietzsche. Posto que Nietzsche devia ter sentido ciúmes no relacionamento "pitagórico" entre ele, Lou Salomé e Paul Rée.

Mas essa estratégia não surtiu efeito. Ao menos, Nietzsche não revelou qualquer interesse incomum pelo tema. Apenas consentiu vagamente com a cabeça, virou as páginas de seu caderno e esquadrinhou suas anotações. Os dois homens recaíram em silêncio. Contemplaram o fogo que se extinguia. Depois, Breuer enfiou a mão no bolso e apanhou seu pesado relógio de ouro, um presente do pai. Atrás estava gravado: "Para Josef, meu filho. Leve o espírito de meu espírito para o futuro." Olhou para Nietzsche. Aqueles olhos cansados refletiriam a esperança de que a entrevista estivesse chegando ao fim? Estava na hora de ir embora.

— Professor Nietzsche, é-me altamente benéfico conversarmos. Porém, tenho uma responsabilidade em relação ao senhor e ocorre-me que prescrevi repouso para evitar excitar sua enxaqueca e, depois, privei-o dele ao forçá-lo a me escutar por tanto tempo. Outro pensamento: lembro-me de uma descrição de seu dia típico, um dia com pouco contato íntimo com outras pessoas. Não será esta uma dose exagerada de uma só vez? Não apenas tempo demais, conversa e escuta demais, mas também demais da vida íntima de outrem?

— Nosso acordo prevê a honestidade, doutor Breuer, e seria desonesto discordar de você. Realmente *foi* muita coisa hoje e *estou* fatigado. — Reclinou-se na cadeira. — Mas não, *não* ouço demais sobre sua vida íntima. Também aprendo com você. Falei sério ao dizer que, quando se trata de aprender a me relacionar com os outros, tenho de começar do zero.

Enquanto Breuer se levantava e apanhava o paletó, Nietzsche acrescentou:

— Um comentário final. Você falou bastante sobre o segundo item de sua lista: "acossado por pensamentos estranhos". Talvez tenhamos esgotado hoje essa categoria, pois agora tenho uma idéia de como esses pensamentos indignos invadem e possuem sua mente. Porém, eles são mesmo assim *seus* pensamentos e se trata de *sua* mente. Pergunto-me: que benefício desfruta em permitir que isso ocorra, ou, em termos mais incisivos, em *fazer* com que ocorra?

Breuer, que enfiava um braço na manga do paletó, gelou.

— *Fazer* com que ocorra? Não sei. Tudo que posso dizer é que, *do meu interior, não* o sinto dessa forma. Sinto como se acontecesse *comigo*. Sua alegação de que eu o *faço* acontecer não tem, como dizer?, qualquer significado *emocional* para mim.

— Precisamos encontrar uma forma de lhe *dar* significado. — Nietzsche se levantou e acompanhou Breuer até a porta. — Tentemos uma experiência imaginária. Para a discussão de amanhã, por favor, considere esta questão: se *não* estivesse pensando esses pensamentos estranhos, em que estaria pensando?

EXCERTOS DAS ANOTAÇÕES DO DOUTOR BREUER
SOBRE ECKART MÜLLER
DE 5 DE DEZEMBRO DE 1882

Um excelente começo! Grandes realizações. Ele desenvolveu uma lista de meus problemas e planeja enfocar um de cada vez. Bom. Que pense que é isso que estamos fazendo. Para encorajá-lo a se confessar, me desnudei hoje. Ele não correspondeu, mas o fará com o tempo. Certamente, ficou espantado e impressionado com minha franqueza.

Tenho uma interessante idéia tática! Descreverei a situação dele como se fosse a minha própria. Depois, deixarei que me aconselhe e, ao fazê-lo, ele silenciosamente aconselhará a si próprio. Assim, por exemplo, poderei ajudá-lo a lidar com o triângulo dele — com Lou Salomé e Paul Rée — pedindo ajuda para meu triângulo com Bertha e seu novo médico. Ele é tão reservado que essa talvez seja a única forma de ajudá-lo. Talvez ele jamais seja honesto o bastante para pedir socorro diretamente.

Sua mente é original. Não consigo prever suas respostas. Talvez Lou Salomé esteja certa; quiçá ele esteja destinado a ser um grande filósofo. À medida que evitar o tema dos seres humanos! Na maioria dos aspectos das relações humanas, seus pontos cegos são prodigiosos. Mas no tocante às mulheres, ele é bárbaro, quase inumano. Qualquer que seja a mulher ou a situação, sua resposta é previsível: a mulher é predadora e maquinadora. Seu conselho sobre as mulheres é igualmente previsível: culpe-as, puna-as! Faltou um item: evite-as!

Quanto aos sentimentos sexuais: terá algum? Verá as mulheres como perigosas demais? Ele deve ter desejo sexual. Mas o que acontece com ele? Estará represado, exercendo uma pressão que de alguma forma precisa extravasar? Será essa, me pergunto, a fonte de sua enxaqueca?

EXCERTOS DAS ANOTAÇÕES DE FRIEDRICH
NIETZSCHE SOBRE O DOUTOR BREUER
DE 5 DE DEZEMBRO DE 1882

A lista está crescendo. Aos meus seis itens, o doutor Breuer acrescentou cinco outros.

7. Sentimentos de aprisionamento — pelo casamento, pela vida.
8. Sentimento de distância em relação à esposa.

9. Arrependimento por ter recusado o "sacrifício" sexual de Eva.
10. Preocupação exagerada com as opiniões de outros médicos a seu respeito.
11. Ciúmes — de Bertha com outro homem.

Será que esta lista nunca terminará? Será que cada dia revelará novos problemas? Como fazê-lo ver que seus problemas clamam por atenção apenas para obscurecer aquilo que não deseja enxergar? Pensamentos mesquinhos infiltram sua mente como um fungo. Eles acabarão degenerando seu corpo. Hoje, quando ele partiu, perguntei-lhe o que veria se não estivesse cego por trivialidades. Assim, apontei o caminho. Ele o tomará?

Ele é uma mescla curiosa: inteligente, mas cego; sincero, mas tortuoso. Saberá de sua própria insinceridade? Ele diz que eu o ajudo. Ele me elogia. Terá idéia de como odeio dádivas? Saberá que dádivas arranham minha pele e destroem meu sono? Será um daqueles que fingem dar — apenas para auferir dádivas? Não as darei. Será um daqueles que reverenciam a reverência? Será alguém que deseja me encontrar em vez de a si próprio? Nada devo dar a ele! Quando um amigo necessita de um local de repouso, é melhor oferecer um catre duro!

Ele é envolvente, simpático. Cuidado! Sobre algumas coisas ele se persuadiu a se elevar, mas suas entranhas não se persuadiram. Sobre as mulheres, ele é quase inumano. Uma tragédia chafurdar naquela lama! Conheço tal lama: é bom olhar para baixo e ver o que superei.

A maior árvore ascende às maiores alturas e mergulha as raízes mais fundo, para dentro da escuridão — mesmo para dentro do mal; mas ele nem se eleva nem decai. O desejo animal drena sua força — e sua razão. Três mulheres o laceram, e ele se sente grato para com elas. Ele lambe as terríveis garras dessas mulheres.

Uma delas o borrifa com seu almíscar e finge sacrifício. Ela oferece a "dádiva" da servidão — a servidão dele.

A outra o atormenta. Ela finge fraqueza de modo a se encostar nele enquanto anda. Ela finge dormir para repousar a cabeça na masculinidade dele e, quando enfarada desses pequenos tormentos, ela o humilha publicamente. Terminado o jogo, ela vai em frente e continua com seus truques contra a próxima vítima. Ele está cego para tudo isso. Apesar de tudo, ele a ama. Não importa o que ela faça, ele se compadece de sua posição de paciente e a ama.

A terceira mulher o mantém em cativeiro permanente. Mas eu a prefiro. Ao menos, não esconde as garras!

CARTA DE FRIEDRICH NIETZSCHE PARA LOU SALOMÉ DE DEZEMBRO DE 1882

Cara Lou,

...Tens em mim o maior defensor, mas também o mais impiedoso juiz! Exijo que julgues a ti mesma e que determines tua própria punição... De volta a Orta, decidira revelar toda minha filosofia a ti. Oh! Não tens idéia do vulto dessa decisão: acreditei que não poderia ter presenteado melhor a ninguém...

Naquela época, eu tendia a considerar-te uma visão e manifestação de meu ideal terreno. Por favor, observa que tenho uma péssima visão!

Acredito que ninguém consegue pensar melhor de ti, mas tampouco pior.

Caso tivesse te criado, conceder-te-ia melhor saúde e muito além daquilo que é bem mais valioso... e talvez um pouco mais de amor por mim (embora isso não tenha absolutamente a mínima importância) e o mesmo se daria com o amigo Rée. Nem contigo nem com ele consigo proferir uma só palavra sobre questões de meu coração. Imagino que não tens idéia do que desejo — mas esse silêncio forçado é quase sufocante, porque gosto de vocês.

F. N.

Capítulo 15

Após aquela primeira sessão, Breuer devotou apenas alguns minutos adicionais de seu tempo oficial a Nietzsche: escreveu uma nota na ficha de Eckart Müller, informou as enfermeiras sobre a situação de sua enxaqueca e, mais tarde no consultório, escreveu um relatório mais pessoal em um caderno idêntico ao usado por Nietzsche para suas próprias notas.

Contudo, nas 24 horas seguintes, Nietzsche roubou grande parte do tempo não oficial de Breuer; tempo subtraído de outros pacientes, de Mathilde, de seus filhos e, sobretudo, de seu sono. Dormindo apenas intermitentemente nas primeiras horas da noite, Breuer tinha sonhos vívidos e agitados.

Sonhou que ele e Nietzsche estavam conversando em um aposento sem paredes: talvez um cenário de teatro. Trabalhadores que passavam por eles carregando móveis escutavam a conversa. O aposento parecia temporário, como se pudesse ser dobrado e removido.

Em um segundo sonho, estava sentado em uma banheira e abriu a torneira. Jorraram um fluxo de insetos, pequenas peças de maquinário e longos e odiosos filamentos de lodo que pendiam da boca da torneira. As peças do maquinário o intrigaram. O lodo e os insetos causaram nojo.

Às três da madrugada, foi acordado por seu pesadelo recorrente: o solo tremendo, a procura por Bertha, a Terra se liquefazendo sob os pés. Escorregou para dentro da Terra, afundando 40 metros antes de ser detido por uma laje branca com uma inscrição ilegível.

Breuer ficou deitado escutando as batidas do seu coração. Tentou acalmar-se com tarefas intelectuais. Primeiro, pensou sobre por que o que parece radiante e benigno ao meio-dia tantas vezes assume um aspecto aterrador às três da madrugada. Sem encontrar alívio, mudou de distração e tentou rememorar tudo que revelara a Nietzsche naquele dia. Mas quanto mais lembrava, mais agitado ficava. Teria falado demais? Teriam suas revelações causado repulsa em Nietzsche? O que o possuíra para exteriorizar todos os seus sentimentos secretos e vergonhosos em relação a Bertha e Eva? Naquele momento, parecera certo, até expiatório compartilhar tudo; mas agora, tremia ao pensar na opinião de Nietzsche sobre ele. Embora conhecesse o puritanismo de Nietzsche, agredira-o falando sobre sexo. Talvez intencionalmente. Talvez, por trás do manto médico, tenha tencionado chocar e indigná-lo. Por quê?

Logo Bertha, a imperatriz de sua mente, assomou, aplanando e dispersando os outros pensamentos e exigindo toda sua atenção. O fascínio sexual exercido por ela era especialmente poderoso naquela noite: Bertha lenta e timidamente desabotoou o roupão do hospital; uma Bertha desnuda entrando em transe; Bertha empinando os seios e o chamando; sua boca saciada pelo mamilo macio e saliente; Bertha abrindo as pernas, sussurrando "Me possua" e puxando-o de encontro a ela. Breuer palpitou de desejo; pensou em procurar alívio em Mathilde, mas não pôde suportar a duplicidade e a culpa de, mais uma vez, usar o corpo dela enquanto imaginava Bertha embaixo dele. Levantou-se cedo para se aliviar.

— Parece — disse Breuer para Nietzsche na manhã seguinte, enquanto examinava sua ficha hospitalar — que o senhor

Müller dormiu bem melhor esta noite do que o doutor Breuer. — Em seguida, narrou os eventos de sua noite: o sono intermitente, o medo, os sonhos, as obsessões, suas preocupações de ter revelado demais.

Durante a narração de Breuer, Nietzsche acenava com a cabeça que estava acompanhando e registrou os sonhos em seu caderno.

— Como você sabe, também tenho sofrido dessas noites. Ontem, com apenas um grama de cloral, dormi cinco horas em seguida, mas uma noite como essa é rara. Como você, eu sonho, sou oprimido por terrores noturnos. Como você, tenho me perguntado por que o medo reina de noite. Após vinte anos dessas reflexões, acredito agora que os medos não brotam das trevas; pelo contrário, eles são como estrelas: estão sempre ali, mas obscurecidos pelo clarão da luz do dia.

"E os sonhos", Nietzsche continuou enquanto levantava da cama e atravessava o quarto com Breuer em direção às cadeiras em frente à lareira, "são um mistério glorioso que clama por ser compreendido. Invejo seus sonhos. Raramente capturo os meus. Não concordo com o médico suíço que, uma vez, recomendou que não gastasse tempo pensando nos sonhos, porque não passavam de refugo fortuito, as excreções noturnas da mente. Segundo ele, o cérebro se purifica a cada 24 horas defecando o excesso de pensamentos do dia através dos sonhos!"

Nietzsche parou para ler suas notas sobre os sonhos de Breuer. "Seu pesadelo é totalmente desconcertante, mas creio que seus outros dois sonhos surgiram de nossa discussão ontem. Você se diz preocupado por ter revelado demais e, depois, sonha com um aposento público sem paredes. Quanto ao outro sonho, a torneira, a lama e os insetos, não corrobora seu medo de que vomitou demais suas partes escuras e desagradáveis?"

— Sim, foi estranho como essa noção foi ganhando corpo no decorrer da noite. Temi que o tivesse ofendido, chocado ou enojado. Preocupei-me com como me veria.

— Eu não o predisse? — Nietzsche, sentado de pernas cruzadas na cadeira em frente de Breuer, dava pancadas no caderno com o lápis para enfatizar as palavras. — Essa preocupação com *meus* sentimentos era o que eu temia; *precisamente* por essa razão, recomendei que não revelasse mais do que o necessário para minha compreensão. Quero ajudá-lo a se expandir e crescer, não enfraquecê-lo pela confissão de suas falhas.

— Mas, professor Nietzsche, aqui temos uma importante área de discordância. Aliás, na semana passada, discutimos exatamente este assunto. Tentemos chegar a uma conclusão mais cordial desta vez. Lembro-me de que falou, além de ter lido em seus livros, que todos os relacionamentos devem ser entendidos com base no poder. Porém, isso simplesmente não é verdade no meu caso. Não estou competindo: não me interessa derrotá-lo. Quero apenas sua ajuda em recapturar minha vida. A balança do poder entre nós, quem vence, quem perde, parece trivial e irrelevante.

— Então por que, doutor Breuer, se sente envergonhado por ter revelado suas fraquezas?

— Não por ter perdido alguma competição contra você! O que importa isso? Sinto-me mal por apenas uma razão: valorizo sua opinião a meu respeito e temo que, após a sórdida confissão de ontem, já não tenha uma impressão tão boa de mim! Consulte sua lista — Breuer apontou o caderno de Nietzsche. — Lembre-se do item sobre o ódio por mim mesmo... item três, acredito. Escondo meu verdadeiro eu por existirem tantos aspectos desprezíveis em mim. Depois, me odeio ainda mais por me ver isolado das outras pessoas. Para poder alguma vez romper este círculo vicioso, terei que aprender a me revelar para os outros!

— Talvez, mas observe — Nietzsche apontou para o item 10 de seu caderno. — Aqui, você diz que se preocupa demais com as opiniões de seus colegas. Conheci muitas pessoas que não gostam de si mesmas e tentam superar isso persuadindo primeiro os *outros* a pensarem bem delas. Feito isso, elas começam a pensar bem de *si próprias*. Mas essa é uma falsa solução, isso é submissão à autoridade dos outros. Sua tarefa é aceitar a si mesmo, não encontrar formas de obter *minha* aceitação.

A cabeça de Breuer começou a girar. Dotado de uma mente ágil e penetrante, não estava habituado a ser sistematicamente derrotado na argumentação. Claro estava que o debate racional com Nietzsche era desaconselhável; jamais conseguiria derrotá-lo ou demovê-lo de sua posição. Talvez, concluiu Breuer, ele se saísse melhor com uma abordagem impulsiva e irracional.

— Não, não, não! Acredite, professor Nietzsche, embora isso faça sentido, comigo não funcionará! Sei apenas que preciso de sua aceitação. Você tem razão: a *derradeira* meta *é* ser independente das opiniões dos outros, mas o *caminho* para essa meta, falo por *mim*, não por você, é saber que não ultrapassei os limites da decência. Preciso ser capaz de revelar *tudo* de mim para outrem e saber que também eu sou... simplesmente humano. — Como reflexão posterior, acrescentou. — Humano, demasiado humano!

O título de seu livro fez brotar um sorriso no rosto de Nietzsche.

— *Touché*, doutor Breuer! Quem poderá contestar essa expressão oportuna? Entendo agora seus sentimentos, mas ainda não vejo claramente suas implicações para nosso procedimento.

Breuer escolheu as palavras com cuidado nessa área delicada.

— Nem eu. Mas sei, *isso sim*, que tenho que ser capaz de relaxar minha guarda. Não posso ficar sentindo que preciso ter cuidado com o que lhe revelar. Deixe-me contar um incidente recente que poderá ser relevante. Conversava com meu cunhado Max. Nunca tive intimidade com Max, porque sempre o vi como psicologicamente insensível. Meu casamento, porém, deteriorou-se a ponto de precisar discuti-lo com alguém. Tentei levantar o problema em uma conversa com Max, mas a vergonha foi tão forte, que tive dificuldade em prosseguir. Depois, de uma forma que jamais esperaria, Max correspondeu revelando dificuldades semelhantes que estava tendo na vida. De alguma forma, sua revelação *me* libertou e, pela primeira vez na vida, ele e eu travamos uma discussão *pessoal*. Isso ajudou muito.

— Quando você diz "ajudou" — imediatamente perguntou Nietzsche —, está querendo dizer que seu desespero diminuiu? Ou que seu relacionamento com a esposa melhorou? Ou teve uma discussão que foi momentaneamente expiatória?

Ach! Breuer percebeu que fora pego! Se admitisse que sua discussão com Max realmente o auxiliara, Nietzsche levantaria a questão de por que precisava do conselho *dele*, de Nietzsche. Todo cuidado era pouco.

— Não sei exatamente o que quero dizer. Sei apenas que me senti melhor. Naquela noite, não fiquei acordado na cama sofrendo de vergonha. Desde então, tenho me sentido mais aberto, mais pronto a empreender uma investigação de mim mesmo.

"Não estou chegando onde gostaria", pensou Breuer. "Talvez um simples apelo direto seja mais eficaz."

— Estou certo, professor Nietzsche, de que conseguiria me expressar mais honestamente se estivesse *certo* de sua aceitação. Quando falo de meu amor obsessivo ou de meus ciúmes, me ajudaria saber se você também experimentou esses sentimentos. Suspeito, por exemplo, de que acha o sexo desagradável e desaprova totalmente minha preocupação sexual. E, é natural, isso me deixa pouco à vontade para revelar essas minhas facetas.

Uma pausa prolongada. Nietzsche fitou o teto imerso em pensamentos profundos. Breuer ficou na expectativa, pois aumentara habilmente a pressão. Esperava que Nietzsche fosse finalmente agora dar algo de si mesmo.

— Talvez — respondeu Nietzsche — eu não tenha sido claro o suficiente sobre minha posição. Diga-me: os livros que encomendou já chegaram de meu editor?

— Ainda não. Por que pergunta? Existem passagens relevantes à nossa discussão atual?

— Sim, particularmente em *A gaia ciência*. Ali, afirmo que as relações sexuais não diferem de outras relações, já que também envolvem uma luta pelo poder. O desejo sexual é, no fundo, um desejo de dominar por inteiro a mente e o corpo de outrem.

— Isso não me soa verdadeiro. Não para o *meu* desejo sexual!

— Sim, sim! — insistiu Nietzsche. — Olhe mais profundamente e verá que o desejo sexual também é um desejo de domínio sobre *todos os outros*. O "amante" não é alguém que "ama": pelo contrário, ele almeja a posse exclusiva da amada. Seu desejo é excluir o mundo inteiro de certo bem precioso. Ele é tão egoísta como o dragão que guarda o tesouro! Ele não ama o mundo; pelo contrário, é totalmente indiferente às outras criaturas vivas. Você próprio não o disse? Por isso, ficou satisfeito com... esqueci seu nome, a aleijada!

— Bertha, mas ela não é aleija...

— Isso mesmo, ficou satisfeito quando Bertha disse que você seria para sempre o único homem da vida dela!

— Mas você está roubando a sexualidade do sexo! Sinto meus impulsos sexuais no membro genital, não em alguma arena mental abstrata da luta pelo poder!

— Não — afirmou Nietzsche —, apenas o estou chamando pelo nome certo! Não faço objeção ao homem que faz sexo quando precisa. Mas odeio o homem que implora por ele, que abre mão de seu poder em favor da mulher concedente... da mulher ardilosa que transforma a fraqueza dela e a força dele na *sua* força.

— Irra! Como pode negar o verdadeiro erotismo? Você ignora o impulso, o anseio biológico que está entranhado em nós, que nos permite reproduzir! A sensualidade faz parte da vida, da natureza.

— Faz *parte*, mas não da parte *superior*! Na verdade, é o inimigo mortal da parte superior. Aqui, deixe-me ler uma frase que escrevi de manhã cedo. — Nietzsche colocou os óculos de lentes grossas, foi até a escrivaninha, apanhou um caderno surrado e percorreu páginas cobertas de rabiscos ilegíveis. Deteve-se na última página e, o nariz quase a tocando, leu: — A sensualidade é uma cadela que morde nosso calcanhar! E quão habilmente essa cadela sabe mendigar um pedaço de espírito, quando se lhe nega um pedaço de carne. — Fechou o caderno. — Assim, o problema *não* é que o sexo esteja *presente,* mas que faça outra coisa desaparecer: algo mais valioso, infinitamente mais precioso! O desejo, o estímulo, a voluptuosidade... são os escravizadores! A ralé desperdiça a vida como suínos alimentando a vala do desejo.

— A vala do desejo! — repetiu Breuer para si, espantado com a intensidade de Nietzsche. — Seus sentimentos sobre essa questão são fortes. Ouço mais paixão em sua voz do que em qualquer momento anterior.

— Grande paixão é necessária para derrotar a paixão! Homens demais foram despedaçados na roda da paixão menor.

— E suas *próprias* experiências nesse domínio? — Breuer sondou. — Teve pessoalmente experiências infelizes que ajudaram a moldar suas conclusões?

— Sua afirmação anterior sobre a reprodução como meta primordial... deixe-me perguntar sobre *isso*. — Nietzsche espetou o ar três vezes com o dedo. — Não deveríamos *criar,* não deveríamos nos *transformar, antes* de nos reproduzir? Nossa responsabilidade para com a vida é criar o superior, não reproduzir o inferior. Nada deve interferir com o desenvolvimento do herói dentro de você. Se o desejo o impede, então também ele precisa ser superado.

"Encare a realidade!", disse Breuer para si mesmo. "Você não exerce praticamente nenhum controle sobre essas discussões, Josef. Nietzsche apenas ignora quaisquer perguntas que não deseje responder."

— Veja bem, professor Nietzsche, concordo intelectualmente com grande parte do que diz, mas nosso nível de discussão está *abstrato* demais. Não é suficientemente *pessoal* para poder me ajudar. Talvez eu esteja ligado demais ao prático; afinal, toda minha vida profissional se concentrou em ouvir um problema, formular um diagnóstico e, depois, atacar aquele problema mediante um remédio específico. — Inclinou-se para a frente a fim de olhar Nietzsche diretamente. — Pois bem, sei que meu tipo de doença não pode ser atacado tão pragmaticamente; porém, em nossa discussão, nós nos desviamos demais para o extremo oposto. Nada posso *fazer* com suas palavras. Você me diz para superar meu desejo, minhas paixões inferiores. Você me diz para cultivar as partes superiores de mim, mas não me diz *como* superar, *como* cultivar o herói em mim. Tudo isso são elucubrações poéticas refinadas, mas, neste momento, para mim, não passam de palavras vazias.

Aparentemente não afetado pela súplica de Breuer, Nietzsche respondeu como um professor para um aluno impaciente.

— Com o tempo, eu lhe ensinarei *como* superar. Você quer voar, mas não se pode começar a voar voando. Primeiro, tenho que lhe ensinar a andar, e o primeiro passo ao aprender a andar é entender que quem não obedece a si mesmo é regido por outros. É mais fácil, muito mais fácil, obedecer a outro do que dirigir a si mesmo. — Dito isso, Nietzsche apanhou seu pequeno pente e pôs-se a arrumar o bigode.

— Mais fácil obedecer a outro do que dirigir a si mesmo? Mais uma vez, professor Nietzsche, por que não se dirigir a mim mais pessoalmente? Entendo o sentido de seu enunciado, mas você fala para *mim*? O que posso *fazer* com isso? Desculpe-me se pareço trivial. No momento, meus desejos são mundanos. Desejo coisas simples: dormir livre de pesadelos depois das três, sentir algum alívio da tensão precordial. Eis onde minha angústia se manifesta, bem aqui... — apontou o centro do esterno. — O que preciso agora — prosseguiu — não é uma declaração abstrata e poética, mas algo humano, direto. Preciso de envolvimento pessoal: você pode compartilhar comigo suas experiências? *Você* teve um amor ou uma obsessão como a minha? Como *você* a vivenciou? Como a superou? Quanto tempo levou?

— Tenho outra coisa que planejei discutir com você hoje — disse Nietzsche, desfazendo-se do pente e, novamente, ignorando a pergunta de Breuer. — Ainda há tempo?

Breuer se acomodou desanimado de volta à sua cadeira. Obviamente, Nietzsche continuaria ignorando suas perguntas. Exortou a si mesmo a ser paciente. Consultou o relógio e respondeu que poderia ficar mais 15 minutos.

— Virei aqui às dez, para uma permanência de trinta a quarenta minutos, embora sem dúvida em certos dias uma emergência poderá me forçar a partir mais cedo.

— Ótimo! Tenho algo importante que gostaria de lhe dizer. Muitas vezes, ouvi-o reclamar de infelicidade. Aliás — Nietzsche abriu seu caderno na lista de problemas de Breuer —, "infelicidade geral" é o primeiro problema de sua lista. Além disso, hoje você mencionou sua angústia, sua tensão cordial...

— *Pre*cordial; a região no topo do *cor*, o coração.

— Sim, obrigado, ensinamo-nos um ao outro. Sua tensão *pre*cordial, seus terrores noturnos, sua insônia, seu desespero... você menciona muito esses problemas e descreve seu desejo "corriqueiro" de alívio imediato do desconforto. Você lamenta que sua discussão comigo não surta os mesmos resultados da discussão que teve com Max.

— Sim, e...

— E quer que eu ataque sua tensão diretamente, que o conforte.

— Exatamente. — Breuer se inclinou mais uma vez para a frente em sua cadeira. Assentiu com a cabeça, exortando Nietzsche a prosseguir.

— Resisti à sua proposta, dois dias atrás, de me tornar seu... como dizer?... seu conselheiro e de ajudá-lo a enfrentar seu desespero. Discordei quando alegou que sou um especialista mundial por ter estudado esses assuntos por vários anos. Mas agora, ao refletir a respeito, percebo que teve razão: *sou* um especialista. Tenho, *sim*, muito para lhe ensinar: devotei grande parte de minha vida ao estudo do desespero. Quanto de minha vida posso lhe mostrar facilmente. Alguns meses atrás, minha irmã Elisabeth mostrou-me uma carta que lhe escrevi em 1865, aos 21 anos. Elisabeth nunca devolve minhas cartas; ela fica com tudo e diz que um dia construirá um museu para guardar meus pertences e cobrar entrada. Quem conhece Elisabeth sabe que seria capaz de me empalhar, montar e exibir como a atração principal. Naquela carta, afirmei que havia uma divisão básica no estilo dos homens: aqueles que desejam a paz de espírito e a felicidade têm que acreditar e abraçar a fé, enquanto *aqueles que desejam perseguir a verdade devem renunciar à paz de espírito* e devotar sua vida à investigação. Eu sabia disso aos 21 anos, há meia vida. É tempo de *você* aprendê-lo: deve ser seu ponto de partida básico. Você deve escolher entre o conforto e a verdadeira investigação! Caso escolha a ciência, caso opte por ser libertado das cadeias sedativas do sobrenatural, caso, conforme alega, escolha evitar a fé e abraçar o ateísmo, então não poderá ao mesmo tempo ansiar pelos pequenos confortos do crente! Se você matar Deus, terá também que deixar o abrigo do templo.

Breuer ficou calado em sua cadeira, observando pela janela do quarto de Nietzsche o jardim do sanatório, onde uma senhora idosa sentada de olhos fechados numa cadeira de rodas era empurrada por uma jovem enfermeira ao redor de um caminho circular. Os comentários de Nietzsche eram irresistíveis. Era difícil rejeitá-los como mero filosofar vazio. Mesmo assim, fez nova tentativa.

— Você exagera o papel da escolha em minha vida. Minha escolha não foi tão deliberada, nem tão profunda. Minha opção pelo ateísmo foi menos uma opção ativa do que uma questão de ser incapaz de acreditar em contos de fadas religiosos. Escolhi a ciência simplesmente por ser o único modo possível de dominar os segredos do corpo.

— Então, você esconde sua vontade de si mesmo. Você precisa *agora* aprender a reconhecer sua vida e a ter a coragem de dizer "Assim escolhi!" O espírito de um homem se constrói a partir de suas escolhas!

Breuer se contorceu na cadeira. O tom de pregação de Nietzsche fez com que se sentisse desconfortável. Onde teria aprendido aquilo? Não com seu pai pregador, falecido quando Nietzsche tinha 5 anos. Poderia ocorrer transmissão genética das habilidades e inclinações de pregação? Nietzsche continuou o sermão.

— Caso escolha ser um dos poucos que participam do prazer do crescimento e da alegria da liberdade sem Deus, terá que se preparar para a máxima dor. Eles estão interligados e não podem ser experimentados separados! Se desejar menos dor, terá que encolher, à semelhança dos estóicos, e renunciar ao máximo prazer.

— Não estou certo, professor Nietzsche, de que se tenha que aceitar essa visão de mundo mórbida. Isso soa como Schopenhauer, mas há outros pontos de vista menos sombrios.

— Sombrio? Pergunte-se, doutor Breuer, por que todos os grandes filósofos são sombrios. Pergunte-se: "Quais são os seguros, os confortáveis, os eternamente radiantes?" Direi a resposta: *somente aqueles com uma visão tacanha* — o populacho e as crianças!

— Você diz, professor Nietzsche, que o crescimento é a recompensa da dor...

Nietzsche interrompeu.

— Não, não *apenas* o crescimento. Existe também a força. Uma árvore precisa enfrentar tormentas para alcançar uma altura digna de orgulho. A criatividade e a descoberta são geradas na dor. Permita citar a mim mesmo em minhas notas de alguns dias atrás. — Novamente, Nietzsche folheou suas notas e, depois, leu: — "É preciso ter caos e frenesi dentro de si para dar à luz uma estrela dançante."

A leitura de Nietzsche deixou Breuer ainda mais irritado. Seu discurso poético funcionou como uma barricada entre eles. No cômputo geral, Breuer tinha certeza de que as coisas melhorariam se conseguisse trazer Nietzsche de volta das estrelas.

— Novamente, está sendo abstrato demais. Por favor, não me interprete mal, professor Nietzsche: suas palavras são belas e poderosas, mas, quando as lê para mim, já não sinto que estejamos nos relacionando *pessoalmente*. Apreendo seu significado intelectual; sim, *existem* recompensas para a dor: o crescimento, a força, a criatividade. Compreendo isso aqui — Breuer apontou para a cabeça —, mas não entra *aqui* — apontou para o abdômen. — Se isso é para me ajudar, tem que me atingir onde minha experiência está radicada. *Aqui*, em minhas entranhas, não experimento nenhum crescimento, não dou à luz nenhuma estrela dançante! Tenho tão-somente o frenesi e o caos!

Nietzsche deu um amplo sorriso e balançou o dedo no ar.

— Exatamente! Disse-o bem! Esse é o problema, precisamente! E *por que* nenhum crescimento? *Por que* nenhum pensamento mais digno? Esse era o sentido de minha pergunta final ontem: o que estaria pensando se não estivesse preocupado com esses pensamentos estranhos? Por favor, relaxe, feche os olhos e tente essa experiência imaginária comigo.

"Subamos bem longe, talvez no pico de uma montanha, e observemos juntos. Lá, bem ao longe, vemos um homem, um homem com uma mente inteligente e também sensível. Observemo-lo. Talvez certa vez tenha visto profundamente o horror da própria existência. Talvez tenha visto demais! Talvez deparasse com as mandíbulas devoradoras do tempo ou com sua própria insignificância, pois não passa de uma partícula, ou com a transitoriedade e a contingência da vida. Seu temor foi cruel e terrível até o dia em que descobriu que o desejo aplaca o medo. Então, abrigou o desejo em sua mente e este, um competidor implacável, logo expulsou todos os demais pensamentos. Mas o desejo não pensa; ele anseia, ele rememora. Assim, esse homem passou a rememorar luxuriosamente Bertha, a aleijada. Ele deixou de olhar a distância, despendendo seu tempo rememorando milagres tais como o modo de Bertha mover os dedos, a boca, como se despia, como falava e gaguejava, andava e mancava. Logo, todo seu ser era consumido por tal insignificância. Os grandes bulevares de sua mente, abertos para o trânsito de idéias nobres, ficaram entulhados de lixo. Sua lembrança de ter outrora pensado grandes pensamentos foi se enfraquecendo até desaparecer. Seus temores também desapareceram. Restou apenas uma ansiedade torturante de que algo se extraviara. Intrigado, procurou pela fonte de sua ansiedade entre o lixo de sua mente. Assim o encontramos no momento atual, remexendo o lixo, como se *este* contivesse a resposta. Chega a *me* pedir para remexer junto com ele!"

Nietzsche parou esperando a resposta de Breuer. Silêncio.

— Diga-me — perguntou Nietzsche —, o que você acha desse homem que observamos?

Silêncio.

— Doutor Breuer, o que você acha?

Breuer estava sentado em silêncio, os olhos fechados, como hipnotizado pelas palavras de Nietzsche.

— Josef! Josef! O que você acha?

Despertando, Breuer abriu lentamente os olhos e se virou para olhar Nietzsche. Continuou sem falar.

— Não vê, Josef, que o problema *não* está no seu sentimento de desconforto? Que importância tem a tensão ou pressão no seu tórax? Quem foi que lhe prometeu conforto? Você dorme mal! E daí? Quem foi que lhe prometeu um sono tranqüilo? Não, o problema *não* está no desconforto. O problema é que você sente *desconforto pela coisa errada*! — Nietzsche olhou seu relógio. — Vejo que estou retendo você além da hora. Encerremos com a mesma sugestão de ontem. Por favor, pense em que pensaria se Bertha não atulhasse sua mente. Certo?

Breuer assentiu com a cabeça e saiu.

EXCERTOS DAS ANOTAÇÕES DO DOUTOR BREUER
SOBRE ECKART MÜLLER
DE 6 DE DEZEMBRO DE 1882

Coisas estranhas aconteceram em nossa conversa de hoje. Nenhuma delas conforme eu planejara. Ele não respondeu a nenhuma de minhas perguntas, não revelou nada de si. Ele desempenha seu papel de conselheiro tão solenemente, que às vezes o acho cômico. No entanto, vista da perspectiva dele, sua conduta é inteiramente correta: ele está honrando seu contrato e tentando, da melhor forma possível, ajudar-me. Respeito-o por isso.

É fascinante observar sua inteligência ao enfrentar o problema de como ajudar um indivíduo singular, uma criatura de carne e osso — eu. Até agora, porém, carece estranhamente de imaginação e se fia por inteiro na retórica. Acreditará realmente que a explicação racional ou a mera exortação resolverá o problema?

Em um de seus livros, ele argumenta que a estrutura moral pessoal de um filósofo determina o tipo de filosofia que cria. Acredito agora que o mesmo princípio se aplica a esse tipo de aconselhamento: a personalidade do conselheiro determina o enfoque de seu aconselhamento. Desse modo, devido aos seus temores sociais e à misantropia, Nietzsche escolhe um estilo impessoal e distante. É claro que está cego para isso: o que faz é desenvolver uma teoria para racionalizar e legitimar o enfoque de seu aconselhamento. Assim, não oferece nenhum apoio pessoal, jamais estende a mão confortadora, discursa para mim de uma plataforma elevada, recusa-se a admitir seus próprios problemas pessoais e não se dirige a mim de uma forma humana. Exceto por um momento! No final de nossa conversa de hoje — esqueci-me o que discutíamos —, subitamente se referiu a mim como "Josef". Talvez eu seja mais bem-sucedido do que pensava em estabelecer um relacionamento.

Estamos engajados em uma estranha luta! Para ver quem consegue ajudar mais o outro. Perturba-me essa competição: temo que confirme para ele seu insipiente modelo de "poder" das relações sociais. Talvez eu deva agir como Max preconiza: parar de competir e aprender o que puder com ele. É-lhe importante deter o controle. Vislumbro vários sinais de que se sente vitorioso: diz-me o quanto tem a me ensinar, lê-me suas notas, consulta a hora e altivamente me dispensa, marcando nosso próximo encontro. Tudo isso é irritante! Mas então lembro a mim mesmo que sou um médico: não me encontro com ele para meu prazer pessoal. Afinal, qual é o prazer pessoal de extrair as amígdalas de um paciente ou de desalojar uma impacção fecal?

Houve um momento hoje em que experimentei uma estranha ausência. Senti-me quase como se estivesse em transe. Talvez eu seja, afinal, suscetível ao mesmerismo.

NOTAS DE FRIEDRICH NIETZSCHE SOBRE O
DOUTOR BREUER DE 6 DE DEZEMBRO DE 1882

Às vezes, é pior para um filósofo ser compreendido do que ser mal compreendido. Ele tenta me compreender bem demais; ele me adula na tentativa de obter orientações específicas. Quer descobrir meu rumo e usá-lo também como seu rumo. Ele ainda não compreende que existe um rumo meu e um rumo dele, mas que não existe "o" rumo. Ele não pede orientações diretamente, mas me adula e finge que sua adulação é outra coisa: ele tenta me persuadir de que minha revelação é essencial ao processo de nosso trabalho, de que o ajudará a falar, nos tornará mais "humanos" juntos, como se chafurdar na lama juntos significasse ser humano! Tento ensinar-lhe que os amantes da verdade não temem águas tempestuosas ou turvas. O que tememos são águas rasas!

Se a prática médica deve servir de guia para nosso empreendimento, não deverei chegar a um "diagnóstico"? Eis uma nova ciência: o diagnóstico do desespero. Diagnostico-o como alguém que deseja ser um espírito livre, mas não consegue se libertar dos grilhões da crença. Ele quer apenas o sim, a aceitação da escolha, nada do não, da renúncia. Ele ilude a si mesmo: faz escolhas mas se recusa a ser aquele que escolhe. Sabe que é um desgraçado, mas não sabe que o é pela coisa errada! Espera de mim alívio, conforto e felicidade. Mas tenho que lhe dar mais desgraça. Tenho que fazer de sua desgraça comum novamente uma desgraça nobre e original.

Como expulsar a desgraça trivial de sua torre? Tornar o sofrimento honesto outra vez? Vali-me de sua própria técnica: a técnica da terceira pessoa que aplicou a mim na semana passada em sua canhestra tentativa de me induzir a me entregar aos cuidados dele; eu o instruí a olhar para si do alto. Mas foi forte demais; ele quase desmaiou. Tive que me dirigir a ele como a uma criança, chamá-lo de "Josef", para reavivá-lo.

Minha carga é grande. Trabalho para a sua libertação. E também para a minha. Mas não sou um Breuer:

compreendo minha desgraça e ela é bem-vinda. Além disso, Lou Salomé não é uma aleijada. Porém, sei o que é ser perturbado por alguém que eu amo e odeio!

Capítulo 16

Exímio praticante da *arte* da medicina, Breuer em geral começava suas visitas hospitalares com bate-papos à beira do leito que ele graciosamente transformava em investigações médicas. Mas não haveria bate-papo quando entrasse no quarto 13 da Clínica Lauzon na manhã seguinte. Nietzsche logo anunciou que se sentia anormalmente saudável e que não desejava gastar seu tempo precioso conversando sobre seus sintomas inexistentes. Sugeriu que fossem direto ao assunto.

— Minha vez chegará novamente, doutor Breuer; minha doença nunca se desgarra por tempo demais ou longe demais. Mas agora que está *en vacance*, continuemos nosso trabalho nos *seus* problemas. Que progresso realizou na experiência imaginária que propus ontem? Em que você pensaria se não estivesse preocupado com fantasias de Bertha?

— Professor Nietzsche, deixe-me falar de outra coisa primeiro. Houve um momento ontem em que você abandonou meu título profissional e me chamou de Josef. Isso me agradou. Senti-me mais próximo de você e gostei *disso*. Embora nosso relacionamento seja profissional, a natureza de nosso discurso requer que falemos intimamente. Você concordaria, portanto, em nos chamarmos por nossos prenomes?

Nietzsche, que organizara sua vida de modo a evitar tais interações pessoais, ficou embaraçado. Contorceu-se e gaguejou, mas, aparentemente não encontrando uma forma elegante de recusar, finalmente concordou a contragosto. Ante a pergunta adicional de Breuer para saber se deveria chamá-lo de Friedrich ou Fritz, Nietzsche quase vociferou:

— Friedrich, por favor. E agora, ao trabalho!

— Sim, ao trabalho! De volta à sua pergunta! O que há por trás de Bertha? Sei que existe um fluxo de preocupações mais profundas e sombrias, que estou convencido terem se intensificado alguns meses atrás quando passei dos 40 anos. Você sabe, Friedrich, uma crise em torno da marca dos 40 não é incomum. Cuidado, você tem apenas dois anos para se preparar.

Breuer sabia que essa familiaridade incomodava Nietzsche, mas que também partes deste ansiavam por contatos humanos mais íntimos.

— Não estou muito preocupado — arriscou Nietzsche. — Acho que tenho tido 40 anos desde que cheguei aos 20!

O que seria aquilo? Uma aproximação! Sem dúvida, uma aproximação! Breuer lembrou-se de um gatinho que seu filho Robert encontrara recentemente na rua. "Ofereça algum leite", dissera Breuer a Robert, "e volte. Deixe que beba tranqüilamente e que se acostume com sua presença. Mais tarde, quando ele se sentir seguro, você poderá acariciá-lo". Breuer retrocedeu.

— Como descrever melhor meus pensamentos? Tenho pensamentos mórbidos, sombrios. Com freqüência, sinto como se minha vida tivesse atingido o cume. — Breuer pausou para se lembrar de como o descrevera a Freud. — Escalo até o pico e, quando observo além da borda para ver o que existe adiante, vejo apenas deterioração: a queda no envelhecimento, netos, cabelos brancos ou talvez — deu um tapinha no centro calvo do couro cabeludo — simplesmente a calvície. Mas não, isso não está exatamente certo. Não é a *queda* que me incomoda... é a *não-ascensão*.

— Não-ascensão, doutor Breuer? Por que não pode continuar a ascender?

— Friedrich, sei que é difícil quebrar o hábito, mas por favor me chame de Josef.

— Josef, então. Conte-me, Josef, sobre não ascender.

— Às vezes, imagino que todos têm uma frase secreta, Friedrich, um tema profundo que se torna o mito central da vida da pessoa. Quando eu era criança, alguém uma vez me chamou de "o rapaz infinitamente promissor". Adorei essa frase. Entoei-a para mim mesmo milhares de vezes. Muitas vezes, imaginei-me um tenor cantando-a em um som agudo: "O rapaaaaaaz in-fi-ni-ta-men-te pro-mis-sor." Gostava de dizê-lo lenta e dramaticamente, enfatizando cada sílaba. Até hoje, essas palavras me comovem!

— E o que aconteceu com aquele rapaz infinitamente promissor?

— Ah! *Essa* pergunta! Formulo-a com freqüência. O que ele *veio* a ser? Sei agora que não há mais promessa... ela se esgotou!

— Diga-me, o que quer dizer exatamente com "promessa"?

— Não sei ao certo. Pensava que sabia. Significava o potencial de escalar, de me alçar às alturas; significava sucesso, aclamação, descobertas científicas. Mas provei o fruto dessas promessas. Sou um médico respeitado, um cidadão respeitável. Realizei algumas descobertas científicas importantes: enquanto existirem registros históricos, meu nome será sempre conhecido como um dos descobridores da função do interior do ouvido na regulação do equilíbrio. Além disso, participei da descoberta de um importante processo de regulação respiratória conhecido como reflexo de Herring-Breuer.

— Ora, Josef, não é um homem afortunado? Sua promessa não se realizou?

O tom de Nietzsche era enigmático. Estaria realmente pedindo informações? Ou estaria dando uma de Sócrates e fazendo Breuer de Alcebíades? Breuer decidiu responder com base no significado visível.

— As metas se realizaram, sim. Mas sem satisfação, Friedrich. De início, a euforia de um novo sucesso durava meses. Gradualmente, porém, foi se tornando mais efêmera — semanas, depois dias, até horas —, até que agora o sentimento se evapora tão rapidamente que já nem penetra em minha pele. Acredito agora que minhas metas foram imposturas: jamais foram o verdadeiro destino do rapaz infinitamente promissor. Muitas vezes, sinto-me desorientado: as antigas metas deixaram de funcionar e perdi o dom de inventar metas novas. Quando penso no fluxo de minha vida, sinto-me traído ou enganado, como se tivesse sido vítima de uma piada celestial, como se tivesse esgotado minha vida dançando à melodia errada.

— Melodia errada?

— A melodia do rapaz infinitamente promissor; a melodia que sussurrei a vida toda.

— A melodia estava certa, Josef, a dança é que estava errada!

— A melodia certa com a dança errada? O que quer dizer?

Nietzsche permaneceu calado.

— Quer dizer que interpretei a palavra "promissor" de maneira equivocada?

— E "infinitamente" também, Josef.

— Não compreendo. Poderia falar mais claramente?

— Talvez você tenha que aprender a falar mais claramente para si mesmo. Nos últimos dias, percebi que a cura filosófica consiste em aprender a escutar sua própria voz interna. Não me contou que sua paciente Bertha se curou conversando sobre cada aspecto de seus pensamentos? Qual foi o termo que empregou para descrevê-lo?

— Limpeza de chaminé. Foi ela quem inventou o termo; limpar sua chaminé significava desligar-se de modo que pudesse ventilar o cérebro, limpar a mente de todos os pensamentos perturbadores.

— É uma boa metáfora — observou Nietzsche. — Talvez devêssemos experimentar esse método em nossas conversas. Talvez agora. Poderia, por exemplo, limpar a chaminé sobre o rapaz infinitamente promissor?

Breuer voltou a reclinar a cabeça na cadeira.

— Acho que já disse tudo. Aquele rapaz agora envelhecendo atingiu o ponto da vida em que não consegue mais ver seu sentido. Sua razão de viver (*minha* razão, minhas metas, as recompensas que me impeliram pela vida) se afigura absurda agora. Quando penso em como busquei besteiras, em como desperdicei a única vida que possuo, um sentimento de terrível desespero me domina.

— O que *deveria* ter buscado em seu lugar?

Breuer sentiu-se animado pelo tom de Nietzsche, agora mais gentil, mais confiante, como se estivesse familiarizado com aquele terreno.

— Essa é a pior parte! A vida é um exame sem respostas certas. Se fosse possível começar tudo de novo, acho que faria exatamente a mesma coisa, cometeria os mesmos erros. Outro dia, imaginei uma boa trama para um romance. Ah! Se eu fosse escritor! Imagine isto: um homem de meia-idade, que viveu uma vida insatisfatória, é abordado por um gênio que lhe oferece a oportunidade de reviver sua vida mantendo plena memória da vida anterior. É claro que ele aproveita a chance. Mas, para seu espanto e horror, descobre que está vivendo a mesma vida: fazendo as mesmas escolhas, repetindo os mesmos erros, abraçando as mesmas falsas metas e falsos deuses.

— E essas metas em função das quais você vive, qual a origem delas? Como as escolheu?

— Como escolhi minhas metas? Escolher, escolher... sua palavra favorita! Meninos de 5, 10 ou 20 anos não *escolhem* suas vidas. Não consigo raciocinar sobre sua pergunta.

— Não raciocine — recomendou Nietzsche. — Apenas limpe a chaminé!

— Metas? As metas estão na cultura, no ar. Nós as respiramos. Todos os meninos com quem cresci inalaram as mesmas metas. Todos queríamos pular para fora do gueto judaico, subir na vida, ter sucesso, riqueza, respeitabilidade. Era o que todos queríamos! Nenhum de nós jamais se pôs deliberadamente a escolher metas; elas estavam bem *ali*, as conseqüências naturais de meu tempo, meu povo, minha família.

— Mas elas não serviram para você, Josef. Não foram suficientemente firmes para sustentar uma vida. Bem, talvez fossem bastante firmes para alguns: para os sem-visão, ou para os medíocres que correm a vida toda atrás de objetivos materiais, ou mesmo para os que atingem o sucesso mas têm o dom de continuamente fixar novas metas fora do alcance deles. Mas você, como eu, é um homem de visão. Você olhou para longe demais na vida. Você viu que era fútil alcançar metas erradas e fútil fixar novas metas erradas. Multiplicações por zero dão sempre zero!

Breuer ficou arrebatado por essas palavras. Todo o resto — paredes, janelas, lareira, mesmo o corpo de Nietzsche — se desvaneceu. Esperara toda sua vida por essa troca.

— Sim, tudo que diz é verdade, Friedrich, exceto sua insistência em que escolhemos nosso plano de vida de forma deliberada. O indivíduo não seleciona conscientemente suas metas de vida: elas são um acidente da história, não são?

— Não tomar posse de seu plano de vida é deixar sua existência ser um acidente.

— Mas — protestou Breuer — ninguém desfruta de tal liberdade. Você não pode fugir da perspectiva de sua época, de sua cultura, de sua família, de seu...

— Certa vez — interrompeu Nietzsche — um sábio judeu aconselhou seus seguidores a romper com seus pais e suas mães e buscar a perfeição. *Esse* poderia ser um passo digno de um rapaz infinitamente promissor! Essa poderia ter sido a dança correta com a melodia certa.

A dança correta com a melodia certa! Breuer tentou se concentrar no significado dessas palavras, mas subitamente ficou desanimado.

— Friedrich, sinto paixão por tal conversa, mas uma voz interna não pára de perguntar: "Estamos chegando a algum lugar?" Nossa discussão é etérea demais, distante demais da opressão no meu tórax e do peso em minha cabeça.

— Paciência, Josef. Durante quanto tempo você disse que Anna O. limpou chaminé?

— Sim, levou bastante tempo. Meses! Mas eu e você não dispomos de meses. E havia uma diferença: a limpeza de chaminé sempre enfocava sua dor. Mas nossa conversa abstrata sobre metas e propósito da vida parece distante de *minha* dor!

Nietzsche, impassível, continuou como se Breuer não tivesse falado.

— Josef, você disse que todas essas preocupações com a vida se intensificaram quando chegou aos 40?

— Que perseverança, Friedrich! Você me inspira a ser mais paciente comigo. Se você tem interesse suficiente para me perguntar sobre os 40 anos, tenho certamente que encontrar a determinação para lhe responder. Os 40 anos... sim, aquele foi um ano de crise, minha *segunda* crise. Tive uma crise anterior, aos 29, quando Oppolzer, o chefe do curso de medicina na universidade, faleceu durante uma epidemia de tifo. Dezesseis de abril de 1871... ainda me lembro da data. Ele era meu professor, meu defensor, meu segundo pai.

— Interesso-me por segundos pais — interrompeu Nietzsche. — Conte-me mais.

— Ele foi o grande mestre de minha vida. Todos sabiam que ele estava me treinando para ser seu sucessor. Eu era o melhor candidato e deveria ter sido escolhido para ocupar sua cátedra vaga. No entanto, isso não aconteceu. Talvez eu não tenha ajudado a acontecer. Alguém bem inferior a mim foi nomeado por razões políticas, possivelmente também por razões religiosas. Não havia mais lugar para mim e transferi meu laboratório, até os pombos que usava como cobaias, para minha casa, passando a me dedicar integralmente ao consultório particular. *Aquele* — disse Breuer tristonho — foi o fim de minha carreira acadêmica infinitamente promissora.

— Ao contar que não ajudou a acontecer, que quis dizer?

Breuer fitou Nietzsche com espanto.

— Que transformação de filósofo em clínico! Você desenvolveu ouvidos de médico. Nada lhe escapa. Fiz esse comentário porque sei que devo ser honesto. Entretanto, ainda é um ponto doloroso. Eu não queria falar a respeito; porém, foi exatamente a afirmação que você selecionou.

— Veja bem, Josef, no momento exato em que lhe peço para falar de algo contra sua vontade... *esse* é o momento que você escolhe para assumir poder elogiando-me rasgadamente. *Pois bem*, você ainda insiste que a luta pelo poder não é um aspecto importante de nosso relacionamento?

Breuer despencou de novo na cadeira. "Não, de novo *isso?*", pensou. Balançou a mão à sua frente.

— Não vamos reabrir *esse* debate. Por favor, deixe para lá. — Depois, acrescentou. — Espere! Tenho um último comentário: se você proíbe a expressão de quaisquer sentimentos positivos, então você *ocasiona* exatamente a espécie de relacionamento que previu que iria descobrir *in vivo*. Isso é má ciência: você está adulterando os dados.

— Má ciência? — Nietzsche refletiu por um momento e, depois, assentiu com a cabeça. — Tem razão! Debate encerrado! Retornemos a como você não ajudou sua própria carreira.

— Bem, os indícios são abundantes. Eu protelei a redação e a publicação de artigos científicos. Recusei-me a dar os passos formais preliminares necessários à nomeação para a cátedra. Não aderi às associações médicas corretas, nem participei de comissões universitárias, nem fiz os contatos políticos corretos. Não sei por quê. Talvez *isso* tenha a ver com poder. Talvez eu recue da arena competitiva. É para mim mais fácil competir com o mistério do sistema de equilíbrio de um pombo do que com outro homem. Penso que é meu problema de competição que provoca tamanha dor quando imagino Bertha com outro homem.

— Talvez, Josef, você tenha sentido que um rapaz infinitamente promissor não deveria *ter* que cavar seu caminho para o alto.

— Sim, senti isso também. Mas *qualquer que fosse* a razão, foi o fim de minha carreira acadêmica. Foi a primeira ferida da mortalidade, o primeiro ataque ao meu mito da promessa infinita.

— Então, isso foi aos 29. E ao chegar aos 40, a segunda crise?

— Uma ferida mais profunda. Chegar aos 40 abalou a idéia de que tudo me era possível. Subitamente, entendi o fato mais óbvio da vida: que o tempo é irreversível, que minha vida estava se consumindo. É claro que eu já sabia disso antes, mas sabê-lo aos 40 foi uma espécie diferente de saber. Agora, *sei* que "o rapaz infinitamente promissor" foi meramente uma ordem de marchar, que "promissor" é uma ilusão, que "infinitamente" não tem sentido e que estou em fileira cerrada com todos os outros homens marchando em direção à morte.

Nietzsche sacudiu a cabeça enfaticamente.

— Você chama a visão clara de *ferida*? Veja o que você aprendeu, Josef: que o tempo não pode ser detido, que a vontade não pode querer para trás. Apenas os afortunados captam tais verdades!

— Afortunado? Estranha palavra! Percebo que a morte se aproxima, que sou impotente e insignificante, que a vida não tem um verdadeiro propósito ou valor... e você chama isso de fortuna!

— O fato de que a vontade não pode querer para trás *não* significa que ela seja impotente! Porque, graças a Deus, Deus está morto... não quer dizer que a existência não tenha propósito! Porque a morte se aproxima... não quer dizer que a vida não tenha valor. Todas essas são coisas que lhe ensinarei no momento oportuno. Mas já fizemos bastante hoje, talvez até demais. Antes de amanhã, por favor revise nossa discussão. Medite sobre ela!

Surpreso pelo súbito encerramento de Nietzsche, Breuer consultou seu relógio e constatou que ainda tinha dez minutos disponíveis. Mas não objetou e deixou o quarto de Nietzsche com o alívio do aluno liberado mais cedo da aula.

EXCERTOS DAS ANOTAÇÕES DO DOUTOR BREUER
SOBRE ECKART MÜLLER
DE 7 DE DEZEMBRO DE 1882

Paciência, paciência, paciência. Pela primeira vez, aprendo o significado e o valor da palavra. Devo manter em mente minha meta de longo prazo. Todos os passos ousados, prematuros, neste estágio acabam em fracasso. Pense na abertura de xadrez. Avance com as peças lenta e sistematicamente. Forme um centro poderoso. Não mova uma peça mais de uma vez. Não saia com a rainha cedo demais!

Está dando resultados! O grande passo adiante hoje foi a adoção de prenomes. Ele quase perdeu a voz à minha proposta; mal consegui conter o riso. Com todo seu livre-pensamento, no fundo é um vienense e adora seus títulos — tanto quanto sua impessoalidade! Após chamá-lo repetidamente de Friedrich, começou a fazer o mesmo.

Isso fez diferença na atmosfera da sessão. Em poucos minutos, ele abriu à porta uma pequena fresta. Aludiu a ter tido mais do que seu quinhão de crises e a ter 40 anos aos 20! Deixei passar despercebido — por ora! Mas tenho que retornar a isso!

Talvez, por enquanto, seja melhor esquecer minhas tentativas de ajudá-lo — melhor simplesmente me submeter aos seus esforços de me ajudar. Quanto mais genuíno eu for, quanto menos tentar manipular, melhor será. Ele é como Sig — tem os olhos de um falcão e distingue qualquer dissimulação.

Uma discussão estimulante hoje, como os velhos tempos das aulas de filosofia de Brentano. Em alguns momentos, fui envolvido por ela. Mas terá sido produtiva? Repeti-lhe minhas preocupações com o envelhecimento, com a mortalidade e com a falta de sentido da vida — todas as minhas meditações mórbidas. Ele pareceu estranhamente intrigado por meu antigo refrão do rapaz infinitamente promissor. Não estou certo de ter entendido seu objetivo ainda — se é que existe um!

Hoje seu método está mais claro para mim. Como ele acredita que minha obsessão por Bertha serve para me desviar dessas preocupações existenciais, o objetivo dele é confrontar-me com elas, trazê-las à tona, provavelmente aumentar ainda mais minha aflição. Daí, ele aguilhoa sem dó e não oferece qualquer ajuda. Dada sua personalidade, é claro que não tem nenhuma dificuldade em fazê-lo.

Ele parece acreditar que um método de discussão filosófica me afetará. Tento mostrar a ele que tal método não me afeta. Mas ele, assim como eu, vai experimentando e improvisando métodos enquanto avança. Sua outra inovação metodológica de hoje foi empregar minha técnica de "limpeza de chaminé". É-me estranho ser o limpador, e não o supervisor — estranho, mas não desagradável.

O desagradável e irritante é sua grandiosidade, que se manifesta repetidamente. Hoje, ele afirmou que me ensinará o significado e o valor da vida. Mas não agora! Ainda não estou preparado para isso!

ANOTAÇÕES DE FRIEDRICH NIETZSCHE SOBRE O DOUTOR BREUER DE 7 DE DEZEMBRO DE 1882

Finalmente! Uma discussão digna de minha atenção — uma discussão que prova grande parte do que pensei. Eis um homem tão oprimido pela gravidade — sua cultura, sua posição, sua família — que jamais conheceu sua própria vontade. Tão preso à conformidade, que parece espantado quando falo de escolha, como se estivesse falando uma língua estrangeira. Talvez a conformidade sufoque os judeus — a perseguição externa une um povo tão estreitamente que o indivíduo singular não consegue emergir.

Quando o confronto com o fato de que permitiu que sua vida fosse um acidente, ele nega a possibilidade de escolha. Ele me diz que ninguém imerso em uma cultura dispõe de escolha. Quando delicadamente o confronto com a ordem de Jesus de romper com os pais e a cultura na busca da perfeição, ele declara que meu método é etéreo demais e muda de assunto.

É curioso como ele teve o conceito ao seu alcance em uma idade precoce, mas nunca desenvolveu a visão para enxergá-lo. Ele era "o rapaz infinitamente promissor"

— *como todos nós somos* —, *mas nunca entendeu a natureza de sua promissão. Ele nunca compreendeu que seu dever era aperfeiçoar a natureza, superar a si mesmo, sua cultura, sua família, seu desejo, sua natureza animalesca brutal, para se tornar quem ele foi, o que ele foi. Ele nunca cresceu, nunca se desvencilhou de sua primeira pele: ele confundiu a promissão com a realização de objetivos materiais e profissionais. E quando alcançou esses objetivos sem jamais ter aquietado a voz que dizia "Torna-te quem tu és" recaiu no desespero e invectivou a peça nele pregada. Mesmo agora ele não capta a verdade!*

Existe esperança para ele? Ele ao menos pensa sobre as questões corretas e não recorre a embustes religiosos. Mas é medroso demais. Como lhe ensinar a se tornar rijo? Ele uma vez contou que banhos frios ajudam a enrijicer a pele. Haverá uma receita para enrijicer a determinação? Ele chegou à percepção de que somos regidos não pelo desejo divino, mas pelo desejo do tempo. Ele percebe que a vontade é impotente contra o "assim se deu". Terei a habilidade de lhe ensinar a transmutar o "assim se deu" no "assim o quis"?

Ele insiste em me chamar pelo prenome, embora saiba que não é minha preferência. É um pequeno tormento; sou forte o bastante para lhe conceder essa pequena vitória.

CARTA DE FRIEDRICH NIETZSCHE A LOU SALOMÉ DE DEZEMBRO DE 1882

Lou,
 Se eu sofro muito é irrelevante comparado com a questão de se, cara Lou, encontrarás ou não novamente a ti mesma. Jamais lidei com uma pessoa tão infeliz como tu:

ignorante mas hábil
 useira e vezeira em exaurir o conhecido
 sem gosto mas ingênua nessa deficiência
 honesta e justa em questões miúdas, por teimosia geralmente
 Na escala maior, toda a postura para com a vida — desonesta
 sem qualquer sensibilidade pelo dar ou tomar
 sem espírito e incapaz de amar
 no afeto sempre doente e próxima da loucura
 sem gratidão, sem vergonha para com os benfeitores

em particular
 irresponsável
 malcomportada
 rude em questões de honra
 um cérebro com os primeiros sinais de uma alma
 personalidade do gato — o predador na pele de animal de estimação
 nobreza como reminiscência da familiaridade com pessoas mais nobres
 uma vontade forte, mas sem um objeto amplo

sem diligência e pureza
sensualidade cruelmente deslocada
egoísmo infantil como resultado da atrofia e do atraso sexual
sem amor pelas pessoas mas amante a Deus
necessitando de crescimento
ardilosa, cheia de autodomínio em relação à sexualidade dos homens

Seu
F. N.

Capítulo 17

As enfermeiras da Clínica Lauzon raramente conversavam sobre *Herr* Müller, o paciente do doutor Breuer do quarto 13. Não havia muito a dizer. Para uma equipe de enfermagem ocupada, assoberbada, *Herr* Müller era o paciente ideal. Durante a primeira semana não sofrera ataques de hemicrania. Fazia poucas exigências e requeria pouca atenção, afora o monitoramento dos sinais vitais — pulsação, temperatura, respiração e pressão arterial — seis vezes ao dia. As enfermeiras o encaravam — como fizera *Frau* Becker, a enfermeira de Breuer — como um verdadeiro cavalheiro.

Estava claro, porém, que ele valorizava sua privacidade. Jamais puxava conversa. Quando interpelado pelo pessoal do hospital ou por outros pacientes, respondia amigável e sucintamente. Optou por fazer suas refeições no quarto e, após as sessões matinais com o doutor Breuer (que as enfermeiras supunham consistissem em massagens e tratamentos elétricos), despendia a maior parte do dia sozinho, escrevendo em seu quarto ou, caso o tempo permitisse, rabiscando notas enquanto passeava pelo jardim. Sobre seus escritos, *Herr* Müller educadamente desencorajava perguntas. Sabia-se apenas que estava interessado em Zaratustra, um antigo profeta persa.

Breuer estava impressionado com a discrepância entre o modo gentil de Nietzsche na clínica e o tom estridente, muitas vezes belicoso, em seus livros. Quando questionava o paciente a respeito, Nietzsche sorria e dizia:

— Não é nenhum mistério. Se ninguém quer ouvir, nada mais natural do que gritar!

Parecia contente com sua vida na clínica. Contou para Breuer não apenas que seus dias eram agradáveis e livres da dor, mas também que as conversas diárias entre eles estavam sendo produtivas para sua filosofia. Sempre desprezara filósofos como Kant e Hegel, que escreveram — disse ele — em estilo acadêmico somente para a comunidade acadêmica. A filosofia dele era *sobre* a vida e *para* a vida. As melhores verdades — sempre dizia — eram verdades sangrentas, extraídas da experiência de vida da própria pessoa.

Antes de seu relacionamento com Breuer, nunca tentara aplicar sua filosofia na prática. Desprezara negligentemente o problema da aplicação, alegando que não valia a pena se preocupar com os incapazes de compreendê-lo, enquanto os espécimes superiores encontrariam por si o caminho para sua sabedoria — se não agora, então cem anos depois! Mas seus encontros diários com Breuer o estavam forçando a levar o assunto mais a sério.

Apesar disso, esses dias despreocupados e produtivos em Lauzon não eram tão idílicos para Nietzsche como parecia à superfície. Contracorrentes subterrâneas solapavam sua força. Quase diariamente, compunha cartas raivosas, saudosas e desesperadas para Lou Salomé. A imagem dela invadia incessantemente sua mente e desviava sua energia de Breuer, de Zaratustra e da pura curtição dos dias livres de dor.

Quer a uma visão superficial ou profunda, a vida de Breuer durante a primeira semana da hospitalização de Nietzsche foi opressiva e atormentada. As horas passadas em Lauzon se adicionavam a uma programação já sobrecarregada. Uma regra invariável da medicina vienense era que quanto pior o tempo, mais ocupado o médico. Durante semanas, um inverno rigoroso, com céu constantemente cinzento, rajadas enregelantes de vento norte e uma atmosfera pesada e úmida, enviou paciente após paciente arrastando-se em um fluxo constante ao seu consultório.

As doenças de dezembro dominavam a agenda de Breuer: bronquite, pneumonia, sinusite, amigdalite, otite, faringite e enfisema. Além disso, sempre surgiam pacientes com doenças nervosas. Naquela primeira semana de dezembro, dois novos jovens pacientes com esclerose disseminada foram a seu consultório. Breuer tinha um ódio especial por esse diagnóstico; não tinha absolutamente nenhum tratamento a oferecer contra a doença e temia o dilema entre informar ou não seus jovens pacientes do destino à frente: invalidez crescente e surtos de fraqueza, paralisia ou cegueira que poderiam atacar a qualquer momento.

Também naquela primeira semana, surgiram dois novos pacientes sem indícios de patologia orgânica e que — Breuer tinha certeza — sofriam de histeria. A primeira, uma mulher de meia-idade, vinha, nos últimos dois anos, experimentando acessos espasmódicos sempre que era deixada sozinha. A outra paciente, uma jovem de 17 anos, sofria de um problema espástico das pernas, só conseguindo andar usando dois guarda-chuvas como bengalas. Em intervalos irregulares, tinha lapsos de consciência em que gritava frases estranhas tais como: "Deixe-me! Vá embora! Não estou aqui! Não sou eu!"

Ambas as pacientes — acreditava Breuer — eram candidatas ao tratamento pela conversa, aplicado em Anna O. Entretanto, aquele tipo de tratamento custara caro demais

— em termos de seu tempo, de sua reputação profissional, de seu equilíbrio mental e de seu casamento. Embora jurasse jamais o aplicar novamente, achou desmoralizante recorrer ao regime terapêutico convencional e ineficaz: fortes massagens musculares e estimulação elétrica consoante com as diretrizes precisas, porém não confirmadas, que Wilhelm Erb prescrevera em seu amplamente utilizado *Manual da terapêutica elétrica*.

Ah! Se pudesse encaminhar essas duas pacientes a outro médico! Mas a quem? Ninguém queria tais pacientes. Em dezembro de 1882, não havia, afora ele, ninguém em Viena — ninguém em toda a Europa — que soubesse como tratar a histeria.

Mas Breuer estava exausto não pelas obrigações profissionais, mas pelo tormento psicológico que se autoimpusera. A quarta, a quinta e a sexta sessões seguiram a agenda estabelecida no terceiro encontro: Nietzsche o instou a confrontar as questões existenciais de sua vida, especialmente sua preocupação com a falta de propósito, seu conformismo e falta de liberdade e seu temor do envelhecimento e da morte. "Se Nietzsche realmente quer que eu me sinta *mais* miserável", pensou Breuer, "deve estar satisfeito com meu progresso".

Breuer se sentia realmente miserável. Lembrava-se cada vez mais de Mathilde. A ansiedade o oprimia. Não conseguia se libertar da pressão no tórax. Parecia que um torno gigante esmagava suas costelas. Sua respiração era superficial. Vivia se exortando a respirar profundamente; todavia, por mais que tentasse, não conseguia exalar a tensão que o oprimia. Os cirurgiões haviam então aprendido a inserir um tubo torácico para drenar o líquido pleural de um paciente; às vezes, imaginava enfiar tubos no peito e nas axilas a fim de sugar sua angústia, sua *Angst*. Noite após noite, era acometido de sonhos terríveis e de grave insônia. Após alguns dias, estava tomando mais cloral para dormir do que Nietzsche. Perguntava-se até onde conseguiria continuar. Valeria a pena viver tal vida? Às vezes, pensava em tomar uma dose excessiva de Veronal. Vários de seus pacientes haviam suportado um sofrimento como aquele durante anos. Bem, eles que o fizessem! Eles que se agarrassem a uma vida miserável, sem sentido. Mas não ele!

Nietzsche, supostamente ali para ajudá-lo, pouco o confortava. Ao descrever sua angústia, Nietzsche a descartava como trivial:

— É claro que você sofre, é o preço da visão. É claro que você sente medo, viver *significa* correr perigo. Torne-se rijo! — encorajava ele. — Você não é uma vaca e eu não sou apóstolo da ruminação.

Na noite de segunda-feira, uma semana após terem firmado o contrato, Breuer percebeu que o plano de Nietzsche não ia bem. Nietzsche teorizara que as fantasias com Bertha seriam uma tática diversionista por parte da mente — uma das táticas de "caminho de fundos" da mente — para evitar encarar as preocupações existenciais bem mais dolorosas que clamavam por atenção. "Enfrente as importantes questões existenciais", insistira Nietzsche, "e as obsessões por Bertha simplesmente desaparecerão".

Só que elas não desapareciam! As fantasias se opuseram à sua resistência com um vigor ainda maior! Elas demandavam ainda mais dele: mais de sua atenção, mais de seu futuro. Novamente, Breuer imaginou mudar de vida, encontrar algum meio de fugir de sua prisão — sua prisão matrimonial-cultural-profissional — e fugir de Viena com Bertha nos braços.

Uma fantasia específica ganhava força. Imaginou-se retornando para casa uma noite e topando com um aglomerado de vizinhos e de bombeiros em sua rua. Sua casa pegava fogo! Atira o paletó sobre a cabeça, investe contra os braços que tentam detê-lo e sobe as escadas para dentro da casa em chamas a fim de salvar a família. Mas as chamas e a fumaça tornam o salvamento impossível. Ele perde a consciência e é resgatado pelos bombeiros, que informam que toda sua família pereceu no fogo: Mathilde, Robert, Bertha, Dora, Margarethe e Johannes. Todos elogiam sua tentativa corajosa de salvar a família, todos estão pesarosos com sua perda. Ele sofre profundamente, sua dor é indizível. Mas está livre! Livre para Bertha, livre para escapar com ela, talvez para a Itália, talvez para a América, livre para começar tudo de novo.

Mas dará certo? Ela não será jovem demais para ele? Seus interesses coincidem? O amor perdurará? Tão logo essas questões vêm à tona, o ciclo se repete: novamente ele está na rua, observando sua casa ser consumida pelas chamas!

A fantasia se defendia furiosamente contra interrupções: uma vez iniciada, tinha que chegar ao fim. Às vezes, mesmo no breve intervalo entre pacientes, Breuer se via diante de sua casa em chamas. Se calhasse de *Frau* Becker entrar em seu consultório nesse momento crítico, fingia estar fazendo anotações na ficha de um paciente e pedia que ela retornasse um pouco depois.

Quando estava em casa, não conseguia olhar para Mathilde sem sofrer de paroxismos de culpa por tê-la incluído na casa em chamas. Assim, passou a olhá-la menos, a passar mais tempo no laboratório em pesquisas com seus pombos, a ir mais noites no café, a jogar Tarock com os amigos duas vezes por semana, a aceitar mais pacientes e a retornar para casa muito, muito cansado.

E o projeto Nietzsche? Deixara de lutar ativamente para ajudar o filósofo, refugiando-se em um novo pensamento: *talvez a melhor forma de ajudar Nietzsche fosse deixar que este o ajudasse!* Nietzsche parecia ir bem. Não estava abusando das drogas, dormia muito bem com apenas meia dose de cloral, estava com apetite, não tinha dores gástricas e sua enxaqueca não retornara.

Breuer passou a reconhecer plenamente seu próprio desespero e sua necessidade de ajuda. Parou de enganar a si mesmo; parou de fingir que estava conversando com Nietzsche em benefício de *Nietzsche*; que as sessões de conversa eram uma trama, uma estratégia sagaz para induzi-lo a falar sobre o desespero *dele*. Breuer se maravilhou com o poder de sedução do tratamento através da conversa. Ele foi totalmente atraído; *fingir* estar fazendo tratamento *era* fazê-lo. Era estimulante desabafar, compartilhar todos os seus piores segredos, contar com a atenção exclusiva de alguém que, na maior parte do tempo, entendia, aceitava e parecia até perdoá-lo. Muito embora algumas sessões o fizessem sentir-se pior, ele inexplicavelmente ansiava pela próxima. Sua confiança nas habilidades e na sabedoria de Nietzsche aumentou. Não havia mais dúvida em sua mente quanto ao poder de Nietzsche de curá-lo; quem dera ele, Breuer, pudesse encontrar o caminho para tal poder!

E Nietzsche como pessoa? "Nosso relacionamento", Breuer se perguntava, "mantém-se puramente profissional? Certamente ele me conhece melhor, ou ao menos sabe mais sobre mim, do que qualquer outro no mundo. Gosto dele? Ele gosta de mim? Somos amigos?" Breuer estava em dúvida sobre todas essas perguntas — ou sobre conseguir se preocupar com alguém que permanecia tão distante. "Conseguirei ser leal? Ou também eu um dia o trairei?"

Foi então que algo inesperado aconteceu. Certa manhã, após deixar Nietzsche, Breuer chegou ao consultório, sendo saudado como de hábito por *Frau* Becker. Ela lhe passou uma lista de 12 pacientes com marcas vermelhas ao lado do nome de quem já havia chegado e um envelope azul vivo no qual reconheceu a letra de Lou Salomé. Breuer abriu o envelope selado e dele extraiu um cartão de margem prateada:

11 de dezembro de 1882

Dr. Breuer
  Espero vê-lo esta tarde.

Lou

"Lou! Nenhuma reserva quanto a chamá-la pelo prenome!", Breuer pensou e, então, percebeu que *Frau* Becker estava falando.

— A senhorita russa esteve aqui uma hora atrás querendo vê-lo — explicou *Frau* Becker, franzindo a testa normalmente lisa. —Tomei a liberdade de informar que sua agenda está sobrecarregada nesta manhã, e ela afirmou que voltaria às cinco. Disse-lhe que sua agenda vespertina está igualmente repleta. Então, ela pediu o endereço em Viena do professor Nietzsche, ao que lhe disse nada saber a respeito e que ela teria que conversar com o senhor. Agi da forma correta?

— Claro, *Frau* Becker, como sempre. Mas a senhora parece perturbada — Breuer sabia que ela não apenas detestara Lou Salomé na primeira visita da jovem russa, mas também a culpara por toda a aventura incômoda com Nietzsche. A visita diária à Clínica Lauzon complicava tanto a agenda do consultório de Breuer que ele agora raramente tinha tempo para dar atenção à enfermeira.

— Para ser honesta, doutor Breuer, fiquei irritada por ela vir ao seu consultório já cheio de pacientes e achar que o senhor a estaria esperando e a atenderia na frente dos outros. E, para piorar, pedir-me o endereço do professor! Há algo de errado nisso: agir pelas suas costas e também pelas do professor!

— Por isso eu disse que agiu da forma correta — disse Breuer em tom confortador. — A senhora foi discreta, encaminhou-a para mim e protegeu a privacidade de nosso paciente. Ninguém teria se saído melhor. Agora, mande entrar o senhor Wittner.

Por volta das 17:15h, *Frau* Becker anunciou a chegada de *Fräulein* Salomé e, no mesmo fôlego, lembrou Breuer de que cinco pacientes ainda esperavam pela consulta.

— Quem devo mandar primeiro? A senhora Mayer está esperando há quase duas horas.

Breuer se sentiu pressionado. Sabia que Lou Salomé esperava ser chamada imediatamente.

— Mande entrar a senhora Mayer. *Fräulein* Salomé será a próxima.

Vinte minutos depois, quando Breuer estava em meio a suas anotações sobre a senhora Mayer, *Frau* Becker conduziu Lou Salomé para dentro do consultório. Breuer se pôs rapidamente de pé e levou aos lábios a mão por ela oferecida. Desde o último encontro, a imagem dela se desvanecera em sua mente. Agora, estava novamente impressionado com a beleza da jovem. Como seu consultório subitamente ficara mais brilhante!

— Ah, *gnädiges Fräulein*, que prazer! Eu me esquecera!

— Já me esquecera, doutor?

— Não, não a senhorita, apenas esquecera quão prazeroso é vê-la.

— Então, olhe com mais cuidado desta vez. Aqui, primeiro este lado — Lou Salomé virou a cabeça sedutoramente primeiro para a direita, depois para a esquerda — e agora o outro. Disseram-me que este é o meu melhor lado. O senhor também acha? Mas agora, diga-me... preciso saber: leu meu bilhetinho? Será que não se ofendeu com ele?

— Me ofendi? Não, claro que não, embora esteja um pouco chateado por dispor de tão pouco tempo para lhe oferecer... talvez apenas 15 minutos. — Indicou uma cadeira e, enquanto ela se acomodava — graciosa, lentamente, como se tivesse à disposição todo o tempo do mundo —, Breuer sentou-se na cadeira ao lado. — A senhorita viu minha sala de espera repleta. Infelizmente, não há nenhuma brecha em meu horário de hoje.

Lou Salomé parecia imperturbável. Embora assentisse compassivamente com a cabeça, dava a impressão de que a sala de espera de Breuer não teria nada a ver com ela.

— Ainda tenho — ele acrescentou — que visitar diversos pacientes em suas casas e, à noite, tenho uma reunião na sociedade médica.

— É o preço do sucesso, professor.

Breuer continuou batendo na mesma tecla.

— Diga-me, cara senhorita, por que viver tão perigosamente? Por que não escrever com antecedência, de modo que eu possa reservar tempo para você? Há dias em que não tenho nenhum momento livre e em outros sou chamado para consultas fora da cidade. A senhorita poderia ter vindo a Viena e simplesmente não ter conseguido me ver. Por que correr o risco de uma viagem em vão?

— Durante toda a minha vida, as pessoas têm me alertado para tais riscos. Porém, até agora, nunca, nem uma vez, fiquei desapontada. Veja hoje, este momento! Eis-me aqui falando com o senhor. E talvez eu pernoite em Viena e possamos nos rever amanhã. Então, diga-me, doutor: por que deveria mudar um comportamento que parece funcionar tão bem? Além disso, sou impetuosa demais; muitas vezes, não consigo escrever com antecedência porque não planejo com antecedência. Tomo decisões rapidamente e passo para a ação também rapidamente. Porém, caro doutor Breuer — continuou Lou serena —, não quis dizer nada disso quando lhe perguntei se ficou ofendido com meu bilhete. Imaginei que pudesse estar ofendido com minha informalidade, por eu usar meu prenome. A maioria dos vienenses se sente ameaçada ou despojada sem os títulos formais, mas eu *abomino* a distância desnecessária. Gostaria que me chamasse de Lou.

"Meu Deus, que mulher formidável e provocante", pensou Breuer. Apesar de seu desconforto, não viu como protestar sem se aliar com os enfadonhos vienenses. Subitamente, enxergou a posição desagradável em que pusera Nietzsche alguns dias antes. Contudo, ele e Nietzsche eram contemporâneos, enquanto Lou Salomé tinha metade da sua idade.

— Claro, será um prazer. Sou contra qualquer barreira entre nós.

— Ótimo, então me chamará de Lou. Agora, quanto aos pacientes na sala de espera, saiba que tenho o maior respeito por sua profissão. Aliás, meu amigo Paul Rée e eu muitas vezes discutimos planos de entrarmos na escola de medicina. Sei o que são as obrigações para com os pacientes e irei diretamente ao assunto. Já deve ter pressentido que trago hoje perguntas e informações importantes sobre nosso paciente... se é que ainda estejam se encontrando. Soube pelo professor Overbeck apenas que Nietzsche deixou a Basiléia para vir se consultar com o senhor. É tudo que sei.

— Sim, temos nos encontrado. Mas, conte-me senhorita, que informações traz?

— Cartas de Nietzsche; tão selvagens, raivosas e confusas que às vezes parece ter enlouquecido. Veja-as — entregou a Breuer um maço de papéis. — Enquanto esperava por nosso encontro hoje, copiei alguns trechos para você.

Breuer olhou a primeira página, com a letra delicada de Lou Salomé:

> Oh! A melancolia... onde haverá um oceano no qual realmente se afogar?
>
> Perdi o pouco que tinha: meu renome, a confiança de algumas pessoas. Perderei meu amigo Rée — Perdi todo o ano devido às terríveis torturas que me escravizam mesmo agora.
>
> Perdoa-se aos amigos com mais dificuldade do que aos inimigos.

Embora houvesse muito mais, Breuer parou subitamente. Por mais fascinantes que fossem as palavras de Nietzsche, sabia que cada linha lida era uma traição ao seu paciente.

— Bem, doutor Breuer, o que acha destas cartas?

— Diga-me novamente por que achou que eu devo vê-las.

— Bem, recebi-as todas de uma vez. Paul as estava escondendo de mim, mas decidiu que não tinha direito de fazê-lo.

— Mas por que é tão importante que eu as veja?

— Continue lendo! Veja o que Nietzsche diz! Achei que um médico *precisa* dessa informação. Ele menciona o suicídio. Além disso, muitas das cartas são muito confusas: talvez suas faculdades mentais estejam se deteriorando. Ademais, sou apenas humana... todos esses ataques contra mim, amargos e dolorosos... não posso simplesmente ignorá-los. Para ser honesta, preciso da sua ajuda!

— Que tipo de ajuda?

— Respeito sua opinião; o senhor é um excelente observador. Também me encara dessa forma? — Percorreu as cartas. — Ouça estas acusações: "Uma mulher sem sensibilidade... sem espírito... incapaz de amar... irresponsável... imatura em questões de honra." Ou esta: "Um predador na pele de animal de estimação", ou ainda esta: "És uma pequena malfeitora e pensava que fosses a corporificação da virtude e da honradez."

Breuer balançou energicamente a cabeça.

— Não, claro que não a vejo desta forma. Mas com nossos poucos encontros, tão breves e metódicos, que valor minha opinião pode ter? É essa realmente a ajuda que procura de mim?

— Sei que muito do que Nietzsche escreve é impulsivo, escrito com raiva, escrito para me punir. O senhor conversou com ele. E conversou sobre mim, estou certa. Preciso saber o que ele *realmente* pensa de mim. É *isso* que lhe peço. O que ele diz a meu respeito? Ele de fato me odeia? Ele me vê como tal monstro?

Breuer ficou sentado em silêncio por alguns momentos, refletindo sobre todas as implicações das perguntas de Lou Salomé.

— Mas eis que lhe faço novas perguntas — continuou a jovem — sem que tenha respondido às anteriores. Conseguiu persuadi-lo a falar consigo? Ainda se encontra com ele? Estão progredindo? Aprendeu a se tornar um doutor do desespero?

Pausou fitando diretamente os olhos de Breuer à espera de uma resposta. Ele sentiu a pressão crescer, pressão de todos os lados: dela, de Nietzsche, de Mathilde, dos pacientes na sala de espera, de *Frau* Becker. Teve vontade de gritar. Finalmente, respirou fundo e respondeu:

— *Gnädiges Fräulein*, sinto dizer que a única resposta que posso dar é nenhuma.

— Nenhuma! — exclamou surpresa. — Doutor Breuer, não estou entendendo.

— Ponha-se em meu lugar. Embora as perguntas que me formula sejam totalmente razoáveis, não podem ser respondidas sem que eu viole a privacidade do paciente.

— Quer dizer, então, que ele *é* seu paciente e que o senhor continua vendo-o?

— Sinto muito, não posso responder sequer a essa pergunta.

— Mas, no meu caso, a coisa é diferente — ela retrucou, indignando-se. — Não sou uma estranha ou a cobradora de uma dívida.

— Os motivos do inquiridor são irrelevantes. O relevante, *isso sim*, é o direito à privacidade do paciente.

— Mas este não é um tratamento médico comum! Todo este projeto foi idéia minha! Sou a responsável por trazer Nietzsche à sua presença para impedir o suicídio dele. Certamente sou digna de conhecer o resultado de meus esforços.

— Sim, é como projetar uma experiência e querer saber o resultado.

— Exatamente. O senhor não me privará dele?

— Mas e se o fato de eu contar o resultado prejudicar a experiência?

— Como isso seria possível?

— Confie em meu parecer neste assunto. Lembre-se, a senhorita me procurou por me considerar um *expert*. Logo, peço que me trate como tal.

— Mas, doutor Breuer, não sou um espectador desinteressado, uma mera testemunha no local do acidente com uma curiosidade mórbida sobre o destino da vítima. Nietzsche foi importante para mim... continua sendo importante. Além disso, conforme mencionei, creio que tenho certa responsabilidade por seu sofrimento. — A voz dela ficou mais aguda. — Eu também estou sofrendo. Tenho o *direito* de saber.

— Sim, compreendo seu sofrimento. Porém, como médico, devo me preocupar em primeiro lugar com meu paciente e me colocar do lado dele. Talvez um dia, se for em frente em seus planos de se tornar médica, venha a compreender minha posição.

— E *meu* sofrimento? Não conta nada?

— Sofro com seu sofrimento, mas nada posso fazer. Sugiro que procure ajuda em outro lugar.

— Pode me informar o endereço de Nietzsche? Só consigo contactá-lo através de Overbeck, que pode não estar mandando minhas cartas para ele!

Finalmente, Breuer se irritou com a insistência de Lou Salomé. A posição que deveria tomar tornou-se mais clara.

— A senhorita está levantando questões difíceis sobre o dever de um médico para com seus pacientes. Vejo-me forçado a tomar posições sobre as quais não raciocinei direito. Mas acredito, agora, que não posso lhe contar nada:

nem onde ele vive, nem sobre seu estado de saúde, nem mesmo se é meu paciente. E, por falar em pacientes, *Fräulein* Salomé — bradou, levantando-se da cadeira —, tenho vários me esperando.

Enquanto também Lou Salomé se punha de pé, Breuer lhe entregou as cartas que trouxera.

— Tenho que devolvê-las à senhorita. Entendo por que as trouxe, mas se, conforme diz, seu nome é veneno para ele, então estas cartas não têm utilidade para mim. Creio que errei ao chegar a lê-las.

Rapidamente, ela apanhou as cartas, virou-se e, sem uma palavra, saiu esbravejando.

Coçando a testa, Breuer sentou-se novamente. Teria presenciado a última cena de Lou Salomé? Duvidou disso! Quando *Frau* Becker entrou no consultório para perguntar se poderia mandar entrar o senhor Pfefferman, que tossia violentamente na sala de espera, Breuer pediu que esperasse alguns minutos.

— O tempo que quiser, doutor Breuer; só me avise. Que tal uma boa xícara de chá fumegante? — Mas ele fez que não com a cabeça e, ao se ver a sós, fechou os olhos e ansiou por repouso. Visões de Bertha o assaltaram.

Capítulo 18

Quanto mais Breuer pensava na visita de Lou Salomé, mais zangado se tornava. Não zangado com ela — em relação a ela, sentia agora principalmente medo —, mas zangado com Nietzsche. O tempo todo em que o repreendera pela preocupação com Bertha, por — quais eram suas palavras? — "alimentar a vala do desejo" ou "remexer o lixo de sua mente", Nietzsche estivera remexendo e se revigorando da mesma forma.

Não, não deveria ter lido nenhuma palavra daquelas cartas. Mas não pensara nisso com rapidez suficiente e, agora, o que poderia fazer com o que vira? Nada! Nada daquilo — nem as cartas, nem Lou Salomé — poderia compartilhar com Nietzsche.

Estranho que Nietzsche e ele compartilhassem a mesma mentira, cada um escondendo Lou Salomé do outro. A dissimulação afetaria Nietzsche da mesma forma como o afetava? Nietzsche se sentiria venal? Culpado? Haveria uma forma de explorar essa culpa em benefício de Nietzsche?

"Vá devagar", Breuer disse a si mesmo na manhã de domingo, ao subir a larga escadaria de mármore em direção ao quarto 13. "Não tome nenhuma medida radical! Algo significativo está tendo lugar. Veja quão longe chegamos em apenas uma semana!"

— Friedrich — disse Breuer imediatamente após completar um breve exame físico. — Tive um sonho estranho com você esta noite. Estou na cozinha de um restaurante. Cozinheiros desleixados esparramaram óleo por todo o chão. Eu escorrego no óleo e deixo cair uma navalha, que se aloja numa fenda. Aí você entra, embora com um aspecto diferente do seu. Você traja um uniforme de general, mas sei que é você. Você tenta me ajudar a recuperar a navalha. Eu peço para não tentar, pois irá enfiá-la ainda mais fundo na fenda. Mesmo assim, você tenta e *realmente* afunda ainda mais a navalha. Ela está presa na fenda e, sempre que tento extraí-la, corto meus dedos. — Parou e olhou com expectativa para Nietzsche. — O que acha deste sonho?

— O que *você* acha, Josef?

— A maior parte dele, como a maioria dos meus sonhos, é bobagem... exceto aquela parte sobre você, que deve ter um significado.

— Ainda consegue ver o sonho em sua mente?

Breuer fez que sim com a cabeça.

— Fique olhando-o e limpe a chaminé sobre ele.

Breuer hesitou, parecendo desanimado, mas depois tentou se concentrar.

— Vejamos, eu deixo cair algo, minha navalha, e você aparece...

— Num uniforme de general.

— Sim, você aparece vestido de general e tenta me ajudar... mas não consegue.

— Na verdade, eu pioro as coisas... eu enterro a navalha ainda mais fundo.

— Bem, tudo isso se enquadra com o que venho dizendo. As coisas estão piorando: minha obsessão por Bertha, a fantasia do incêndio na casa, a insônia. Temos que tentar algo diferente!

— Estou vestido de general?

— Bem, *essa* parte é fácil. O uniforme deve se referir ao seu estilo imponente, ao seu discurso poético, às suas proclamações. — Encorajado pelas novas informações de Lou Salomé, Breuer continuou. — Simboliza sua recusa em se juntar a mim de uma forma mais direta. Tomemos, por exemplo, meu problema com Bertha. Com base em meu trabalho com pacientes, sei como são comuns os problemas com o sexo oposto. Praticamente ninguém escapa das dores do amor. Goethe o sabia e daí o poder de *Os sofrimentos do jovem Werther*: seu amor desesperado atingiu a verdade de cada homem. Certamente, isso deve ter acontecido consigo. — Sem obter uma resposta de Nietzsche, Breuer pressionou ainda mais. — Aposto um dinheirão como você já viveu uma experiência similar. Por que não compartilhá-la comigo, para que ambos possamos conversar honestamente como iguais?

— E não mais como general e cabo, como poderoso e impotente! Oh! Desculpe, Josef; concordei em não falar sobre o poder, mesmo quando é tão óbvio que golpeia nossa cabeça! Quanto ao amor, não nego o que você diz: que todos nós, eu inclusive, experimentamos sua dor. Você mencionou o *Jovem Werther* — continuou Nietzsche —, mas deixe-me lembrar-lhe as palavras de Goethe: "Sê um homem e não siga a mim, mas a ti! Apenas a ti!" Você sabia que ele acrescentou esta frase à segunda edição porque tantos rapazes seguiram o exemplo de Werther e se suicidaram? Não, Josef, o importante não é eu lhe contar sobre *meu* caminho, e sim ajudá-lo a encontrar o *seu* caminho a fim de crescer para fora do desespero. Agora, e quanto à navalha do sonho?

Breuer hesitou. O reconhecimento de Nietzsche de que ele também experimentara as dores do amor era uma importante revelação. Deveria aprofundá-la? Não, por ora aquilo era suficiente. Permitiu que sua atenção voltasse para si mesmo.

— Não sei o porquê da navalha no sonho.

— Lembre-se de nossas regras, Josef. Não tente raciocinar. Apenas limpe a chaminé. Diga tudo que lhe ocorre. Não omita nada. — Nietzsche reclinou-se e fechou os olhos, à espera da resposta de Breuer.

— Navalha, navalha... ontem à noite, vi um amigo, um oftalmologista chamado Carl Koller, que tem o rosto totalmente barbeado. Pensei esta manhã em fazer *minha* barba... mas muitas vezes penso nisso.

— Continue limpando a chaminé!

— Navalha... pulso... tenho um paciente, um homem jovem desesperado por ser homossexual, que cortou o pulso com uma navalha alguns dias atrás. Irei visitá-lo mais tarde. Seu nome, aliás, é Josef. Embora eu não pense em cortar meus pulsos, *tenho* pensamentos, conforme já lhe contei, sobre o suicídio. São pensamentos ociosos... não é um planejamento. Sinto-me bastante distante do ato de me matar. Seria tão provável como eu queimar minha família e carregar Bertha para a América... contudo, penso cada vez mais no suicídio.

— Todos os pensadores sérios contemplam o suicídio — observou Nietzsche. — É um consolo que nos ajuda a atravessar a noite. — Abriu os olhos e se voltou para Breuer. — Você diz que devemos tentar algo diferente para ajudá-lo. O que, por exemplo?

— Atacar minha obsessão diretamente! Ela está me arruinando. Está consumindo toda a minha vida. Não estou vivendo *agora*. Estou vivendo no passado ou num futuro que jamais virá.

— Porém, mais cedo ou mais tarde, sua obsessão terá que ceder, Josef. Meu modelo é tão obviamente correto... Está tão claro que, por trás de sua obsessão, estão seus temores básicos da existência. Também está claro que, quanto mais falamos explicitamente desses temores, mais forte se torna sua obsessão. Não vê como sua obsessão procura desviar sua atenção desses fatos profundos da vida? É a única forma que conhece de atenuar seus temores.

— Mas Friedrich, *não* estamos discordando. Estou me persuadindo de seu ponto de vista e acredito agora que seu modelo esteja correto. Mas atacar minha obsessão diretamente não é invalidar o modelo. Certa vez, você descreveu minha obsessão como um fungo ou uma erva daninha. Concordo com isso e concordo também em que, se tivesse cultivado minha mente diferentemente há muito tempo, essa obsessão jamais deitaria raízes. Mas agora que ela se instalou, precisa ser erradicada, extirpada. A forma como você o está fazendo é lenta demais.

Nietzsche se inquietou em sua cadeira, com certeza incomodado pela crítica de Breuer.

— Teria sugestões específicas para a erradicação?

— Sou um escravo da obsessão: ela nunca me deixará descobrir como escapar. Por isso, pergunto-lhe sobre *sua* experiência com tal dor e sobre os métodos que usou para escapar.

— Mas foi *exatamente* isso que tentei fazer na semana passada quando lhe pedi para observar a si mesmo de uma grande distância — respondeu Nietzsche. — Uma perspectiva cósmica sempre atenua a tragédia. Se subirmos bastante, atingiremos uma altura da qual a tragédia deixará de parecer trágica.

— Sim, sim, sim — Breuer se aborrecia cada vez mais. — Sei disso racionalmente. Mesmo assim, Friedrich, uma frase como "uma altura da qual a tragédia deixará de parecer trágica" simplesmente não faz com que me sinta melhor.

Perdoe-me se pareço impaciente, mas existe um fosso, um imenso fosso, entre saber algo racionalmente e sabê-lo emocionalmente. Muitas vezes, quando fico acordado de noite com medo de morrer, recito para mim a máxima de Lucrécio: "Onde a morte está, eu não estou. Onde estou, a morte não está." Eis uma verdade de uma racionalidade suprema e irrefutável. Porém, quando estou realmente assustado, *ela nunca funciona*, ela jamais acalma meus temores. Essa é a falha da filosofia. Ensinar filosofia e aplicá-la na vida são empreendimentos bastante diferentes.

— O problema, Josef, é que sempre que abandonamos a racionalidade e recorremos às faculdades inferiores para influenciar os homens, resulta um homem inferior e mais vulgar. Quando diz que deseja algo que funcione, tem em mente algo capaz de influenciar as emoções. Bem, *existem* especialistas nisso! Quem são eles? Os sacerdotes! Eles conhecem os segredos da influência! Eles manipulam com música inspiradora, eles nos apequenam com cumes altos e naves monumentais, eles encorajam o desejo de submissão, eles oferecem a orientação sobrenatural, a proteção contra a morte, até a imortalidade. Mas veja o preço que cobram: escravidão religiosa; reverência pelos fracos; estagnação; ódio ao corpo, à alegria, a este mundo. Não, não podemos recorrer a esses tranqüilizantes, a esses métodos anti-humanos! Precisamos encontrar formas melhores de aprimorar nossos poderes da razão.

— O diretor da peça encenada em minha mente — respondeu Breuer —, aquele que decide me enviar imagens de Bertha e de minha casa pegando fogo, não parece afetado pela razão.

— Mas *sem dúvida* — e Nietzsche agitou seus punhos cerrados — você tem que perceber que *não existe realidade* em qualquer uma de suas preocupações! Sua visão de Bertha, a aura de atração e amor que a cerca, na verdade não existem. Esses pobres fantasmas não fazem parte da realidade numênica. Toda visão é relativa, assim como todo conhecimento. Inventamos nossas experiências. E o que inventamos podemos destruir.

Breuer abriu a boca para protestar; aquele era exatamente o tipo de exortação que não levava a nada, mas Nietzsche continuou.

— Deixe-me esclarecer melhor, Josef. Tenho um amigo, ou melhor, *tinha*, chamado Paul Rée, um filósofo. Ambos acreditamos que Deus está morto. Ele conclui que uma vida sem Deus não faz sentido e seu tormento é tamanho que flerta com o suicídio: por via das dúvidas, porta sempre um frasco de veneno pendurado ao pescoço. Para mim, porém, a ausência de Deus é motivo de regozijo. Eu exulto em minha liberdade. Digo a mim mesmo: "O que haveria para criar se os deuses existissem?" Entendeu o que quero dizer? A mesma situação, os mesmos dados dos sentidos... mas duas realidades!

Breuer afundou abatido em sua cadeira, agora desanimado demais até para se alegrar com a menção de Nietzsche a Paul Rée.

— Continuo afirmando que esses argumentos não me *afetam* — reclamou. — De que serve essa filosofice? Ainda que inventemos a realidade, nossas mentes são estruturadas de forma a nos esconder esse fato.

— Mas veja *sua* realidade — protestou Nietzsche. — Uma boa olhada poderá lhe mostrar quão transitória, quão absurda ela é! Veja o objeto de seu amor, essa aleijada da Bertha... que homem racional conseguiria amá-la? Você me conta que ela muitas vezes não consegue ouvir, fica vesga, torce braços e ombros. Ela não consegue beber água, nem andar, nem falar alemão de manhã; alguns dias, ela fala inglês; outros dias, francês. Como as pessoas sabem como se dirigir a ela? Ela deveria carregar um letreiro, como nos restaurantes, avisando qual o *idioma do dia*. — Nietzsche deu um grande sorriso, divertindo-se com a piada. Mas Breuer não achou graça. Sua expressão se endureceu.

— Por que você a insulta tanto? Você nunca menciona seu nome sem acrescentar "a aleijada"!

— Eu apenas repito o que você me contou.

— É bem verdade que ela está doente... mas sua doença não é *tudo* nela. Ela também é uma mulher belíssima. Se você sair com ela na rua, todos os olhares se voltarão em sua direção. Ela é inteligente, talentosa, altamente criativa... uma boa escritora, uma arguta crítica das artes, gentil, sensível e, acredite, carinhosa.

— Não *tão* carinhosa e sensível, me parece. Veja como ela o ama! Ela tenta seduzi-lo a cometer o adultério.

Breuer fez que não com a cabeça.

— Não, não é verdade...

Nietzsche interrompeu.

— Sim, sim! Não há como negar. Sedução é a palavra correta. Ela se inclina sobre você, fingindo que não consegue andar. Repousa a cabeça em seu colo, com os lábios perto de sua virilidade. Ela tenta arruinar seu casamento. Ela o humilha publicamente, fingindo estar esperando um filho seu! Isso é amor? Proteja-*me* de tal amor!

— Não julgo ou ataco meus pacientes, nem rio de suas doenças, Friedrich. Garanto-lhe: você não conhece essa mulher.

— Agradeço a Deus por *esta* bênção! Já conheci várias como ela. *Acredite-me, Josef, essa mulher não o ama, ela deseja destruí-lo!* — disse Nietzsche veementemente, golpeando o caderno a cada palavra.

— Você a julga por outras mulheres que conheceu. Mas está enganado; todos que a conhecem se sentem como eu. O que você ganha ridicularizando-a?

— Nisto, como em tantas outras coisas, você é atrapalhado por suas virtudes. Você também precisa aprender a ridicularizar! É saudável!

— Quando se trata de mulheres, Friedrich, você é duro demais.

— E você, Josef, é molenga demais. Por que tem que continuar a defendê-la?

Agitado demais para continuar sentado, Breuer levantou-se e andou até a janela. Olhou para o jardim, onde um homem com um curativo nos olhos se arrastava: um braço segurava uma enfermeira e o outro sondava o caminho à frente com uma bengala.

— Libere seus sentimentos, Josef. Não se contenha.

Continuando a olhar pela janela, Breuer disse sem se voltar.

— É fácil para você atacá-la. Caso pudesse vê-la, garanto que suas palavras seriam outras. Você se ajoelharia diante dela. Ela é uma mulher deslumbrante, uma Helena de Tróia, a verdadeira quintessência da feminilidade. Já lhe contei que seu novo médico também se apaixonou por ela.

— Você quer dizer sua próxima vítima!

— Friedrich — Breuer virou-se para encarar Nietzsche —, o que você está fazendo? Nunca o vi assim! Por que está levando as coisas para esse extremo?

— Estou fazendo exatamente o que me pediu: encontrando outra forma de atacar sua obsessão. Acredito, Josef, que parte de seu tormento advém do ressentimento soterrado. Algo em você, algum temor, alguma timidez, não lhe permite expressar sua raiva. Em vez disso, você se orgulha de sua mansidão. Você faz da necessidade uma virtude: soterra profundamente seus sentimentos e, depois, por não experimentar nenhum ressentimento, supõe-se um santo. Você já não desempenha o papel do médico compreensivo; você *encarnou* esse papel: acredita que seja bom demais para ter raiva. Josef, um pouco de vingança *não faz mal* a ninguém. O ressentimento enrustido torna a pessoa doente!

Breuer negou com a cabeça.

— Não, Friedrich, compreender é perdoar. Explorei as raízes de cada sintoma de Bertha. Não há nenhuma *maldade* nela. No máximo, excesso de bondade. Ela é uma filha generosa e abnegada que ficou doente devido à morte do pai.

— Todos os pais morrem: o seu, o meu, de todo o mundo... *isso* não é explicação para uma doença. Gosto de ações, não de desculpas. O horário das desculpas, para Bertha, para você, já passou. — Nietzsche fechou o caderno. A sessão terminara.

A sessão seguinte começou de forma igualmente tempestuosa. Breuer solicitara um *ataque direto* à sua obsessão.

— Pois bem — disse Nietzsche, que sempre quis ser um guerreiro. — Se quer a guerra, você a terá! — Nos três dias seguintes, desfechou uma poderosa campanha psicológica, uma das mais criativas, e também mais bizarras, da história médica de Viena.

Nietzsche começou obtendo a promessa de Breuer de seguir todas as instruções sem questionamento, sem resistência. Depois, Nietzsche o instruiu a compor uma lista de dez insultos e a se imaginar dirigindo-os a Bertha. Em seguida, Nietzsche o encorajou a se imaginar vivendo com Bertha e, depois, a visualizar uma série de cenas: sentado à mesa do café-da-manhã observando-a com pernas e braços em espasmos, olhos estrábicos, muda, com o pescoço torto, com alucinações e gaguejando. Nietzsche sugeriu depois imagens ainda mais desagradáveis: Bertha vomitando, sentada na toalete; Bertha em trabalho de pseudoparto. Mas nenhuma dessas experiências conseguiu remover a magia da imagem de Bertha.

No encontro seguinte, Nietzsche tentou métodos ainda mais diretos.

— Sempre que estiver sozinho e começar a pensar em Bertha, grite "Não!" ou "Pare!" o mais alto possível. Caso não esteja a sós, belisque a si mesmo com força sempre que ela invadir sua mente.

Durante dois dias, os aposentos privados de Breuer ecoaram com brados de "Não!" e "Pare!" e seu antebraço ficou vermelho de tantos beliscões. Uma vez no fiacre, gritou "Pare!" tão alto, que Fischmann freou subitamente os cavalos e ficou esperando por novas instruções. Em outra ocasião, *Frau* Becker acudiu correndo ao consultório ao som de um "Não!" particularmente reverberante. Mas esses artifícios ofereciam uma resistência pífia ao desejo de sua mente. As obsessões continuavam aumentando!

Num outro dia, Nietzsche instruiu Breuer a monitorar seu pensamento e, a cada trinta minutos, registrar em seu caderno com que freqüência e por quanto tempo pensara em Bertha. Breuer se espantou ao constatar que raramente decorria uma hora inteira sem que ruminasse sobre ela. Nietzsche calculou que ele gastava aproximadamente cem minutos ao dia com sua obsessão, mais de quinhentas horas ao ano. Isso significava — disse ele — que, nos próximos vinte anos, Breuer devotaria mais de seiscentos preciosos dias de vigília às mesmas fantasias entediantes e sem imaginação. Breuer suspirou diante dessa perspectiva. Mas a obsessão não o abandonou.

Nietzsche tentou então outra estratégia: ordenou a Breuer que dedicasse certos períodos predeterminados a pensar em Bertha, quer o desejasse ou não.

— Você insiste em pensar em Bertha! Pois bem, insisto em que o faça! Insisto em que medite sobre ela por 15 minutos seis vezes ao dia. Vamos examinar seu cronograma diário e distribuir os seis períodos ao longo de seu dia. Diga à sua enfermeira que não poderá ser interrompido nesses períodos, pois estará escrevendo ou atualizando fichas. Se quiser pensar em Bertha em outros momentos, tudo bem... fica a seu critério. Mas, durante esses seis períodos, você *terá que* pensar em Bertha. Mais tarde, à medida que se acostumar com essa prática, diminuiremos gradualmente o tempo de meditação forçada. — Breuer seguiu o cronograma de Nietzsche, mas suas obsessões por Bertha continuaram.

Mais tarde, Nietzsche sugeriu a Breuer que carregasse uma carteira especial onde poria cinco *Kreuzer* sempre que pensasse em Bertha; depois, ele deveria doar o dinheiro a alguma instituição de caridade. Breuer vetou o plano. Sabia que seria ineficaz porque *gostava* de praticar caridade. Nietzsche sugeriu então que doasse o dinheiro à associação anti-semita de Georg von Schönerer. Nem isso funcionou.

Nada funcionou.

EXCERTOS DAS ANOTAÇÕES DO DOUTOR BREUER
SOBRE ECKART MÜLLER
DE 9 A 14 DE DEZEMBRO DE 1882

Não faz mais sentido eu ficar me enganando. Existem dois pacientes em nossas sessões e, dos dois, eu sou o caso mais grave. Estranho, quanto mais o reconheço intimamente, mais amigavelmente Nietzsche e eu parecemos trabalhar juntos. Talvez a informação recebida de Lou Salomé também tenha alterado nossa forma de trabalhar.

É claro que nada disse a Nietzsche sobre ela. Tampouco falo de minha transformação num paciente genuíno. Contudo, acredito que ele sinta essas coisas. Talvez de alguma forma não-intencional, não-verbal, eu comunique coisas para ele. Quem sabe? Talvez através de minha voz, de meu tom ou de meus gestos. É muito misterioso. Sig se interessa por tais detalhes de comunicação. Eu deveria conversar com ele a respeito.

Quanto mais me esqueço de tentar ajudá-lo, mais ele começa a se abrir para mim. Veja o que me contou hoje! Que Paul Rée foi outrora seu amigo. Que ele, Nietzsche, teve sua própria desilusão amorosa. Que conheceu certa vez uma mulher como Bertha. Talvez seja melhor para nós dois se eu simplesmente me concentrar em mim mesmo, sem tentar fazer com que ele se abra!

Além disso, ele agora se refere aos métodos com que ajuda a si próprio — por exemplo, sua abordagem de "mudança de perspectiva", em que se vê de uma perspectiva mais distante, mais cósmica. Ele tem razão: se enxergarmos nossa situação trivial em relação à longa meada de nossa vida, à vida de toda a raça humana, à evolução da consciência, certamente ela perderá seu significado dominante.

Mas como mudar minha perspectiva? Suas instruções e exortações para mudar de perspectiva não funcionam, nem tentar imaginar me afastando. Não consigo me remover emocionalmente do centro de minha situação. Não consigo me distanciar o suficiente. A julgar pelas cartas que escreveu para Lou Salomé, acho que ele também não consegue!

Ele também enfatiza bastante a experiência da raiva. Fez-me insultar Bertha de dez formas diferentes hoje. Esse método, ao menos, consigo compreender. Descarregar a raiva faz sentido através de uma perspectiva fisiológica: um acúmulo de excitação cortical precisa ser periodicamente descarregado. Pelas descrições de Lou Salomé das cartas dele, é o seu método favorito. Creio que tenha dentro de si um vasto reservatório de raiva. Por quê?, me pergunto. Devido à doença dele? Ou à falta de reconhecimento profissional? Ou porque jamais desfrutou o calor de uma mulher?

Ele é um mestre nos insultos. Gostaria de me lembrar dos melhores. Adorei ele ter denominado Lou Salomé um "predador na pele de um gato de estimação".

É fácil para ele, mas não para mim. Ele tem toda a razão sobre minha incapacidade de expressar a raiva. É mal de família. Meu pai, meus tios. Para os judeus, a repressão da raiva é uma condição de sobrevivência. Não consigo sequer localizar a raiva. Ele insiste que tem como objeto Bertha, mas estou certo de que a está confundindo com sua própria raiva em relação a Lou Salomé.

Que infortúnio ele ter se enredado com ela! Gostaria de lhe dar meu apoio. É inacreditável! Esse homem *quase não tem experiência com mulheres. E com quem escolhe se envolver? Certamente a mulher mais poderosa que já vi. E ela só tem 21 anos! Que Deus ajude a todos nós quando ela crescer! E a outra mulher na vida dele, a irmã Elisabeth — espero nunca encontrá-la. Ela parece tão vigorosa como Lou Salomé e deve ser ainda mais mesquinha!*

...Hoje ele me pediu para imaginar Bertha como um bebê defecando nas fraldas — e para dizer a ela quão bonita é enquanto a imagino me fitando estrábica e com o pescoço torto.

...Hoje me disse para pôr um Kreuzer no sapato a cada fantasia e andar com ele o dia todo. De onde retira essas idéias? Parece dispor de um estoque infindável delas!

...Gritar "Não!" e me beliscar, contar cada fantasia e registrá-las num livro-razão, andar com moedas no sapato, dar dinheiro para Schönerer... punir a mim mesmo por me atormentar. Doidice!

Ouvi dizer que se ensinam os ursos a dançar e a se erguer sobre duas patas aquecendo o chão embaixo deles. Será esse método tão diferente do de Nietzsche? Ele tenta adestrar minha mente por meio desses engenhosos pequenos métodos de punição.

Sim, não sou nenhum urso e minha mente é rica demais para técnicas de amestradores de animais. Esses esforços são ineficazes — além de degradantes!

Mas não posso culpá-lo. Pedi que atacasse meus sintomas diretamente. Ele está sendo condescendente. No fundo, ele não concorda com esses esforços. O tempo todo, ele tem insistido que o crescimento é mais importante do que o conforto.

Há de existir outro caminho.

EXCERTOS DAS ANOTAÇÕES DE FRIEDRICH
NIETZSCHE SOBRE O DOUTOR BREUER
DE 9 A 14 DE DEZEMBRO DE 1882

A fascinação de um "sistema"! Isso me prendeu por muito tempo hoje! Acreditei que a supressão da raiva por Josef estivesse por trás de todas as suas dificuldades e me exauri tentando incitá-lo. Talvez a longa repressão das paixões o altere e enerve.

...Ele se apresenta como bom; não comete nenhum mal, a não ser contra si e a natureza! Preciso fazer com que deixe de ser um daqueles que se julgam bons, porque eles não têm garras.

Acredito que ele tenha que aprender a blasfemar antes que eu possa confiar em sua generosidade. Ele não sente raiva! Terá tanto medo de que alguém o magoe? Será por isso que não ousa ser ele próprio? Por que deseja somente pequenas felicidades? E ele denomina isso virtude. Seu nome real é covardia!

Ele é civilizado, polido, um homem bem-educado. Ele domou sua natureza selvática, transformou seu lobo num cão de raça. E ele o denomina moderação. Seu nome real é mediocridade!

...Ele agora confia e acredita em mim. Dei minha palavra de que me esforçarei para curá-lo. Mas o médico deve primeiro, como o sábio, curar a si próprio. Somente então poderá seu paciente contemplar com seus olhos um homem que cura a si próprio. Contudo, eu não curei a mim mesmo. Pior, sofro das mesmas aflições que acometem Josef. Estarei, pelo meu silêncio, cometendo aquilo que jurei jamais fazer: traindo um amigo?

Devo falar das minhas aflições? Ele perderá a confiança em mim. Isso não o prejudicará? Ele não dirá que, se eu não curei a mim mesmo, não posso curá-lo? Ou ficará tão preocupado com minha aflição que abandonará a tarefa de lutar contra a sua própria? Sirvo-o melhor através do silêncio? Ou reconhecendo que ambos estamos igualmente afligidos e temos que unir forças para encontrar uma solução?

...Hoje vejo quanto ele mudou... menos tortuoso... e não tenta mais me adular, não tenta mais se fortalecer demonstrando minha fraqueza.

...O ataque frontal aos seus sintomas, que me pediu para lançar, é a mais terrível chafurdice em águas rasas que já empreendi. Eu deveria ser alguém que eleva, não que rebaixa! Tratá-lo como uma criança cuja mente precisa de um tapa quando se comporta mal está rebaixando-o. E me rebaixando também! SE UMA CURA REBAIXA O MÉDICO, CONSEGUIRÁ POR ACASO ELEVAR O PACIENTE?

Há de existir um caminho mais elevado.

CARTA DE FRIEDRICH NIETZSCHE A LOU SALOMÉ DE DEZEMBRO DE 1882

Cara Lou,
Não escrevas cartas como aquela para mim! Que tenho a ver com essa desventura? Gostaria que pudesses te elevar diante de mim de modo que não tivesse que te desprezar.

Mas Lou! Que tipo de cartas estás escrevendo? Colegiais ávidas por vingança escrevem assim! Que tenho a ver com essa lástima? Por favor, compreende, quero que te eleves diante de mim, não que te reduzas. Como posso perdoar-te se não reconheço mais aquele ser em ti pelo qual poderias chegar a ser perdoada?

Não, cara Lou, ainda estamos a uma longa distância do perdão. Não posso sacar o perdão de minhas mangas depois que a ofensa teve quatro meses para penetrar em mim.

Adeus, cara Lou, não te verei novamente. Protege tua alma de tais ações e pratica o bem para os outros e, especialmente para o meu amigo Rée, o que não pudeste fazer de bom para mim.

Não fui eu quem criou o mundo e, Lou, gostaria de ter criado — então, conseguiria suportar toda a culpa por terem as coisas entre nós tomado o rumo que tomaram.

Adeus, cara Lou, não li tua carta até o fim, mas já havia lido demais...

F. N.

Capítulo 19

— Não estamos chegando a lugar nenhum, Friedrich. Estou piorando.

Nietzsche, que estivera escrevendo em sua escrivaninha, não ouvira Breuer entrar. Agora, virou-se em direção a ele, abriu a boca para falar, mas ficou em silêncio.

— Você ficou surpreso, Friedrich? Deve ser desconcertante seu médico entrar no seu quarto e reclamar que está pior! Especialmente quando está impecavelmente trajado e porta sua valise preta com segurança profissional! Mas acredite: minha aparência externa é enganadora. Por baixo, minhas roupas estão úmidas, minha camisa gruda na pele. Esta obsessão por Bertha é um remoinho em minha mente. Ele sorve todos os meus pensamentos decentes! A culpa não é *sua*! — Breuer sentou-se junto à escrivaninha. — Nossa falta de progresso é culpa *minha*. Fui *eu* que lhe pedi para atacar a obsessão diretamente. Você tem razão: não estamos indo fundo o suficiente. Estamos apenas podando as folhas quando deveríamos estar extirpando a erva daninha.

— Sim, não estamos extirpando nada! — respondeu Nietzsche. — Temos que reconsiderar nosso método. Eu também me sinto desanimado. Nossas últimas sessões foram falsas e superficiais. Veja o que tentamos fazer: disciplinar seus pensamentos, controlar sua conduta! Através do treinamento e da modelagem do comportamento! Esses métodos não são para a esfera humana! Afinal, não somos adestradores de animais!

— Sem dúvida! Após a última sessão, senti-me como um urso sendo treinado para ficar de pé e dançar.

— Precisamente! Um professor deveria elevar os homens. Em vez disso, em nossos últimos encontros, rebaixei-o, bem como a mim. Não podemos abordar os assuntos humanos com métodos para animais.

Nietzsche se levantou e apontou para as cadeiras vazias junto à lareira.

— Vamos? — Ocorreu a Breuer, ao se sentar, que, embora os futuros "doutores do desespero" pudessem descartar os instrumentos médicos tradicionais, o estetoscópio, o otoscópio, o oftalmoscópio, com o tempo desenvolveriam seus próprios equipamentos, começando pelas duas confortáveis cadeiras junto à lareira.

— Então — começou Breuer — retornemos ao ponto em que estávamos antes desse infausto ataque direto contra minha obsessão. Você formulou uma teoria de que Bertha é um desvio, e não uma causa, e de que o verdadeiro centro de minha *Angst* é meu medo da morte e da ausência de Deus. Pode ser! Você pode estar certo! É bem verdade que minha obsessão por Bertha me mantém fixado à superfície das coisas, não me sobrando tempo para pensamentos mais profundos e sombrios. Entretanto, Friedrich, não acho sua explicação inteiramente satisfatória. Primeiro, continua o enigma de "por que Bertha?" De todas as formas possíveis de me defender da angústia, por que escolher essa obsessão específica e estúpida? Por que não *outro* método, alguma *outra* fantasia? Segundo, você sustenta que Bertha serve apenas para desviar minha atenção da angústia em meu íntimo. No entanto, "desvio" é uma palavra fraca. Não é suficiente para explicar o *poder* de minha obsessão. Pensar sobre

Bertha é sobrenaturalmente irresistível; contém algum poderoso significado oculto.

— *Significado*! — Nietzsche deu um tapa com força no braço da cadeira. — Exatamente! Venho pensando em linhas idênticas desde que você saiu ontem. Sua palavra final, "significado", poderá ser a chave. Talvez nosso erro desde o início tenha sido negligenciar o *significado* de sua obsessão. Você afirmou que curou cada um dos sintomas histéricos de Bertha descobrindo sua origem. E também que esse método da "origem" não se aplicaria ao seu caso porque a origem de sua obsessão por Bertha já era conhecida, tendo começado depois que a conheceu e se intensificado depois que parou de vê-la. Mas talvez — Nietzsche continuou — você venha usando a palavra errada. Talvez o importante não seja a *origem*, isso é, a primeira aparição dos sintomas, e sim o *significado* de um sintoma! Talvez você tenha se enganado! Talvez tenha curado Bertha descobrindo não a origem, mas o significado de cada sintoma! *Talvez* — aqui Nietzsche quase sussurrou, como se estivesse transmitindo um segredo de grande importância — *os sintomas sejam mensageiros de um significado e só venham a desaparecer quando sua mensagem for compreendida*. Nesse caso, nosso próximo passo é óbvio: para dominarmos os sintomas, teremos que descobrir o que a obsessão por Bertha *significa* para você!

"E agora?", Breuer se indagou. "Como se faz para descobrir o *significado* de uma obsessão?" Afetado pelo entusiasmo de Nietzsche, aguardou as instruções dele. Mas Nietzsche se reclinara na cadeira, apanhara o pente e estava arrumando o bigode. Breuer foi ficando tenso e irritado.

— Bem, Friedrich, estou aguardando! — Esfregou o peito, respirando profundamente. — Esta tensão aqui em meu peito cresce a cada minuto que estou sentado aqui. Logo, explodirá. Não vejo uma forma racional de expulsá-la. Diga-me como começar! Como poderei descobrir um significado que eu mesmo escondi?

— Não tente descobrir nem solucionar nada! — respondeu Nietzsche, ainda penteando o bigode. — Isso será meu trabalho! Seu trabalho é apenas limpar a chaminé. Fale sobre o que Bertha *significa* para você.

— Será que já não falei demais sobre ela? Terei que chafurdar novamente em minhas ruminações sobre Bertha? Você já escutou todas elas: tocá-la, despi-la, acariciá-la, minha casa pegando fogo, todo mundo morto, a fuga para a América. Tem certeza de que quer ouvir todo esse lixo novamente? — Levantando-se de súbito, Breuer pôs-se a andar para lá e para cá atrás da cadeira de Nietzsche. Este continuou a falar de forma calma e medida.

— É a *tenacidade* de sua obsessão que me intriga. Como um marisco que se apega à sua rocha. Será que não podemos, Josef, apenas por um momento, afastá-la e espiar por debaixo? Limpe chaminé, estou dizendo! Limpe a chaminé sobre a pergunta: como seria a vida, sua vida, sem Bertha? Apenas fale. Não tente ser lógico ou mesmo formular sentenças completas. Diga aquilo que lhe vier à cabeça.

— Não consigo. Estou amarrado, sou uma mola enrolada.

— Pare de andar para lá e para cá. Feche os olhos e tente descrever o que vê sob as pálpebras. Apenas deixe os pensamentos fluírem, não tente controlá-los.

Breuer parou atrás da cadeira de Nietzsche e segurou seu espaldar. De olhos fechados, oscilou para a frente e para trás, como fazia seu pai ao rezar, e lentamente começou a resmungar seus pensamentos:

— Uma vida sem Bertha... uma vida escura, sem cores... calibradores... balanças... lápides funerárias... tudo decidido, agora e para sempre... eu estaria aqui, você me acharia aqui... sempre! Bem aqui, neste local, com esta valise, vestindo estas roupas, com este rosto que, dia após dia, irá ficando mais sombrio e esquelético. — Breuer respirou profundamente, sentindo-se menos agitado, e sentou-se. — A vida sem Bertha? Que mais existe? Sou um cientista, mas a ciência é sem cor. Deve-se fazer da ciência um *trabalho*, não um modo de vida... preciso de magia... e paixão... não se pode viver sem magia. É *isso* que Bertha significa: *paixão e magia*. A vida sem paixão... quem consegue viver tal vida? — Abriu os olhos subitamente. — Você consegue? Alguém consegue?

— Por favor, limpe a chaminé sobre a paixão e a vida — incitou-o Nietzsche.

— Uma de minhas pacientes é uma parteira — prosseguiu Breuer. — Ela está velha, encarquilhada, sozinha. Sofre de problemas cardíacos. Mesmo assim, é apaixonada pela vida. Certa vez, indaguei a ela a fonte de sua paixão. Respondeu então que era o momento entre erguer um recém-nascido em silêncio e lhe dar o tapa da vida. Ela se renovava, assim dizia, pela imersão naquele momento de mistério, aquele momento entre a existência e o esquecimento.

— E *você*, Josef?

— Sou como aquela parteira! Quero estar próximo do mistério. Minha paixão por Bertha não é natural; é sobrenatural, sei disso, mas preciso de magia. Não consigo viver em preto-e-branco.

— Todos precisamos de paixão, Josef — interrompeu Nietzsche. — A paixão dionisíaca *é* vida. Mas a paixão tem que ser mágica e aviltante? Não haverá uma forma de *dominá-la*? Deixe-me contar sobre um monge budista que conheci no ano passado em Engadine. Ele vive uma vida frugal. Medita metade de suas horas de vigília e passa semanas sem trocar palavra com ninguém. Sua dieta é simples, uma única refeição ao dia, aquilo que conseguir esmolar, talvez apenas uma maçã. Mas ele medita sobre a maçã até estar prenhe de vermelhidão, de suculência e de vivacidade. No final do dia, ele *apaixonadamente* antecipa sua refeição. A conclusão é, Josef: você não precisa renunciar à paixão, *mas tem que mudar suas condições para a paixão.*

Breuer concordou com um movimento da cabeça.

— Prossiga — exortou Nietzsche. — Limpe mais a chaminé sobre Bertha... o que ela significa para você. — Breuer cerrou os olhos.

— Vejo-me correndo com ela. Fugindo. Bertha significa *fuga*, fuga perigosa!

— Como assim?

— Bertha significa perigo. Antes dela, eu vivia dentro das regras. Agora, flerto com os limites dessas regras... talvez seja isso que a parteira signifique. Penso em explodir minha vida, sacrificar minha carreira, cometer o adultério, perder minha família, emigrar, recomeçar a vida com Bertha. — Breuer deu uma palmada leve na cabeça. — Imbecil! Imbecil! Sei que nunca o farei!

— Mas existe um chamariz nesse perigoso vaivém pelo limite?

— Um chamariz? Não sei. Ignoro a resposta. Não gosto de perigo! Se existe um chamariz, não é o perigo; creio que o chamariz seja a *fuga*, não do perigo, mas *da segurança*. Talvez eu tenha vivido demais de maneira segura!

— Talvez, Josef, viver de maneira segura *seja* perigoso. Perigoso e mortal.

— Viver de maneira segura *é* perigoso — Breuer murmurou as palavras para si várias vezes. — Viver de maneira segura *é* perigoso. Viver de maneira segura *é* perigoso. Um pensamento poderoso, Friedrich. Então é este o significado de Bertha: escapar da vida perigosamente insuportável? Será Bertha meu desejo de liberdade, minha fuga da armadilha do tempo?

— Talvez da armadilha de *seu* tempo, de seu momento histórico. Mas, Josef — proferiu solenemente —, não cometa o erro de pensar que ela o conduzirá para fora do tempo! O tempo não pode ser rompido; esse é nosso maior fardo. Nosso maior desafio é viver *apesar* desse fardo.

Ao menos dessa vez, Breuer não protestou contra o tom filosofal assumido por Nietzsche. Esse filosofar era diferente. Breuer não sabia o que *fazer* com as palavras de Nietzsche, mas sabia que elas o atingiam, o tocavam.

— Esteja certo — disse Breuer — de que não sonho com a imortalidade. A vida da qual desejo escapar é a vida da burguesia médica vienense de 1882. Eu sei que os outros invejam minha vida, mas eu a abomino. Abomino sua mesmice e previsibilidade. Abomino tanto que, às vezes, vejo minha vida como uma sentença de morte. Está me entendendo, Friedrich?

Nietzsche fez que sim com a cabeça.

— Lembra-se de quando me perguntou, talvez em nossa primeira conversa, se eu tirava alguma vantagem de minha enxaqueca? Foi uma boa pergunta. Ajudou-me a pensar na vida de forma diferente. Lembra-se de minha resposta? Que minha enxaqueca me forçou a renunciar à cátedra na universidade? Todos, a família, os amigos, até os colegas, lamentaram minha desventura e estou certo de que a história registrará que a doença de Nietzsche encerrou tragicamente sua carreira. Mas não foi bem assim! O oposto é a verdade! A cátedra na universidade da Basiléia era *minha* sentença de morte. Sentenciava-me ao vazio da vida acadêmica e a despender o resto de meus dias ajudando economicamente minha mãe e minha irmã. Eu estava numa armadilha fatal.

— Então, Friedrich, a enxaqueca, a grande libertadora, caiu sobre você!

— Não foi muito diferente, Josef, dessa obsessão que caiu sobre você, certo? Talvez sejamos mais semelhantes do que pensamos!

Breuer fechou os olhos. Que bom sentir-se tão próximo de Nietzsche. Lágrimas jorraram-lhe dos olhos; fingiu um acesso de tosse para virar a cabeça e esconder o rosto.

— Vamos continuar — ordenou Nietzsche impassivelmente. — Estamos progredindo. Compreendemos que Bertha representa paixão, mistério, fuga perigosa. Que mais, Josef? Que outros significados estão agrupados nela?

— Beleza! A beleza de Bertha é uma parte importante do mistério. Aqui, veja o que trouxe para lhe mostrar.

Abriu sua valise e pegou uma fotografia. Colocando seus óculos de lentes grossas, Nietzsche andou até a janela para inspecioná-la na claridade. Bertha, vestida de preto da cabeça aos pés, usava trajes de montaria. Sua jaqueta a espremia: uma fila dupla de pequenos botões, estendendo-se da cintura fina até o queixo, lutava para conter os seios volumosos. Sua mão esquerda segurava delicadamente tanto sua saia como um comprido chicote de jóquei. De sua outra mão, luvas pendiam. Seu nariz era vigoroso, seus cabelos, curtos e desadornados; sobre eles, um boné preto desleixado. Seus olhos eram grandes e escuros. Não se dava o trabalho de olhar para a câmera, mas fitava bem a distância.

— Uma mulher formidável, Josef — disse Nietzsche, devolvendo a fotografia e voltando a se sentar. — Sim, ela é belíssima, mas não gosto de mulheres portando chicotes.

— A beleza — disse Breuer — é uma parte importante do significado de Bertha. Sou facilmente capturado por tal beleza. Mais do que a maioria dos homens, creio. A beleza é um mistério. Mal sei falar a respeito, mas uma mulher com certa combinação de corpo, seios, orelhas, grandes olhos escuros, nariz, lábios..., em especial os lábios simplesmente me assombram. Pode parecer besteira, mas quase acredito que tais mulheres tenham poderes sobre-humanos!

— Para fazer o quê?

— É tolo demais! — Breuer escondeu o rosto com as mãos.

— Apenas limpe a chaminé, Josef. Suspenda seu juízo e desembuche! Dou minha palavra de que não o julgarei!

— Não consigo exprimi-lo com palavras.

— Tente terminar esta frase: "Na presença da beleza de Bertha, sinto-me..."

— Na presença da beleza de Bertha, sinto-me... sinto-me... O que eu sinto? Sinto-me nas entranhas da terra, bem no centro da existência. Estou exatamente onde deveria. No local onde não se questiona a vida ou o propósito... o centro, o local da segurança. A beleza dela proporciona uma segurança infinita. — Levantou a cabeça. — Veja, não faz o menor sentido!

— Prossiga — disse Nietzsche imperturbavelmente.

— Para me capturar, a mulher precisa ter certo olhar. Um olhar de adoração (vejo-o em minha mente agora): olhos bem abertos e reluzentes, lábios fechados em um semi-sorriso afetuoso. Ela parece estar dizendo... oh! não sei...

— Continue, Josef, por favor! Continue imaginando o sorriso! Ainda consegue vê-lo?

Breuer fechou os olhos e assentiu com a cabeça.

— O que diz para você?

— Diz: "Você é adorável. *O que* você fizer estará bem. Oh! Querido, você se descontrola, mas isso é esperado de um menino." Agora a vejo voltando-se para as outras mulheres ao redor e dizendo: "Ele não é uma gracinha? Não é um amor? Vou abraçá-lo e confortá-lo."

— Pode dizer mais sobre o sorriso?

— Diz que eu posso brincar, fazer o que eu quiser. Posso me meter em apuros, mas, não importa o que eu fizer, ela continuará encantada comigo, achando-me adorável.

— O sorriso está associado à sua história pessoal, Josef?

— Não entendi.

— Retroceda no tempo. A sua memória contém tal sorriso?

Breuer negou com a cabeça.

— Não, nenhuma reminiscência.

— Você responde rápido demais! — insistiu Nietzsche. — Você negou com a cabeça antes de eu terminar a pergunta. Procure! Continue observando esse sorriso em sua imaginação e vamos ver o que aparece.

Breuer fechou os olhos e observou o desenrolar de sua memória.

— Vi Mathilde dar esse sorriso para nosso filho Johannes. Também, quando eu tinha 10 ou 11 anos, apaixonei-me por uma menina chamada Marie Gomperz... ela me deu tal sorriso! Exatamente esse sorriso! Fiquei desolado quando sua família se mudou. Não a vejo há trinta anos, mas continuo sonhando com ela.

— Quem mais? Esqueceu-se do sorriso de sua mãe?

— Não lhe contei? Minha mãe faleceu quando eu tinha 3 anos. Ela só tinha 28 anos e morreu após dar à luz meu irmão mais novo. Disseram-me que era bonita, mas não tenho lembranças dela, nenhuma.

— E sua esposa? Mathilde tem esse sorriso mágico?

— Não. *Disso* tenho certeza. Mathilde é bonita, mas seu sorriso não exerce nenhum poder sobre mim. Sei que é uma besteira pensar que Marie, aos 10 anos, exerce poder, enquanto Mathilde não exerce nenhum. Mas é o que sinto. Em nosso casamento, sou *eu* quem exerce poder sobre *ela* e é ela que deseja *minha* proteção. Não, Mathilde não tem nenhuma magia, não sei por quê.

— Magia requer penumbra e mistério — observou Nietzsche. — Talvez o mistério dela tenha sido aniquilado pela familiaridade de 14 anos de casamento. Você a conhece bem demais? Talvez não consiga suportar a verdade de um relacionamento com uma mulher bonita.

— Começo a pensar que preciso de outra palavra que não beleza. Mathilde tem todos os componentes da beleza. Ela tem a estética, mas não o poder da beleza. Talvez você tenha razão... é tudo familiar demais. Com grande freqüência, vejo a carne e o sangue sob a pele. Outro fator é a ausência de competição; Mathilde jamais teve outro homem em sua vida. Foi um casamento arranjado.

— Intriga-me que você deseje a competição, Josef. Alguns dias atrás, você disse ter horror a ela.

— Desejo e não desejo a competição. Lembre-se, você disse que eu não precisava ser lógico. Apenas expresso as palavras conforme me ocorrem. Deixe-me ver, deixe-me coletar meus pensamentos. *Sim*, a mulher bela é mais poderosa quando desejada por outros homens. Mas tal mulher é perigosa demais... ela me escaldará. Talvez Bertha seja o meio-termo perfeito: ela ainda não está plenamente formada! É a beleza embrionária, ainda incompleta.

— Então — perguntou Nietzsche — ela está mais segura por não ter outros homens disputando-a?

— Não é bem assim. Ela está mais segura porque a tenho nas minhas mãos. Qualquer homem a desejaria, mas posso facilmente derrotar os competidores. Ela é, ou melhor, era totalmente dependente de mim. Durante semanas, recusava-se a comer a não ser que eu a alimentasse. Naturalmente, como médico dela, eu deplorava a regressão de minha paciente. "Oh! Que lástima!" Eu expressava minha preocupação profissional à família dela, mas secretamente, enquanto homem, e jamais admitirei isso a ninguém a não ser você, *eu me regozijava com minha conquista*. Certo dia, quando ela me contou que sonhara comigo, entrei em êxtase. Que vitória: penetrar em sua câmara mais interna, um lugar onde nenhum outro homem jamais conseguira entrar! Como as imagens dos sonhos não morrem, era um lugar onde eu perduraria para sempre!

— Assim, Josef, você venceu a competição sem precisar competir!

— Sim, este é outro significado de Bertha: *competição segura, vitória assegurada*. Mas uma mulher bonita *sem* segurança... é algo bem diferente. — Breuer calou-se.

— Prossiga, Josef. Para onde estão indo seus pensamentos agora?

— Estava pensando em uma mulher perigosa, uma beleza plenamente constituída com mais ou menos a idade de Bertha que veio me ver em meu consultório algumas semanas atrás, uma mulher a quem muitos homens prestaram homenagem. Fiquei encantado por ela, e aterrorizado! Fui tão incapaz de me opor a ela que não consegui deixá-la esperando e a atendi fora da vez, antes de meus outros pacientes. Quando ela me fez um pedido médico inconveniente, tive que reunir todas as minhas forças para resistir ao desejo dela.

— Ah! Conheço esse dilema — disse Nietzsche. — A mulher mais desejável é a mais assustadora. Não, é claro, devido ao que *é*, mas devido ao que fazemos dela. Muito triste!

— Triste, Friedrich?

— Triste para a mulher que nunca é conhecida, e triste, também, para o homem. Conheço essa tristeza.

— Você também conheceu uma Bertha?

— Não, mas conheci uma mulher como aquela outra paciente que você descreveu... aquela a quem não se consegue negar nada.

"Lou Salomé", pensou Breuer. "Lou Salomé sem dúvida! *Até que enfim* ele fala sobre ela!" Embora relutante em desviar o foco de si próprio, Breuer insistiu na inquirição.

— Então, Friedrich, o que aconteceu com aquela dama a quem não conseguia negar?

Nietzsche hesitou, depois apanhou o relógio.

— Atingimos um veio bastante rico hoje... quem sabe, rico para nós dois? Mas nosso tempo está se esgotando e estou certo de que ainda tem muito a dizer. Por favor, continue me contando o que Bertha significa para você.

Breuer sabia que Nietzsche estava mais próximo do que nunca de revelar seus próprios problemas. Talvez àquela altura uma inquirição sutil tivesse sido todo o necessário. No entanto, ao ouvir Nietzsche incitá-lo novamente — Não pare; suas idéias estão fluindo —, Breuer sentiu-se feliz em continuar.

— Lamento a complexidade da segunda vida, da vida secreta. Contudo, eu a prezo. A vida burguesa superficial é mortal... é visível demais, vê-se o final demasiadamente claro e todos os atos que levam até lá. Parece loucura, eu sei, mas a segunda vida *é* uma vida a mais. Ela encerra a promessa de um tempo de vida estendido.

Nietzsche concordou com a cabeça.

— Você sente que o tempo devora as possibilidades da vida superficial, enquanto a vida secreta é inesgotável?

— Sim, não foi exatamente o que eu disse, mas é o que quero dizer. Outra coisa, talvez a mais importante, é o sentimento inefável que tinha ao lado de Bertha ou que tenho agora ao pensar nela. Bem-aventurança! É a palavra mais próxima.

— Sempre pensei, Josef, que amamos mais o desejo do que o ser desejado!

— *Amamos mais o desejo do que o ser desejado* — repetiu Breuer. — Por favor, dê-me uma folha de papel. Gostaria de anotar isto.

Nietzsche arrancou uma folha do final de seu caderno e esperou enquanto Breuer escreveu a frase, dobrou o papel e o enfiou no bolso da jaqueta.

— Tem outra coisa — continuou Breuer. — Bertha atenua minha solidão. Até onde consigo me lembrar, tenho me assustado com os espaços vazios dentro de mim. Além disso, minha solidão não tem nada a ver com a presença, ou ausência, de pessoas. Está me entendendo?

— *Ach*, quem poderia compreendê-lo melhor? Às vezes, penso que sou o homem mais solitário que existe. Como no seu caso, não tem nada a ver com a presença dos outros; na verdade, odeio quem me rouba a solidão sem em troca me oferecer verdadeiramente companhia.

— O que quer dizer, Friedrich? Como não oferecem companhia?

— Por não prezarem as coisas que prezo! Às vezes, enxergo tão profundamente a vida que, de repente, olho ao redor e vejo que ninguém me acompanhou e que meu único companheiro é o tempo.

— Não estou certo de que minha solidão seja igual à sua. Talvez eu jamais tenha ousado penetrá-la tão profundamente como você.

— Talvez — sugeriu Nietzsche — Bertha o impeça de penetrá-la mais profundamente.

— Não creio que deseje penetrá-la mais. Na verdade, *sinto-me grato a Bertha por remover minha solidão*. Essa é *outra* coisa que ela significa para mim. Nos últimos dois anos, jamais estive sozinho: Bertha estava sempre em sua casa ou no hospital esperando minha visita. Agora, ela está sempre dentro de mim, ainda esperando.

— Você atribui a Bertha algo que é sua própria realização.

— O que quer dizer?

— Que continua tão sozinho quanto antes, tão sozinho como cada pessoa está fadada a ser. Você fabricou seu próprio ícone para, depois, ser protegido por sua companhia. *Talvez você seja mais religioso do que pensa*!

— Mas — respondeu Breuer — em certo sentido ela *está* sempre lá. Ou *esteve*, por um ano e meio. Por pior que tenha sido, aquele foi o melhor, o mais vital período de minha vida. Eu a via todos os dias, pensava nela o tempo todo, sonhava com ela de noite.

— Você me contou sobre uma vez em que ela *não* estava lá, Josef, naquele sonho que vive voltando. Como é mesmo... está procurando por ela...?

— Começa com algo terrível acontecendo. O solo começa a se liquefazer sob meus pés e eu procuro por Bertha sem conseguir encontrá-la...

— Sim, estou convencido de que existe alguma pista importante nesse sonho. Qual foi o evento terrível que ocorreu: o solo se abrindo? — Breuer assentiu com a cabeça. — Por que, Josef, naquele momento, você deveria procurar Bertha? A fim de protegê-la? Ou para ela protegê-lo?

Fez-se um longo silêncio. Duas vezes, Breuer moveu rapidamente a cabeça para trás, como para fazer com que prestasse atenção.

— Não consigo prosseguir. É espantoso, mas minha mente não está mais funcionando. Nunca me senti tão fatigado. Estamos apenas na metade da manhã, mas me sinto como se estivesse trabalhando sem parar por dias e dias.

— Sinto a mesma coisa. Foi um trabalho duro hoje.

— Mas o trabalho certo, penso. Agora tenho que ir. Até amanhã, Friedrich.

EXCERTOS DAS ANOTAÇÕES DO DOUTOR BREUER
SOBRE ECKART MÜLLER
DE 15 DE DEZEMBRO DE 1882

Pode ter sido apenas poucos dias atrás que implorei a Nietzsche que se revelasse? Hoje, finalmente, ele se mostrou pronto, disposto. Quis me contar que se sentia aprisionado por sua carreira universitária, que ressentia sustentar sua mãe e sua irmã, que estava solitário e sofria por causa de uma linda mulher.

Sim, finalmente ele quis se revelar para mim. Contudo, é espantoso, eu não o encorajei! Não se trata de que eu não desejasse escutar. Não, foi pior do que isso! Eu ressentia seu discurso! Eu ressentia sua intromissão na minha sessão!

Terá sido apenas há duas semanas que tentei manipulá-lo para revelar algum pequeno fragmento de si, que reclamei com Max e Frau Becker sobre o sigilo dele, que levei meu ouvido aos lábios dele para ouvir: "Ajude-me, ajude-me", que lhe prometi: "Conte comigo"?

Por que, então, negligenciei-o hoje? Terei ficado ganancioso? Esse processo de aconselhamento — quanto mais se estende, menos o compreendo. Porém, é irresistível. Cada vez mais, penso em minhas conversas com Nietzsche; às vezes chegam a interromper uma fantasia com Bertha. Essas sessões se tornaram o centro de meu dia. Sinto-me ansioso pela minha sessão e, com freqüência, mal consigo esperar pela próxima. Será por isso que deixei Nietzsche me desnudar hoje?

No futuro — quem sabe quando, talvez daqui a cinqüenta anos? —, esse tratamento através da conversa poderá tornar-se corriqueiro. "Médicos da angústia" se tornarão uma especialidade típica. E as faculdades de medicina, ou talvez os departamentos de filosofia, os treinarão.

O que deveria conter o currículo do futuro "médico da angústia"? No momento, posso estar certo de uma cadeira essencial: "relacionamento"! É aí que a coisa complica. Assim como os cirurgiões precisam primeiro aprender anatomia, o futuro "médico da angústia" precisa primeiro entender o relacionamento entre o que aconselha e o aconselhado. Caso eu deva contribuir para a ciência de tal aconselhamento, devo aprender a observar a relação de aconselhamento tão objetivamente como o cérebro dos pombos.

Observar um relacionamento não é fácil quando eu mesmo faço parte dele. Entretanto, noto tendências impressionantes.

Costumava criticar Nietzsche, mas não mais o faço. Pelo contrário, agora acalento cada palavra sua e, a cada dia, convenço-me mais de que pode me ajudar.

Acreditava que pudesse ajudá-lo. Isso não mais ocorre. Tenho pouco a lhe oferecer. Ele tem tudo a me oferecer.

Costumava competir com ele, tramar armadilhas de xadrez contra ele. Não mais o faço! Sua percepção interna é extraordinária. Seu intelecto se eleva. Contemplo-o como uma galinha diante do falcão. Reverencio-o demais? Quero que se eleve acima de mim? Talvez por isso não queira ouvi-lo falar. Talvez eu não quisesse saber de sua dor, de sua falibilidade.

Eu costumava pensar sobre como "manejá-lo". Não mais o faço! Com freqüência, sinto grandes surtos de afeto em relação a ele. Isso é uma mudança. Certa vez, comparei nossa situação com Robert treinando seus gatinhos: "Retroceda, deixe-o beber seu leite. Mais tarde, ele deixará que o toque." Hoje, no meio de nossa conversa, outra imagem percorreu minha mente: dois gatinhos com listras de tigre, cabeça contra cabeça, lambendo leite da mesma tigela.

Outra coisa estranha. Por que mencionei que uma "beleza plenamente constituída" visitou recentemente meu consultório? Quero que saiba de meu encontro com Lou Salomé? Estaria flertando com o perigo? Silenciosamente caçoando dela? Tentando criar uma barreira entre nós?

Por que Nietzsche disse que não gosta de mulheres com chicotes? Devia estar se referindo àquele retrato de Lou Salomé que eu vi sem que ele saiba. Ele deve perceber que seus sentimentos em relação a ela não diferem tanto de meus sentimentos em relação a Bertha. Assim, estaria silenciosamente caçoando de mim? Uma piadinha particular? Aqui estamos nós, dois homens tentando ser honestos um com o outro, mas ambos impelidos pelo diabrete da duplicidade.

Outro novo vislumbre! O que Nietzsche é para mim eu fui para Bertha. Ela ampliava minha sabedoria, reverenciava cada palavra minha, acalentava nossas sessões, mal conseguia esperar pela seguinte — de fato, induzia-me a visitá-la duas vezes ao dia!

Quanto mais escancaradamente me idealizava, mais eu a imbuía de poder. Ela era o alívio para toda minha angústia. Seu simples olhar curava minha solidão. Ela dava à minha vida propósito e significado. Um mero sorriso dela me consagrava como desejável, me concedia absolvição por todos os impulsos bestiais. Um estranho amor: ambos nos aquecemos na radiância da magia um do outro!

Contudo, estou ficando esperançoso. Existe poder em meu diálogo com Nietzsche e estou convencido de que esse poder não é ilusório.

Estranho que, apenas algumas horas depois, eu tenha esquecido muito de nossa discussão. Um estranho esquecimento, diferente da evaporação de uma conversa comum de mesa de café. Existirá tal coisa como um esquecimento ativo — esquecer algo não por ser sem importância, mas por ser importante demais?

Anotei uma frase chocante: "Amamos mais o desejo do que o ser desejado."

E outra: "Viver com segurança é perigoso." Nietzsche diz que toda minha vida burguesa tem sido vivida perigosamente. Penso que queira dizer que corro perigo de perder meu próprio eu ou de não me tornar quem sou. Mas quem sou eu?

NOTAS DE FRIEDRICH NIETZSCHE SOBRE O DOUTOR BREUER DE 15 DE DEZEMBRO DE 1882

Finalmente, uma excursão digna de nós. Águas profundas, rápidas imersões e emersões. Água fria, refrescante. Adoro uma filosofia viva! Adoro uma filosofia cinzelada da experiência bruta. Sua coragem cresce. Sua vontade e sua provação abrem o caminho. Mas não será tempo de compartilhar os seus riscos?

A época para uma filosofia aplicada ainda não amadureceu. Quando chegará? Dentro de cinqüenta anos, cem anos? Chegará a época em que os homens cessarão de temer o conhecimento, não mais disfarçarão a fraqueza como "lei moral", encontrarão a coragem de quebrar as algemas dos mandamentos. Então, os homens ansiarão por minha sabedoria viva. Então, os homens precisarão de minha orientação para uma vida honesta, uma vida de descrença e descoberta. Uma vida de superação. Do desejo superado. E que desejo maior do que o desejo de se submeter?

Tenho outras canções que precisam ser cantadas. Minha mente está prenhe de melodias, e Zaratustra me chama ainda mais alto. Minha ocupação não é a de técnico. Mesmo assim, devo enfrentar a tarefa e registrar todos os becos sem saída e todas as trilhas válidas.

Hoje, todo o rumo de nosso trabalho mudou. A chave? A idéia de significado, em vez de "origem"!

Duas semanas atrás, Josef me contou que curou cada sintoma de Bertha descobrindo sua causa original. Por exemplo, curou o medo dela de beber água ajudando-a a lembrar de que observara certa vez sua camareira deixando o cão lamber água do copo de Bertha. Mostrei-me cético de início e fiquei ainda mais cético agora. A visão de um cão bebendo de nosso copo... desagradável? Para alguns, sim! Catastrófica? Dificilmente. A causa da histeria? Impossível!

Não, aquilo não foi "causa", e sim manifestação — de uma angústia, uma Angst persistente e mais profunda! Por isso, a cura de Josef foi tão evanescente.

Temos que nos voltar para o significado. O sintoma não passa de um mensageiro com a notícia de que a Angst está irrompendo das profundezas do ser! Preocupações profundas com a finitude, com a morte de Deus, com o isolamento, com o propósito da vida, com a liberdade

— preocupações profundas trancafiadas por toda uma vida — agora rompem suas cadeias e batem às portas e janelas da mente. Elas demandam ser ouvidas. Não apenas ouvidas, mas vividas!

Aquele estranho livro russo sobre o Homem Subterrâneo continua a me assombrar. Dostoievski escreve que algumas coisas não devem ser contadas, exceto aos amigos; outras coisas não devem ser contadas mesmo aos amigos; finalmente, existem coisas que não se contam nem a si mesmo! Certamente, são as coisas que Josef jamais contou sequer a si mesmo que agora irrompem dentro dele.

Consideremos o que Bertha significa para Josef. Ela é fuga, fuga perigosa, fuga do perigo da vida segura. É também paixão e mistério e magia. Ela é a grande libertadora trazendo a suspensão de sua sentença de morte. Ela tem poderes sobre-humanos; é o berço da vida, a grande madre confessora: ela perdoa tudo que é selvagem e bestial nele. Ela lhe proporciona a vitória garantida sobre todos os competidores, por intermédio do amor perdurável, da companhia eterna e da existência perene nos sonhos dela. Ela é um escudo contra as garras do tempo, oferecendo salvação do abismo interno e segurança do abismo abaixo.

Bertha é um poço de mistério, proteção e salvação! Josef Breuer o denomina amor. Mas seu nome real é prece.

Curas paroquiais, como meu pai, sempre protegeram seus rebanhos de Satã. Eles ensinam que Satã é o inimigo da fé, que de modo a minar a fé Satã assume qualquer disfarce — e nenhum mais perigoso e insidioso do que o manto do ceticismo e da dúvida.

Mas quem protegerá a nós — os santos céticos? Quem nos advertirá das ameaças contra o amor à sabedoria e o *ódio à servidão? Será essa minha missão? Nós, os céticos, temos nossos inimigos, nossos Satãs que minam nossa dúvida e plantam as sementes da fé nos locais mais sutis. Assim, matamos os deuses, mas santificamos seus substitutos: professores, artistas, mulheres bonitas. E Josef Breuer, um cientista renomado, beatifica por quarenta anos o sorriso adorador de uma menininha chamada Marie.*

Nós, os céticos, temos que estar vigilantes. E fortes. O impulso religioso é feroz. Veja como Breuer, um ateu, anseia por persistir, por ser eternamente observado, perdoado, adorado e protegido. Será minha missão a do sacerdote do cético? Devo me dedicar a detectar e destruir os anseios religiosos, quaisquer que sejam seus disfarces? O inimigo é formidável; a flama da crença é alimentada incessantemente pelos temores da morte, do olvido e da ausência de sentido.

Aonde o significado nos conduzirá? Se eu descobrir o significado da obsessão, e aí? Os sintomas de Josef desaparecerão? E os meus? Quando? Um rápido mergulho na "compreensão" bastará? Ou a submersão terá que ser prolongada?

E que significado? Parece haver vários significados para o mesmo sintoma e Josef ainda não começou a esgotar os de sua obsessão por Bertha.

Talvez tenhamos que descascar os significados um a um até que Bertha deixe de significar qualquer coisa que não ela própria. Uma vez despojada dos significados excedentes, ele a verá como o ser humano, demasiado humano assustado e despojado que ela e ele e todos nós realmente somos.

Capítulo 20

Na manhã seguinte, Breuer entrou no quarto de Nietzsche ainda trajando seu sobretudo revestido de peles e segurando uma cartola preta.

— Friedrich, olhe pela janela! Aquele tímido globo laranja no céu... você o reconhece? Nosso sol vienense finalmente deu o ar de sua graça. Que tal celebrarmos com um passeio hoje? Ambos dissemos que pensamos melhor enquanto caminhamos.

Nietzsche pulou de sua escrivaninha como se tivesse molas nos pés. Breuer jamais o vira se mover tão rapidamente.

— Nada me agradaria mais. Há três dias, as enfermeiras não me permitem pôr os pés lá fora. Por onde podemos andar? Temos tempo suficiente para dar uma escapulida?

— Eis o meu plano. Eu visito o túmulo de meus pais no *shabbath* uma vez por mês. Venha comigo hoje; o cemitério fica a menos de uma hora de fiacre. Farei uma pequena parada, tempo suficiente para deixar algumas flores, e de lá prosseguiremos até o Simmeringer Haide para uma caminhada de uma hora pela floresta e pela campina. Voltaremos a tempo para o jantar. No *shabbath*, não programo nenhum compromisso até o final da tarde.

Breuer esperou Nietzsche se vestir. O filósofo costumava dizer que, embora gostasse do clima frio, este não gostava dele; assim, para se proteger da enxaqueca, vestia dois pesados suéteres e enrolava um xale de lã de um metro e meio várias vezes ao redor do pescoço antes de enfiar o sobretudo. Sobre uma viseira verde para proteger os olhos da claridade, colocou um chapéu bávaro de feltro verde.

Durante a viagem, Nietzsche estranhou a pilha de boletins médicos e revistas científicas amontoados nas bolsas das portas e espalhados pelos assentos vazios. Breuer explicou que seu fiacre era uma extensão do consultório.

— Há dias em que passo mais tempo viajando aqui dentro do que em meu consultório de Bäckerstrasse. Algum tempo atrás, um jovem estudante de medicina, Sigmund Freud, quis obter uma visão realista da vida diária de um médico e pediu para me acompanhar por um dia inteiro. Ele ficou abismado com o número de horas que despendi neste fiacre e decidiu sem pestanejar seguir uma carreira de pesquisa, em vez da carreira clínica.

No fiacre, circundaram a parte sul da cidade percorrendo a Ringstrasse, atravessaram a ponte Schwarzenberg sobre o rio Wien, passaram pelo palácio de verão e, seguindo o Renweg e depois a Simmering Hauptstrasse, logo atingiram o Cemitério Central da Cidade de Viena. Depois de atravessar o terceiro grande portão, que dava para a divisão judaica do cemitério, Fischmann, que conduzia Breuer ao túmulo dos pais havia uma década, percorreu sem errar um emaranhado de corredores estreitos, alguns mal dando passagem para o fiacre, e parou diante do amplo mausoléu da família Rothschild. Enquanto Breuer e Nietzsche saltavam, Fischmann entregou a Breuer um grande buquê de flores que estivera guardado sob seu assento. Os dois homens percorreram em silêncio uma passagem de terra através de filas de monumentos. Alguns traziam simplesmente um nome e uma data de falecimento; em outros lia-se um pequeno epitáfio de recordação; outros eram adornados com a estrela-de-davi ou mãos com dedos estendidos em alto-relevo denotando um morto dos Cohen, a tribo mais sagrada.

Breuer apontou os buquês de flores recém-colhidas depositados diante de muitos túmulos.

— Nesta terra dos mortos, *estes* são os mortos e *aqueles* — apontou uma parte velha, maltratada e abandonada do cemitério — são os verdadeiramente mortos. Ninguém mais cuida dos túmulos deles, porque nenhuma pessoa viva jamais os conheceu. *Eles* sabem o que significa estar morto.

Atingindo seu destino, Breuer parou diante de um vasto lote da família cercado por uma fina mureta de pedras lavradas. No seu interior, viam-se duas lápides: uma pequena e aprumada onde se lia: "Adolf Breuer 1844-1874" e uma laje de mármore cinzento ampla e rasa na qual estavam gravadas duas inscrições:

LEOPOLD BREUER 1791-1872
Amado Mestre e Pai
Não Esquecido por Seus Filhos

BERTHA BREUER 1818-1845
Amada Mãe e Esposa
Falecida na Flor da Juventude e da Beleza

Breuer apanhou o pequeno vaso de pedra sobre a laje de mármore, retirou as flores murchas do mês anterior e delicadamente inseriu as flores que levara, dispondo-as em todo seu viço. Após colocar uma pedrinha redonda sobre a laje de seus pais e a lápide do irmão, ficou de pé em silêncio, a cabeça inclinada.

Nietzsche, em respeito à necessidade de Breuer de solidão, desceu uma passagem com lápides de granito e mármore enfileiradas. Logo penetrou na área dos judeus vienenses abastados — os Goldschmidt, os Gomperze, os Altmann, os Wertheimer — que, na morte como na vida, buscavam a assimilação na sociedade vienense cristã. Grandes mausoléus abrigando famílias inteiras, com as entradas bloqueadas por maciças grades de ferro forjado guarnecidas com videiras de ferro entrelaçadas, eram guardados por esmeradas estátuas funerárias. Mais adiante no corredor, sobre pesadas lápides, erguiam-se anjos interconfessionais, seus braços de pedra estendidos súplices — imaginou Nietzsche — por atenção e lembrança.

Dez minutos depois, Breuer o alcançou.

— Foi fácil localizá-lo, Friedrich. Ouvi-o sussurrando.

— Eu me distraio compondo versinhos enquanto passeio — comentou enquanto Breuer entrava em compasso ao seu lado. — Ouça estes últimos:

Embora as pedras não ouçam nem consigam ver
Todas suplicam tristemente para não as esquecer.

Depois, sem esperar por uma resposta de Breuer, perguntou:

— Quem foi Adolf, o terceiro Breuer ao lado de seus pais?

— Adolf foi meu único irmão. Ele morreu oito anos atrás. Disseram-me que minha mãe faleceu em conseqüência do nascimento dele. Minha avó mudou-se para nossa casa a fim de nos criar, mas ela morreu há muitos anos. Agora — Breuer falou tristemente — eles todos se foram e eu sou o próximo da fila.

— E as pedrinhas? Vejo muitas lápides aqui com pedrinhas por cima.

— Um antiqüíssimo costume judaico... simplesmente para honrar o morto, significando a lembrança.

— Significar para quem? Desculpe, Josef, se ultrapasso o limite do decoro.

Breuer afrouxou o colarinho sob o paletó.

— Tudo bem. Na verdade, você formula o *meu* tipo de perguntas iconoclastas, Friedrich. Que estranho se contorcer da forma como faço os outros se contorcerem! Mas não tenho resposta. Deixo as pedrinhas para ninguém. Não é por formalidade social, para os outros verem; não tenho nenhuma outra família e sou o único que visita esse túmulo. Nem é por superstição ou medo. Com certeza não por esperança de recompensa no além: desde criança, acredito que a vida seja uma centelha entre dois vácuos idênticos: a escuridão antes do nascimento e aquela após a morte.

— A vida... uma centelha entre dois vácuos. Bela imagem, Josef. Não é estranho como nos preocupamos com o segundo vácuo e jamais pensamos no primeiro?

Breuer concordou com um aceno da cabeça e, após alguns momentos, continuou:

— Mas as pedrinhas. Você pergunta para quem deixo essas pedrinhas? Talvez minha mão seja tentada pela aposta de Pascal. Afinal, o que tenho a perder? Apenas uma pedrinha, um pequeno esforço.

— Uma pergunta sem importância também, Josef. Quis apenas ganhar tempo para refletir numa pergunta bem mais relevante.

— Que pergunta?

— Por que nunca me contou que sua mãe se chamava Bertha?

Breuer jamais esperara essa pergunta. Virou-se para fitar Nietzsche.

— Por que deveria? Isso nunca me ocorreu. Nunca lhe contei que minha filha mais velha *também* se chama Bertha. Não é importante. Conforme lhe contei, minha mãe faleceu quando eu tinha 3 anos e não tenho lembranças dela.

— Nenhuma lembrança *consciente* — corrigiu Nietzsche. — Mas a maioria de nossas lembranças existe no subconsciente. Sem dúvida, você conhece a *Filosofia do inconsciente* de Hartmann. Está em todas as livrarias.

Breuer anuiu com a cabeça.

— Conheço bem. Nosso grupo lá do café passou muitas horas discutindo-o.

— Existe um verdadeiro gênio por trás desse livro, mas é o editor, não o autor. Hartmann é, na melhor das hipóteses, um artífice da filosofia que meramente se apropriou dos pensamentos de Goethe, Schopenhauer e Shelling. Mas para o editor Duncker tiro o chapéu! — e Nietzsche fez um floreio no ar com seu chapéu verde. — *Eis* um homem que sabe colocar um livro diante do nariz de todo leitor na Europa. Está na nona edição! Overbeck me contou que mais de cem mil exemplares foram vendidos! Imagine! Fico grato se um de meus livros vender duzentos exemplares! — Suspirou e repôs o chapéu na cabeça. — Voltando a Hartmann, ele discute 24 diferentes aspectos do inconsciente e não deixa dúvida de que a maior parte de nossa memória e de nossos processos mentais estão fora da consciência. Eu concordo, só que ele não vai longe o bastante: é difícil, acredito, superestimar o grau em que a vida, a vida real, é vivida pelo inconsciente. A consciência é apenas uma película translúcida que cobre a existência: o olho treinado enxerga através dela, vislumbrando forças primitivas, instintos, o verdadeiro motor da vontade de poder. De fato, Josef, você aludiu ao inconsciente ontem, ao se imaginar entrando nos sonhos de Bertha. Como você o colocou?... Que ganhara acesso à sua câmara mais interna, o santuário onde tudo perdura para sempre. Se sua imagem reside eternamente na mente dela, onde estará alojada nos momentos em que ela pensa em outra coisa? Obviamente, *tem que* existir um vasto reservatório de memórias inconscientes.

Naquele momento, depararam com um pequeno grupo de pranteadores congregados perto de um dossel que cobria uma cova aberta. Quatro robustos coveiros, usando pesadas cordas, tinham abaixado o caixão e os pranteadores, mesmo os mais frágeis e mais velhos, faziam agora uma fila para atirar uma pequena pazada de terra na tumba. Breuer e Nietzsche caminharam em silêncio por vários minutos, inalando o odor úmido e agridoce de terra recém-revolvida. Chegaram a uma encruzilhada. Breuer tocou no braço de Nietzsche para sinalizar que teriam que tomar a passagem à direita.

— No tocante às memórias inconscientes — Breuer retomou a conversa quando já não podiam ouvir o cascalho de encontro ao caixão de madeira —, concordo inteiramente com você. Na verdade, meu trabalho hipnótico com Bertha gerou muitos indícios de sua existência. Mas Friedrich, o que está insinuando? Certamente não que amo Bertha porque ela e minha mãe têm o mesmo nome.

— Não acha notável, Josef, que embora tenhamos falado horas e horas sobre sua paciente Bertha, somente esta manhã você tenha me revelado ter sido esse o nome de sua mãe?

— Eu não o escondi de você. Apenas nunca associei minha mãe com Bertha. Mesmo agora, essa associação me parece forçada. Para mim, Bertha é Bertha Pappenheim.

Nunca penso em minha mãe. Nenhuma imagem dela jamais penetra em minha mente.

— Porém sua vida inteira você coloca flores no túmulo dela.

— No túmulo de toda a minha família!

Breuer sentiu que estava sendo obstinado, mas, mesmo assim, estava determinado a falar francamente. Sentiu uma onda de admiração pela perseverança de Nietzsche, à medida que este insistiu, paciente e indômito, em sua investigação psicológica.

— Ontem exploramos cada significado possível de Bertha. Sua limpeza de chaminé evocou muitas lembranças. Como é possível que o nome de sua mãe em nenhum momento viesse à mente?

— Como poderei responder? As memórias não conscientes estão além de meu controle consciente. Ignoro onde estão. Elas têm uma vida própria. Só posso falar do que experimento, do que é *real*. E Bertha, *enquanto* Bertha, é a coisa mais real de minha vida.

— Mas, Josef, aí é que está o problema. Não constatamos ontem que seu relacionamento com Bertha é *irreal*, uma ilusão tramada de imagens e desejos que nada têm a ver com a Bertha real? Ontem descobrimos que sua fantasia de Bertha o protege do *futuro*, dos terrores do envelhecimento, da morte, do esquecimento. Hoje percebo que sua visão de Bertha está também contaminada por fantasmas de seu *passado*. Josef, apenas este instante é real. No final, só experimentamos a nós mesmos no momento presente. Bertha não é real. Ela não passa de um fantasma que surge tanto do futuro como do passado.

Breuer jamais vira Nietzsche tão confiante, seguro de cada palavra.

— Deixe-me colocar de outra forma! — continuou Nietzsche. — Você pensa que você e Bertha têm intimidade, o mais íntimo e privado relacionamento imaginável. Não é? — Breuer assentiu com a cabeça. — Pois bem — afirmou Nietzsche enfaticamente —, estou convencido de que *de forma alguma você e Bertha têm um relacionamento privado*. Acredito que sua obsessão será resolvida quando conseguir responder a uma pergunta básica: *Quantas pessoas existem nesse relacionamento?*

O fiacre os esperava bem em frente. Eles entraram e Breuer instruiu Fischmann a levá-los à Simmeringer Haide. Uma vez instalados, Breuer exprimiu sua perplexidade.

— Não entendi muito bem, Friedrich.

— Sem dúvida, você pode ver que você e Bertha jamais têm um *tête-à-tête* privado. Nunca você e ela estão sozinhos. Em sua fantasia pululam outros: bonitas mulheres com habilidades redentoras e protetoras; homens sem rosto que você derrota para obter os favores de Bertha; sua mãe Bertha Breuer e uma menina de 10 anos com um sorriso adorável. Se chegamos a descobrir alguma coisa, Josef, é que sua obsessão por Bertha *não diz respeito a Bertha*!

Breuer assentiu com a cabeça e mergulhou em pensamentos. Nietzsche também ficou em silêncio olhando pela janela pelo resto da viagem. Quando saltaram, Breuer pediu a Fischmann que os apanhasse em uma hora.

O sol acabara de desaparecer atrás de uma imensa nuvem cinza-azulada e os dois homens enfrentaram um vento gélido, que já no dia anterior varrera as estepes russas. Abotoaram o sobretudo até o pescoço e iniciaram a caminhada em ritmo acelerado. Nietzsche foi o primeiro a romper o silêncio.

— É estranho, Josef, como um cemitério consegue me acalmar. Contei-lhe que meu pai foi um pastor luterano.

Mas será que lhe contei que meu quintal e meu local de brincar era o adro da aldeia? Por sinal, você conhece o ensaio de Montaigne sobre a morte, em que nos aconselha a morar em um quarto com vista para um cemitério? Aclara a nossa mente, alega ele, e mantém as prioridades da vida em perspectiva. Os cemitérios também exercem esse efeito em você?

Breuer fez que sim com a cabeça.

— Adoro esse ensaio! Houve uma época em que visitas a cemitérios *tinham* um efeito restaurador sobre mim. Alguns anos atrás, ao me sentir esmagado pelo final de minha carreira universitária, procurei consolo entre os mortos. De algum modo, as tumbas me acalmavam, permitiam que eu trivializasse o trivial em minha vida. Mas de repente isso mudou.

— Como assim?

— Não sei o porquê, mas de alguma forma o efeito suave e esclarecedor do cemitério desapareceu. Perdi minha reverência e passei a encarar os anjos funerários e os epitáfios sobre repousar nos braços de Deus como tolos, até patéticos. Alguns anos atrás, passei por outra mudança. Tudo no cemitério, as lápides, as estátuas, os mausoléus de família, passou a me assustar. Como uma criança, sentia o cemitério assombrado por fantasmas e, ao caminhar até a tumba de meus pais, virava a cabeça constantemente, olhando ao meu redor e atrás de mim. Comecei a adiar as idas ao cemitério e procurava alguém para me acompanhar. Hoje em dia, minhas visitas são cada vez mais curtas. Muitas vezes, temo a visão do túmulo de meus pais e, às vezes, quando estou diante dele, tenho medo de afundar no solo e ser engolido por ele.

— Como no pesadelo do chão se liquefazendo aos seus pés.

— Que estranho você falar sobre isso, Friedrich! Apenas uns minutos atrás, exatamente esse sonho passou por minha mente.

— Talvez *seja* um sonho com um cemitério. No sonho, ao que me lembro, você caiu 40 metros até atingir uma laje... não foi esta sua palavra?

— Uma laje de *mármore*! Uma lápide! — respondeu Breuer. — Com uma inscrição que não consegui ler! Há outra coisa que acho que não lhe contei. O jovem estudante e também um amigo, Sigmund Freud, que mencionei antes... aquele que me acompanhou um dia inteiro em minhas visitas domiciliares...

— Sim?

— Bem, os sonhos são o *hobby* dele. Ele costuma perguntar aos amigos sobre seus sonhos. Números precisos ou frases nos sonhos o intrigam e, quando lhe descrevi meu pesadelo, ele propôs outra hipótese sobre o fato de eu cair exatamente 40 metros. Como tive esse sonho pela primeira vez perto de meu 40º aniversário, sugeriu que os 40 metros realmente significavam 40 anos.

— Genial! — Nietzsche diminuiu o passo e bateu palmas. — Não são metros, mas anos! Agora o enigma do sonho começa a se esclarecer! Ao atingir seus 40 anos, você se imagina afundando na terra e parando numa laje de mármore. Mas a laje é o final? É a morte? Ou significa, de algum modo, uma interrupção da queda, um salvamento?

— Sem esperar por uma resposta, Nietzsche prosseguiu apressado. — E eis outra pergunta: a Bertha que você procurava quando o solo começou a se liquefazer... de que Bertha se tratava? A jovem Bertha, que oferece a ilusão de proteção? Ou a mãe, que outrora oferecia segurança real e cujo nome está escrito na laje? Ou uma fusão das duas

Berthas? Afinal, de certa forma, suas idades estão próximas, pois sua mãe morreu com uma idade não muito superior à de Bertha!

— Que Bertha? — Breuer abanou a cabeça. — Como poderei responder a essa pergunta? E pensar que, poucos minutos atrás, imaginei que a terapia através da conversa pudesse culminar em uma ciência precisa! Mas como ser preciso sobre tais questões? Talvez o critério de correção deva ser o mero poder: suas palavras se afiguram poderosas, elas me persuadem, *sinto*-as como corretas. Entretanto, pode-se confiar nos *sentimentos*? Em toda parte, fanáticos religiosos *sentem* uma presença divina. Devo considerar os sentimentos deles menos confiáveis do que os meus?

— Pergunto-me — ponderou Nietzsche — se nossos sonhos estão mais próximos de quem nós somos do que a racionalidade ou os sentimentos.

— Seu interesse pelos sonhos me surpreende, Friedrich. Seus dois livros mal os mencionam. Lembro-me apenas de sua especulação de que a vida mental do homem primitivo continua operando nos sonhos.

— Acredito que nossa pré-história inteira pode ser encontrada no texto de nossos sonhos. Mas os sonhos me fascinam somente a distância: infelizmente, lembro pouquíssimo de meus próprios sonhos, embora um deles recentemente tivesse enorme clareza.

Os dois homens caminharam sem falar, rebentando galhos e folhas sob os pés. Iria Nietzsche descrever seu sonho? Breuer concluíra que quanto menos perguntava, mais Nietzsche se abria. O melhor era ficar em silêncio.

Alguns minutos depois, Nietzsche continuou:

— É curto e, como o seu, envolve tanto mulheres como a morte. Sonhei que estava na cama com uma mulher e que houve uma luta. Talvez ambos disputássemos os lençóis. De qualquer modo, alguns minutos depois, vi-me firmemente amarrado pelos lençóis, de tal forma que não conseguia me mover e comecei a sufocar. Acordei suando, respirando com dificuldade e gritando: "Viver, viver!"

Breuer tentou ajudar Nietzsche a relembrar mais partes do sonho, mas em vão. A única associação de Nietzsche com o sonho era que ser amarrado por lençóis se assemelhava ao embalsamamento egípcio. Ele se tornara uma múmia.

— Ocorre-me — observou Breuer — que nossos sonhos são diametralmente opostos. Eu sonho com uma mulher que me salva da morte, enquanto em seu sonho a mulher é o instrumento da morte!

— Sim, é o que diz o meu sonho. E acredito que seja assim! Amar uma mulher é odiar a vida!

— Não compreendo, Friedrich. Você está falando enigmaticamente de novo.

— Quero dizer que não conseguimos amar uma mulher sem nos cegarmos para a feiúra abaixo da bela pele: sangue, veias, gordura, muco, fezes... os horrores fisiológicos. O amante tem que arrancar seus próprios olhos, precisa renunciar à verdade. Para mim, uma vida mentirosa é uma morte viva!

— Conclui-se que jamais haverá lugar para o amor em sua vida? — Breuer suspirou profundamente. — apesar de o amor estar arruinando *minha* vida, sua declaração faz com que me entristeça por você, amigo.

— Sonho com um amor que seja mais do que duas pessoas ansiando para possuir uma à outra. Certa vez, não faz muito tempo, pensei tê-lo encontrado. Mas me equivoquei.

— O que aconteceu?

Com a impressão de que Nietzsche abanara ligeiramente a cabeça, Breuer não insistiu. Caminharam juntos até Nietzsche recomeçar:

— Sonho com um amor em que duas pessoas compartilham a paixão de buscar juntas uma verdade mais elevada. Talvez não devesse chamá-lo de amor. Talvez seu nome real seja amizade.

Quão diferente estava sendo a discussão deles naquele dia! Breuer se sentia próximo de Nietzsche, desejou até caminhar de braços dados com ele. Contudo, também se sentia desapontado. Sabia que naquele dia não obteria a ajuda desejada. Faltava intensidade comprimida naquela conversa ao caminharem. Era fácil demais, em um momento de desconforto, resvalar no silêncio e deixar a atenção ser capturada pelas nuvens da expiração e a crepitação de ramos nus tremendo ao vento.

A certa altura, Breuer ficou para trás. Nietzsche, voltando para procurá-lo, ficou surpreso ao ver o companheiro, chapéu à mão, fazendo uma mesura ante uma pequena planta de aparência comum.

— Dedaleira — explicou Breuer. — Tenho ao menos quarenta pacientes com problemas cardíacos cujas vidas dependem da benevolência desta planta plebéia.

Para ambos os homens, a visita ao cemitério abrira antigas feridas da infância, e, enquanto caminhavam, reminiscências afloravam-lhes à mente. Nietzsche recordou um sonho de quando tinha 6 anos, um ano depois da morte do pai.

— Está tão nítido hoje como se o tivesse sonhado na última noite. Um túmulo se abre e meu pai, envolvido por uma mortalha, se ergue, entra em uma igreja e logo retorna carregando nos braços uma pequena criança. Desce novamente ao túmulo com a criança. A terra se fecha sobre eles e a lápide desliza para cima da abertura. Realmente terrível foi que, pouco depois que tive aquele sonho, meu irmão mais novo adoeceu e morreu de convulsões.

— Que horror! — exclamou Breuer. — Que estranho ter tido tal antevisão! Como a explica?

— Não consigo. Por muito tempo, o sobrenatural me aterrorizou e entoei minhas preces com grande sinceridade. Nos últimos anos, porém, comecei a suspeitar de que o sonho não tivesse relação com meu irmão, que foi a *mim* que meu pai veio buscar e que o sonho expressava meu medo da morte.

À vontade um com o outro de uma forma não experimentada antes, ambos os homens continuaram com as reminiscências. Breuer relembrou um sonho de alguma calamidade ocorrida em sua antiga casa: seu pai de pé, impotente, orando e oscilando para a frente e para trás, envolvido em seu xale de preces azul e branco. Nietzsche, por sua vez, descreveu um pesadelo em que, entrando em seu quarto, viu, deitado em sua cama, um ancião no estertor da morte.

— Ambos deparamos com a morte muito cedo — disse Breuer ponderadamente — e ambos sofremos uma terrível perda prematura. Acredito que, quanto a mim, jamais me recuperei. Mas quanto a você, à *sua* perda? Como foi não ter o pai para protegê-lo?

— Para me proteger ou para me *oprimir*? Terá sido uma perda? Não estou certo. Ou pode ter sido uma perda para a criança, mas não para o homem.

— Em que sentido? — perguntou Breuer.

— No sentido de que jamais tive que carregar meu pai nas costas, jamais fui sufocado pelo peso de seu julgamento, jamais me ensinaram que o objetivo da vida era realizar suas ambições frustradas. Sua morte pode muito bem ter sido uma bênção, uma libertação. Seus caprichos jamais se tornaram minha lei. Fui deixado sozinho a fim de descobrir meu caminho, um nunca antes percorrido. Pense a respeito! Poderia eu, o anticristo, ter exorcizado falsas crenças e buscado novas verdades com um pai-pároco estremecendo de dor a cada realização minha, um pai que teria encarado minhas campanhas contra a ilusão como um ataque pessoal contra *ele*?

— Mas — retrucou Breuer —, se você tivesse tido a proteção dele quando precisasse, teria necessariamente se tornado o anticristo?

Nietzsche não respondeu e Breuer não insistiu. Estava aprendendo a se adaptar ao ritmo de Nietzsche: quaisquer perguntas que visassem à verdade eram permitidas, até bem-vindas; mas a insistência adicional topava com a resistência. Breuer apanhou o relógio do bolso, aquele que seu pai lhe dera. Estava na hora de voltar ao fiacre, onde Fischmann os aguardava. Com o vento agora batendo às costas, a caminhada tornou-se mais fácil.

— Você pode ser mais honesto do que eu — especulou Breuer. — Talvez os julgamentos de meu pai me oprimissem mais do que eu percebia. Mas na maior parte do tempo, sinto muita falta dele.

— Sente falta de quê?

Breuer evocou a figura de seu pai e contemplou as lembranças que desfilaram ante seus olhos. O velho homem, solidéu na cabeça, entoando uma bênção antes de provar a sopa de batatas e arenque. O sorriso dele sentado na sinagoga observando o filho enrolar os dedos nas borlas de seu xale de preces. Sua recusa em deixar o filho voltar atrás de um lance no xadrez: "Josef, não posso me permitir ensinar-lhe maus hábitos." Sua profunda voz de barítono, que preenchia a casa enquanto cantava passagens para os rapazes que preparava para seus *bar mitzvah*.*

— Acima de tudo, acho que sinto falta de sua atenção. Ele sempre foi minha principal platéia, mesmo no finalzinho da vida, quando sofreu grande confusão mental e perda de memória. Eu não deixava de lhe contar meus sucessos, meus triunfos de diagnóstico, minhas descobertas nas pesquisas, mesmo minhas doações de caridade. Mesmo depois de morrer, continuou sendo minha platéia. Durante anos, imaginei-o espiando por cima de meus ombros, observando e aprovando minhas realizações. Quanto mais sua imagem se desvanece, mais luto contra o sentimento de que minhas atividades e meus sucessos são todos evanescentes, de que não têm significado real.

— Está dizendo, Josef, que se seus sucessos pudessem ser registrados na mente efêmera de seu pai, *então* possuiriam significado?

— Sei que é irracional. Parece muito com a questão do som de uma árvore que cai numa floresta vazia. A atividade não observada terá um significado?

— A diferença é, claramente, que a árvore não tem ouvidos, enquanto é você próprio que confere significado.

— Friedrich, você é mais auto-suficiente do que eu... mais do que qualquer pessoa que conheci! Lembro-me de ter admirado, em nosso primeiro encontro, sua capacidade de florescer sem qualquer reconhecimento dos colegas.

— Há muito tempo, Josef, aprendi que é mais fácil enfrentar uma má reputação do que uma má consciência.

---

* Cerimônia realizada aos 13 anos que marca a maioridade religiosa dos rapazes na religião judaica. (N. do T.)

Além disso, não sou ganancioso; não escrevo para a turba. E sei ser paciente. Talvez meus discípulos ainda não tenham nascido. Somente o depois de amanhã me pertence. Alguns filósofos nascem postumamente!

— Mas, Friedrich, acreditando-se que você nascerá postumamente, será isso *tão* diferente de meu anelo pela atenção de meu pai? Você pode esperar até depois de amanhã; porém, também anseia por uma platéia.

Uma longa pausa. Nietzsche enfim assentiu com a cabeça e depois disse suavemente:

— Pode ser. Pode ser que eu tenha dentro de mim bolsões de vaidade ainda não expurgados.

Breuer apenas assentiu com a cabeça. Não lhe passou despercebido que essa fora a primeira vez em que uma de suas observações fora admitida por Nietzsche. Seria esse um divisor de águas no relacionamento entre eles?

Não, ainda não! Após um momento, Nietzsche acrescentou:

— Contudo, existe uma diferença entre desejar a aprovação de um pai e procurar elevar os que se seguirão no futuro.

Breuer não respondeu, embora lhe parecesse óbvio que as motivações de Nietzsche não eram puramente autotranscendentes; este tinha seus próprios mecanismos inconscientes de cortejar a lembrança. Naquele dia, Breuer teve a impressão de que *todas as motivações*, dele e de Nietzsche, brotavam de uma fonte única: o afã de escapar do esquecimento da morte. Estaria se tornando mórbido demais? Talvez fosse o efeito do cemitério. Talvez mesmo uma visita ao mês fosse demais.

Entretanto, nem mesmo a morbidez conseguiu atrapalhar o espírito dessa caminhada. Pensou na definição de

Nietzsche de amizade: duas pessoas que se unem em busca de alguma verdade mais elevada. Não era precisamente o que ele e Nietzsche estavam fazendo naquele dia? Sim, eles eram amigos.

Tratava-se de um pensamento consolador, embora Breuer soubesse que o relacionamento cada vez mais profundo e a discussão absorvente não estavam trazendo alívio para sua dor. Em prol da amizade, procurou ignorar aquela idéia perturbadora. Todavia, como um amigo, Nietzsche deve ter lido a mente dele.

— Estou gostando desta caminhada juntos, Josef, mas não podemos esquecer a razão de ser de nossos encontros: seu estado psicológico.

Na descida de um morro, Breuer escorregou e agarrou um galho para não cair.

— Cuidado, Friedrich, este xisto é escorregadio. — Nietzsche deu a mão a Breuer e continuaram a descida.

— Estive pensando — continuou Nietzsche — que, embora nossas discussões pareçam difusas, paulatinamente nos aproximamos de uma solução. É verdade que nossos ataques diretos à sua obsessão por Bertha não surtiram efeito. Entretanto, nos últimos dias, descobrimos o *porquê*: a obsessão não envolve Bertha, ou não envolve apenas ela, mas uma série de significados misturados com Bertha. Concordamos quanto a isso?

Breuer respondeu que sim com aceno de cabeça, querendo explicar polidamente que a ajuda não adviria de tais formulações intelectuais. Mas Nietzsche continuou apressadamente.

— Está claro agora que nosso principal erro foi considerar Bertha o alvo. *Não escolhemos o inimigo certo*.

— E ele é...

— *Você* sabe, Josef! Por que *me* faz dizer? O inimigo certo é o *significado* subjacente de sua obsessão. Pense em nossa conversa de hoje... repetidamente, temos retornado aos seus temores do vácuo, do esquecimento, da morte. Está lá no seu pesadelo, no solo se liquefazendo, em seu mergulho até a laje de mármore. Está lá no seu medo do cemitério, em suas preocupações com a falta de sentido, em seu desejo de ser observado e lembrado. O paradoxo, *seu* paradoxo, é que você se dedica à busca da verdade, mas não consegue suportar a visão de sua descoberta.

— Mas também você, Friedrich, deve estar assustado com a morte e a ausência de Deus. Desde o comecinho tenho perguntado: "Como você o suporta? Como *você* conseguiu aceitar tais horrores?"

— Talvez seja hora de lhe revelar — respondeu Nietzsche, assumindo ares grandiloqüentes. — Até agora, achava que você ainda não estava preparado para me ouvir.

Breuer, curioso sobre a revelação de Nietzsche, resolveu ao menos daquela vez não objetar à sua voz de profeta.

— Não ensino, Josef, que se deva "suportar" a morte ou "aceitá-la". Isso seria trair a vida. Eis minha lição para você: *Morra no momento certo!*

— Morrer no momento certo! — A frase sacudiu Breuer. O agradável passeio vespertino se tornara terrivelmente sério. — Morrer no momento certo? O que você tem em mente? Por favor, Friedrich, já disse mil vezes que não agüento mais ouvir você dizer coisas importantes de forma tão enigmática. Afinal, por que você faz isso?

— Você formulou duas perguntas. A qual delas devo responder?

— Hoje, fale-me sobre morrer no momento certo.

— Viva enquanto viver! A morte perde seu terror quando se morre depois de consumida a própria vida! Caso não se viva no tempo certo, então nunca se conseguirá morrer no momento certo.

— O que *isso* significa? — perguntou Breuer novamente, sentindo-se ainda mais frustrado.

— Pergunte a si mesmo, Josef: *Você consumiu sua vida?*

— Você responde a perguntas com perguntas, Friedrich.

— Você faz perguntas cujas respostas conhece — revidou Nietzsche.

— Se eu soubesse a resposta, por que faria a pergunta?

— Para evitar conhecer sua própria resposta.

Breuer parou. Sabia que Nietzsche estava certo. Parou de resistir e voltou sua atenção para dentro:

— Terei consumido minha vida? Alcancei muitas coisas, mais do que qualquer um esperaria de mim: sucesso material, avanço científico, família, filhos... mas já passamos por tudo isso antes.

— Apesar disso, Josef, você evita minha pergunta. Você viveu sua vida? Ou foi vivido por ela? Escolheu-a? Ou ela escolheu você? Amou-a? Ou a lamentou? Eis o que quero dizer quando pergunto se você consumiu sua vida. Você a esgotou? Lembra-se do sonho em que seu pai presencia, impotente, rezando, alguma calamidade acometer sua família? Você não será como ele: impotente, lamentando a vida que nunca viveu?

Breuer sentiu a pressão aumentar. As perguntas de Nietzsche mexiam com ele; não tinha defesa contra elas. Mal conseguia respirar. Seu tórax parecia prestes a explodir. Interrompeu a caminhada por um momento e respirou profundamente três vezes antes de responder.

— Essas perguntas... você sabe a resposta. Não, não escolhi! Não, não vivi a vida que queria! Vivi a vida atribuída a mim. Eu, o verdadeiro eu, fui encaixado em minha vida.

— E *isto*, Josef, é, estou convencido, a principal fonte de sua angústia. Aquela pressão precordial... é porque seu tórax está explodindo de vida não vivida. O tique-taque de seu coração marca o tempo que se esvai. A avidez do tempo é eterna. O tempo devora e devora, sem dar nada de volta. Que terrível ouvi-lo dizer que viveu a vida que lhe foi atribuída! E que terrível encarar a morte sem jamais ter reivindicado a liberdade, mesmo em todo o seu perigo!

Nietzsche estava firme em seu púlpito, sua voz de profeta ressoando. Uma onda de desapontamento varreu Breuer; sabia agora que seu caso era insolúvel.

— Friedrich — disse ele —, essas são frases altissonantes. Eu as admiro. Elas mexem com minha alma. Mas estão longe, muito longe de minha vida. O que reivindicar a liberdade significa para minha situação do dia-a-dia? Como posso ser livre? Não é o mesmo que você, um jovem solteiro desistindo de uma sufocante carreira universitária. É muito tarde para mim! Tenho família, empregados, pacientes, alunos. É tarde demais! Mesmo que conversemos eternamente, não poderei mudar minha vida: está entremeada demais de outras vidas.

Fez-se um longo silêncio, rompido por Breuer, com a voz pesarosa:

— Mas não consigo dormir e não agüento mais a dor desta pressão em meu tórax. — Sentindo o vento gélido penetrando-lhe pelo sobretudo, tremeu e enrolou o xale ainda mais apertado em torno do pescoço. Nietzsche, num gesto raro, tomou-lhe o braço.

— Amigo — sussurrou —, não posso ensinar como viver de forma diferente pois, se o fizesse, você *continuaria* vivendo o projeto de outrem. Mas Josef, há algo que *posso* fazer. Posso lhe dar um presente, meu mais poderoso pensamento, meu pensamento dos pensamentos. Talvez seja algo familiar a você, pois o esbocei brevemente em *Humano, demasiado humano*. Esse pensamento será a força condutora de meu próximo livro, talvez de todos os meus livros futuros.

Sua voz baixara, assumindo um tom solene e imponente, como para indicar a culminância de toda a conversa. Os dois homens caminhavam de braços dados. Breuer olhava bem para a frente enquanto aguardava as palavras de Nietzsche.

— Josef, tente clarear a mente. Pense nessa experiência imaginária! E se algum demônio dissesse para você que esta vida, conforme a vive agora e a viveu no passado, terá que ser vivida novamente e inumeráveis outras vezes; ela não terá nada de novo, mas cada dor e cada alegria, tudo de inefavelmente pequeno ou grande em sua vida retornará para você, tudo na mesma sucessão e seqüência: mesmo este vento e aquelas árvores e esse xale esquivo, mesmo o túmulo e o medo, mesmo este momento tranqüilo e você e eu, de braços dados, murmurando estas palavras? — Como Breuer permanecesse em silêncio, Nietzsche continuou. — Imagine a eterna ampulheta da existência virada de cabeça para baixo novamente e novamente e novamente. A cada vez, também virados de cabeça para baixo estaremos você e eu, meras partículas que somos.

Breuer fez um esforço para entendê-lo.

— Como é essa... essa... essa fantasia...

— É mais do que uma fantasia — insistiu Nietzsche —, mais real do que uma experiência imaginária. Escute apenas minhas palavras! Bloqueie todo o resto! Pense no infinito. Olhe para antes de você; imagine que está olhando infinitamente para dentro do passado. O tempo se estende para trás por toda a eternidade. Ora, se o tempo se estende infinitamente para trás, tudo que *pode* acontecer *já* não deve ter acontecido? Tudo que se passa *agora* não deve ter acontecido desta forma antes? Tudo que anda aqui já não deve ter percorrido este caminho antes? E se tudo aconteceu antes na infinidade do tempo, o que você pensa, Josef, *deste* momento, de nossas confidências sob esta abóbada de árvores? Também *isto* já não deve ter ocorrido? E o tempo que se estende infinitamente para trás também não deverá se estender infinitamente para a frente? Nós, neste momento, em cada momento, não deveremos retornar eternamente?

Nietzsche silenciou para dar tempo a Breuer de absorver sua mensagem. Era meio-dia, mas o céu escurecera. Uma neve leve começou a cair. O fiacre e Fischmann se tornaram visíveis.

Na viagem de volta à clínica, os dois homens retomaram a discussão. Nietzsche asseverou que, embora a chamasse de experiência imaginária, sua hipótese do eterno retorno poderia ser cientificamente provada. Breuer sentiu-se cético quanto à prova de Nietzsche, baseada em dois princípios metafísicos: de que o tempo é infinito e a força (a substância básica do universo) é finita. Dado um número finito de estados potenciais do mundo e uma quantidade infinita de tempo já passado, segue-se, argumentou Nietzsche, que todos os estados possíveis já devem ter ocorrido; e que o estado presente deve ser uma repetição; e igualmente aquele que lhe deu origem e o que dele decorre, e assim sucessivamente de volta no passado e à frente no futuro.

A perplexidade de Breuer aumentou:

— Quer dizer que, através de meros eventos aleatórios, este preciso momento teria ocorrido anteriormente?

— Pense no tempo que sempre foi, no tempo retrocedendo eternamente. Em tal tempo infinito, recombinações de todos os eventos que constituem o mundo não devem ter se repetido um número infinito de vezes?

— Como um grande jogo de dados?

— Precisamente! O grande jogo de dados da existência!

Breuer continuou questionando a prova cosmológica do eterno retorno de Nietzsche. Embora este respondesse a cada pergunta, acabou perdendo a paciência e, por fim, estourou.

— Repetidamente, Josef, você tem solicitado ajuda concreta. Quantas vezes você me pediu para ser mais prático, para oferecer algo capaz de mudá-lo? *Agora* lhe dou o que me pede e você o ignora criticando detalhes. Escute, amigo, escute minhas palavras, eis a coisa mais importante que sempre lhe direi: *deixe que este pensamento tome conta de você e prometo que o mudará para sempre!*

Breuer não se deixou convencer.

— Como posso acreditar sem provas? Não posso evocar a crença. Terei abandonado uma religião simplesmente para abraçar outra?

— A prova é extremamente complexa. Ainda está inacabada e exigirá anos de trabalho. Além disso, em conseqüência de nossa discussão, já nem tenho certeza se devo perder meu tempo formulando a prova cosmológica. Talvez os outros também a utilizem como uma distração. Assim como você, talvez eles critiquem as sutilezas da prova e ignorem o ponto importante: as *conseqüências* psicológicas do eterno retorno.

Breuer nada falou. Olhava pela janela do fiacre e sacudiu a cabeça ligeiramente.

— Deixe-me formulá-lo em outros termos — continuou Nietzsche. — Você não concede que o eterno retorno seja *provável*? Está bem, não preciso nem disso! Digamos simplesmente que seja *possível* ou *meramente* possível. Isso é bastante. Sem dúvida, é mais possível e mais provável do que o conto de fadas da danação eterna! O que você tem a perder considerando-o uma possibilidade? Não pode encará-lo, então, como a "aposta de Nietzsche"? — Breuer assentiu com a cabeça. — Peço-lhe, portanto, que considere as *implicações* do eterno retorno para sua vida; não abstratamente, mas agora, *hoje*, no sentido mais concreto!

— Quer dizer — perguntou Breuer — que cada ação que realizo, cada dor que experimento serão experimentadas por toda a infinidade?

— Sim, o eterno retorno significa que, cada vez que você escolhe uma ação, deve estar disposto a escolhê-la *por toda a eternidade*. O mesmo se dá com cada ação *não* realizada, cada pensamento natimorto, cada escolha evitada. Toda a vida não vivida ficará latejando dentro de você, invivida por toda a eternidade. A voz ignorada de sua consciência continuará clamando para sempre.

Breuer se sentiu zonzo; era difícil escutar. Tentou se concentrar no imenso bigode de Nietzsche subindo e descendo a cada palavra. Como a boca e os lábios de Nietzsche estavam inteiramente encobertos, Breuer não conseguia antever as palavras por vir. Ocasionalmente, seu olhar capturava os olhos de Nietzsche, mas estes lampejavam demais, então ele desviava a atenção abaixo, para o nariz carnudo mas poderoso, ou acima, para as espessas sobrancelhas sobrepairando como bigodes oculares.

Breuer finalmente encontrou uma pergunta:

— Então, pelo que entendi, o eterno retorno promete uma forma de imortalidade?

— Não! — Nietzsche foi veemente. — Ensino que a vida jamais deveria ser modificada ou esmagada devido à promessa de outro tipo de vida futura. O imortal é *esta* vida, *este* momento. Não existe uma vida após a morte, uma meta para a qual esta vida aponta, um tribunal ou julgamento apocalíptico. *Este momento existe para sempre e você sozinho é a sua platéia.*

Um calafrio percorreu Breuer. À proporção que as implicações arrepiantes da proposta de Nietzsche se tornavam claras, parou de resistir e, em vez disso, entrou em um estado de concentração incomum.

— Vou repetir, Josef: deixe esse pensamento tomar conta de você. Agora, responda a esta pergunta: *Você odeia essa idéia? Ou a adora?*

— *Odeio-a*! — quase gritou Breuer. — Viver *para sempre* com a sensação de que *não* vivi, *não* provei a liberdade... esta idéia me enche de horror.

— *Então* — disse Nietzsche — *viva de tal forma a adorar a idéia!*

— Tudo que adoro *agora*, Friedrich, é o pensamento de que cumpri meu dever para com os outros.

— Dever? Como pode o dever preceder seu amor por *si mesmo* e por sua própria busca de liberdade incondicional? Se você não se realizou pessoalmente, então "dever" é um mero eufemismo para o uso dos outros visando ao seu próprio engrandecimento.

Breuer reuniu a energia para mais uma refutação.

— *Existe* algo como o dever para com os outros, e tenho sido fiel a esse dever. Ali ao menos tenho a coragem de minhas convicções.

— Melhor, Josef, bem melhor ter a coragem de *mudar* suas convicções. O dever e a fidelidade são imposturas, cortinas para esconder o que está atrás. A autolibertação significa um sagrado *não*, mesmo ao dever.

Assustado, Breuer tinha o olhar fixo em Nietzsche.

— Você deseja se tornar *você mesmo* — continuou Nietzsche. — Quantas vezes o ouvi dizer isso? Quantas vezes você lastimou que jamais conheceu a liberdade? Sua bondade, seu dever, sua fidelidade... essas são as barras de sua prisão. Você perecerá dessas pequenas virtudes. Você tem que aprender a conhecer sua ruindade. Você não pode ser *parcialmente* livre: também seus instintos anseiam por liberdade; seus cães ferozes no porão... eles rosnam por liberdade. Escute atentamente: não consegue ouvi-los?

— Mas *não posso* ser livre — implorou Breuer. — Estou ligado aos laços do sagrado matrimônio. Tenho um dever para com meus filhos, meus alunos, meus pacientes.

— Para formar crianças, você precisa primeiro estar formado. Senão, terá filhos por força de necessidades animais, ou da solidão, ou para remendar seus buracos. Sua tarefa como pai não é produzir outro eu, outro Josef, mas algo mais elevado. É produzir um criador. E sua esposa? — prosseguiu Nietzsche inexoravelmente. — Não será tão prisioneira do casamento como você? O casamento não deveria ser uma prisão, mas um jardim onde algo mais elevado é cultivado. *Talvez a única forma de salvar seu casamento seja desistir dele.*

— Estou preso aos votos do matrimônio.

— O casamento é algo grandioso. É grandioso ser sempre dois, permanecer apaixonado. Sim, o matrimônio *é* sagrado. Porém... — a voz de Nietzsche foi se extinguindo.

— Porém? — perguntou Breuer.

— O matrimônio é sagrado. Porém — a voz de Nietzsche tornou-se áspera — *é melhor acabar com o matrimônio do que deixá-lo acabar com você!*

Breuer fechou os olhos e mergulhou em profundas cogitações. Nenhum dos dois homens falou mais nada pelo resto da viagem.

NOTAS DE FRIEDRICH NIETZSCHE SOBRE O DOUTOR BREUER DE 16 DE DEZEMBRO DE 1882

Um passeio que começou à luz do sol e terminou no escuro. Talvez penetrássemos longe demais no cemitério. Deveríamos ter voltado mais cedo? Forneci a ele um pensamento poderoso demais? O eterno retorno é um martelo potente. Quebrará quem ainda não está preparado para ele.

Não! Um psicólogo, um decifrador de almas, precisa de dureza mais do que qualquer outro. Senão, inchará de piedade. E seu aluno se afogará em águas rasas.

Contudo, no final de nosso passeio, Josef parecia terrivelmente oprimido, mal conseguindo conversar. Alguns não nasceram rijos. Um verdadeiro psicólogo, à semelhança do artista, deve amar sua palheta. Talvez mais gentileza, mais paciência fossem necessárias. Estarei denudando antes de ensinar a tecer novas roupas? Terei-lhe ensinado a "liberdade de" sem ensinar a "liberdade para"?

Não, um guia deve ser uma amurada na torrente, mas não deve ser uma muleta. O guia deve desvendar as trilhas que se estendem diante do discípulo. Mas não deve escolher o caminho.

"Torna-te meu mestre", ele suplica. "Ajuda-me a superar o desespero." Devo esconder minha sabedoria? E a responsabilidade do discípulo? Ele tem que se calejar para o frio, seus dedos devem agarrar a amurada, ele deve se perder muitas vezes por sendas erradas antes de achar a correta.

Nas montanhas, sozinho, percorro a rota mais curta — de um pico para o outro. Mas os discípulos se perdem quando caminho muito na frente. Preciso aprender a diminuir meu passo. Hoje, talvez tenhamos viajado rápido demais. Deslindei um sonho, separei uma Bertha da outra, reenterrei os mortos e ensinei a morrer na hora certa. E tudo isso não passou de prelúdio para o poderoso tema do retorno.

Será que o pressionei demais? Muitas vezes, ele parece muito perturbado para me ouvir. Entretanto, o que desafiei? O que destruí? Tão-somente valores vazios e crenças oscilantes! Aquilo que é oscilante deve ser eliminado!

Hoje entendi que o melhor mestre é aquele que aprende com seu discípulo. Talvez ele esteja certo sobre meu pai. Quão diferente seria minha vida se eu não o tivesse perdido! Será verdade que martelo com tanta força porque o odeio por ter morrido? E martelo tão alto porque ainda anseio por um público?

Preocupa-me seu silêncio final. Seus olhos estavam abertos, mas ele parecia não enxergar. Ele mal respirava.

Todavia, sei que o orvalho cai mais abundantemente quando a noite é mais silenciosa.

Capítulo 21

Libertar os pombos foi quase tão difícil como se despedir de sua família. Breuer chorou ao abrir as portinholas de arame e erguer as gaiolas para fora da janela aberta. De início, os pombos pareciam não entender. Erguiam o olhar das sementes douradas nas tigelas de alimento para fitar embasbacados Breuer, que, com os braços gesticulando, os convidava a voar para a liberdade.

Somente quando ele deu pancadas e sacudidelas em suas gaiolas, os pombos adejaram pelas mandíbulas abertas de sua prisão e, sem olhar para trás para seu carcereiro, se alçaram ao céu raiado de sangue da madrugada. Breuer observou seu vôo com tristeza: cada bater de asas azul-prateadas significava o fim de sua carreira de pesquisa científica.

Muito depois que o céu se esvaziara, continuava olhando para fora da janela. Aquele fora o dia mais doloroso de sua vida e ele ainda estava entorpecido por seu confronto com Mathilde no início da madrugada. Sempre de novo, repetira a cena em sua mente, à procura de formas mais gentis e indolores pelas quais poderia ter informado que estava partindo.

— Mathilde — dissera-lhe — não sei como falar, mas tenho que dizer: preciso de minha liberdade. Sinto-me aprisionado; não por você, mas pelo destino. Um destino que não escolhi.

Espantada e assustada, Mathilde apenas o fitara. Ele prosseguira:

— Subitamente, fiquei velho. Sinto-me um velho sepultado em uma vida: uma profissão, uma carreira, uma família, uma cultura. Tudo me foi designado. Não escolhi nada. Preciso dar uma chance para mim! Preciso de uma oportunidade de me encontrar!

— Uma chance? — respondeu Mathilde. — Encontrar-se? Josef, o que você está dizendo? Não compreendo. Você está pedindo o quê?

— Não peço nada de você! Peço algo de mim mesmo. *Tenho* que mudar minha vida! Senão, encararei minha morte sem jamais sentir que vivi.

— Josef, isso é loucura! — a voz de Mathilde se elevou. Seus olhos se arregalaram de medo. — O que houve com você? Desde quando existe uma vida *sua* e uma vida *minha*? Compartilhamos uma vida; fizemos um pacto de combinar nossas vidas.

— Mas como eu poderia dar algo antes que fosse meu?

— Não o entendo mais. "Liberdade", "encontrar a si mesmo", "jamais ter vivido": suas palavras não fazem sentido para mim. O que está acontecendo com você, Josef? Conosco? — Mathilde não pôde mais falar. Forçou ambos os punhos contra a boca, virou para o outro lado e começou a soluçar.

Josef observara o corpo dela arfar. Aproximou-se. Ela respirava com dificuldade, a cabeça inclinada sobre o braço do sofá, as lágrimas escorrendo no colo, os seios ondulando com seus soluços. Querendo consolá-la, pôs a mão sobre o ombro dela — apenas para senti-la se esquivar. Foi então, naquele momento, que percebeu que atingira uma encruzilhada no curso de sua vida. Desligara-se, afastara-se da multidão. Consumara o rompimento. O ombro de sua esposa, as costas, os seios já não lhe pertenciam; renunciara ao direito de tocá-la e agora teria que encarar o mundo sem o abrigo daquele corpo.

— É melhor que eu vá imediatamente, Mathilde. Não posso lhe dizer para onde estou indo. É melhor eu não contar nada. Deixarei instruções com Max sobre todos os meus negócios. Deixo tudo para você e não levarei nada comigo, exceto as roupas do corpo, uma pequena valise e dinheiro suficiente para me alimentar.

Mathilde continuou a chorar. Parecia incapaz de responder. Teria chegado a ouvir suas palavras?

— Quando souber onde ficarei, contactarei você.

Ainda nenhuma resposta.

— Tenho que ir. Tenho que fazer uma mudança e assumir o controle de minha vida. Acho que quando conseguir escolher meu destino, ambos nos beneficiaremos. Talvez eu escolha a mesma vida, mas tem que ser uma escolha, minha escolha.

Ainda nenhuma resposta da Mathilde em prantos. Breuer deixara o quarto aturdido.

"Toda a conversa fora um cruel equívoco", pensou ele, ao fechar as gaiolas dos pombos e levá-las de volta à estante do laboratório. Em uma gaiola, restavam quatro pombos incapazes de voar porque experiências cirúrgicas danificaram seu equilíbrio. Sabia que deveria sacrificá-los antes de partir, mas não quis mais nenhuma responsabilidade por ninguém ou por nada. Assim, renovou a água e o alimento deles e os entregou à própria sorte.

"Não, jamais deveria ter falado com ela sobre liberdade, escolha, aprisionamento, destino, encontrar a mim mesmo. Como ela *iria* me compreender? Eu mal entendo a mim mesmo. Quando Friedrich falou comigo pela primeira vez nessa linguagem, não consegui compreendê-lo. Outras palavras teriam sido mais adequadas: talvez 'breve licença-prêmio', 'exaustão profissional', 'um período prolongado em um *spa* norte-africano'. Palavras que ela pudesse entender. E que pudesse oferecer como explicação à família, à comunidade.

"Meu Deus, o que ela dirá a todos? Em que situação a deixei? Não, pare! Isso é responsabilidade *dela*! Não minha. Assumir a responsabilidade dos outros... esse é o caminho para o aprisionamento, meu *e* deles."

As meditações de Breuer foram interrompidas pelo som de passos subindo as escadas. Mathilde escancarou a porta, batendo-a contra a parede. Seu aspecto era desolador, a face pálida, os cabelos pendendo desgrenhados, os olhos inflamados.

— Parei de chorar, Josef. *Agora* responderei a você. Existe algo de *errado*, algo de *malévolo* no que você acabou de me dizer. E algo de imbecil também. Liberdade! Liberdade! Você fala de liberdade. Que sujeira comigo! Gostaria que *eu* tivesse tido *sua* liberdade: a liberdade de um homem de obter uma educação, de escolher uma profissão. Nunca antes almejei tanto uma educação... gostaria de ter o vocabulário, a lógica para lhe demonstrar como você é tolo!

Mathilde parou e afastou uma cadeira da mesa. Recusando a ajuda de Breuer, sentou-se em silêncio por um momento para tomar fôlego.

— Você quer ir embora? Quer fazer novas escolhas na vida? Será que esqueceu as escolhas *já* realizadas? Você escolheu casar-se comigo. Será que você *realmente* não entende que escolheu um compromisso comigo, conosco? De que vale a escolha se você se recusa a honrá-la? Não sei o que é... talvez um capricho ou impulso, mas isso *não* é escolha.

Era assustador ver Mathilde naquele transe. Mas Breuer sabia que tinha que manter a posição.

— Deveria ter me tornado um "eu" antes de me tornar um "nós". Escolhi antes de estar suficientemente formado para fazer escolhas.

— Então isto *também* é uma escolha — revidou Mathilde. — Quem é esse "eu" que não se tornou um eu? Daqui a um ano, você dirá que este "eu" de *hoje* ainda não estava formado e que as escolhas feitas hoje não valeram. Isso é apenas ilusão, uma forma de se esquivar da responsabilidade por suas escolhas. Em nosso casamento, quando dissemos *sim* para o rabino, dissemos *não* para outras escolhas. Eu poderia ter me casado com outros. Facilmente! Muitos homens me desejavam. Não foi você quem disse que eu era a mulher mais bonita de Viena?

— E continuo dizendo.

Mathilde hesitou por um momento. Depois, desprezando o elogio, continuou:

— Você não entende que não pode simplesmente fazer um pacto comigo e depois de repente dizer: "Não, quero desfazê-lo, afinal estou em dúvida." Isso é *imoral*. É *malvadez*.

Breuer não respondeu. Conteve a respiração e se imaginou surdo às palavras de Mathilde, como os gatinhos de Robert. Sabia que ela estava certa. E sabia que estava errada.

— Você quer poder escolher e, ao mesmo tempo, manter todas as escolhas em aberto. Você me pediu que abrisse mão de *minha* liberdade, por menor que fosse, ao menos a liberdade de escolher um marido, mas deseja manter sua preciosa liberdade em aberto: para satisfazer seu desejo com uma paciente de 21 anos.

Josef corou.

— Então, é *isso* que você pensa? Não, isso não envolve Bertha nem qualquer outra mulher.

— Suas palavras dizem uma coisa, e seu rosto, outra. Não tive uma educação formal, Josef... e não foi por minha escolha. Mas não sou tola!

— Mathilde, não deprecie minha luta. Estou lutando contra o sentido de *toda a minha vida*. Um homem tem um dever para com os outros, mas tem um dever maior para consigo. Ele...

— E uma mulher? E quanto ao seu significado, à sua liberdade?

— Não quis dizer os *homens*, e sim as *pessoas*: homens *e* mulheres; cada um de nós tem que escolher.

— Não sou como você. Não consigo escolher a liberdade quando minha escolha escraviza os outros. Já pensou no que sua liberdade significa para mim? Quais são as escolhas para uma viúva ou para uma esposa abandonada?

— Você é tão livre quanto eu. É jovem, rica, atraente, tem saúde.

— Livre? Onde está com a cabeça hoje, Josef? Pense sobre isso! Onde está a liberdade de uma mulher? Não me permitiram uma educação. Saí da casa de meu pai diretamente para sua casa. Tive que lutar contra minha mãe e minha avó até pela liberdade de escolher meus tapetes e móveis.

— Mathilde, não é a realidade que a aprisiona, apenas a atitude em relação à sua cultura. Algumas semanas atrás, uma jovem mulher russa veio se consultar comigo. As mulheres russas não gozam de mais liberdade do que as vienenses; contudo, essa jovem mulher conquistou sua liberdade: ela desafia sua família, ela exige uma educação, ela exercita seu direito de escolher a vida que quer. O mesmo pode você! É livre para fazer o que bem entender. É rica! Pode trocar de nome e se mudar para a Itália!

— Palavras, nada mais que palavras! Uma judia de 36 anos viajando livremente, Josef! Você fala como um idiota! Acorde! Viva na realidade, não nas palavras! E as crianças? Mudar de nome? Elas também escolherão novos nomes?

— Lembre-se Mathilde, foi *você* quem quis ter filhos tão logo nos casamos. Filhos e mais filhos. Eu lhe pedi para esperar. — Mathilde refreou suas palavras iradas e virou a cabeça para não o olhar. — Não posso lhe ensinar como ser livre, Mathilde. Não posso determinar seu rumo, pois assim deixaria de ser *seu* rumo. Mas, se tiver a coragem, sei que encontrará o caminho.

Ela se levantou e andou até a porta. Virando-se para encará-lo, falou em termos comedidos:

— Ouça, Josef! Quer encontrar a liberdade e fazer escolhas? Então saiba que este exato momento é uma escolha. Você diz que precisa escolher sua vida... e que, com o tempo, poderá optar por retomar sua vida aqui. Mas Josef, *eu também escolho minha vida*. E minha opção é dizer para você que *não existe retorno*. Você *jamais* poderá retomar sua vida comigo como sua esposa, porque, quando você abandonar esta casa hoje, *deixarei de ser sua esposa*. Você não poderá optar por retornar a esta casa porque ela *deixará de ser sua casa*!

Josef fechou os olhos e deixou pender a cabeça. Os próximos sons que ouviu foram a porta batendo e os passos de Mathilde descendo as escadas. Sentiu-se abalado com os golpes que absorvera, mas também estranhamente eufórico. As palavras de Mathilde foram terríveis. Mas ela tinha razão! Essa decisão *tinha* que ser irreversível.

"A sorte está lançada", pensou. "Finalmente, algo acontece comigo, algo *real*. Não apenas pensamentos, mas algo no mundo real. Tantas vezes imaginei esta cena. Mas agora eu a *sinto*! Agora sei o que é assumir o controle de meu destino. É terrível e maravilhoso."

Terminou de arrumar a valise, depois beijou cada um de seus filhos adormecidos e sussurrou suavemente até-logo para eles. Somente Robert se mexeu, murmurando: "Aonde está indo, papai?", mas imediatamente recaiu no sono. Quão estranhamente indolor era aquilo! Breuer se maravilhou com a forma como entorpecera seus sentimentos para se proteger. Apanhou a valise e desceu as escadas até seu consultório, onde passou o resto da manhã escrevendo longas instruções para *Frau* Becker e para os três médicos aos quais passaria seus pacientes.

Deveria escrever cartas com explicações para seus amigos? Hesitou. Não era aquele o momento de romper todos os vínculos com sua vida anterior? Nietzsche dissera que um novo eu teria que ser construído das cinzas da vida antiga. Mas se lembrou de que o próprio Nietzsche continuara se correspondendo com alguns amigos antigos. Se nem mesmo Nietzsche conseguira encarar o isolamento completo, por que Breuer deveria exigir mais de si mesmo?

Assim, escreveu cartas de despedidas aos amigos mais íntimos: para Freud, Ernst Fleishl e Franz Brentano. A cada um, descreveu as motivações de seu gesto, ao mesmo tempo em que reconhecia que essas razões, esboçadas em uma breve carta, poderiam parecer insuficientes ou incompreensíveis. "Acredite", pediu a cada um, "que este não é um gesto frívolo. Tenho motivos importantes para minhas ações e revelarei todos eles a vocês numa data oportuna." Em relação a Fleishl, seu amigo patologista que se infeccionara gravemente ao dissecar um cadáver, Breuer se sentiu particularmente culpado: durante anos, prestara-lhe apoio médico e psicológico e agora o estaria abandonando. Sentia-se culpado também em relação a Freud, que necessitava não apenas de sua amizade e aconselhamento profissional, mas também de apoio financeiro. Embora Sig gostasse de Mathilde, Breuer esperava que, com o tempo, compreendesse e perdoasse sua decisão. Na carta para ele, Breuer acrescentou uma nota à parte cancelando oficialmente todos os débitos de Freud para com os Breuer.

Chorou enquanto desceu as escadas de Bäckerstrasse 7 pela última vez. Enquanto esperava que o moço de recados do bairro chamasse Fischmann, meditou sobre a plaqueta de bronze na sua porta da frente: DOUTOR JOSEF BREUER, CLÍNICO-GERAL — SEGUNDO ANDAR. A plaqueta já não estaria ali em sua próxima visita a Viena. Nem o seu consultório. Oh! O granito e os tijolos e o segundo andar continuariam ali, mas já não seriam *seus* tijolos; seu consultório logo perderia o odor da existência de Breuer. Experimentara o mesmo sentimento de deslocamento sempre que visitara sua casa de infância: a pequena casa que exalava tanto intensa familiaridade como a mais dolorosa indiferença. Ela abrigava outra família batalhadora, talvez outro menino grandemente promissor que muitos anos depois talvez crescesse para se tornar um médico.

Mas ele, Josef, não era *necessário*: seria esquecido, seu local, engolido pelo tempo e pela existência de outros. Ele morreria em algum momento nos próximos dez ou vinte anos. Morreria sozinho: haja ou não alguém que a acompanhe, pensava ele, uma pessoa sempre morre sozinha.

Animou-se com o pensamento de que, se o homem está só e a necessidade é uma ilusão, ele estava *livre*! Contudo, ao subir no fiacre, sua animação deu lugar a um sentimento de opressão. Observou os outros apartamentos da rua. Estaria sendo observado? Estariam seus vizinhos espiando de cada janela? Sem dúvida, eles deviam estar informados desse grandioso evento! Ou saberiam no dia seguinte? Mathilde, ajudada pelas irmãs e pela mãe, atiraria as roupas dele na rua? Ele soubera de esposas zangadas que fizeram isso.

Sua primeira parada foi na casa de Max. Ele o esperava, pois, no dia anterior, imediatamente após sua discussão no cemitério com Nietzsche, Breuer lhe confidenciara sua decisão de abandonar a vida em Viena e pedira que cuidasse das questões financeiras de Mathilde.

De novo, Max esforçadamente tentou dissuadi-lo de sua impetuosa e prejudicial conduta. Em vão; Breuer mostrou-se resoluto. Finalmente, Max se cansou e pareceu resignado com a decisão de seu cunhado. Durante uma hora, os dois homens se debruçaram sobre o arquivo com os registros financeiros da família. Entretanto, quando Breuer se preparava para partir, Max subitamente se levantou e bloqueou a saída com seu corpanzil. Por um momento, quando Max abriu os braços, Breuer temeu uma tentativa de contê-lo fisicamente. Mas Max simplesmente queria abraçá-lo. Sua voz estava embargada pela emoção:

— Quer dizer que não teremos xadrez esta noite? Minha vida jamais será a mesma, Josef. Sentirei uma falta terrível de você. Você é o melhor amigo que já tive.

Triste demais para responder com palavras, Breuer abraçou Max e deixou rapidamente a casa. No fiacre, pediu a Fischmann que o levasse à estação ferroviária e, pouco antes de chegarem, contou-lhe que partiria em uma longa viagem. Pagou-lhe dois meses de serviço e prometeu contactá-lo quando retornasse a Viena.

Enquanto esperava pelo trem, Breuer repreendeu a si mesmo por não ter informado Fischmann de que jamais retornaria. "Tratá-lo tão negligentemente... como pude fazê-lo? Após dez anos juntos!" Depois, perdoou a si mesmo. Havia um limite para o que conseguia suportar no mesmo dia.

Seu rumo era a aldeia de Kreuzlingen, na Suíça, onde Bertha estava hospitalizada no Sanatório Bellevue nos últimos meses. Estava intrigado com a instabilidade de seu estado mental. Não discernia quando e como tomara a decisão de visitar Bertha.

Tão logo o trem se pôs em movimento, reclinou a cabeça na almofada, fechou os olhos e meditou sobre os eventos do dia.

"Friedrich tinha razão: o tempo todo, minha liberdade estivera aqui para que a arrebatasse! Poderia ter assumido o controle de minha vida anos atrás. Viena continua incólume. A vida prosseguirá sem mim. Minha ausência se faria sentir de qualquer forma daqui a dez ou vinte anos. De uma perspectiva cósmica, que diferença faz? Tenho ainda 40 anos: meu irmão mais novo está morto há oito anos, meu pai há dez, minha mãe há 36. Enquanto ainda enxergo e ando, tomarei uma pequena fração de minha vida para mim mesmo... estarei exigindo demais? Estou tão cansado de servir, tão cansado de cuidar dos outros. Sim, Friedrich tinha razão. Devo ficar subjugado ao dever para sempre? Devo, por toda a eternidade, viver uma vida que lastimo?"

Tentou adormecer, mas cada vez que cochilava visões de seus filhos lhe invadiam a mente. Doeu imaginá-los sem um pai. "Friedrich tem razão", lembrou a si próprio, "ao dizer: 'Você não deve criar filhos enquanto não estiver preparado para *ser* um criador e para *gerar* criadores.'" É errado ter filhos por necessidade, usar um filho para aliviar a solidão, dar sentido à vida reproduzindo a si mesmo em uma cópia. Também é errado procurar a imortalidade lançando um germe seu no futuro — como se o esperma contivesse sua consciência!

"Entretanto, e quanto aos filhos? Eles foram um erro, fui forçado a tê-los, eles foram gerados antes que eu tivesse consciência de minhas escolhas. Mas eles estão *aí*, eles existem! Sobre eles Nietzsche silencia. E Mathilde alertou que talvez eu nunca mais os veja."

Breuer caiu no desespero mas logo se recuperou.

"Não! Tais pensamentos tinham que ser expulsos! Friedrich estava certo: dever, propriedade, fidelidade, desprendimento, bondade são soporíferos que induzem a pessoa a um sono tão pesado do qual ela só acorda, se é que acorda, bem no finalzinho da vida. Apenas para descobrir que jamais realmente viveu.

"Tenho apenas uma vida, uma vida que poderá retornar para sempre. Não quero me lamentar por toda a eternidade de que me perdi ao tentar cumprir meu dever para com meus filhos.

"Esta é minha chance de construir um novo eu das cinzas de minha vida antiga! Mais tarde, isso feito, encontrarei meu caminho até meus filhos. Aí, não serei mais tiranizado pelas noções de Mathilde do que é socialmente permitido! Quem poderá bloquear o caminho de um pai até seus filhos? Como um machado, abrirei a golpes meu caminho até eles! No tocante a hoje, que Deus os ajude. Não posso fazer nada. Estou me afogando e tenho primeiro que salvar a mim mesmo.

"E Mathilde? Friedrich diz que a única forma de salvar esse casamento é desistir dele! E é melhor acabar com o matrimônio do que deixá-lo acabar com você'. Talvez o casamento tenha acabado também com Mathilde. Talvez ela se sinta melhor sem mim. Talvez ela fosse tão prisioneira como eu. Lou Salomé diria isso. Quais foram suas palavras: de que jamais seria escravizada pelas fraquezas de outrem? Quem sabe minha ausência liberte Mathilde?"

Era noite avançada quando o trem chegou em Konstanz. Breuer saltou e pernoitou em um modesto hotel junto à estação. Era tempo, disse a si mesmo, de se acostumar a acomodações de segunda e terceira classes. De manhã, pegou uma carruagem até o Sanatório Bellevue, em Kreuzlingen. Ao chegar, informou ao diretor Robert Binswanger que um pedido de consulta inesperado o levava até Genebra, suficientemente próximo do Bellevue para que fizesse uma visita à ex-paciente *Fräulein* Pappenheim.

Não havia nada de incomum no pedido de Breuer: ele era bastante conhecido no Bellevue como velho amigo do ex-diretor, senhor Ludwig Binswanger, recentemente falecido. O doutor Binswanger ofereceu mandar chamar *Fräulein* Pappenheim imediatamente.

— Ela está dando um passeio agora e discutindo seu estado com o novo médico, o doutor Durkin. — Binswanger se levantou e caminhou até a janela. — Ali, no jardim, o senhor pode vê-los.

— De jeito nenhum, doutor Binswanger, não os interrompa. Estou convencido de que nada é mais prioritário do que uma sessão do médico com seu paciente. Além disso, o sol está lindo hoje e, em Viena, quase não tem aparecido ultimamente. Se o senhor não se opuser, esperarei por ela no jardim. Além disso, seria interessante para mim observar o estado de *Fräulein* Pappenheim, especialmente seu modo de andar, de uma posição discreta.

Em um terraço mais baixo dos extensos jardins do Bellevue, Breuer observou Bertha e seu médico caminhando para lá e para cá ao longo de um caminho margeado por altos arbustos podados com primor. Escolheu cuidadosamente seu mirante: uma bancada branca no terraço superior quase inteiramente oculta pelos galhos nus de um arvoredo lilás circundante. Dali, podia olhar para baixo e ver Bertha claramente; talvez, quando ela passasse por perto, ele conseguisse escutar suas palavras.

Bertha e Durkin tinham acabado de passar sob a bancada e estavam se afastando pelo caminho. O perfume de lavanda de Bertha subiu até ele. Inalou-o avidamente e sentiu a dor de um profundo desejo percorrendo seu corpo. Quão frágil ela parecia! De súbito, ela parou. Sua perna direita se contraíra; lembrou-se da freqüência com que isso ocorrera quando passeara com ela. Ela procurou se apoiar em Durkin. Com que força o agarrava, exatamente como outrora agarrara Breuer. Agora, ambos os braços seguravam os de Durkin e ela se encostava nele! Breuer rememorou-a encostando seu corpo *nele*. Oh! Como gostava da sensação dos seus seios! Como a princesa que sentiu a ervilha através de vários colchões, sentia os seios aveludados e dóceis dela através de todos os obstáculos: sua capa persa de pele de carneiro e o sobretudo revestido de peles que usava não passavam de barreiras diáfanas ao prazer de Breuer.

O quadríceps direito de Bertha sofria agora um grave espasmo! Ela levou a mão à coxa. Breuer sabia o que se seguiria. Durkin rapidamente a levantou, carregou-a até o banco mais próximo e a deitou ali. Agora viria a massagem. Sim, Durkin estava retirando as luvas, cuidadosamente enfiando as mãos sob a sua capa e agora começando a massagear-lhe a coxa. Bertha gemeria de dor neste momento? Sim, suavemente! Breuer conseguia ouvi-la! Agora, ela irá fechar os olhos, como num transe, esticar os braços sobre a cabeça, arquear as costas e arremessar os seios para cima? Sim, é o que está fazendo! Agora sua capa se abrirá... sim, ele viu a mão dela escorregar discretamente para baixo e desabotoá-la. Ele sabia que o seu vestido subiria, isso sempre acontecia. Ali! Ela está dobrando os joelhos — Breuer jamais a vira fazer *aquilo* antes — e o vestido está deslizando para cima, quase até a cintura. Durkin está imóvel como uma estátua, contemplando sua calcinha de seda rosa e o tênue contorno de um triângulo fusco.

De seu mirante afastado, Breuer espia sobre o ombro de Durkin, igualmente petrificado. "Cubra-a, seu imbecil!" Durkin tenta descer-lhe o vestido e fechar a capa. As mãos de Bertha interferem. Seus olhos estão fechados. Estará em transe? "Ninguém por perto, graças a Deus!" Durkin parece agitado — "não é para menos", pensou Breuer — e olha nervosamente ao redor. A contração da perna diminui. Ele ajuda Bertha a se levantar e ela tenta caminhar.

Breuer se sente atordoado, como se não ocupasse mais o próprio corpo. Há algo de irreal na cena diante dele, como se estivesse assistindo a um drama da galeria de um teatro. Sentirá ciúmes do doutor Durkin? Ele é jovem, de boa aparência e solteiro, e Bertha se encosta nele mais do que já o fizera em Breuer. Não! Ele não sente ciúmes nem animosidade — nem um pouco. Pelo contrário, sente-se amigo e próximo de Durkin. Bertha não os divide, e sim os aproxima em uma fraternidade de agitação.

O jovem casal continuou seu passeio. Breuer sorriu ao ver que agora o doutor, e não a paciente, caminhava com dificuldade. Sentiu uma forte empatia pelo sucessor: quantas vezes fora *ele* quem tivera que caminhar com Bertha com a inconveniência de uma ereção latejante! "Que sorte, doutor Durkin, estarmos no inverno", disse Breuer para si mesmo. "É bem pior no verão, sem um sobretudo para se esconder. Aí, você tem que comprimi-lo sob o cinto!"

O casal, tendo atingido o fim do caminho, voltara agora na direção de Breuer. Bertha levou a mão ao rosto. Breuer notou um espasmo nos músculos orbitais da jovem e que ela estava sofrendo; a dor facial, o tique doloroso, era uma ocorrência diária tão penosa que somente a morfina a aliviava. Bertha parou. Breuer sabia exatamente o que se seguiria. Era estranho. Novamente sentiu-se como no teatro, só que ele era o diretor ou o ponto orientando o elenco sobre as próximas linhas. Leve suas mãos ao rosto dela, as palmas nas bochechas, os polegares tocando no osso do nariz. Certo! Agora pressione ligeiramente e afague-lhe as sobrancelhas repetidamente. Bom! Viu o rosto de Bertha se relaxar. Ela se levantou, segurou Durkin pelos pulsos e levou ambas as mãos dele aos lábios. *Agora* Breuer sentiu uma punhalada. Apenas uma vez ela beijara suas mãos daquela forma; fora o momento mais íntimo entre eles. Ela se aproximou ainda mais de Breuer, que ouviu sua voz: "Meu paizinho, meu querido paizinho." Aquilo doeu. Era disso que ela costumava chamar *Breuer*.

Ele não escutou mais nada. Foi o suficiente. Levantou-se e, sem dirigir palavra à perplexa equipe de enfermagem, caminhou para fora do Bellevue e se enfiou na carruagem que o aguardava. Atordoado, retornou a Konstanz, onde de alguma forma conseguiu subir no trem. O apito da locomotiva o levou de volta a si. Com o coração batendo acelerado, afundou a cabeça na almofada e refletiu sobre o que presenciara.

"A plaqueta de bronze, meu consultório em Viena, a casa de minha infância e agora também Bertha: todos continuam sendo o que eram; nenhum deles precisa de *mim* para sua existência. Sou incidental, permutável. Não sou *necessário* para o drama de Bertha. Nenhum de nós o é, nem mesmo os homens dominantes. Nem eu, nem Durkin, nem aqueles ainda por vir."

Sentiu-se oprimido: talvez precisasse de mais tempo para absorver tudo aquilo. Estava cansado; reclinou-se na poltrona, fechou os olhos e procurou refúgio nas fantasias com Bertha. Mas nada aconteceu! Percorrera os passos usuais: concentrara-se no palco de sua mente, fixara o cenário inicial do devaneio, abrira-se para o que se sucedesse — sempre coubera a Bertha decidi-lo, não a ele — e recuara à espera do início da ação. Mas não houve ação. Nada se modificou. O palco continuou uma natureza morta esperando por sua direção.

Ao tentar, Breuer constatou ser capaz de evocar a imagem de Bertha ou de descartá-la à vontade. Quando a evocava, ele surgia prontamente em qualquer forma ou postura que ele desejasse. Mas ela perdera a autonomia: sua imagem ficava congelada até que ele desejasse que se movesse. As coisas já não funcionavam: seu vínculo com ela, o domínio dela sobre ele!

Breuer ficou maravilhado com a transformação. Nunca antes pensara em Bertha com tal *indiferença*. Não, não indiferença... com tal calma, tal autodomínio. Não havia grande paixão ou desejo, mas tampouco havia rancor. Pela primeira vez, entendeu que ele e Bertha eram colegas de sofrimento. Ela estava tão aprisionada como ele estivera. Ela tampouco se tornara o que era e não escolhera a vida dela; pelo contrário, testemunhava as mesmas cenas se repetindo incessantemente.

De fato, ao pensar a respeito, Breuer percebeu toda a tragédia da vida de Bertha. Talvez ela não soubesse dessas coisas. Talvez ela tivesse renunciado não apenas à escolha, mas à *consciência* também. Com que freqüência ela estava "ausente", em transe, sem sequer *experimentar* a própria vida. Ele sabia que, a esse respeito, Nietzsche estava errado! *Breuer não era vítima de Bertha*. Eles eram *ambos* vítimas.

Quanta coisa aprendera! Ah! Se pudesse recomeçar e se tornar agora o médico dela. O dia em Bellevue mostrara quão evanescentes foram os efeitos de seu tratamento. Que besteira despender mês após mês atacando sintomas — as tolas escaramuças superficiais —, enquanto negligenciava a batalha real, a luta mortal por debaixo.

Ruidosamente, o trem emergiu de um longo túnel. A claridade da luz do sol devolveu a atenção de Breuer ao seu transe. Estava retornando a Viena para ver Eva Berger, sua antiga enfermeira. Olhou estupefato o compartimento do trem. "Fi-lo novamente", pensou. "Estou sentado no trem indo ao encontro de Eva, porém confuso sobre quando e como tomei a decisão de vê-la."

Ao chegar a Viena, pegou um fiacre até a casa de Eva e se aproximou da porta.

Eram quatro da tarde e quase retornou, certo — e depois esperançoso — de que ela estivesse trabalhando. Mas ela *estava* em casa. Parecia chocada por vê-lo e o fitou sem proferir palavra. Quando ele perguntou se poderia entrar, ela consentiu, após perscrutar apreensiva as portas dos vizinhos. Ele se sentiu imediatamente confortado pela presença dela. Seis meses se passaram desde que a vira, mas continuava com facilidade de desabafar com ela. Contou tudo que ocorrera desde que a despedira: seu encontro com Nietzsche, sua transformação gradual, sua decisão de reivindicar a liberdade e deixar Mathilde e as crianças, seu silencioso encontro final com Bertha.

— E agora, Eva, estou livre. Pela primeira vez em minha vida, posso fazer o que me der na telha, ir aonde bem entender. Em breve, provavelmente logo depois de conversarmos, irei à estação de trem e escolherei um destino. Mesmo agora, ainda não sei para onde irei: talvez para o sul, em direção ao sol... quem sabe a Itália?

Eva, normalmente uma mulher efusiva que costumava responder a cada frase de Breuer com parágrafos inteiros, estava agora estranhamente calada.

— É claro — continuou Breuer — que estarei sozinho. A senhora me conhece. Mas estarei livre para me encontrar com qualquer pessoa que eu escolher... — ainda nenhuma resposta de Eva — ou para convidar uma velha amiga para viajar comigo à Itália.

Breuer mal acreditava em suas próprias palavras. Subitamente, imaginou um bando de seus pombos voando pela janela de seu laboratório *de volta* às gaiolas.

Para seu desânimo, mas também alívio, Eva não respondeu às suas indiretas. Em vez disso, começou a questioná-lo.

— A que tipo de liberdade o senhor se refere? O que quer dizer com "vida não vivida"? — Fez um aceno incrédulo com a cabeça. — Josef, nada disso faz muito sentido para mim. Sempre desejei gozar de *sua* liberdade. Que tipo de liberdade *eu* tive? Quando você se preocupa com o aluguel e com a conta do açougue, não tem tempo de se preocupar com a liberdade. Deseja liberdade de sua profissão? Veja a *minha* profissão! Quando me despediu, tive que aceitar o primeiro emprego que me ofereceram e, neste exato momento, a única liberdade que desejo é não ter que trabalhar no turno da noite do Hospital Geral de Viena.

"O turno da noite! Por isso está em casa a esta hora", pensou Breuer.

— Ofereci-lhe ajuda para encontrar outro emprego. Não recebi resposta a nenhuma de minhas mensagens.

— Eu estava chocada — respondeu Eva. — Aprendi uma dura lição: não se pode contar com ninguém, exceto consigo mesmo. — A essa altura, pela primeira vez, elevou o olhar e fitou diretamente os olhos de Breuer.

Enrubescido de vergonha por não tê-la protegido, começou a pedir-lhe perdão... mas Eva foi em frente, falando sobre seu novo emprego, sobre o casamento da irmã, sobre a saúde da mãe e, depois, sobre seu relacionamento com Gerhardt, o jovem advogado que ela conhecera como paciente no hospital.

Breuer sabia que a estava comprometendo com sua visita e se levantou para partir. Ao se aproximar da porta, desajeitadamente lhe segurou a mão e começou a formular uma pergunta, mas hesitou... teria ainda o direito de dizer-lhe algo íntimo? Decidiu arriscar. Embora fosse óbvio que o vínculo de intimidade entre eles estava desgastado, 15 anos de amizade não são tão facilmente esquecidos.

— Eva, já estou indo. Mas, por favor, uma última pergunta.

— Faça a pergunta, Josef.

— Não consigo me esquecer da época em que estávamos próximos. Lembra-se de um final de tarde em que ficamos conversando por uma hora no consultório? Contei-lhe quão desesperada e irresistivelmente eu me sentia atraído por Bertha. A senhora contou que estava preocupada comigo, que era minha amiga, que não queria que eu me arruinasse. Depois, segurou minha mão, como estou segurando a sua agora, e revelou que faria *qualquer coisa*, o que eu desejasse, para me salvar. Eva, não imagina quantas vezes, umas cem vezes, revivi essa conversa, quanto tem significado para mim, com que freqüência tenho me arrependido de ter estado tão obcecado por Bertha, que não respondi mais diretamente a você. Minha pergunta é... talvez seja simplesmente: Foi sincera? Eu deveria ter respondido?

Eva retirou a mão, colocou-a levemente no ombro dele e falou hesitantemente:

— Josef, não sei do que está falando. Serei honesta... fico constrangida em responder assim à sua pergunta, mas, considerando nossa antiga amizade, tenho que ser honesta. Josef, não me recordo dessa conversa!

Duas horas depois, Breuer se viu acomodado em um assento de segunda classe de um trem para a Itália.

Percebeu como fora importante para ele, naquele último ano, dispor de Eva como uma espécie de seguro. Ele contara com ela. Sempre tivera certeza de que ela estaria ao alcance no momento da necessidade. Como ela poderia ter se esquecido? "Mas Josef, o que você esperava?", perguntou a si mesmo. "Que ela estivesse congelada num armário, esperando que você abrisse a porta e a reanimasse? Você já tem 40 anos, idade de entender que suas mulheres existem independentemente de você: elas têm uma vida própria, elas crescem, elas prosseguem com suas vidas, ficam mais velhas, travam novos relacionamentos. Somente os mortos não mudam. Somente sua mãe Bertha está suspensa no tempo esperando por você."

Subitamente, foi invadido pelo terrível pensamento de que não eram apenas as vidas de Bertha e de Eva que prosseguiriam, mas também a de Mathilde... de que ela existiria sem ele, de que chegaria o dia em que cuidaria de outro.

Mathilde, sua Mathilde, com outro homem: um osso duro de roer. Agora suas lágrimas fluíam. Ergueu o olhar para a valise no porta-malas. Ali estava ela, facilmente acessível, a alça metálica projetando-se oferecidamente em sua direção. Sim, sabia exatamente o que deveria fazer: agarrar a alça, levantar a valise sobre a grade de metal do porta-malas, descer a valise, saltar na próxima estação, onde quer que fosse, tomar o próximo trem de volta a Viena e se atirar à misericórdia de Mathilde. Não era tarde demais... certamente, ela o acolheria.

Mas imaginou a presença poderosa de Nietzsche bloqueando-o.

— Friedrich, como fui capaz de abrir mão de tudo? Que tolice ter seguido seu conselho!

— Você já abrira mão de tudo que era importante antes de chegar a me conhecer, Josef. Por isso estava em desespero. Lembra-se de como lamentava a perda do rapaz infinitamente promissor?

— Mas agora nada tenho.

— Nada é tudo! Para se fortalecer, deve primeiro afundar suas raízes no nada e aprender a encarar sua mais solitária solidão.

— Minha esposa, minha família! Eu as amo. Como pude deixá-las? Descerei na próxima estação.

— Você foge somente de si próprio. Lembre-se de que cada momento retorna eternamente. Pense nisto: fugir de sua liberdade por toda a eternidade!

— Tenho um dever para...

— Apenas o dever de se tornar quem você é. Torne-se forte: senão, usará eternamente os outros para seu próprio engrandecimento.

— Mas Mathilde. Meu juramento! Meu dever para...

— Dever, dever! Você perecerá dessas virtudes insignificantes. Aprenda a se tornar cruel. Construa um novo eu sobre as cinzas de sua vida antiga.

Durante todo o percurso até a Itália, as palavras de Nietzsche o perseguiram.

"Eterno retorno."

"A eterna ampulheta da existência virada de cabeça para baixo novamente e novamente e novamente."

"Deixe que este pensamento tome conta de você e prometo que o mudará para sempre."

"Você odeia essa idéia ou a adora?"

"Viva de tal forma a adorar a idéia."

"A aposta de Nietzsche."

"Consuma sua vida."

"Morra no momento certo."

"A coragem de mudar suas convicções!"

"Esta vida é sua vida eterna."

Tudo começara dois meses antes em Veneza. Agora, era à cidade das gôndolas que estava retornando. Quando o trem atravessou a fronteira entre a Suíça e a Itália e conversas em italiano atingiram-lhe os ouvidos, seus pensamentos passaram da eterna possibilidade à realidade do amanhã.

Para onde iria quando descesse do trem em Veneza? Onde dormiria naquela noite? O que faria no dia seguinte? E no dia posterior? Como preencheria seu tempo? O que fizera Nietzsche? Antes da doença, este caminhava, pensava e escrevia. Mas essa era a maneira *dele*. Como...?

Primeiro, Breuer sabia, teria que ganhar a vida. O dinheiro em seu cinturão duraria apenas algumas semanas; dali para a frente, Max lhe enviaria apenas uma modesta ordem de pagamento mensal através do banco. Estava claro que ele poderia continuar a clinicar. Ao menos três de seus ex-alunos exercem a medicina em Veneza. Não teria dificuldade em montar um consultório. Tampouco o idioma representaria uma barreira: era dotado de bom ouvido, sabia um pouco de inglês, francês e espanhol e captaria o italiano rapidamente. Mas teria sacrificado tanta coisa simplesmente para reproduzir sua vida vienense em Veneza? Não, aquela vida fazia parte de seu passado!

Talvez um emprego num restaurante. Devido à morte da mãe e à fragilidade da avó, Breuer aprendera a cozinhar e muitas vezes ajudava no preparo das refeições da família. Embora Mathilde caçoasse dele e o expulsasse da cozinha, quando ela não estava por perto ele costumava rondar por lá para observar e orientar a cozinheira. Sim, quanto mais pensava a respeito, mais fortemente sentia que o trabalho em um restaurante poderia ser a coisa certa. Não apenas gerenciar e controlar o caixa: queria tocar na comida... prepará-la, servi-la.

Chegou tarde em Veneza e, mais uma vez, passou a noite num hotel ao lado da estação ferroviária. De manhã, uma gôndola o conduziu ao centro da cidade, onde caminhou e meditou durante horas. Muitos venezianos viravam para olhá-lo. Entendeu o porquê quando entreviu sua imagem refletida na vitrina de uma loja: barba comprida, chapéu, colete, terno, gravata... tudo num preto assustador. Parecia um estrangeiro, precisamente um clínico vienense judeu abastado e de meia-idade! Na noite anterior na estação de trem, notara um grupo de prostitutas italianas abordando possíveis clientes. Nenhuma se aproximara dele, e pudera! Teria que se livrar da barba e dos trajes fúnebres.

Aos poucos, seu plano ganhou forma: primeiro, uma ida ao barbeiro e a uma loja de roupas para trabalhadores.

Depois, começaria um curso intensivo de italiano. Talvez após duas ou três semanas começasse a explorar o negócio do restaurante: talvez Veneza carecesse de um bom restaurante austríaco ou mesmo austríaco-judaico... afinal, observara várias sinagogas durante a caminhada.

A navalha cega do barbeiro sacudia-lhe a cabeça de um lado para o outro ao lhe atacar a barba de 21 anos. Por vezes, cortava faixas de barba suavemente, porém na maioria das vezes agarrava e puxava tufos resistentes, castanho-avermelhados. O barbeiro era bruto e impaciente. "É compreensível", pensou Breuer. Sessenta liras é muito pouco para o tamanho desta barba. Fazendo sinal para que fosse mais devagar, enfiou a mão no bolso e ofereceu ao rapaz duzentas liras por um barbear mais tranqüilo.

Vinte minutos depois, ao se olhar no espelho rachado da barbearia, uma onda de compaixão pelo próprio rosto o inundou. Nas décadas depois que o vira pela última vez, esquecera-se da batalha com o tempo travada por baixo da escuridão de sua barba. Com o rosto à mostra agora, viu que ele estava cansado e desgastado. Apenas sua fronte se mantivera firme e estava resolutamente suportando sua pele facial frouxa, derrotada e flácida. Enorme fissura se estendia para fora de cada narina separando as bochechas dos lábios. Rugas menores desciam de ambos os olhos. Dobras de goela de peru caíam de sua mandíbula. E seu queixo... esquecera-se de que a barba ocultara a vergonha de seu queixo insignificante, o qual agora, ainda mais fraco, se escondia timidamente da melhor forma possível sob seu úmido lábio inferior pendente.

A caminho de uma loja de roupas, Breuer observou os trajes dos transeuntes e decidiu comprar um paletó azul-marinho curto e quente, botas resistentes e um grosso suéter listrado. Mas todos que passavam por ele eram mais jovens. O que trajariam as pessoas mais velhas? Onde *estavam*, afinal? Todos pareciam tão jovens... Como faria amigos? Como conheceria mulheres? Talvez uma garçonete do restaurante ou uma professora de italiano. "Mas", pensou, "não quero outra mulher! Jamais encontrarei uma mulher como Mathilde. Eu a amo. Isso é doideira. Por que a deixei? Sou velho demais para começar tudo de novo. Sou a pessoa mais velha desta rua... talvez aquela velhinha ali de bengala seja mais velha ou aquele homem recurvado vendendo verduras". Subitamente, sentiu-se zonzo. Mal conseguia ficar de pé. Escutou uma voz atrás de si.

— Josef, Josef!

De quem seria? Soava familiar!

— Doutor Breuer! Josef Breuer!

Ué! Ninguém sabe onde estou!

— Josef, preste atenção! Farei uma contagem regressiva de dez até um. Quando eu chegar a cinco, seus olhos se abrirão. Quando atingir um, você estará totalmente acordado. Dez, nove, oito...

Conheço esta voz!

— Sete, seis, cinco...

Seus olhos se abriram. Olhou para cima em direção à face sorridente de Freud.

— Quatro, três, dois, um! Você está totalmente acordado! Agora!

Breuer se alarmou:

— O que aconteceu? Onde estou, Sig?

— Está tudo bem, Josef. Acorde! — A voz de Freud era firme mas tranqüilizadora.

— O que aconteceu?

— Espere só alguns minutos, Josef. Tudo voltará ao normal.

Viu que estivera deitado no sofá de sua biblioteca. Sentou-se. Voltou a perguntar:

— O que aconteceu?

— Você é que vai me dizer o que aconteceu, Josef. Fiz exatamente o que mandou.

Com Breuer ainda aparentando espanto, Freud explicou:

— Não se lembra? Você me procurou ontem à noite e pediu que eu estivesse aqui às onze desta manhã para ajudá-lo em uma experiência psicológica. Quando cheguei, você me pediu para hipnotizá-lo usando seu relógio como pêndulo.

Breuer meteu a mão no bolso do colete.

— Está ali, Josef, na mesa do café. Depois, lembre-se, você me pediu que o fizesse dormir profundamente e visualizar uma série de experiências. Você me disse que a primeira parte da experiência seria dedicada à sua despedida: de sua família, dos amigos, mesmo dos pacientes; e que eu deveria, caso parecesse necessário, dar sugestões como: "Diga adeus" ou "Você não poderá mais voltar para casa". A parte seguinte deveria ser dedicada ao estabelecimento de uma vida nova e eu deveria dar sugestões como "Vá em frente" ou "O que você pretende fazer em seguida?"

— Sim, sim, Sig, estou acordando. Estou voltando ao normal. Que horas são?

— Uma da tarde de domingo. Você esteve hipnotizado por duas horas, exatamente como planejamos. Logo, todos estarão chegando para o almoço.

— Diga-me exatamente o que aconteceu. O que você observou?

— Você entrou rapidamente em transe, Josef, e na maioria do tempo permaneceu hipnotizado. Deu para ver que algum drama movimentado estava sendo representado... mas silenciosamente, no seu próprio teatro interno. Duas ou três vezes, parecia que você sairia do transe; foi quando sugeri que você estava viajando e sentindo o balanço do trem e que reclinasse a cabeça de volta na almofada da poltrona e dormisse profundamente. A cada vez, isso pareceu funcionar. Não posso dizer muita coisa a mais. Você parecia muito infeliz; algumas vezes, chorou e uma ou duas vezes pareceu assustado. Perguntei se desejava parar, mas você acenou com a cabeça que não, então continuei incentivando-o a ir em frente.

— Falei em voz alta? — Breuer esfregou os olhos, ainda tentando despertar a si mesmo.

— Raramente. Seus lábios se moviam bastante, então supus que estivesse imaginando conversas. Só consegui captar algumas palavras. Diversas vezes, você chamou por Mathilde e também escutei o nome Bertha. Estava falando de sua filha?

Breuer hesitou. Como responder? Sentiu-se tentado a contar tudo a Sig, mas sua intuição o deteve. Afinal, Sig tinha apenas 26 anos e o encarava como um pai ou um irmão mais velho. Ambos estavam acostumados com tal relacionamento e Breuer não estava preparado para o desconforto de sua súbita alteração.

Além do mais, Breuer conhecia a inexperiência e a limitação do seu jovem amigo em questões de amor ou de sexo. Lembrou como recentemente o embaraçara e intrigara ao asseverar que todas as neuroses começam no leito conjugal! Além disso, poucos dias antes, Sig condenara indignado o jovem Schnitzler por seus casos eróticos.

Que compreensão poderia esperar de Sig por um esposo de 40 anos apaixonado por uma paciente de 21? Especialmente diante da absoluta veneração de Sig por Mathilde! Não, confiar nele seria um erro. Melhor falar com Max ou com Friedrich!

— Minha filha? Não sei direito, Sig. Não me lembro. Mas minha mãe também se chamava Bertha, você sabia?

— É mesmo, esqueci! Mas ela faleceu quando você era muito novo, Josef. Por que diria adeus para ela agora?

— Talvez eu nunca a tenha realmente deixado partir antes. Creio que algumas figuras de adulto invadem a mente de uma criança e se recusam a sair. Talvez seja preciso forçar sua saída para que se seja senhor dos próprios pensamentos!

— Hmmm... interessante. Deixe-me ver, o que mais você disse? Ouvi você dizer que não queria mais clinicar e, pouco antes de acordá-lo, disse que estava "velho demais para começar tudo de novo". Josef, estou ardendo de curiosidade. O que significa tudo isso?

Breuer escolheu suas palavras cuidadosamente.

— Eis o que posso lhe revelar, Sig. Está tudo ligado àquele professor Müller, Sig. Ele me forçou a pensar sobre minha vida e percebi que atingi um ponto em que a maioria de minhas escolhas ficou no passado. Contudo, imaginei minha vida se tivesse feito outras opções: viver outra vida longe da medicina, da família, da cultura vienense. Assim, tentei uma experiência imaginária para sentir a libertação desses construtos arbitrários... para encarar a amorfia, ou mesmo abraçar uma vida alternativa.

— E o que você aprendeu?

— Ainda estou atordoado. Preciso de tempo para ordenar as idéias. Uma coisa que me parece clara é a importância de você não se deixar viver pela própria vida. Senão, chegará aos 40 sentindo que não viveu realmente. O que eu aprendi? Talvez a viver *agora*, de modo que, aos 50, não relembre arrependido os anos em que fui um quarentão. Isso também é importante para você. Todos os que o conhecem bem, Sig, percebem seus dons extraordinários. Eis o problema: quanto mais fértil o solo, mais imperdoável é o fracasso em cultivá-lo.

— Você *está* diferente, Josef. Talvez o transe o tenha mudado. Jamais conversou comigo desse jeito. Obrigado, sua fé me inspira... mas talvez me oprima também.

— Aprendi também — disse Breuer —, ou talvez seja a mesma coisa, não estou certo..., que temos de viver *como se* fôssemos livres. Ainda que não possamos escapar do destino, temos que enfrentá-lo de cabeça erguida... temos que *desejar* que nosso destino aconteça. Temos que amar nosso destino. É como se...

Alguém bateu à porta.

— Vocês dois ainda estão aí? — perguntou Mathilde. — Posso entrar?

Breuer levantou-se rapidamente para abrir a porta e Mathilde entrou com um prato de pequenas salsichas fumegantes, todas envolvidas por uma massa flocosa.

— Suas salsichas favoritas, Josef. Percebi esta manhã que não as preparo para você há muito tempo. O almoço está servido. Max e Rachel estão aqui e os outros estão a caminho. Sigi, você vai ficar. Já arrumei seu lugar. Seus pacientes esperarão por mais uma hora.

Obedecendo a um aceno de Breuer, Freud deixou o aposento. Breuer abraçou Mathilde.

— Veja bem, querida, é estranho que tenha perguntado se ainda estávamos aqui. Contarei para você sobre nossa conversa mais tarde, mas foi como se eu tivesse viajado a um lugar distante. Sinto-me como se estivesse afastado por muito tempo, tendo retornado agora.

— Que bom, Josef. — Levou sua mão à face do esposo e afagou a barba dele afetuosamente. — Fico feliz em recebê-lo de volta. Senti a sua falta.

Foi um almoço modesto para o padrão dos Breuer, com apenas nove adultos à mesa: os pais de Mathilde; Ruth, outra das irmãs dela, com seu marido, Meyer; Rachel e Max; e Freud. As oito crianças se sentaram em uma mesa separada no *foyer*.

— Por que não pára de me olhar? — murmurou Mathilde para Breuer, ao levar embora uma grande terrina com sopa de batatas e cenouras. — Está me deixando envergonhada, Josef — sussurrou mais tarde, ao servir a grande travessa de língua de vitela com passas cozida no vapor. — Pare, Josef, pare de me encarar! — protestou novamente, ao ajudar a esvaziar a mesa antes de trazer a sobremesa.

Mas Josef não parou. Como pela primeira vez, esquadrinhou o rosto da esposa. Doeu perceber que ela também era uma combatente na guerra contra o tempo. Não se viam fissuras em suas bochechas; recusara-se a permitir isso, mas não conseguira defender todas as frentes, e um pequeno enrugamento lhe sobressaía dos cantos dos olhos e da boca. Seus cabelos, estirados para cima e para trás e enrodilhados em um fulgurante coque, haviam sofrido terríveis infiltrações de cabelos grisalhos. Quando isso se dera? Seria ele em parte culpado? Unidos, ele e ela talvez tivessem sofrido menos estragos.

— Por que deveria parar? — Josef a enlaçou suavemente pela cintura, quando ela se aproximou para recolher seu prato. Depois, seguiu-a até a cozinha. — Por que não devo olhar para você? Eu... Mathilde, fiz você chorar!

— Um choro de verdade, Josef. Mas triste, também, ao pensar no tempo que se passou. O dia de hoje parece estranho. Sobre o que você e Sigi conversaram, afinal? Sabe o que ele me contou no almoço? Que dará meu nome à sua primeira filha! Ele diz que quer ter duas Mathildes em sua vida.

— Sempre suspeitamos de que Sig era esperto e agora temos certeza. É um dia estranho. Mas um dia importante: decidi casar com você.

Mathilde se desfez da bandeja de xícaras de café, pôs as mãos sobre a cabeça de Breuer e o puxou em sua direção, beijando-lhe a fronte.

— Bebeu aguardente, Josef? Está falando bobagem. — Apanhou a bandeja novamente. — Mas me agrada. — Imediatamente antes de abrir a porta de vaivém para a sala de jantar, voltou-se para o marido. — Pensei que tivesse resolvido casar-se comigo 14 anos atrás.

— O importante é que opto por fazê-lo *hoje*, Mathilde. E todos os dias.

Após o café e a *Linzertorte** de Mathilde, Freud saiu às pressas para o hospital. Breuer e Max foram à biblioteca jogar xadrez, levando um cálice de *slivovitz*. Depois de uma partida misericordiosamente curta — Max rapidamente esmagou uma defesa francesa com um ataque fulminante à rainha —, Breuer conteve a mão dele quando este se pôs a arrumar as peças para o próximo jogo.

— Preciso conversar — disse ao concunhado. Max rapidamente superou o desapontamento, guardou as pe-

* Torta de geléia da cidade de Linz. (N. do T.)

ças de xadrez, acendeu outro charuto, soprou uma longa baforada e esperou.

Desde o breve contratempo entre eles de algumas semanas antes, em que Breuer falara pela primeira vez sobre Nietzsche para Max, os laços entre os dois homens haviam se estreitado. Agora um ouvinte paciente e simpático, nas duas últimas semanas, Max seguira com grande interesse os relatos dos encontros de Breuer com Eckart Müller. Nesse domingo, parecia paralisado pela descrição da discussão de sábado no cemitério e pela extraordinária sessão de hipnotismo daquela manhã.

— Quer dizer que, no seu transe, você achou que eu tentaria bloquear a porta para impedir sua partida? Eu provavelmente faria isso. Senão, ficaria sem um adversário para derrotar no xadrez. Mas falando sério, Josef, você parece diferente. Acha mesmo que expulsou Bertha de sua mente?

— É espantoso, Max. Agora consigo pensar nela como penso em qualquer outra pessoa. É como se tivesse feito uma cirurgia para separar a imagem de Bertha de todas as emoções que costumavam aderir a ela! E tenho absoluta certeza de que essa cirurgia ocorreu no momento em que a observei no jardim com seu novo médico!

— Eu não compreendo. — Max sacudiu a cabeça. — Ou é melhor não compreender?

— Temos que tentar. Talvez esteja errado dizer que minha paixão por Bertha tenha morrido no momento em que a observei com o doutor Durkin... quero dizer, de minha *fantasia* dela com o doutor Durkin, tão forte que ainda a vejo como um evento real. Tenho certeza de que a paixão já fora enfraquecida por Müller, sobretudo ao me fazer entender como a dotara de tamanho poder. A fantasia de

Bertha com o doutor Durkin durante o transe surgiu no momento oportuno de desalojá-la completamente. Todo o seu poder desapareceu quando a vi repetindo com ele aquelas cenas familiares como que automaticamente. De repente, percebi que ela não tem nenhum poder. Ela não consegue controlar as próprias ações; na verdade, está tão indefesa e exaurida como eu estava. Ambos éramos meros atores substitutos no drama obsessivo do outro, Max. — Breuer sorriu. — Veja bem, algo ainda mais importante está acontecendo comigo: a mudança de meus sentimentos em relação a Mathilde. Senti-a um pouquinho durante o hipnotismo, mas está ganhando força agora. Durante todo o jantar, não parei de contemplá-la e de sentir esse ardor em relação a ela.

— Sim — Max sorriu —, vi-o olhando para ela. Foi engraçado ver Mathilde embaraçada. Foi como ver aquelas brincadeiras entre vocês nos velhos tempos. Talvez seja bem simples: você a aprecia agora porque chegou bem perto de experimentar o que seria perdê-la.

— Sim, isso é parte da história, mas não é tudo. Saiba que, durante anos, senti-me refreado por Mathilde. Senti-me aprisionado e sonhei com minha liberdade... experimentar outras mulheres, viver outra vida totalmente diferente. Só que, quando segui o conselho de Müller, quando agarrei minha liberdade, entrei em pânico e tentei me desfazer dela. Entreguei minha rédea primeiro a Bertha e depois a Eva. Abri a boca e disse: "Por favor, me refreie. Enfie a rédea em minha boca. Não quero ser livre." A verdade é que fiquei aterrorizado com a liberdade.
— Max assentiu gravemente com a cabeça. — Lembra-se do que lhe contei sobre minha visita a Veneza no transe... a barbearia onde descobri meu rosto envelhecido?

A rua de lojas de roupas onde constatei que era a pessoa mais velha? Algo dito por Müller me ocorre neste momento: "*Escolha o inimigo certo*." Acho que esta é a chave! Todos esses anos, venho combatendo o inimigo errado. O tempo todo, o inimigo certo não foi Mathilde, mas o destino. O inimigo real foi o envelhecimento, a morte e meu próprio terror da liberdade. Culpei Mathilde por não me deixar encarar o que na verdade eu não queria encarar! Pergunto-me quantos outros maridos fazem isso com suas esposas.

— Acho que sou um deles — confessou Max. — Saiba que muitas vezes devaneio sobre nossa infância juntos, sobre nossos dias na universidade. "Oh! Que perda!", digo para mim mesmo. "Como deixei aqueles anos escapulirem?" Então, secretamente, culpo Rachel, como se fosse culpa a infância *dela* terminar, culpa *dela* estar envelhecendo!

— Sim, Müller disse que o inimigo real são as "mandíbulas devoradoras do tempo". Mas agora, de alguma forma, já não me sinto tão impotente diante dessas mandíbulas. Hoje, talvez pela primeira vez, sinto como se *quisesse* minha vida. Aceito a vida que escolhi. Neste momento, Max, não desejo ter feito alguma coisa de forma diferente.

— Por mais sagaz que seja seu professor, Josef, parece-me que, ao projetar a experiência do transe, você o superou. Você descobriu um modo de experimentar uma decisão irreversível sem torná-la irreversível. Mas há um detalhe que ainda não compreendo. *Durante* o transe, onde estava a parte de você que projetou a experiência? Enquanto você estava *em* transe, alguma parte de você deve ter tido consciência do que realmente estava ocorrendo.

— Tem razão, Max. Onde estava a testemunha, o "eu" que estava enganando o resto de "mim"? Fico atordoado ao pensar nisso. Um dia, alguém bem mais brilhante do que eu surgirá para decifrar esse enigma. Mas não acho que tenha superado a sagacidade de Müller. Na verdade, sinto algo bem diferente: sinto que o deixei na mão. Recusei-me a seguir sua prescrição. Ou, quem sabe, simplesmente reconheci minhas limitações? Ele costuma dizer: "Cada pessoa tem que escolher quanta verdade consegue suportar." Acho que escolhi. Além disso, Max, também o deixei na mão como médico. Não dei nada para ele. Na verdade, já nem penso mais em ajudá-lo.

— Não se critique, Josef. Você é rigoroso demais consigo próprio. Você é diferente dele. Lembra-se do curso que freqüentamos juntos sobre pensadores religiosos... com o professor Jodl, não foi?... e do termo que aplicamos a eles: "visionários"? Exatamente o que seu professor Müller é: um visionário! Já nem sei mais quem é o médico e quem é o paciente, mas se você *fosse* o médico dele e mesmo se você *pudesse* mudá-lo (só que não pode), *desejaria* mudá-lo? Alguma vez ouviu falar de um visionário casado ou domesticado? Não, isso o arruinaria. Acho que o destino dele é ser um visionário solitário. Sabe o que penso? — Max abriu a caixa de peças de xadrez. — Penso que o tratamento foi suficiente. Talvez esteja no fim. Talvez um pouco mais desse tratamento viesse a matar tanto o paciente como o médico!

Capítulo 22

Max tinha razão. *Estava* na hora de parar. Mesmo assim, Josef surpreendeu a si mesmo quando, na segunda-feira de manhã, entrou no quarto 13 e se declarou plenamente recuperado.

Nietzsche, sentado na cama penteando o bigode, pareceu ainda mais surpreso.

— Recuperado? — exclamou, deixando cair sobre a cama seu pente de casco de tartaruga. — É verdade? Como é possível? Você parecia tão atormentado ao nos despedirmos no sábado. Preocupei-me com você. Teria sido duro demais? Desafiador demais? Temi que você interrompesse nosso projeto de tratamento. Pensei em muitas coisas, mas jamais esperei a notícia de que você estivesse plenamente recuperado!

— Sim, Friedrich, eu também estou surpreso. Aconteceu de repente, um resultado direto de nossa sessão de ontem.

— Ontem? Mas ontem foi domingo. Não tivemos sessão.

— Tivemos uma sessão, Friedrich. Só que você não estava lá! É uma longa história.

— Conte-me essa história — pediu Nietzsche, ao se levantar da cama. — Conte-me cada detalhe! Quero aprender sobre a recuperação.

— Aqui, às nossas cadeiras de conversar — disse Breuer, tomando seu lugar habitual. Tenho tanto para contar... — começou, enquanto Nietzsche, ao seu lado, se inclinava para a frente curioso, literalmente na beira da cadeira.

— Comece com a tarde de sábado — disse Nietzsche rapidamente —, após nosso passeio no Simmeringer Haide.

— Sim, aquele louco passeio ao vento! Aquele passeio foi maravilhoso. E terrível! Tem razão: quando voltamos ao fiacre, eu estava terrivelmente atormentado. Sentia-me como uma bigorna: suas palavras eram os golpes do martelo. Muito tempo depois, elas ainda reverberavam, especialmente uma frase.

— Que foi...

— Que *a única forma de salvar meu casamento seria desistir dele*. Um de seus pronunciamentos mais desconcertantes: quanto mais pensava nele, mais confuso ficava!

— Então eu deveria ter sido mais claro, Josef. Quis dizer apenas que a relação conjugal só é ideal quando não é *necessária* para a sobrevivência de cada parceiro. — Sem perceber qualquer sinal de esclarecimento no rosto de Breuer, Nietzsche acrescentou. — Quis dizer apenas que, para se relacionar plenamente com outro, você precisa primeiro relacionar-se consigo mesmo. Se não conseguimos abraçar nossa própria solidão, simplesmente usaremos o outro como um escudo contra o isolamento. Somente quando consegue viver como a águia, sem absolutamente qualquer público, você consegue se voltar para outra pessoa com amor; somente então é capaz de se preocupar com o engrandecimento do outro ser humano. *Ergo, se você é incapaz de desistir do casamento, então o casamento está condenado.*

— Então você quer dizer, Friedrich, que a única forma de salvar o casamento é *ser capaz* de desistir dele? Está mais claro. — Breuer refletiu por um momento. — Essa lei é maravilhosamente instrutiva para um solteiro, mas apresenta um tremendo dilema para o homem casado. Qual sua utilidade para mim? É como tentar reconstruir um navio em alto-mar. Durante bastante tempo, no sábado, fiquei perplexo com o paradoxo de ter que desistir irrevogavelmente de meu casamento a fim de salvá-lo. Então, subitamente, tive uma inspiração. — Nietzsche, ardendo de curiosidade, retirou os óculos e inclinou-se perigosamente para a frente. "Outro centímetro ou dois", Breuer pensou, "e ele cairá da cadeira". — O que você conhece da hipnose?

— Magnetismo animal? Mesmerismo? Muito pouco — respondeu Nietzsche. — Sei que o próprio Mesmer foi um salafrário, mas pouco tempo atrás li que diversos médicos franceses afamados estão recorrendo ao mesmerismo para tratar das mais diferentes doenças. E, é claro, você o empregou em seu tratamento de Bertha. Entendo apenas que é um estado como do sono em que você se torna altamente sugestionável.

— Mais do que isso, Friedrich. É um estado em que você é capaz de experimentar fenômenos alucinatórios de grande vivacidade. Minha inspiração foi que, em um transe hipnótico, conseguiria me aproximar da *experiência* de desistir do casamento, mas o preservando na vida real.

Breuer contou então para Nietzsche tudo que lhe acontecera. Ou melhor, quase tudo: ia descrever sua observação de Bertha e do doutor Durkin no jardim do sanatório Bellevue, mas subitamente decidiu manter segredo. Em vez disso, descreveu apenas a viagem até Bellevue e sua partida repentina.

Nietzsche escutava, assentindo com a cabeça em movimentos cada vez mais rápidos, os olhos arregalados de concentração. Terminada a narrativa de Breuer, ficou sentado em silêncio, como que desapontado.

— Friedrich, faltam-lhe as palavras? É a primeira vez. Eu também estou confuso, mas sei que me sinto bem hoje. Vivo. Há muitos anos não me sinto tão bem! Sinto-me *presente*: aqui com você, em vez de *fingir* que estou aqui enquanto secretamente penso em Bertha.

Nietzsche continuava escutando atentamente, mas nada disse. Breuer continuou.

— Friedrich, sinto tristeza também. Detesto pensar que nossas conversas terminarão. Você sabe mais sobre mim do que qualquer outra pessoa no mundo e prezo o vínculo entre nós. Além disso, sinto outra coisa: vergonha! Apesar de minha recuperação, estou envergonhado. Sinto que, ao usar a hipnose, o enganei. Assumi um risco sem riscos! Você deve estar desapontado comigo.

Nietzsche vigorosamente acenou que não com a cabeça.

— Não, nem um pouquinho.

— Conheço seus padrões — protestou Breuer. — Você *deve* sentir que estive aquém das expectativas! Várias vezes, ouvi-o perguntar: "Quanta verdade consegue suportar?" Sei que é assim que você mede uma pessoa. Infelizmente, *minha* resposta é: "Não muita!" Mesmo no meu transe, estive aquém das expectativas. Imaginei-me tentando segui-lo até a Itália, para ir tão longe como você, tão longe como você quis que eu fosse... mas me faltou coragem.

Ainda abanando a cabeça, Nietzsche inclinou-se para a frente, apoiou a mão no braço da cadeira de Breuer e disse:

— Não, Josef, você foi longe... mais longe do que a maioria.

— Talvez tão longe quanto os limites mais distantes de minha capacidade limitada — respondeu Breuer. — Você sempre insistiu que preciso encontrar meu próprio caminho, em vez de procurar *o* caminho ou *seu* caminho. Talvez o trabalho, a comunidade, a família sejam meu caminho para uma vida significativa. Mesmo assim, sinto que estive aquém das expectativas, que me acomodei ao conforto, que sou incapaz de contemplar o sol da verdade como você.

— E eu, às vezes, gostaria de encontrar a sombra. — A voz de Nietzsche soou triste e anelante. Seu profundo suspiro lembrou Breuer de que o contrato de tratamento previa dois pacientes, mas apenas um fora ajudado. "Talvez", pensou Breuer, "ainda não seja tarde".

— Embora me considere curado, Friedrich, não quero parar de me encontrar com você.

Nietzsche, lenta e determinadamente, acenou que não com a cabeça.

— Não. Chegamos ao final. É hora de parar.

— Seria egoísta parar — protestou Breuer. — Extraí tanta coisa e dei tão pouco em troca. Porém, sei que tive pouca oportunidade de ajudar; você não cooperou nem mesmo com uma enxaqueca.

— A melhor dádiva seria ajudar-me a entender a recuperação.

— Acredito — respondeu Breuer — que o fator mais poderoso foi minha identificação do inimigo certo. Tendo entendido que preciso combater o inimigo *real* — o tempo, o envelhecimento, a morte —, vim a perceber que Mathilde não é adversária nem salvadora, mas simplesmente uma colega de jornada enfrentando o mesmo ciclo da vida. De algum modo, esse simples passo liberou todo meu amor aprisionado por ela. Hoje, Friedrich, amo a idéia de repetir minha vida eternamente. Finalmente, sinto-me capaz de dizer: "Sim, *escolhi* minha vida. E muito bem escolhida."

— Sim, sim — disse Nietzsche, apressando Breuer. — Vejo que você mudou. Mas quero saber o *mecanismo, como* isso aconteceu!

— Só sei dizer que, nos últimos dois anos, fiquei muito assustado com meu próprio envelhecimento ou, conforme você disse, com o "apetite do tempo". Lutei contra ele, mas cegamente. Ataquei minha esposa em vez do inimigo real e, finalmente, em desespero, procurei a salvação nos braços de alguém que não tinha como me salvar. — Breuer pausou, coçando a cabeça. — Não sei o que mais dizer, exceto que, graças a você, percebo que a chave para viver bem é *primeiro desejar aquilo que é necessário e, depois, amar aquilo que é desejado*.

Dominando sua agitação, Nietzsche ficou impressionado com as palavras de Breuer.

— *Amor fati*, ama teu destino. É estranho, Breuer, como são parecidas nossas cabeças! Planejei fazer do *amor fati* minha próxima e última lição em sua instrução. Eu iria lhe ensinar a superar o desespero transformando o "*assim se deu*" em "*assim o desejei*". Mas você se antecipou a mim. Você se tornou forte, talvez até maduro, mas — fez uma pausa, subitamente agitado — essa Bertha que invadiu e possuiu sua mente, que não lhe dava paz... você não me contou como a baniu.

— Não é importante, Friedrich. É mais importante para mim parar de lastimar o passado e...

— Você disse que gostaria de me dar algo, lembra-se? — Nietzsche suplicou, seu tom desesperado alarmando Breuer. — Então, dê-me algo concreto. *Conte-me como a expulsou da mente*! Nos mínimos detalhes!

"Apenas duas semanas antes", Breuer recordou, "era eu que implorava a Nietzsche passos explícitos para seguir e ele insistia que não existe *o* caminho, que cada pessoa deve encontrar sua própria verdade. O sofrimento de Nietzsche deve ser realmente terrível para que esteja negando seu próprio ensinamento e esperando encontrar na minha cura o caminho preciso para a sua. Tal pedido, Breuer resolveu, não deve ser concedido".

— O que mais quero, Friedrich — disse Breuer —, é dar-lhe algo, mas tem que ser uma dádiva que tenha significado. Sinto um desespero em sua voz, mas você esconde seus desejos reais. Confie em mim ao menos esta vez! Diga-me exatamente o que quer. Tenho o poder de concedê-lo, será seu.

Saltando de sua cadeira, Nietzsche andou de um lado para o outro por alguns minutos; depois, foi até a janela e ficou olhando para fora, virado de costas para Breuer.

— Um homem profundo precisa de amigos — começou ele, como se falasse mais para si do que para Breuer. — Se todo o resto falhar, sobrarão seus deuses. Mas eu não tenho amigos nem deuses. Eu, como você, tenho desejos, e meu maior desejo é a amizade perfeita, uma amizade *inter pares*, entre iguais. Que palavras inebriantes, *inter pares*, palavras com tanto conforto e esperança para alguém como eu que sempre viveu só, que sempre procurou, mas nunca encontrou sua outra metade. Às vezes, tenho desabafado por meio de cartas para minha irmã, para amigos. Mas, quando encontro as pessoas face a face, sinto-me envergonhado e dou as costas.

— Exatamente como está dando as costas para mim agora? — interrompeu Breuer.

— Sim — e Nietzsche ficou calado.

— Tem algo para desabafar agora, Friedrich?

Nietzsche, ainda espiando pela janela, acenou positivamente com a cabeça.

— Nas raras ocasiões em que não consegui agüentar a solidão e dei vazão a explosões públicas de lamentos, odiei-me uma hora depois e me senti um estranho em relação a mim mesmo, como se tivesse perdido minha própria companhia. Também nunca permiti aos outros desabafarem comigo... eu não estava disposto a assumir a dívida da reciprocidade. Evitei tudo isso... até o dia, é claro — voltou o rosto para Breuer — em que demos as mãos e concordamos com nosso estranho contrato. Você é a primeira pessoa com quem sempre mantive o rumo. E mesmo com você, de início, esperei traição.

— E aí?

— No começo — respondeu Nietzsche —, fiquei constrangido com você: jamais escutara revelações tão francas. Depois, fiquei impaciente, depois, crítico e observador. Mais adiante, outra mudança: passei a admirar sua coragem e honestidade. Numa outra mudança, senti-me comovido por sua confiança em mim. Agora, hoje, o pensamento de deixá-lo me enche de melancolia. Sonhei com você na última noite... um sonho triste.

— Como foi seu sonho, Friedrich?

Retornando da janela, Nietzsche sentou-se e encarou Breuer.

— No sonho, eu acordo aqui na clínica. Está escuro e frio. Todos já se foram. Quero encontrá-lo. Acendo um lampião e procuro em vão em um quarto vazio após outro. Depois, desço as escadas até a sala de estar, onde vejo algo estranho: um fogo... não na lareira, mas uma bonita fogueira no centro da sala e, em volta do fogo, oito pedras altas aprumadas parecem estar se aquecendo. Nesse momento, acordei.

— Estranho sonho — comentou Breuer. — Alguma idéia sobre ele?

— Apenas um sentimento de profunda tristeza, uma profunda saudade. Jamais chorei num sonho antes. Você pode ajudar?

Breuer repetiu mentalmente a frase simples de Nietzsche: "Você pode ajudar?" Era pelo que tanto ansiara. Três semanas antes, poderia ter imaginado tais palavras da boca de Nietzsche? Não podia desperdiçar a oportunidade.

— Oito pedras aquecidas pelo fogo — respondeu. — Uma imagem curiosa. Deixe-me dizer o que me ocorre. Você se lembra, é claro, de sua terrível enxaqueca na hospedaria de *Herr* Schlegel.

Nietzsche anuiu com a cabeça.

— Parte dela. Durante alguns períodos, eu não estava presente.

— Há algo que não lhe contei — disse Breuer. — Quando você estava em coma, proferiu algumas frases tristes. Uma delas foi: "Nenhum espaço, nenhum espaço." — Nietzsche pareceu estupefato.

— Nenhum espaço? O que estava querendo dizer?

— Creio que "nenhum espaço" significa que você não tinha lugar em nenhuma amizade ou em nenhuma comunidade. Eu penso, Friedrich, que você anseia por um lar mas teme seu desejo! — Breuer suavizou o tom de voz. — Você deve se sentir muito solitário nesta época do ano. Muitos dos outros pacientes da clínica estão saindo para se reunirem às suas famílias durante os feriados de Natal. Talvez por isso os quartos estivessem vazios no seu sonho. Ao me procurar, encontrou um fogo aquecendo oito pedras.

Acho que sei o significado: em torno de minha lareira, são sete em minha família: meus cinco filhos, minha esposa e eu. Quem sabe você era a oitava pedra? Talvez o sonho exprima o desejo de minha amizade e de meu lar. Nesse caso, seja bem-vindo. — Breuer se inclinou para segurar o braço de Nietzsche. — Venha comigo para minha casa, Friedrich. Embora meu desespero tenha sido aliviado, não há necessidade de nos separarmos. Seja meu convidado durante as festas... ou melhor, fique durante o inverno todo. Seria um imenso prazer para mim.

Nietzsche repousou sua mão sobre a de Breuer por um momento, apenas um momento. Depois, levantou-se e andou até a janela. A chuva, impelida pelo vento nordeste, golpeava violentamente a vidraça. Voltou-se para Breuer:

— Obrigado, amigo, pelo convite para ir à sua casa. Mas não posso aceitar.

— Por que não? Estou convencido de que lhe fará bem, Friedrich, bem como a mim. Tenho um quarto vazio mais ou menos do tamanho deste. E uma biblioteca onde você poderia escrever.

Nietzsche recusou com um aceno de cabeça suave, mas firme.

— Alguns minutos atrás, ao dizer que atingiu os limites mais distantes de sua capacidade limitada, você estava se referindo a enfrentar o isolamento. Eu também enfrento meus limites: os limites do relacionamento. Aqui, com você, mesmo agora ao conversarmos face a face, alma a alma, esbarro nesses limites.

— Limites podem ser estendidos, Friedrich. É só tentar!

Nietzsche andou de um lado para o outro.

— No momento em que disser: "Não consigo mais suportar a solidão", cairei a profundezas indizíveis em minha auto-estima, por abandonar o que há de mais elevado em mim. Meu caminho designado exige que eu encare os perigos que porventura me atraiam para fora dele.

— Mas, Friedrich, juntar-se a outrem não é o mesmo que abandonar a si mesmo! Uma vez você disse que tinha muito a aprender comigo sobre relacionamentos. Pois deixe-me ensinar-lhe! Por vezes, justificam-se a desconfiança e a vigilância, mas outras vezes é preciso ser capaz de relaxar a guarda e deixar que nos toquem. — Esticou o braço até Nietzsche. — Venha, Friedrich, sente-se.

Passivamente, Nietzsche retornou à sua cadeira e, fechando os olhos, respirou profundamente várias vezes. Depois, abriu os olhos e confessou:

— O problema, Josef, não é que você possa me trair; é que *eu* venho traindo *você*. Tenho sido desonesto com você. Agora, quando você me convida para sua casa, ao nos tornarmos mais íntimos, meu engodo está me atormentando. Chegou a hora de mudar isso! Chega de mentiras entre nós! Permita que me desabafe. Ouça minha confissão, amigo.

Virando a cabeça para o outro lado, Nietzsche fixou o olhar em um pequeno arranjo floral no tapete persa e, com uma voz trêmula, começou:

— Vários meses atrás, envolvi-me profundamente com uma notável jovem russa chamada Lou Salomé. Antes disso, jamais me permitira amar uma mulher. Talvez por ter sido inundado de mulheres no início da vida. Depois que meu pai faleceu, vi-me cercado de mulheres frias e distantes: minha mãe, minha irmã, minha avó e minhas tias. Algumas atitudes profundamente nocivas devem ter sido inoculadas em mim, pois desde então tenho encarado com horror uma ligação com uma mulher. A sensualidade, o corpo de uma mulher, me parecem a pior das distrações, uma barreira entre mim e minha missão de vida. Mas Lou Salomé era diferente, ou assim pensei. Embora fosse bonita, também parecia uma verdadeira alma gêmea. Ela me compreendia, indicava-me novas direções... a alturas estonteantes que eu jamais tivera coragem de explorar. Pensei que se tornaria minha aluna, minha protegida, meu discípulo. Mas aí, catástrofe! Minha lascívia emergiu. Ela a usou para me jogar contra Paul Rée, meu amigo íntimo que nos apresentara. Ela me fez acreditar ser eu o homem a quem estava destinada, mas quando me ofereci, ela me rejeitou. Fui traído por todos: por ela, por Rée e por minha irmã, que tentou destruir nosso relacionamento. Agora tudo são cinzas e vivo exilado de todos os que outrora estimei.

— Em nossa primeira conversa — interrompeu Breuer —, você aludiu a três traições.

— A primeira foi de Richard Wagner, que me traiu faz muito tempo. Essa ferida já cicatrizou. As outras foram de Lou Salomé e Paul Rée. Sim, *fiz* menção a elas. Mas fingi que havia resolvido a crise. *Essa* foi minha mentira. A verdade é que jamais, *até o presente momento*, a resolvi. Essa mulher, essa Lou Salomé, invadiu minha mente e nela se instalou. Não consigo desalojá-la. Não se passa nenhum dia, às vezes nenhuma hora, sem que eu pense nela. Na maioria do tempo, odeio-a. Penso em atacá-la, em humilhá-la publicamente. Quero vê-la rastejando aos meus pés, implorando-me que volte para ela! Às vezes, dá-se o contrário: desejo-a, penso em segurar a mão dela, em nossos passeios de barco no lago Orta, em saudarmos um nascer do sol no Adriático juntos...

— Ela é sua Bertha!

— Sim, ela é minha Bertha! Sempre que você descrevia sua obsessão, sempre que tentava extirpá-la da mente, sempre que tentava entender seu significado, estava falando por mim também! Estava realizando um trabalho dobrado: o meu tanto quanto o seu! Eu me escondi como uma mulher e, depois que você partiu, saí de fininho, pisei nas suas pegadas e tentei seguir sua trilha. Covardemente, agachei-me atrás de você e deixei-o enfrentar sozinho os perigos e as humilhações do caminho.

Lágrimas desciam pela face de Nietzsche e ele as secava com um lenço. Foi então que ergueu a cabeça e encarou Breuer diretamente.

— *Essa* é minha confissão e minha vergonha. Agora você entende meu intenso interesse em sua libertação. Sua libertação pode ser *minha* libertação. Agora você sabe por que é importante para mim saber exatamente como você eliminou Bertha de sua mente! *Agora* você vai me dizer?

Breuer negou com a cabeça.

— Minha experiência do transe tornou-se agora nebulosa. Mas mesmo que eu conseguisse evocar detalhes precisos, que valor teriam para você, Friedrich? Você mesmo me ensinou que não existe *o* caminho, que a única grande verdade é aquela que descobrimos para nós mesmos.

Vergando a cabeça, Nietzsche sussurrou:

— Sim, sim, tem razão.

Breuer pigarreou e respirou profundamente.

— Não posso lhe contar o que deseja ouvir, Friedrich — pausou, o coração acelerado; era sua vez de confessar —, mas *há* algo que tenho que lhe contar. Tampouco eu tenho sido honesto e chegou *minha* hora de me confessar. — Teve uma súbita e terrível premonição de que, não importava o que dissesse ou fizesse, Nietzsche o encararia como a quarta grande traição de sua vida. Contudo, era tarde demais para voltar atrás. — Temo, Friedrich, que esta confissão venha a me custar sua amizade. Espero que isso não aconteça. Por favor, acredite que confesso por devoção, pois não suporto o pensamento de que você venha a saber por outro o que irei dizer, de que venha a se sentir traído novamente *pela quarta vez*.

O rosto de Nietzsche adquiriu a imobilidade de uma máscara mortuária. Ficou sem respiração quando Breuer começou.

— Em outubro, algumas semanas antes de nos conhecermos, tirei umas rápidas férias com Mathilde em Veneza, onde um estranho bilhete me aguardava no hotel.

Breuer apanhou o bilhete de Lou Salomé no bolso da jaqueta e o entregou a Nietzsche. Observou os olhos de Nietzsche se arregalarem de descrença durante a leitura.

21 de outubro de 1882

Doutor Breuer,

Preciso vê-lo para um assunto da maior urgência. O futuro da filosofia alemã está em jogo. Encontre-me amanhã cedo às nove horas no Café Sorrento.

Lou Salomé

Segurando o bilhete na mão trêmula, Nietzsche gaguejou:

— Não compreendo. Que... que...

— Sente-se, Friedrich, é uma longa história e tenho que contá-la desde o início.

Nos vinte minutos seguintes, Breuer relatou tudinho: os encontros com Lou Salomé, como ela soube do tratamento de Anna O. por intermédio do irmão Jenia, seu pedido de que Breuer ajudasse Nietzsche e a concordância de Breuer.

— Você deve estar se indagando, Friedrich, se alguma vez um médico já concordou com uma consulta tão bizarra. De fato, quando rememoro minha conversa com Lou Salomé, custa-me acreditar que tenha concordado com o pedido dela. Imagine só! Ela me pediu para inventar um tratamento para um problema não-médico a fim de aplicá-lo sub-repticiamente a um paciente teimoso. Mas de algum modo ela me persuadiu. De fato, ela se viu como total parceira nessa aventura e, em nosso último encontro, pediu um relatório do progresso de "nosso" paciente.

— O quê! — exclamou Nietzsche. — Viu-a recentemente?

— Ela apareceu sem avisar no meu consultório alguns dias atrás e insistiu que eu lhe fornecesse informações sobre o progresso do tratamento. Claro que nada informei e ela partiu contrariada. — Breuer foi em frente revelando todas as suas percepções do desenrolar do trabalho conjunto deles: suas tentativas frustradas de ajudar Nietzsche, seu conhecimento de que Nietzsche ocultava o desespero da perda de Lou Salomé. Compartilhou até seu golpe de mestre: fingir procurar tratamento para seu próprio desespero de modo a manter Nietzsche em Viena. Nietzsche quase teve uma convulsão ante essa revelação.

— Quer dizer que foi tudo fingimento?

— De início — reconheceu Breuer. — Meu plano era "manobrar" você, fazer o papel do paciente cooperador enquanto gradualmente reverteria os papéis e faria *você* se tornar o paciente. Mas a ironia real ocorreu quando me *tornei* meu papel, quando meu fingimento de ser o paciente virou realidade.

Que mais haveria para contar? Perscrutando a mente em busca de outros detalhes, Breuer não encontrou nenhum. Havia confessado tudo.

De olhos fechados, Nietzsche inclinou a cabeça para a frente e a segurou entre as mãos.

— Friedrich, você está bem? — perguntou Breuer preocupado.

— Minha cabeça... vejo luzes cintilantes... ambos os olhos! Minha aura visual...

Breuer imediatamente assumiu sua postura profissional.

— Uma enxaqueca está tentando se materializar. Nesse estágio, podemos detê-la. A melhor coisa é cafeína e ergotamina. Não se mexa. Volto já, já.

Saiu correndo do quarto e se precipitou escadas abaixo até o balcão de enfermagem central e, depois, a cozinha. Retornou em poucos minutos carregando uma bandeja com uma xícara, um bule de café forte, água e alguns tabletes.

— Primeiro, engula estas pílulas: ergotina e alguns sais de magnésio para proteger seu estômago do café. Depois, quero que beba todo este bule de café.

Depois que Nietzsche engoliu as pílulas, Breuer perguntou:

— Gostaria de se deitar?

— Não, não, tenho que descrever minha crise.

— Recline a cabeça na cadeira. Escurecerei o quarto. Quanto menos estímulo visual, melhor. — Breuer abaixou as venezianas das três janelas e, a seguir, preparou uma compressa fria e a aplicou sobre os olhos de Nietzsche. Por alguns minutos, ficaram sentados em silêncio na penumbra. Depois, Nietzsche falou com a voz abafada.

— Tão bizantino, Josef... tudo entre nós... tudo tão bizantino, tão desonesto, tão duplamente desonesto!

— Que mais poderia ter feito? — Breuer falou suave e lentamente para não agravar a enxaqueca. — Talvez eu não devesse ter concordado logo no início. Deveria ter lhe contado antes? Você teria dado no pé e sumido para sempre!

Nenhuma resposta.

— Estou certo? — perguntou Breuer.

— Sim, eu teria pegado o próximo trem que saísse de Viena. Mas você mentiu para mim. Fez promessas para mim...

— E honrei cada promessa, Friedrich. Prometi ocultar seu nome e cumpri esta promessa. Quando Lou Salomé perguntou sobre você, *exigiu informações* seria mais exato, recusei-me a falar sobre o assunto. Recusei-me até a revelar se estávamos nos encontrando. Além disso, cumpri outra promessa, Friedrich. Lembra-se de eu ter dito que, durante o coma, você proferiu algumas frases?

Nietzsche assentiu com a cabeça.

— A outra frase foi: "Ajude-me!" Você a repetiu várias vezes.

— "Ajude-me!" Eu disse *isto*?

— Várias e várias vezes! Continue a beber, Friedrich.

Nietzsche tendo esvaziado a xícara, Breuer a encheu novamente com o café preto e abundante.

— Não me lembro de nada. Nem de "ajude-me", nem daquela outra frase: "Nenhum espaço"... não fui *eu* quem falou.

— Mas foi sua voz, Friedrich. Alguma parte de você falou comigo e prometi *àquele* "você" que ajudaria. *E jamais traí essa promessa*. Beba mais café. Quatro xícaras cheias é minha prescrição. — Enquanto Nietzsche bebia o café amargo, Breuer ajeitou a compressa fria sobre a fronte dele. — Como está a cabeça? E as luzes cintilantes? Deseja parar de falar por um momento e repousar?

— Estou melhor, muito melhor — disse Nietzsche com uma voz fraca. — Não, não desejo parar. Parar me agitaria mais do que falar. Estou acostumado a trabalhar sentindo-me assim. Mas, primeiro, deixe-me tentar relaxar os músculos das têmporas e do couro cabeludo. — Durante três ou quatro minutos, respirou lenta e profundamente enquanto contava suavemente. Depois disso, disse: — Pronto, melhorei. Costumo contar minha respiração e imaginar meus músculos se relaxando a cada número. Às vezes, mantenho-me concentrado apenas na respiração. Já observou que o ar que você inspira é sempre mais frio do que o que expira?

Breuer observou e esperou. "Graças a Deus veio a enxaqueca", pensou. "Ela força Nietzsche, ainda que por um breve período, a ficar onde está." Sob a compressa fria, somente sua boca estava visível. O bigode tremia como se ele estivesse prestes a dizer algo e então, aparentemente, mudasse de idéia. Finalmente, Nietzsche sorriu.

— Você pensou em me manipular e, ao mesmo tempo, eu achava que o estava manipulando.

— Mas Friedrich, o que foi concebido na manipulação se transformou agora em honestidade.

— Pensar que por trás de tudo estava Lou Salomé em sua posição favorita, segurando as rédeas, chicote à mão, controlando nós dois. Você me contou muita coisa, Josef, mas omitiu uma.

Breuer abriu as mãos com as palmas para cima.

— Não tenho mais nada a esconder.

— Seus motivos! Tudo isso... essa trama, esse proceder tortuoso, o tempo consumido, a energia. Você é um médico ocupado. Por que fez isso? Por que chegou a concordar em se envolver?

— Eis uma pergunta que tenho muitas vezes formulado a mim mesmo — respondeu Breuer. — A única resposta que me acode é dizer que foi para agradar Lou Salomé. De algum modo, ela me encantou. Não consegui dizer não para ela.

— No entanto, você disse não para ela na última vez em que apareceu em seu consultório.

— Sim, mas aí já tinha conhecido você, feito promessas para você. Acredite-me, Friedrich, ela não ficou nada satisfeita.

— Eu o parabenizo por contestá-la; você fez algo que nunca consegui. Mas diga-me, no início em Veneza, *como* ela o encantou?

— Não sei como responder. Só sei que, após meia hora com ela, sentia-me incapaz de recusar-lhe qualquer coisa.

— Sim, ela exerceu o mesmo efeito sobre mim.

— Você deveria ter visto a ousadia com que ela se aproximou de minha mesa no café.

— Conheço aquele andar. — comentou Nietzsche. — Sua marcha imperial romana. Ela nem liga para possíveis obstáculos, como se nada ousasse bloquear o seu caminho.

— Sim, e aquele ar de confiança inconfundível! Há algo tão livre nela: as roupas, os cabelos, o vestido. Ela se libertou totalmente da convenção.

Nietzsche concordou com um gesto de cabeça.

— Sim, a liberdade dela é impressionante... e admirável! Nesse aspecto individual todos temos a aprender com ela. — Lentamente, virou a cabeça e pareceu satisfeito com a ausência da dor. — Às vezes, pensei em Lou Salomé como sendo uma mutação, especialmente quando se considera que sua liberdade floresceu em meio a um denso matagal burguês. O pai dela foi um general russo, sabia? — Olhou firmemente para Breuer. — Imagino que ela logo o tratasse com total informalidade. Não sugeriu que a chamasse pelo prenome?

— Exatamente. Fitou diretamente meus olhos e tocou minha mão enquanto conversávamos.

— Puxa, como isso soa familiar! Quando nos conhecemos, Josef, ela me desarmou completamente dando-me o braço quando eu ia embora e oferecendo-se para me levar de volta ao hotel.

— Ela fez exatamente o mesmo comigo!

Nietzsche ficou tenso, mas prosseguiu.

— Ela me disse que não queria me deixar tão rapidamente, que precisava de mais tempo comigo.

— As mesmas palavras que disse para mim, Friedrich. Depois, ela se irritou quando dei a entender que minha mulher poderia se incomodar vendo-me caminhar com uma jovem.

Nietzsche deu uma risada.

— Sei como ela teria reagido a isso. Ela não morre de amores pelo casamento convencional; considera-o um eufemismo para a escravidão feminina.

— Exatamente as palavras dela para mim!

Nietzsche afundou na cadeira.

— Ela desafia todas as convenções, exceto uma; quando se trata de homens e de sexo, é tão casta como uma carmelita!

Breuer assentiu com a cabeça.

— Sim, mas penso que talvez interpretemos erradamente as mensagens que ela envia. Ela é uma menina, uma criança sem noção do impacto de sua beleza sobre os homens.

— Nisso nós discordamos, Josef. Ela tem total consciência de sua beleza. Ela a usa para dominar, para exaurir os homens e, depois, passar para o próximo.

Breuer foi em frente.

— Outra coisa: ela desafia as convenções com tanto encanto, que não se consegue evitar tornar-se um cúmplice. Surpreendi a mim mesmo ao concordar em ler uma carta que Wagner escreveu para você, muito embora achasse que ela não tinha o direito de possuí-la.

— O quê! Uma carta de Wagner! Nunca dei pela falta de nenhuma. Deve tê-la surrupiado durante sua visita em Tautenberg. Nada é impossível para ela!

— Ela inclusive me mostrou algumas de *suas* cartas, Friedrich. Imediatamente senti-me como se fosse da máxima confiança dela. — Aqui Breuer sentiu que talvez estivesse correndo o maior de todos os riscos. Nietzsche sentou-se abruptamente. A compressa fria caiu-lhe dos olhos.

— Ela lhe mostrou *minhas* cartas? Aquela safada!

— Por favor, Friedrich, não vamos despertar a enxaqueca. Aqui, beba esta última xícara e, depois, deite-se novamente e deixe-me substituir a compressa.

— Está bem, doutor, nessas questões sigo sua orientação. Mas acho que já não corro perigo; os clarões visuais desapareceram. Seu remédio deve estar fazendo efeito. — Nietzsche bebeu o café morno remanescente em um gole. — Pronto, agora chega, isto é mais café do que bebo em seis meses! — Após virar a cabeça lentamente de um lado para o outro, entregou a compressa para Breuer. — Já não preciso mais disto. Meu ataque parece que foi embora. Surpreendente! Sem sua ajuda, teria degenerado em vários dias de tormento. Que pena — arriscou olhar para Breuer — não poder levá-lo comigo! — Breuer concordou com um abano de cabeça. — Mas como ela *ousa* mostrar-lhe minhas cartas, Josef! E como você *teve coragem* de lê-las? — Breuer abriu a boca, mas Nietzsche ergueu a mão para silenciá-lo.

— Não precisa responder. Entendo sua posição, mesmo a forma como se sentiu lisonjeado por ter sido escolhido como confidente dela. Tive uma reação idêntica quando ela me mostrou cartas de amor de Rée e de Gillot, um de seus professores na Rússia que também se apaixonou por ela.

— Mesmo assim — Breuer disse —, deve ser doloroso para você, eu sei. Eu ficaria arrasado se soubesse que Bertha compartilhou nossos momentos mais íntimos com outro homem.

— É doloroso, *sim*. Mas é um bom remédio. Diga-me todo o resto sobre seu encontro com Lou. Não deixe nada de fora!

Agora Breuer compreendia por que não contara a Nietzsche sua visão no transe de Bertha caminhando com o doutor Durkin. Aquela experiência emocional poderosa o libertara dela. Era exatamente do que Nietzsche precisava: não uma descrição da experiência de outrem, não uma compreensão intelectual, mas sua própria experiência emocional, forte o bastante para extirpar os significados ilusórios que empilhara sobre aquela russa de 21 anos.

Haveria experiência emocional mais poderosa do que Nietzsche "bisbilhotar" Lou Salomé envolvendo outro homem com os mesmos artifícios que outrora aplicara sobre ele? Desse modo, Breuer procurou em sua memória cada mínimo detalhe de seu encontro com Lou. Começou relatando a Nietzsche as palavras dela: o desejo de se tornar sua aluna e protegida, sua adulação e seu desejo de incluir Breuer em sua coleção de grandes mentes. Descreveu as ações dela: a sedução, o virar a cabeça primeiro para um lado, depois para o outro, o sorriso, a cabeça com o coque, o olhar aberto e adorador, o movimento da língua ao umedecer os lábios, o toque da mão ao repousá-la sobre a de Breuer.

Escutando com sua grande cabeça reclinada para trás, os profundos olhos cerrados, Nietzsche parecia dominado pela emoção.

— Friedrich, o que estava sentindo enquanto falei?

— Tantas coisas, Josef.

— Descreva-as para mim.

— É coisa demais para que eu consiga dar sentido.

— Não tente. Apenas limpe a chaminé.

Nietzsche abriu os olhos e encarou Breuer, como para se tranqüilizar de que não haveria mais duplicidade.

— Faça-o — pediu Breuer. — Considere-o uma ordem médica. Conheço bem uma pessoa igualmente atormentada que diz que isso ajudou.

Hesitantemente, Nietzsche começou.

— Enquanto você falava sobre Lou, lembrei minhas próprias experiências com ela, minhas próprias impressões... idênticas, espantosamente idênticas. Ela agiu com você da mesma forma como fez comigo; sinto-me despojado de todos aqueles momentos pungentes, daquelas memórias sagradas. — Abriu os olhos. — É difícil deixar os pensamentos falarem... constrangedor!

— Confie em mim, atesto pessoalmente que o constrangimento raramente é fatal! Vá em frente! Seja rijo sem perder a ternura!

— Confio em você. Sei que você fala da força. Sinto... — Nietzsche parou com o rosto enrubescido. Breuer insistiu para que prosseguisse.

— Feche os olhos novamente. Talvez seja mais fácil falar sem olhar para mim. Ou deite-se na cama.

— Não, ficarei aqui. O que queria dizer é que me alegra você ter conhecido Lou. Agora você me conhece. Temos algo em comum. Mas ao mesmo tempo, sinto raiva, indignação. — Nietzsche abriu os olhos como para se assegurar de que não ofendera Breuer e, depois, continuou com uma voz suave. — Sinto indignação por sua profanação. Você espezinhou meu amor, transformou-o em pó. Dói bem aqui. — Bateu de leve com o punho no peito.

— Conheço esse ponto, Friedrich. Também senti essa dor. Lembra-se de como eu me contrariava sempre que você chamava Bertha de aleijada? Lembra...

— Hoje sou a bigorna — interrompeu Nietzsche —, e *suas* palavras são as marteladas esmigalhando a cidadela de meu amor.

— Vá em frente, Friedrich.

— São esses meus sentimentos... além da tristeza. E um sentimento de perda, de grande perda.

— O que perdeu hoje?

— Todos aqueles doces momentos, aqueles preciosos momentos privados com Lou... foram-se para sempre. O amor que compartilhávamos... onde está agora? Perdeu-se! Tudo desmoronado e transformado em pó. Agora sei que a perdi para sempre!

— Mas Friedrich, a possessão deve preceder a perda.

— Perto do lago de Orta — o tom de voz de Nietzsche tornou-se ainda mais suave, como para evitar que suas palavras esmagassem seus pensamentos delicados —, ela e eu subimos uma vez ao topo do Sacro Monte para contemplarmos um pôr-do-sol dourado. Duas nuvens luminosas matizadas de coral que pareciam faces fundindo-se pairaram sobre nós. Tocamo-nos suavemente. Beijamo-nos. Compartilhamos um momento sagrado; o único momento sagrado que já conheci.

— Alguma vez você e ela falaram de novo sobre aquele momento?

— Ela se lembrava daquele momento! Muitas vezes, escrevi-lhe cartões de longe referindo-me aos pores-do-sol de Orta, às brisas de Orta, às nuvens de Orta.

— Mas — persistiu Breuer — *ela* alguma vez falou de Orta? Também foi para ela um momento sagrado?

— Ela sabia o que era Orta!

— Lou Salomé acreditava que eu deveria saber tudo sobre o relacionamento dela com você, de modo que não mediu esforços para descrever nos mínimos detalhes cada encontro entre vocês dois. Ela não omitiu nada, ao que alegou. Falou minuciosamente sobre Lucerna, Leipzig, Roma, Tautenberg. Mas Orta, eu lhe juro!, ela mencionou apenas de passagem. Não exerceu nenhuma impressão particular sobre ela. Há outra coisa, Friedrich. Ela tentou rememorar, mas disse que não lembrava se alguma vez beijou você!

Nietzsche mantinha-se em silêncio. Seus olhos estavam inundados de lágrimas, sua cabeça pendia para baixo. Breuer sabia que estava sendo cruel. Mas sabia que não ser cruel naquele momento seria ainda mais cruel. Aquela era uma oportunidade singular, uma oportunidade que jamais retornaria.

— Perdoe minhas palavras duras, Friedrich, mas sigo o conselho de um grande professor. "Ofereça a um amigo em sofrimento um lugar de repouso", ele disse, "mas cuide para que seja uma cama dura ou um leito de campanha".

— Você prestou atenção — respondeu Nietzsche. — E a cama *é* dura. Deixe-me contar *quão* dura é. Conseguirei fazê-lo entender o quanto perdi? Por 15 anos, você compartilhou um leito com Mathilde. Você é a pessoa central na vida dela. Ela cuida de você, o toca, conhece seus pratos preferidos, preocupa-se quando você se atrasa. Quando expulso Lou Salomé de minha mente, e percebo que nada disso está acontecendo agora, sabe o que me resta?

O olhar de Nietzsche voltava-se não para Breuer, mas para dentro, como se estivesse lendo algum texto interno.

— Sabia que nenhuma outra mulher jamais me tocou? Não ser amado ou tocado... a vida toda! Viver uma vida totalmente anônima... sabe o que é isso? Às vezes, passo dias sem falar uma palavra com ninguém, exceto talvez um "Bom dia" ou "Boa noite" ao dono da hospedaria. Sim, Josef, você teve razão em sua interpretação de "nenhum espaço". Não pertenço a nenhum lugar. Não tenho nenhum lar, nenhum círculo de amigos com quem conversar todos os dias, nenhum armário cheio de pertences, nenhuma família em torno da lareira. Sequer tenho uma pátria, pois abri mão de minha cidadania alemã e nunca permaneço em um lugar tempo suficiente para obter um passaporte suíço.

Nietzsche olhou suplicantemente para Breuer, como se desejasse ser interrompido. Mas Breuer ficou calado.

— Oh! Tenho minhas desculpas, Josef, minhas formas secretas de tolerar a solidão, mesmo de glorificá-la. Alego que preciso estar separado dos outros para pensar meus próprios pensamentos. Alego que as grandes mentes do passado são minhas companheiras, que elas emergem de seus esconderijos para a *minha* claridade. Zombo do medo da solidão. Professo que grandes homens precisam agüentar grandes dores, que avancei demais no futuro e que ninguém consegue me acompanhar. Brado que, se sou incompreendido ou temido ou rejeitado, tanto melhor... significa que estou na mira! Digo que minha coragem em encarar a solidão sem o rebanho, sem a ilusão de uma providência divina, é prova de minha grandeza.

"Todavia, repetidamente, sou acometido de um medo...", hesitou por um momento, depois prosseguiu. "Apesar de minha bravata de ser o filósofo póstumo, apesar de minha certeza de que meu dia chegará, apesar até de meu conhecimento do eterno retorno, sou atormentado pelo pensamento de morrer sozinho. Já pensou saber que, ao morrer, seu corpo poderá não ser descoberto durante dias ou semanas, até que seu cheiro avise algum estranho? Tento me acalmar. Muitas vezes, em meu isolamento mais profundo, falo comigo mesmo. Porém não muito alto, pois temo meu próprio eco oco. A pessoa, a única pessoa que preencheu esse vazio, foi Lou Salomé."

Breuer, sem encontrar expressão para seu pesar ou para sua gratidão por Nietzsche ter escolhido revelar tais grandes segredos para ele, escutava em silêncio. Dentro dele, fortaleceu-se a esperança de que, depois de tudo, ainda teria sucesso como médico do desespero de Nietzsche.

— E agora, graças a você — rematou Nietzsche —, sei que Lou foi meramente ilusão. — Sacudiu a cabeça e olhou pela janela. — Que pílula amarga, doutor!

— Mas Friedrich, na busca da verdade, nós, cientistas, não temos que renunciar a todas as ilusões?

— VERDADE com letras maiúsculas! — exclamou Nietzsche. — Eu esqueço, Josef, que os cientistas ainda têm que aprender que também a VERDADE é uma ilusão, mas uma ilusão sem a qual não conseguimos sobreviver. Assim, renunciarei a Lou Salomé em troca de outra ilusão ainda desconhecida. É difícil aceitar que ela se foi, que nada restou.

— Nada restou de Lou Salomé?

— Nada de bom — o rosto de Nietzsche estava oprimido pelo desgosto.

— Pense nela — disse Breuer. — Deixe as imagens aparecerem para você. O que você vê?

— Uma ave de rapina, uma águia com garras sangrentas. Uma alcatéia liderada por Lou, por minha irmã, por minha mãe.

— Garras sangrentas? No entanto, ela procurou ajuda para você. Todo aquele esforço, Friedrich: uma viagem a Veneza, outra a Viena.

— Não para *mim*! — Nietzsche retorquiu. — Talvez em seu próprio benefício, para expiar a sua culpa.

— Ela não me dá a impressão de estar oprimida pela culpa.

— Então talvez em prol da arte. Ela valoriza a arte e valorizou meu trabalho, o já realizado e o ainda por vir. Ela tem o olho perspicaz, esse mérito não posso negar. Estranho — ponderou Nietzsche —, conheci-a em abril, quase exatamente nove meses atrás, e agora sinto uma grande obra se agitando. Meu filho Zaratustra está querendo nascer. Talvez nove meses atrás ela tenha semeado a semente de Zaratustra nos sulcos de meu cérebro. Talvez seja *este* seu destino: impregnar mentes férteis de grandes livros.

— Logo — arriscou Breuer —, ao apelar para mim a favor de você, Lou Salomé talvez não seja o inimigo afinal.

— Não! — Nietzsche golpeou o braço da cadeira. — Foi você que disse isso, não eu. Você está errado! *Nunca* concordarei com o fato de que ela se preocupava comigo. Ela apelou a você em benefício próprio, para realizar o destino *dela*. Ela nunca *me* conheceu. Ela me *usou*. O que você me contou hoje confirma isso.

— Como? — perguntou Breuer, embora soubesse a resposta.

— Como? É óbvio. Você próprio me contou, Lou é como a sua Bertha: ela é um autômato, desempenhando seu papel, o mesmo papel comigo, com você, com um homem após o outro. O homem específico é um mero detalhe. Ela seduziu nós dois da mesma maneira, com a mesma malícia feminina, a mesma astúcia, os mesmos gestos, as mesmas promessas!

— No entanto, esse autômato o controla. Ela domina sua mente: você se preocupa com sua opinião, você suspira por seu toque.

— Não. Nada de suspiros. Não mais. O que sinto agora é raiva.

— De Lou Salomé?

— Não! Ela não é digna de minha raiva. Sinto ódio de mim mesmo, raiva do desejo que me forçou a precisar dessa mulher.

"Seria essa amargura", Breuer se perguntou, "melhor do que a obsessão ou a solidão? Banir Lou Salomé da mente de Nietzsche é apenas parte do procedimento. Preciso também cauterizar a ferida deixada em lugar dela".

— Por que tal raiva de si mesmo? — perguntou. — Lembro-me de que disse que todos temos nossos cães selvagens ladrando no porão. Gostaria tanto que você conseguisse ser mais gentil, mais generoso com sua própria humanidade!

— Lembra-se de minha primeira frase lapidar... recitei-a para você várias vezes, Josef: "Torna-te quem tu és"? Significa não apenas aperfeiçoar a si mesmo, mas também não ficar preso aos desígnios traçados por outrem para você. Mas mesmo ser vencido na batalha pelo poder de outrem é preferível a se tornar presa da mulher-autômato que jamais sequer o vê! Isso é imperdoável!

— E você, Friedrich, *você* alguma vez realmente viu *Lou Salomé*?

Nietzsche sacudiu a cabeça.

— O que você quer dizer? — perguntou.

— Ela pode ter desempenhado o papel *dela*, mas você, que papel *você* desempenhou? Você e eu fomos tão diferentes dela? Você *a* viu? Ou, em vez disso, viu apenas uma presa: um discípulo, uma terra arada para plantar seus pensamentos, uma sucessora? Ou talvez, como eu, tenha visto beleza, juventude, um travesseiro de cetim, um recipiente dentro do qual escoar seu desejo? Ela também não foi um espólio da vitória na competição surda com Paul Rée? Você a viu realmente *ou* Paul Rée quando, após conhecê-la, pediu a ele que a pedisse em casamento em seu nome? Acho que não foi Lou Salomé que você quis, mas alguém *como ela*. — Nietzsche ficou em silêncio. Breuer continuou.

— Jamais esquecerei nossa caminhada em Simmeringer Haide. Aquele passeio mudou minha vida de tantas formas... De tudo que aprendi naquele dia, talvez a percepção mais poderosa tenha sido a de que eu não me relacionara com *Bertha*, e sim com todos os significados pessoais que atribuíra a ela, significados que nada tinham a ver com ela. Você me fez perceber que nunca a vi como ela realmente era: que nenhum de nós realmente via o outro. Friedrich, *isso não é verdade também para você?* Talvez ninguém seja culpado. Talvez Lou Salomé tenha sido usada tanto quanto você. Talvez sejamos todos colegas de infortúnio incapazes de enxergar a verdade um do outro.

— Não pretendo entender o que as mulheres desejam — o tom de voz de Nietzsche era ríspido e irritadiço. — Meu desejo é evitá-las. As mulheres corrompem e estragam. Talvez seja simplesmente o caso de dizer que não me adapto a elas e deixar o barco correr. E, com o tempo, essa poderá ser minha perda. De tempos em tempos, um homem necessita de uma mulher, assim como precisa de uma refeição caseira.

A resposta distorcida e implacável de Nietzsche mergulhou Breuer num devaneio. Pensou no prazer que extraía de Mathilde e de sua família, mesmo na satisfação que extraía de sua nova percepção de Bertha. Que tristeza pensar que tais experiências seriam negadas para sempre a seu amigo! Contudo, não lhe acorria nenhuma forma de alterar a visão distorcida de Nietzsche das mulheres. Talvez fosse coisa demais para esperar. Talvez Nietzsche tivesse razão ao dizer que suas atitudes com relação às mulheres haviam sido fixadas nos primeiros anos de sua vida. Talvez essas atitudes estivessem tão profundamente entranhadas que permaneceriam para sempre além do alcance de qualquer tratamento pela conversa. Com esse pensamento, percebeu que esgotara suas idéias. Além do mais, restava pouco tempo. Nietzsche não se manteria acessível por muito mais tempo.

Subitamente, na cadeira ao seu lado, Nietzsche retirou os óculos, enterrou o rosto em seu lenço e teve uma crise de choro.

Breuer estava aturdido. Tinha que dizer algo.

— Chorei também quando soube que teria que desistir de Bertha. Tão duro abrir mão daquela visão, daquela magia. Você está chorando por Lou Salomé?

Nietzsche, o rosto ainda enterrado no lenço, assoou o nariz e negou com um aceno vigoroso da cabeça.

— Então, por sua solidão?

Novamente, Nietzsche fez que não com a cabeça.

— Sabe por que está chorando, Friedrich?

— Não tenho certeza — foi a resposta abafada. Uma idéia extravagante ocorreu a Breuer.

— Friedrich, por favor, tente uma experiência comigo. Consegue imaginar que suas lágrimas tenham voz?

Abaixando o lenço, Nietzsche o fitou com olhos vermelhos, intrigado.

— Apenas tente por um minuto ou dois — pediu Breuer gentilmente. — Dê às suas lágrimas uma voz. O que elas diriam?

— Sinto-me ridículo demais.

— Eu me senti ridículo também, tentando todas as experiências estranhas que *você* sugeriu. Faça o que eu peço. Tente.

Sem olhar para ele, Nietzsche começou:

— Se uma de minhas lágrimas tivesse consciência, diria... diria... — aqui passou a falar em um alto e sibilante murmúrio — "Livre enfim! Engarrafado todos esses anos! Este homem, este fechado e seco homem, nunca me deixou fluir antes." É isso que você quer? — perguntou, revertendo à sua voz normal.

— Sim, bom, muito bem. Continue. O que mais?

— O que mais? As lágrimas diriam — novamente o murmúrio sibilante — "Que bom estar livre! Quarenta anos em uma poça estagnada. Finalmente, finalmente o velho homem fez uma faxina! Oh! Quis tanto escapar antes! Mas não havia saída... até que este doutor vienense abrisse o portão enferrujado." — Nietzsche parou e enxugou os olhos com o lenço.

— Obrigado — agradeceu Breuer. — Um abridor de portões enferrujados: esplêndido elogio. Agora, com sua própria voz, conte-me mais sobre a tristeza por trás destas lágrimas.

— Não, chega de tristeza! Pelo contrário, quando falei com você alguns minutos atrás sobre morrer sozinho, senti uma poderosa onda de alívio. Não tanto *pelo que* eu disse, mas *pelo fato* de dizê-lo, de finalmente compartilhar o que sentia.

— Conte-me mais sobre *esse* sentimento.

— Poderoso. Tocante. Um momento sagrado! Por isso eu chorei. Por isso continuo chorando. Nunca fiz isso antes. Olhe para mim! Não consigo deter as lágrimas.

— É bom, Friedrich. Lágrimas profundas purificam.

Nietzsche, o rosto enterrado nas mãos, assentiu com a cabeça.

— É estranho, mas no exato momento em que, pela primeira vez na minha vida, revelo minha solidão em toda sua profundeza, em todo seu desespero... nesse preciso momento a solidão se desvanece! O momento em que lhe contei que jamais fui tocado foi exatamente o momento em que me permiti pela primeira vez *ser* tocado. Um momento extraordinário, como se alguma enorme pedra de gelo interior subitamente rachasse e se despedaçasse.

— Um paradoxo — disse Breuer. — O isolamento só existe no isolamento. Uma vez compartilhado, ele evapora.

Nietzsche levantou a cabeça e lentamente limpou as trilhas de lágrimas de seu rosto. Passou o pente por seu bigode cinco ou seis vezes e, novamente, pôs os óculos de lentes grossas. Após uma breve pausa, disse:

— Ainda tenho outra confissão. Talvez — consultou seu relógio — a última. Quando você entrou no meu quarto hoje e anunciou sua recuperação, Josef, fiquei devastado! Fiquei tão terrivelmente ensimesmado, tão desapontado por perder minha razão de ser junto a você, que não consegui me rejubilar ante a boa-nova. Essa espécie de egoísmo é imperdoável.

— Que imperdoável! — replicou Breuer. — Você mesmo me ensinou que somos compostos de muitas partes, cada qual clamando por expressão. Podemos ser responsabilizados apenas pelo acordo final, não pelos impulsos caprichosos de cada uma das partes. O que você chamou de egoísmo é perdoável *precisamente* porque você se preocupa suficientemente comigo para compartilhá-lo comigo agora. Meu desejo de despedida, caro amigo, é que a palavra "imperdoável" seja banida de seu léxico.

Os olhos de Nietzsche novamente se encheram de lágrimas, e ele mais uma vez tirou o lenço do bolso.

— E *essas* lágrimas, Friedrich?

— A forma como você disse "caro amigo". Já usei muito a palavra "amigo" antes, mas pela primeira vez, neste momento, a palavra foi inteiramente *minha*. Sempre sonhei com uma amizade em que duas pessoas se unissem para atingir um ideal mais elevado. E aqui, agora, ela chegou! Você e eu nos unimos exatamente com essa intenção! Participamos um da auto-superação do outro. *Sou* seu amigo. É meu amigo. Somos amigos. Nós... nós... amigos. — Por um instante, Nietzsche pareceu quase nas nuvens. — Amo o som destas palavras, Josef. Quero proferi-las muitas e muitas vezes.

— Então, Friedrich, aceite meu convite de ficar comigo. Lembre-se do sonho: seu espaço está no meu lar.

Diante do convite de Breuer, Nietzsche esfriou. Sentou-se lentamente sacudindo a cabeça antes de responder.

— Aquele sonho tanto me incita como me atormenta. Sou como você. Quero me aquecer à lareira de uma família. Mas me assusta entregar-me ao conforto. Isso seria abandonar a mim e a minha missão. Para mim, seria um tipo de morte. Talvez isso explique o símbolo de uma pedra inerte se aquecendo. — Nietzsche se levantou, andou por um ou dois momentos e parou atrás de sua cadeira. — Não, amigo, meu destino é procurar pela verdade na lonjura da solidão. Meu filho, meu Zaratustra, será prenhe de sabedoria, mas sua única companhia será uma águia. Será o homem mais solitário do mundo. — Nietzsche consultou outra vez seu relógio. — Já conheço suficientemente sua programação, Josef, para saber que seus outros pacientes o estão esperando. Não posso retê-lo por muito mais tempo. Cada um de nós deve percorrer seu próprio caminho.

Breuer assentiu com um movimento da cabeça.

— Dilacera-me que tenhamos de nos separar. É injusto! Você fez tanto por mim e recebeu tão pouco em troca. Talvez a imagem de Lou tenha perdido seu poder sobre você. Talvez não. O tempo dirá. Mas talvez pudéssemos fazer muito mais.

— Não subestime o que me concedeu, Josef. Não subestime o valor da amizade, de meu saber de que não sou uma aberração, de meu saber de que sou capaz de tocar e de ser tocado. Antes, abracei apenas pela metade meu conceito de *amor fati*: eu havia me treinado, me *resignado* seria um termo melhor, a amar meu destino. Mas agora, graças a você, graças ao seu lar hospitaleiro, percebo que tenho uma escolha. Sempre permanecerei sozinho, mas que diferença, que maravilhosa diferença, *escolher* o que faço. *Amor fati*: escolhe teu destino, ama teu destino.

Breuer ergueu-se e encarou Nietzsche, com a cadeira entre eles. Breuer circundou a cadeira. Por um momento, Nietzsche pareceu assustado, acuado. Mas, à aproximação de Breuer com braços abertos, ele também abriu os braços.

Ao meio-dia de 18 de dezembro de 1882, Josef Breuer retornou ao seu consultório, a *Frau* Becker e aos seus pacientes que o aguardavam. Mais tarde, almoçou com a esposa, os filhos, o sogro e a sogra, o jovem Freud e Max com a família. Após o jantar, tirou uma soneca e sonhou com uma partida de xadrez e um peão tornando-se rainha. Continuou exercendo a confortável clínica médica por mais trinta anos, mas nunca mais fez uso da terapia pela conversa.

Naquela mesma tarde, o paciente do quarto 13 da Clínica Lauzon, Eckart Müller, pegou um fiacre até a estação ferroviária e, de lá, viajou para o sul, sozinho, para a Itália, para o calor do sol, o ar calmo e um encontro, um honesto encontro, com um profeta persa chamado Zaratustra.

Nota do autor

Friedrich Nietzsche e Josef Breuer nunca se conheceram. E, é claro, a psicoterapia não foi inventada como resultado do encontro deles. Apesar disso, a situação da vida da maioria dos personagens baseia-se em fatos, e os componentes essenciais deste romance — a angústia mental de Breuer, o desespero de Nietzsche, Anna O., Lou Salomé, o relacionamento de Freud com Breuer, que foi o embrião da psicoterapia — existiam historicamente em 1882.

Friedrich Nietzsche fora apresentado por Paul Rée à jovem Lou Salomé na primavera de 1828 e, nos meses seguintes, tivera um breve, intenso e casto caso amoroso com ela. Esta seguiria uma notável carreira como brilhante literata e psicanalista; ela também seria conhecida pela amizade íntima com Freud e por suas ligações românticas, especialmente com o poeta alemão Rainer Maria Rilke.

O relacionamento de Nietzsche com Lou Salomé, complicado pela presença de Paul Rée e sabotado pela irmã de Nietzsche, Elisabeth, terminou desastrosamente para ele; durante anos, o filósofo esteve angustiado com seu amor perdido e com sua crença de que fora traído. Durante os últimos meses de 1882 — aqueles em que se passa a história deste livro —, Nietzsche estava profundamente deprimido, até com impulsos suicidas. Suas cartas desesperadoras para Lou Salomé, partes das quais estão citadas no decorrer deste livro, são autênticas, embora haja incerteza sobre quais foram meramente rascunhos e quais foram realmente remetidas. A carta de Wagner para Nietzsche citada no capítulo 1 também é autêntica.

O tratamento médico ministrado por Josef Breuer a Bertha Pappenheim, conhecida como Anna O., ocupou grande parte da atenção dele em 1882. Em novembro daquele ano, começou a discutir o caso com seu jovem protegido e amigo, Sigmund Freud, o qual, conforme descreve este romance, visitava com freqüência a casa de Breuer. Uma década depois, o caso de Anna O. seria o primeiro descrito em *Estudos sobre a histeria* de Freud e Breuer, o livro que desencadeou a revolução psicanalítica.

Bertha Pappenheim foi, assim como Lou Salomé, uma mulher notável. Anos após seu tratamento com Breuer, distinguiu-se tanto numa carreira de assistente social pioneira que foi postumamente homenageada em um selo comemorativo da Alemanha Ocidental de 1954. Sua identidade como Anna O. era desconhecida do público até que Ernest Jones a revelou em sua biografia de 1953 *Vida e obra de Sigmund Freud*.

Teria o Josef Breuer histórico sido obcecado pelo desejo erótico por Bertha Pappenheim? Pouco se sabe da vida íntima de Breuer, mas os estudos pertinentes não eliminam essa possibilidade. Relatos históricos conflitantes concordam apenas com o fato de que o tratamento de Bertha Pappenheim com Breuer evocou sentimentos complexos e poderosos em ambas as partes. Breuer se preocupava tanto com sua jovem paciente e despendia tanto tempo visitando-a que sua esposa, Mathilde, ficou ressentida e enciumada. Freud mencionou explicitamente ao seu biógrafo Ernest Jones o envolvimento emocional excessivo de Breuer com sua jovem paciente e, em uma carta escrita na época para sua noiva Martha Bernays, tranqüilizou-a de que nada do gênero jamais aconteceria com ele. O psicanalista George Pollock sugeriu que a forte resposta de Breuer a Bertha pudesse ter radicado no fato de ele ter perdido a mãe, também chamada Bertha, numa idade prematura.

O relato da dramática gravidez ilusória de Anna O. e o pânico e a interrupção precipitada da terapia por parte de Breuer há muito tempo fazem parte do saber psicanalítico. Freud descreveu o incidente pela primeira vez em uma carta de 1932 ao romancista austríaco Stefan Zweig, e Ernest Jones o repetiu em sua biografia de Freud. Apenas recentemente o relato foi questionado e a biografia de Breuer por Albrecht Hirschmüller, em 1990, sugere que todo o incidente foi um mito forjado por Freud. O próprio Breuer jamais esclareceu esse ponto e, no histórico do caso publicado em 1895, aumentou a confusão em torno do caso de Anna O. ao exagerar excessiva e inexplicavelmente a eficácia de seu tratamento.

É notável, considerando-se a grande influência de Breuer no desenvolvimento da psicoterapia, que ele tenha voltado a atenção para a psicologia por apenas um breve segmento de sua carreira. A medicina recorda melhor Josef Breuer não apenas como um importante pesquisador da fisiologia da respiração e do equilíbrio, mas também como um brilhante diagnosticador que foi médico de toda uma geração de grandes figuras da Viena do *fin de siècle*.

Nietzsche sofreu de problemas de saúde em grande parte de sua vida. Embora em 1890 tenha tido um colapso e resvalado irrevogavelmente na grave demência de paralisia (uma forma de sífilis terciária, de que morreu em 1900), o consenso é que na maior parte de sua vida anterior sofrera de outra doença. É provável que Nietzsche (cujo quadro clínico retratei baseado no vívido esboço biográfico de

Stefan Zweig de 1939) sofresse de grave enxaqueca. Devido a essa doença, Nietzsche consultou muitos médicos por toda a Europa e poderia facilmente ter sido persuadido a se consultar com o eminente Josef Breuer.

Não teria sido típico da personalidade de uma Lou Salomé preocupar-se em pedir a Breuer para ajudar Nietzsche. Segundo seus biógrafos, não era uma mulher significativamente oprimida pela culpa, e sabe-se que terminou vários casos amorosos aparentemente sem grande remorso. Geralmente, ela preservava sua privacidade e, pelo que pude apurar, não mencionou publicamente seu relacionamento pessoal com Nietzsche. Suas cartas para ele não sobreviveram. Provavelmente foram destruídas por Elisabeth, a irmã de Nietzsche, que lutou a vida toda contra Lou Salomé. Esta tinha realmente um irmão, Jenia, que estudava medicina em Viena em 1882. Entretanto, é improvável que Breuer tivesse apresentado o caso de Anna O. em uma conferência para estudantes naquele ano. A carta de Nietzsche (no final do capítulo 12) a Peter Gast, amigo e editor, e a carta de Elisabeth Nietzsche (no final do capítulo 7) a Nietzsche são fictícias, como o são a Clínica Lauzon e os personagens Fischmann e Max, este, concunhado de Breuer. (Breuer era, entretanto, um aficionado enxadrista.) Todos os sonhos relatados são fictícios, exceto dois de Nietzsche: os de seu pai levantando da tumba e do estertor da morte do ancião.

Em 1882, a psicoterapia ainda não nascera e Nietzsche, é claro, jamais voltou formalmente sua atenção em direção a ela. Contudo, em minhas leituras de Nietzsche, constato que ele estava profunda e significativamente preocupado com a autocompreensão e a mudança pessoal. Para manter a coerência cronológica, confinei minhas citações às obras de Nietzsche anteriores a 1882, sobretudo *Humano, dema-*

siado humano, *Meditações inoportunas*, *Aurora* e *A gaia ciência*. No entanto, presumi também que os grandes pensamentos de *Assim falou Zaratustra*, em grande parte escritos poucos meses depois da época do encerramento deste livro, já estavam percorrendo a mente de Nietzsche.

Agradeço a Van Harvey, professor de estudos religiosos da Universidade de Stanford, por me permitir assistir ao seu magnífico curso sobre Nietzsche, por muitas horas de discussão na universidade e pela leitura crítica de meu manuscrito. Agradeço aos colegas do Departamento de Filosofia, especialmente Eckart Förster e Dagfinn Føllesdal, por me permitirem assistir a cursos correlatos de filosofia alemã e fenomenologia. Muitos deram sugestões para o manuscrito: Morton Rose, Herbert Kotz, David Spiegel, Gertrud e George Blau, Kurt Steiner, Isabel Davis, Ben Yalom, Joseph Frank, membros do Stanford Biography Seminar sob a orientação de Barbara Babcock e Diane Middlebrook — a todos, meus agradecimentos. Betty Vadeboncoeur, bibliotecária de história da medicina da Universidade de Stanford, foi inestimável em minha pesquisa. Timothy K. Donahue-Bombosch traduziu as cartas citadas de Nietzsche para Lou Salomé. Muitos ofereceram instrução e auxílio editorial durante o trabalho: Alan Rinzler, Sara Blackburn, Richard Ellman e Leslie Becker. A equipe da Basic Books, especialmente Jo Ann Miller, ofereceu inestimável ajuda; Phoebe Hoss, neste como em livros anteriores, foi um editor eficiente. Minha esposa, Marilyn, que sempre foi minha primeira, mais meticulosa e mais implacável crítica, superou a si mesma neste livro — não apenas fornecendo críticas constantes da primeira à última prova, mas também sugerindo seu título.

Sobre o autor

Irvin D. Yalom graduou-se em artes na Universidade George Washington em 1952 e se formou na Escola de Medicina da Universidade de Boston em 1956, obtendo o certificado de psiquiatria pela American Board of Psychiatry and Neurology em 1964.

Em 1959 começou a colaborar em revistas e jornais acadêmicos. Vieram a seguir os livros de psicoterapia, que conquistaram os profissionais da área. A ficção chegou mais tarde, numa tentativa de mesclar os conhecimentos médicos a uma linguagem mais acessível.

Entre 1981 e 1984, foi diretor médico da unidade de internação psiquiátrica do hospital da Universidade de Stanford e, desde 1994, é professor emérito da Escola de Medicina daquela universidade. É casado, tem quatro filhos e mora em Palo Alto, na Califórnia.

De sua autoria, foram publicados no Brasil os bestsellers *Mentiras no divã*, *Os desafios da terapia*, *O carrasco do amor* e *Mamãe e o sentido da vida*, além de *Quando Nietzsche chorou* e *A cura de Schopenhauer*, que saem agora pelo *PocketOuro*.

CIP-BRASIL. CATALOGAÇÃO-NA-FONTE
SINDICATO NACIONAL DOS EDITORES DE LIVROS, RJ.

Y17q

Yalom, Irvin D. 1931-
    Quando Nietzsche chorou / Irvin D. Yalom; tradução de Ivo Korytowski. — Rio de Janeiro: PocketOuro, 2008.

    Tradução de: When Nietzsche Wept
    ISBN 978-85-61706-18-0

    1. Romance americano. I. Korytowski, Ivo. II. Título.

08-2689

CDD 813
CDU 821.111(73)-3

Este livro foi composto em Arno Pro, de Robert Slimbach, e impresso pela Ediouro Gráfica sobre papel offset 63g/m² para o PocketOuro em setembro de 2008.

PocketOuro

O marido humilhado, Nelson Rodrigues
Marley & eu, John Grogan
O pequeno príncipe, Antoine de Saint-Exupéry
O eu profundo e os outros eus, Fernando Pessoa
Auto da Compadecida, Ariano Suassuna
As 21 irrefutáveis leis da liderança, John C. Maxwell
O Príncipe, Nicolau Maquiavel
A assustadora história da medicina, Richard Gordon
Os discursos de Zaratustra, Friedrich Nietzsche
Contos de crime, Flávio Moreira da Costa (org.)
A distância entre nós, Thrity Umrigar
Derrubando Golias, Max Lucado
O cão dos Baskervilles, Arthur Conan Doyle
O que Jesus disse? O que Jesus não disse?,
    Barth D. Ehrman
Entre ossos e a escrita, Maitê Proença
Quando Nietzsche chorou, Irvin D. Yalom
A cura de Schopenhauer, Irvin D. Yalom
A mulher independente, Simone de Beauvoir
Máximas de Tia Zulmira, Stanislaw Ponte Preta
A chave mestra do sucesso, Charles F. Haanel
Muito além do segredo, Ed Gungor
Rei Artur, Allan Massie